A E
& I

# La conjura de Cortés

Autores Españoles e Iberoamericanos

# Matilde Asensi

# La conjura de Cortés

Obra editada en colaboración con Editorial Planeta – España

Diseño de colección: © Compañía
Diseño de portada: © Opalworks
Mapa de interior: grabado de 1582 de la ciudad de México, Braum y
Hogenbergius
Servicio de Geografía del Ejército Español, Madrid (© Prisma)

© 2012, Matilde Asensi
© 2012, Editorial Planeta, S. A. – Barcelona, España

Derechos reservados

© 2012, Editorial Planeta Mexicana, S.A. de C.V.
Bajo el sello editorial PLANETA M.R.
Avenida Presidente Masarik núm. 111, 2o. piso
Colonia Chapultepec Morales
C.P. 11570 México, D.F.
www.editorialplaneta.com.mx

Primera edición impresa en España: junio de 2012
ISBN: 978-84-08-00803-3

Primera edición impresa en México: julio de 2012
ISBN: 978-607-07-1221-0

Impreso en los talleres de Litográfica Ingramex, S.A. de C.V.
Centeno núm. 162, colonia Granjas Esmeralda, México, D.F.
Impreso en México - *Printed in Mexico*

*Para Patricia*

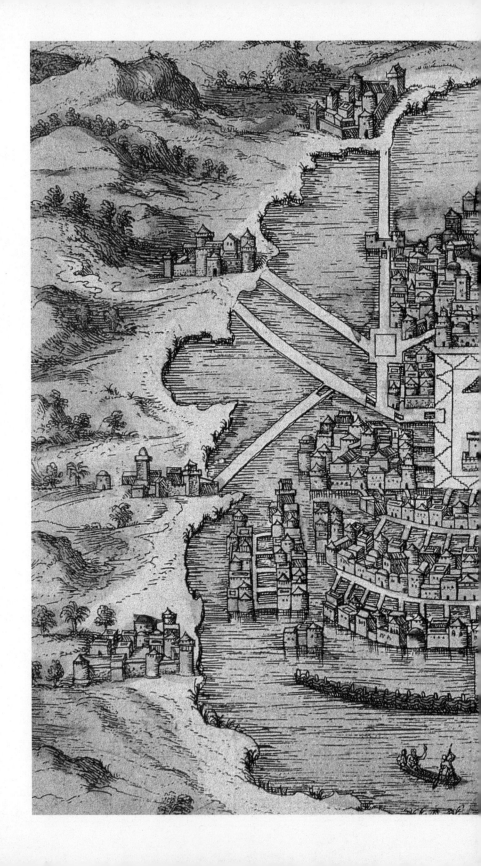

# CAPÍTULO I

Tenía oído que algunos decían que el amor era todo regocijo, alegría y contento, mas, aquella noche, sentada en la playa, hubiera yo querido tener ante mí a aquellos sabios parlanchines para hacerles sentir con el filo de mi espada el regocijo, la alegría y el contento que ocasionaba el terrible dolor del amor. Era peor que una enfermedad, me decía atormentada, peor que una llaga corrompida. Era como beber ponzoña y tragar agujas. ¡Y todo por aquel rufián maleador cuyos rubios cabellos sólo podían tener competencia con los del sol! Contuve mi ánima y no me moví ni un ápice, y eso que era bien de mi gusto en aquel punto echarle una mirada al yacente Alonso, al gallardo y entonado Alonso que dormía a pierna suelta, a la redonda de la hoguera, con Rodrigo, Tumonka y el resto de los indios. Aquel sufrimiento de amor era tan espantoso como la tortura pues, con sólo voltear un poco la cabeza, tan sólo un poco... Cerré el ojo que aún me quedaba sano —el huero, bajo el parche, siempre lo tenía cerrado— y dejé de ver la oscura noche y el aún más oscuro cielo pues, por hallarnos en la estación de las lluvias, las nubes ocultaban cumplidamente la luna y las innumerables y resplandecientes estrellas del Caribe.

9

En las tres o cuatro semanas que llevábamos trabajando en aquel islote seco de la Serrana, sacando del fondo de la mar las miles de libras de plata que la flota del rey de España le había disparado a nuestras canoas incendiarias, me había acostumbrado a tener a Alonsillo a mi lado de continuo y, por más, a mirarle de soslayo cada vez que el corazón me lo pedía. Primero, me cautivaron y rindieron unos resueltos hoyuelos que se le formaban en las junturas de los labios cuando cavilaba; luego, me aficionaron todas y cada una de las derechas líneas que dibujaban su cuello y, últimamente, el suave ceño, en el que las preocupaciones por su padre y sus hermanos hendían de vez en cuando un haz de luces y sombras. Y así, sin poderlo sufrir ni estar en mi mano poner en ejecución otra cosa, le acechaba secretamente entretanto Tumonka y los otros indios guaiqueríes entraban y salían de la mar arrastrando redes llenas de bolaños de cincuenta libras de plata que habían sido la mercancía ilícita de los malditos hermanos Curvo, a cuatro de los cuales, por fortuna, ya los había hecho yo entregar su ánima al diablo. Aún me quedaba uno por matar, el infame Arias, mas no faltaba mucho para coronar a satisfacción el juramento que mi señor padre me obligó a hacerle en su lecho de muerte en Sevilla.

Abrí el ojo. Crujieron los maderos de la hoguera y alguno de los durmientes se removió sobre la arena. ¿A qué venía aquel desvelo mío en una noche tan serena? El patache *Santa Trinidad* estaba puntualmente cargado hasta los penoles y a no mucho tardar arribaría desde Jamaica el señor Juan con la *Sospechosa* para recoger las últimas libras de plata pues el asunto había concluido felizmente aquella misma tarde con el rescate de la última carga. Para celebrarlo, mi compadre Rodrigo preparó al fuego unos sabrosos cangrejos de los que comimos hasta hartarnos remojándolos con buen vino de Alicante y luego cantamos y bailamos hasta caer rendidos ya bien entrada la noche. Presto regresaríamos a Cartagena de Indias, donde nos aguardaba madre, que, con Damiana, vivía en la casa del señor Juan a la espera de que yo le hiciera construir de nuevo su mancebía de Santa Marta. En cuanto tomara todas las disposiciones necesarias para poner en obra las cosas de fuerza mayor, me abalanzaría sobre Arias Curvo y le arrebataría la vida y, luego, ya vería en qué lugar del mundo me ocultaba de los alguaciles y de los corchetes pues como Martín Nevares estaba reclamado en todo el imperio por contrabando ilícito con el enemigo en tiempos de guerra y como Catalina Solís estaba igualmente reclamada por los viles asesinatos de los dignos y acreditados Fernando, Juana, Isabel y Diego Curvo. Si lo pensaba bien, sólo me quedaba la mar, o por mejor decir, sólo podría vivir confinada en una nao el resto de mi vida cosa que, de cierto, no era lo que en verdad deseaba.

—¿Te molesta si te hago compañía?

Por suerte, en aquella isla no había muchos cocoteros pues, de haber uno sobre mí y por el grande sobresalto que recibí y el brinco que di, me habría golpeado seriamente la cabeza al escuchar a mi espalda la voz de Alonso.

—¿Qué demonios quieres? —exclamé, malhumorada, mas sólo porque había perdido el pulso e iba a caer muerta allí mismo antes de decir amén.

—¡Pardiez! —repuso, sentándose a mi lado en la arena—. A lo que se ve, ya no queda nada de la fina dama de Sevilla que se trataba con nobles y cortesanos.

—Mejor estarías durmiendo —gruñí.

—Lo estaba —afirmó, y parecióme que se sentía triste—. Un mal sueño me desveló y, al verte aquí sentada, recordé que tenía algo que darte desde hacía una semana. Se lo encargué al señor Juan y me lo trajo de Santiago de Cuba.

—¿Algo que darme? —porfié sin aliento por la vergüenza. No, no, no... No podía permitir que se me advirtiera. ¿Tenía Alonso un regalo para mí o sería, acaso, algún asunto del oficio que me haría sentir la más estúpida de las mujeres? A veces se me olvidaba que ahora era tuerta del ojo izquierdo y que usaba un parche todo el día para tapar el agujero y que, por tal, era imposible que un hombre tan galán como Alonso, de tan bellos ojos azules, se fijara en mí, una grotesca Cíclope que usaba ropas de hombre y gobernaba naos.

—¡Chitón! —me ordenó al punto, cruzándose los labios con el dedo índice y mirando en derredor como si algún peligro nos apurase—. ¿No lo escuchaste?

—No —me hallaba por entero cautiva de la forma cabal de aquellos labios. ¡El amor y la afición con facilidad ciegan los ojos del entendimiento!

—No sé, sonaba como el oleaje contra un casco.

—¿He menester devolverte a la memoria al *Santa Trinidad*? —sonreí, posando la mirada con pujanza en la punta de mis botas—. Anclado está al sudoeste de este islote de mala muerte.

—Y en él nos marcharemos pronto —dijo contento—. Mas no me gustaría que alguno de los compadres despertase antes de que yo pudiera entregarte... esto.

Del interior de su camisa sacó un envoltorio pequeño.

—¿De qué se trata? —pregunté.

—¡Oh, no es nada! —repuso azorado. ¿Azorado...? ¿A santo de qué estaba Alonso azorado? ¿Qué me daba en aquel envoltorio que tanto lo perturbaba?—. Espero que no te parezca mal que me haya atrevido a encargarte un obsequio tan descabellado.

¿Cómo iba a parecerme mal que...? Mas mi mano tentó algo duro en el interior de la tela, duro y pequeño, una esfera algo aplastada o, quizá, un proyectil de extraño calibre. Llena de temor y aprensión abrí el hatillo y me topé con la fría y brillante mirada de un ojo de plata.

—¿Qué...?

—¡Ni te ofendas ni lo lances a la mar! —me apremió humildemente—. Lo mandé ejecutar con mi parte de la plata, con la primera pieza que rescaté. Hazme la merced, si es que acaso no deseas usarlo, de guardarlo a lo menos como un recuerdo de esta isla y de esta historia.

—¿Usarlo...? —balbucí—. ¿Cómo que usarlo?

Le vi mover la cabeza extrañamente, aguzando de nuevo el oído, en suspenso, como temiendo algún mal suceso.

—¿Otra vez el *Santa Trinidad*?

—Me pareció que esta vez no era un casco sino varios.

—No sé de qué te asombras —le reproché cambiando aquel ojo de plata de una mano a otra como cuando se calienta un dado antes de lanzarlo—. Son muchas las naos que marean por estas aguas y aquí mismo se cruzan las rutas entre las principales ciudades del Caribe. ¡Si hasta las flotas reales pasan cerca! —proferí, echándome a reír muy de gana—. Así pues, dime, ¿se puede, en verdad, usar este excelente ojo a modo de ojo valedero?

Él sonrió y dejó a un lado las preocupaciones.

—Se puede y se debe. Para ti se ejecutó —la voz le temblaba un poco y tenía la mirada esquiva—. El señor Juan se hallaba cierto de que te sentirías mejor en cuanto te lo pusieras.

Conocía que decía verdad: me había empeorado el genio desde que perdí el ojo en el duelo con Fernando Curvo. No terminaba de verme ni con el parche ni sin él, ninguna solución me contentaba y, alguna vez, estando a solas, me arrancaba aquel pedazo de tela por figurarme, a lo menos un instante, que volvía a ser la de antes. Y como si estuviera al tanto de mi grande agonía, el dulce Alonso había mandado hacer para mí un precioso ojo de plata. El corazón me bailaba en el pecho.

—¿Me ajustará?

—Tengo para mí que sí —exclamó con alegría—. ¿No deseas probarlo?

Me salieron los colores al rostro.

—No quiero que me veas sin el parche —le confesé.

—Tampoco yo quise que me vieras en la cama de Juana Curvo tan desnudo como mi madre me trajo al mundo y no lo pude remediar, de cuenta que éste es el momento de resarcirme de aquella afrenta.

Cien veces, mil veces me había maldecido a mí misma por aquel mal ingenio que puso en brazos de mi enemiga a quien yo tanto deseaba. Mas ¿a qué penar por aquello? El agua pasada no mueve molino. Cuando lo discurrí, no se me daba nada de Alonso... A lo menos, no tanto como después. Mejor era olvidarlo y fingir que nunca había acontecido.

Despaciosamente, inclinando la cabeza hacia la arena para ocultarme, alcé el parche hasta media frente y, sujetándome el párpado con una mano, logré ajustar la plata en el hueco tras algunos reconocimientos y comprobaciones. ¡Maldición! Aquel ojo estaba frío como la muerte. Por su forma, sólo de una manera se colocaba y ésta era tal que el repujado del iris y la pupila quedaban a la sazón en su justo punto.

—Hasta sin luna me es dado ver cuán hermosamente miras —balbució Alonso, turbado, cuando yo, llena de vergüenza, enderecé el cuerpo.

Lo valederamente hermoso hubiera sido quedarnos por siempre así, como estábamos. Yo sonreía y él también. Mudos, felices, quizá sintiendo ambos lo mismo, ajenos a todo cuanto no fuera nosotros dos. Y, entonces, aquel prodigioso instante voló por los aires como un relámpago en el cielo, esfumándose para siempre.

Tronó un pavoroso disparo de cañón, seguido por los gritos salvajes de una caterva de hombres que corrían hacia nuestra hoguera desde algún lugar incierto del islote y se escuchó una voz cargada de odio que, por encima de las otras, me llamaba por mi segundo nombre:

—¡Martín Nevares! ¿Dónde te escondes, cobarde?

A tal punto, Rodrigo ya estaba en pie con la espada en la mano, soltando exabruptos y batiéndose con dos o tres individuos surgidos de la nada y también nuestros indios empuñaban ya sus largos cuchillos y peleaban con otros tantos enemigos que blandían sus armas con ferocidad. El proyectil del cañón fue a dar cerca de la hoguera, levantando un muro de arena y devastando nuestros avíos y posesiones.

—¡Martín Nevares! Sé que me oyes. Si eres hombre, muéstrate.

Mudado el color y puestos los ojos en quien así me llamaba, Alonso, que había conocido de inmediato a aquel que, ufano y orgulloso, se mantenía junto al fuego con los brazos en jarras, de un empellón me tiró contra la arena para hundirme más en las sombras y salió corriendo hacia Lope de Coa, quien, por su mismo ser, allí en medio se hallaba. Mucho me impresionó tornar a ver aquel porte enjuto tan característico de los Curvo y que había conocido bien tanto en su madre, Juana, como en sus tíos Fernando y Diego: cuerpo alto y seco, rostro avellanado y dientes tan blancos y bien ordenados que se distinguían con sólo la luz de la hoguera.

Retumbó otro disparo de cañón y, luego, otro y otro y otro más, aunque ya no caían los bolaños sobre nosotros, de lo que deduje que estarían hundiendo el *Santa Trinidad*, al que habían prendido fuego pues, a no mucho tardar, por donde estaba atracado se vio el resplandor de grandes llamas.

Eran quince o veinte los hombres del loco Lope y sólo nueve nosotros o, por mejor decir, ocho, pues yo aún no me había unido a la lucha, caída de costado sobre la arena como me había dejado el recio empellón de Alonso. Mas ya estaba hecho. Con presta ligereza me levanté en pie, apercibiéndome al punto de que no tenía mi espada como tampoco Alonso tenía la suya y, aun así, corría enloquecido hacia el maldito Curvo. ¡El loco Lope lo iba a matar! Por fortuna, el brazo izquierdo de Rodrigo se interpuso con su daga en la mortal estocada que le tiró el ruin hijo de Juana, permitiendo que Alonso cayera sobre él y lo derribara. Era el momento de recobrar mi acero y atravesar de parte a parte a aquel hideputa antes de que matara a Alonso o me matara a mí.

—¡Huye, Martín, huye! —gritó Rodrigo a pleno pulmón sin detenerse en la tarea que a la sazón le ocupaba, que era la de atravesar, al tiempo, a dos de aquellos individuos, uno con la espada y otro con la daga.

No. Huir no era mi intención. Dando resbalones en la arena por la premura, principié la carrera para sumarme al tumulto y, entonces, de súbito, una mano me sujetó por la pierna haciéndome caer de nuevo. Me revolví como una culebra, soltando patadas a diestra y siniestra hasta que adiviné en la penumbra el huesudo rostro de Tumonka, que, sin ningún miramiento y haciéndome gestos para que no abriera la boca, tironeaba de mí hacia el agua como si yo fuera un fardo. ¿Acaso Tumonka, el fiel Tumonka, trabajaba en secreto para los Curvo y estaba intentando ahogarme?

El loco Lope que, a lo que parecía, había conseguido librarse de Alonso, tornó a dirigirse a mí a grandes voces:

—¡Martín Nevares! ¿A dónde huirás que yo no te encuentre? Aquí no tienes donde esconderte.

—¡Huye, Martín! —porfió Rodrigo, a quien principiaba a fallarle el resuello.

Tumonka, al oírlo, tiró de mí con mayor furia mas, al advertir mi obstinada resistencia —o al recibir una de las rabiosas patadas de mi bota—, se detuvo, se llevó un dedo a los labios requiriéndome silencio, señaló a la mar y agitó los brazos como si nadara.

—¿Sabes quién me suplicó por tu vida antes de morir? —se oyó decir al loco con la voz inflamada de orgullo. Quedé en suspenso y alcé bruscamente una mano para detener a Tumonka—. ¡María Chacón, la vieja prostituta! Esa a la que llamas madre murió por mis manos del mismo modo que tú mataste a la mía en Sevilla.

—¡Mientes, bellaco! —gritó Alonso, cerrando mi boca que ya estaba abierta para insultar al Curvo. Tumonka me sujetó por los brazos para que no corriera y me lanzara contra aquel malnacido. A la memoria me vinieron, no sé la razón, las palabras de Isabel Curvo, su tía carnal: «Y mi sobrino Lope ha salido en todo a su padre. ¡En todo! No he visto mozo más callado, comedido y piadoso. ¡Si parece un ángel!». Sí, sí..., un ángel. Un demonio había resultado el piadoso Lope, el mismo que desde niño había deseado fervorosamente profesar en los dominicos.

—¡No miento, maldito ganapán! —tronó la voz del ángel—. Para ti también tengo algo especial, en correspondencia a los cuernos que le pusiste a mi señor padre, el honorable prior del Consulado de Mercaderes de Sevilla.

Se oyó rugir a Rodrigo y, luego, a varios hombres más, de cuenta que los cruces de espadas sonaron más violentos.

—¿No me crees, Martín Nevares? —Tumonka apretó más sus manos alrededor de mis brazos—. El mismo puñal que atravesó el pecho de mi madre atravesó el de esa inmunda madre de mancebía. Salió tanta sangre de su boca que todavía me es dado oír los ruidos que le hacía en la garganta cuando peleaba por respirar.

Uno de los brazos de hierro del indio guaiquerí me rodeó la cintura y con la mano del otro me tapó la boca para que el grito de rabia, dolor y odio que nacía en lo más profundo de mi ser no llegara a salirme del cuerpo y nos delatara. Con todo, aquel grito nació y rompió el cielo y el aire de la noche y mi ánima y mi fe en la vida y, por más, rompió todo aquello en lo que yo creía. Aunque nadie pudo oírlo, aquel grito me desgarró las entrañas y el corazón. Ardientes lágrimas comenzaron a rodar desde mi ojo sano hasta la mano del indio. Cuando me quedé tuerta, por no sentirme vencida y por el dolor que me causaba en el hueco del ojo, había hecho el firme juramento de no tornar a llorar nunca... ¡Qué se me daba ahora de aquello! Madre había muerto. Aquel maldito bellaconazo de Lope de Coa había clavado un puñal en su pecho y la hermosa y noble María Chacón se había ahogado en su propia sangre. Los últimos instantes de su vida habían sido un maldito infierno.

—¡A la negra llamada Damiana la maté igualmente tras hacerla sufrir un poco! —siguió jactándose—. No quiso hablarme de tu enamorada, esa tal Catalina Solís que encandiló a Sevilla entera por ayudarte. ¡A ella también la mataré, Martín Nevares! Ni Catalina ni tú escaparéis de mi venganza.

De lo que después acaeció sólo guardo tristes jirones en la memoria. Lo primero, el ruido de los aceros y unos gritos terribles de Alonso; lo segundo, ir volando por los aires en los brazos de Tumonka; y lo tercero, el contacto del agua con mi cuerpo al tiempo que el indio me decía:

—¡Tomad aire, maestre, tomad aire!

Después, nos hundimos en lo más profundo de la mar y, estando todo negro como estaba en derredor nuestro, Tumonka parecía conocer bien el camino que seguíamos y yo, de no tener tan perdido el juicio como lo tenía y de no hallarme tan fuera de mí como me hallaba, también lo hubiera conocido. No se me daba un ardite de respirar (tengo para mí que había extraviado la determinación de vivir) y, aunque la mano de Tumonka no hubiera estado tapándome la boca y la nariz, de cierto que tampoco me hubiera ahogado pues ya estaba bastante muerta. En los años de mi vida había perdido dos padres, dos madres y un hermano. ¿Cuánto dolor le es dado resistir al corazón humano antes de quebrarse?

Nuestro camino de agua siguió y siguió. Nunca había yo bajado a tantas brazas[1] de profundidad. En la mar, nadie superaba a los guaiqueríes, los mejores y más hábiles buceadores de todo lo descubierto de la tierra. Los conquistadores y, más tarde, los encomenderos los habían utilizado para vaciar los enormes ostrales de Tierra Firme y conseguir así ingentes riquezas en perlas. Pasados los primeros días en el islote de la Serrana, y viendo que el rescate de la plata de los Curvo iba para largo, Tumonka y los demás indios nos hicieron una extraña petición: una vieja cuba de vino sellada con cueros y con una dentada en el borde. Una semana después la enorme cuba llegó desde Santiago a bordo de la *Sospechosa* y los guaiqueríes se la llevaron al fondo de la mar, donde la aseguraron lastrándola con piedras y, luego, cada cierto tiempo, le sacaban el aire malo dándole la vuelta y la henchían de aire bueno con la ayuda de unos odres, pudiendo permanecer así bajo el agua durante horas sin salir a la superficie, llenando las redes con más cantidad de plata, bajando a mayores profundidades y desplazándose más luengas distancias.

Hasta la cuba me llevó Tumonka y, a tientas, me hizo entrar por la dentada que había quedado a ras del suelo. Tan llena de aire estaba que, de súbito, me encontré fuera del agua avanzando a cuatro patas sobre guijarros y fina arena, aunque tan a oscuras como antes e igual de atormentada. Entre llantos, sofocos, estertores y queji-

1.  Medida de longitud. La braza española es equivalente a 1,67 metros.

dos recuperé el aliento, en tanto que Tumonka, que entró en la cuba detrás de mí, no mostraba traza alguna de falta de hálito, como si no hubiera estado sin respirar más tiempo del que le es dado soportar a cualquier persona que se cuente entre los mortales.

—Quédese aquí vuestra merced hasta que yo vuelva —me dijo—. No falta mucho para que amanezca y le entrará algo de luz por la dentada. El aire es nuevo y podéis quedaros hasta que lo sintáis podrido.

—¿Me vas a dejar aquí?

—Tengo que ayudar a los otros, maestre. Quién sabe cómo les irá —se quedó mudo un instante—. Si no regreso, subid vos todo derecho hacia arriba. No habrá más de cinco brazas. Ahora hemos buceado desde la playa y la distancia era mayor.

—¿A qué ha venido esto? —le pregunté con voz fatigada—. ¿A qué traerme por la fuerza a este sitio?

—El señor Rodrigo me lo ordenó.

¡Rodrigo! ¡Alonso!

—Ve, Tumonka. No te retrases.

Le oí marcharse y todo quedó en silencio. Un silencio de muerte, tan inmenso que parecía el final, el final del amor, de la dicha, de la luz del sol, de mi vida... Grité y lloré hasta reventarme en aquella negra noche y ni siquiera me apercibí de que en el hueco del rostro llevaba engastado el ojo de plata. Madre me había dejado sola, se había marchado entre grandes sufrimientos y, a lo que parecía, suplicando por mi vida y no por la suya, que tal había contado a voces y harto orgulloso el canalla de Lope. Sin madre, me sentía como un galeón sin anclas, como un árbol sin raíces. A la servicial Damiana, persona excelente de justo e inmenso corazón, le había dado tormento antes de matarla. Y si alguien quedaba que me retuviera en esta vida —de la que sólo anhelaba marcharme—, quizá en aquella misma hora ya hubiera perdido la suya. Temblaba de espanto ante la idea de hallar muertos a Alonso y a mi compadre Rodrigo. Sin dejar de mecerme, golpeaba mi frente contra las duelas de la cuba. Ante tanto dolor e incertidumbre, sólo podía agradecer a mi señor padre la última y grande lección que me enseñó antes de morir: ojo por ojo y diente por diente. Nada más lograba consolarme. Si me era dado sobrevivir a aquella noche, Arias Curvo y Lope de Coa padecerían las más terribles muertes que el ingenio humano hubiera discurrido desde que el mundo era mundo.

El ansia de venganza me ciñó estrechamente el corazón.

Cuando la luz de la mañana entró por la dentada de la cuba, me determiné a marcharme. El aire allí adentro aún era bueno y no había sufrido ni bascas ni dolores de cabeza, así que me llené los pulmones y emprendí el regreso a la superficie ascendiendo por aquella mar tan cristalina que más me parecía estar volando que nadando. Poco me faltó para ahogarme y, cuando por fin salí, veía centelleos y resplandores como si fuera a perder el sentido. Giré sobre mí misma hasta que divisé la Serrana, de la que me hallaría a no más de sesenta varas,[2] y tan secreta y sigilosamente como me era dado, me fui allegando sin agitar en demasía el agua. No se veía por ninguna parte la nao del loco Lope. Nadé a la redonda de

2.   Medida de longitud. Una vara equivale a 0,838 metros.

la costa y no la hallé. Tampoco la divisé en lontananza. No sentía cansancio ni fatiga, hambre o cualquier otra necesidad. Nadaba y estaba a la mira, eso era todo. Y cuando finalmente estuve cierta de que no había nadie con vida en la isla o, a lo menos, nadie que se moviera como si viviera, me aproximé con muchas precauciones hacia donde se distinguían cuerpos y los restos de nuestra hoguera. Sin mi espada y mi daga me sentía desnuda, mas aquel seco promontorio entre bajíos no permitía otros engaños y tretas que los usados la noche anterior por el odiado enemigo. Con todo, me arrimaba con cautela y, cuando salí del agua (por el mismo punto en el que entré), llevaba los sentidos tan afilados como cuchillos. El leve aleteo de una polilla me hubiera hecho brincar como una cabra montesa para zambullirme de nuevo en la mar.

El primer cuerpo que descubrí fue el del indio más joven, Pienchi, al que le habían quemado brazos y piernas y abierto el vientre de un costado al otro. Luego fui a dar con el de Punamaa, el más fuerte de los buceadores, y a éste le faltaban las orejas, la nariz, las manos y los pies. La arena había bebido ávidamente la sangre y ahora, ya seca, formaba gruesas tejas sobre las que pisaba. En el lugar donde debían hallarse mis pertenencias no quedaba nada. El paño sobre el que dormía de ordinario sólo era un revoltijo, mas, al hurgar con el pie, quedó al descubierto un trozo del acero de mi espada que brilló con la luz como un diamante. Solté una exclamación de júbilo y la desenterré y, al hacerlo, se desenterró también mi daga. ¡Qué grande alegría! Si no hubiera llorado ya tanto, de seguro me habría caído alguna lágrima. Allí estaban las hermosas armas forjadas por mi auténtico padre,

Pedro Solís, el maestro espadero más famoso de Toledo. Su nombre estaba grabado en los canales de las hojas. Ahora me sentía segura y, empuñándolas con firmeza, me erguí por completo y eché una mirada en derredor.

Un poco más allá de la hoguera se advertían, amontonados e igualmente mutilados, tres cuerpos más, aunque ninguno de ellos era el de Alonso o el de Rodrigo, y detrás, casi ocultos, los restos cárdenos y tumefactos del pobre Tumonka, que había salvado mi vida esforzadamente para perder la suya poco después.

—¿Maestre?

Con las armas en ristre, presta a cruzar mi espada con quien fuera que me la hubiera jugado, rodé sobre la arena para proteger mi espalda contra el montón de cuerpos de mis pobres compañeros.

—Maestre... —susurró ahogadamente la voz.

—¿Tumonka? —me sorprendí.

—Aquí, maestre.

Solté las armas y me arrodillé junto a él, condolida de su miserable estado y su lastimosa desgracia.

—A tu lado estoy, compadre —le dije, tomándolo en mis brazos. Un estoque le atravesaba el hígado, de cuenta que, si se lo sacaba, expiraría en un instante bañado en su propia sangre... La poca que le quedaba, pues la otra había formado una muy grande mancha en la arena.

—Se los llevó en su batel —murmuró.

—¿A Rodrigo y a Alonso?

—Sí. No pudo hallar a vuestra merced.

—Gracias a ti, que me salvaste.

El buen guaiquerí tenía el aliento corto y apresurado. Los ojos no podía abrirlos, de tan hinchados como se los habían dejado los golpes.

—Se los llevó para que vayáis vos a rescatarlos, maestre.

Suspiré reconfortada.

—Entonces no los matará —dije.

—Sólo quiere a vuestra merced y a esa tal doña Catalina.

—Te daré un poco de agua.

—No.

—¿No deseas beber, remojarte la boca y la garganta? No me respondió. Su pecho se había detenido.

—¡Eh, compadre! —le llamé—. ¡Tumonka!

Mas el guaiquerí se había ido, había fallecido entre mis brazos no sin antes ofrecerme un último y valioso servicio: informarme de que Alonso y Rodrigo vivían y de que vivirían hasta que yo acudiera a rescatarlos y cayera en la celada del loco Lope. Mal me conocía el heredero de los Curvo. ¡Y eso que había probado en sus propias carnes lo que me era dado poner en ejecución cuando me herían o herían a los que amaba! Su locura, lejos de amedrentarme, hacía de mí una mujer más fuerte, dura como mármol y helada como nieve.

Abrí un carnero en la playa y di sepultura a los indios. Luego, atrapé algunos peces, los asé y me los comí, y me quedé sentada mirando el ocaso, cavilando en todas las cosas que debía obrar en cuanto el señor Juan apareciera y abandonáramos la Serrana. Madre muerta, Damiana muerta, Alonso y Rodrigo en poder de Lope, y Lope y Arias buscando a Martín Nevares y a Catalina Solís por todo Tierra Firme. A lo menos aún me quedaban los dos Juanes (el señor Juan y Juanillo), pues los otros Méndez (fray Alfonso, el padre de Alonso, y sus tres hijos menores, Carlos, Lázaro y Telmo) habían partido hacia la

Nueva España a los pocos días de asaltar la flota sin que, en mitad de aquella confusión, a nadie se le hubiera alcanzado ni lejanamente las razones. Alonso, que prefirió quedarse en el rescate de la plata, declaró cierta noche, durante la cena, que algo debía entregar su padre al superior de un monasterio franciscano de México, aunque no conocía nada del asunto.

En los dos días que Juan de Cuba, el viejo amigo de mi señor padre, tardó en regresar a la isla, no hice otra cosa que devanarme los sesos, enhilando acontecimientos y poniendo la mira en la maraña de pormenores que podían haber llevado hasta la Serrana al bellaconazo de Lope.

El más atroz de mis copiosos yerros, aquel que nunca podría perdonarme, había sido abandonar a madre en manos de ese demonio que le quitó la vida. El hijo de Juana Curvo había llegado a Tierra Firme con la última flota, la que arribó a Cartagena promediando junio al mando del general Jerónimo de Portugal. Para entonces madre ya llevaba viviendo en esa ciudad —hospedada en casa del señor Juan— un par de años y no se nos pasó por la cabeza que Lope de Coa tuviera intención de causarle daño. Discurrimos que su viaje obedecía al deseo de dar razón a su señor tío Arias de las muertes familiares acaecidas por mi mano en Sevilla y de ponerle en aviso de que el tal Martín Nevares trataría también de matarle a él. A no dudar, desearía buscar por su mismo ser a Martín y a Catalina, pues conocía que los dos le habían hecho matar a su propia madre. Porque ésa era la verdad que tanto él como yo conocíamos: que yo no maté a Juana Curvo sino con la intención, pues la mano que clavó el puñal en su pecho fue la de su propio hijo Lope. Mas ¿qué venganza podría ejecutar éste hasta que no me hallara? Ninguna. Así pues, sintiéndome segura en la Serrana, ni por asomo discurrí que el heredero de los Curvo gozara de suficientes luces como para ingeniar una solución con la que hallarme y darme caza. Ahora se veía, para nuestra desgracia, que lo había tenido en poco.

Con todo, en modo alguno estaba dispuesta a considerar que madre o Damiana me hubieran hecho alevosía. De cierto que por eso las mató el loco Lope y le aplicó tormento a la bondadosa curandera: ellas se negaron a revelar mi paradero. Madre suplicó por mi vida porque conocía que él me buscaba para matarme, consumando así su venganza y salvando al tiempo la vida de su señor tío. No, ellas no me habían traicionado; ellas habían dado su vida a trueco de la mía y yo debía ahora honrarlas para que sus muertes no resultaran en vano.

Entonces, si no había sido por boca de madre o Damiana, ¿cómo había conocido el maldito Lope que podía hallarme en la Serrana? ¿De qué manera...?

¡Mal haya yo y que me llevase el diablo! ¡Qué necia había sido! ¿Cómo no me había apercibido, cómo no lo había antevisto? ¡La flota, la misma flota en la que viajaba la plata de los Curvo! Arias la hizo subir a bordo como munición de hierro para los cañones; nosotros obligamos a la flota a dispararnos dicha munición el día que se contaban tres del mes de agosto: la flota siguió su derrota y a los cinco días, por más o por menos, debió arribar a La Habana, donde haría aguada y recargaría nueva munición antes de emprender el tornaviaje hacia España por la mar Océana. A tal punto, nosotros ya habíamos comenzado a rescatar las pelotas de plata del fondo de la mar. Mas cuando el general Jerónimo de

27

Portugal solicitara a las autoridades de La Habana algo tan extraordinario como que les proveyera de proyectiles porque, tirando contra canoas incendiarias, habían gastado todos los que traían (unos dos mil), la crónica del asalto, a no dudar, debió correr como la pólvora en cuestión de una o dos semanas por todo Tierra Firme y la Nueva España. El asunto habría arribado a Cartagena entre el día lunes que se contaban diez y ocho del mes y el día miércoles que se contaban veinte, y a los dos Curvo Arias y Lope, no se les habría escapado que aquello no había sido en absoluto un ataque a la flota del rey sino un miserable robo, el robo de una parte de su fortuna puesto en ejecución por alguien que conocía sus fullerías y sus deshonestos negocios.

¿Para qué más...? ¿Quién podía ser ese alguien sino Martín Nevares, el hijo del fallecido mercader Esteban Nevares? Habían podido con el padre, ya muy anciano, al que hicieron prender, azotar y trasladar a España para dejarlo morir en la Cárcel Real de Sevilla, mas con el hijo sólo les habían salido las cosas torcidas desde el principio. Martín Nevares, a no dudar, estaba detrás del asalto a la flota que, según dirían los que venían de Cuba, había acontecido en la zona de bajíos llamada la Serrana, una zona que, por más, permitiría al ladrón adueñarse de la plata con muy poco esfuerzo. ¿Y a cuánto estaba la Serrana de Cartagena? A sólo tres días de viaje; menos si la nao era rápida. Y el loco Lope nos había atacado el último día del mes, el que se contaban treinta y uno. Todo ajustaba.

Encontrar a madre no les debió de resultar muy difícil puesto que sabían de ella desde que Arias y Diego Curvo habían ordenado a uno de sus compadres, el corsario Jakob Lundch, atacar el pueblo de Santa Marta y matarla a ella y a todas las mujeres distraídas de su mancebía. Estaban al tanto de que madre había sido, durante más de veinte años, la barragana de Esteban Nevares y, aunque Cartagena era una muy grande ciudad —la más poblada de Tierra Firme—, no por ello los vecinos se conocían menos o ignoraban las vidas y secretos de todos y de cada uno, como igualmente acontecía en la mismísima e imperial Sevilla.

Claro está que madre residía en la casa de Juan de Cuba, el grande compadre y hermano de Esteban Nevares, de cuenta que el señor Juan ya podía despedirse por un tiempo de su ciudad, su vivienda y su tienda pública. Los Curvo le harían matar en cuanto se dejase ver pues ahora era también su declarado enemigo. Su nombre estaba inseparablemente unido al mío a través de madre. Del grumete Juanillo nada sabían. De los Méndez tampoco, aunque llevarse a Alonso podía obedecer a dos razones: la primera, que tuvieran más información de la que yo presumía y conocieran de cierto a Rodrigo de Soria y a los Méndez (y empecé a preocuparme también por Clara Peralta y su viejo marqués), y la segunda, que Lope se los hubiera llevado por ser los dos únicos españoles del islote a los que, por fuerza, debía unirme un estrecho afecto pues, de otro modo, no estarían allí. Los gritos de Rodrigo pidiéndome que huyera entretanto peleaba con los sicarios de Lope fueron quizá decisivos para salvar su vida y la de Alonso, aunque a trueco de convertirse en cebo para mi trampa.

Así pues, desdichadamente para mí, sólo me quedaban Juanillo y el señor Juan... ¡Qué terrible consuelo!

Pero no, todavía tenía a alguien más, alguien que correría en mi auxilio en cuanto se lo pidiera: Sando Biohó, el hijo del rey Benkos, el cimarrón más famoso de todo Tierra Firme. Sando desconocía que yo era en verdad una mujer, mas sentía un grande afecto por su compadre Martín Nevares, al que trataba desde muchos años atrás. Sando gobernaba el palenque del Magdalena, el poblado de esclavos fugitivos más cercano a Santa Marta, y conocía que podía pedirle cualquier cosa que precisara, como sus rápidos mensajeros o los ojos y los oídos de todos los esclavos de Tierra Firme.

En resolución, contaba con Sando y con los dos Juanes para liberar a Alonso y a Rodrigo y para terminar de una vez para siempre con los malditos Curvo.

A tal punto, por fin, con el entendimiento mejor concertado, el hielo de mi ánima principió a derretirse y me apercibí valederamente de que mi dulce Alonso estaba en manos del loco Lope. Eché mano a la faltriquera y saqué el ojo de plata. Él había pensado en mí, había querido menguar mi dolor con aquel presente tan extraordinario. Me calcé el ojo y sentí cuánto le echaba a faltar y cuánto añoraba mirarle y escucharle y avistarle en derredor mío con esa hermosa sonrisa que le hacía brillar los ojos azulinos. No le amaba porque fuera apuesto, que lo era y mucho, sino por su buen corazón, su valor y su temple. Pensar que lo tenía el loco, que le podía estar dando tormento o mutilándolo como a los indios sólo por sacarle información sobre mí o que le podía haber matado para vengarse por los cuernos de su señor padre, me alteraba el juicio hasta el desvarío y, de nuevo, mi único consuelo era gritar una y otra vez al cielo que mataría a Arias Curvo como le había jurado a mi padre en su lecho de muerte y que a Lope de Coa le daría no una sino varias muertes, a cual más terrible, más dolorosa y más cruel.

—¡Muchacho! ¡Eh, muchacho! ¿Dónde estás, Martín?

—¡Señor Juan! —era la voz de Juanillo—. ¿Ha advertido vuestra merced este desbarajuste?

Mis dos Juanes acababan de arribar a la isla en uno de los bateles de la *Sospechosa*, que debía de haber quedado atracada a poco menos de una milla, una vez atravesada la secreta derrota entre bajíos que el señor Juan había descubierto al nordeste.

Me incorporé, liberándome de la arena en la que me escondía para dormir, y alcé el brazo para que alcanzaran a verme.

—¡Aquí! —exclamé.

Juanillo, que si seguía creciendo acabaría en la colección de monstruos del rey, echó a correr hacia mí.

—¿Y Rodrigo, maestre? —inquirió con cierta preocupación en el rostro—. ¿Y Alonsillo? ¿Dónde están los indios?

Al fondo vi a los marineros de la *Sospechosa* arrastrando el batel para vararlo en la arena.

—Siéntate a mi lado, Juanillo —le dije, sacudiéndome la camisa—. ¡Venid conmigo, señor Juan! Tengo malas nuevas que comunicaros.

El señor Juan, por su edad avanzada, más que sentarse se dejó caer pesadamente. Suerte que Juanillo, que había sido prohijado en afecto por el mercader, alargó uno de sus luengos brazos y le sujetó para que, en el último instante, el señor Juan descansara apaciblemente

31

sus posaderas en la arena y no se derrumbara hacia atrás.

—¿Qué es eso que tienes en la cara? —me preguntó al punto el mercader.

Desprevenida, no supe qué responderle.

—¿Por qué tu ojo izquierdo brilla como la plata? —insistió sonriente.

Me ruboricé y me llevé la mano al ojo para taparlo.

—El resultado es asombroso —afirmó—. Casi parece que seas el mismo de antes, ¿verdad, Juanillo?

—Verdad —confirmó el antiguo grumete escudriñándome con grande asombro—. Ya no tienes de qué preocuparte, doña Catalina. Has recuperado la belleza que perdiste en Sevilla.

—¡Juanillo! —le recriminó el señor Juan—. ¡Aquí no hay ninguna Catalina! Éste es Martín, Martín Ojo de Plata —añadió con buen humor—, el maestre de la *Sospechosa* y del *Santa Trinidad*, hijo de mi compadre Esteban.

—Sea como decís, señor —admitió el muchacho.

—Y bien, Martín. ¿Dónde están los demás? ¿Qué ha pasado aquí?

Con la voz más calmada que pude y apretándome las manos una contra otra para no perder la cordura y acabar echándome a llorar, les referí todo lo acaecido desde el primer disparo de cañón de la maldita noche del ataque del loco Lope. Sus rostros se iban desencajando conforme avanzaba el relato y, casi finalizándolo, cuando les expuse que Rodrigo y Alonso se hallaban en poder de Lope de Coa, Juanillo, en un arranque de consternación, se puso en pie de un bote y gruñó como un animal salvaje, asustando a los marineros del batel.

—¡Voto a tal! —escupió el señor Juan golpeando la

arena con el puño cerrado—. Mataré a los Curvo con mis propias manos.

—Eso déjemelo a mí, que alguna idea tengo de lo que debemos obrar —objeté con rudeza.

—¡Malditos Curvo! ¡Malditos sean por siempre!

—No hay un siempre para ellos, señor Juan. Sólo quedan dos y los voy a matar.

—Harías bien en recordar en voz alta el juramento que le hiciste a tu señor padre.

—*No permitas que ni uno solo de los hermanos Curvo siga hollando la tierra mientras tu padre y los demás nos pudrimos bajo ella* —recité con el corazón encogido.

—Se lo juraste, Martín, en su lecho de muerte.

—Y ya he matado a cuatro de cinco. Sólo me quedaba uno cuando regresamos a Tierra Firme. Ahora, por más, un gusano miserable, lo peor de esa familia, se ha sumado a la fiesta.

—Nosotros te ayudaremos —afirmó el señor Juan mirando a Juanillo, que seguía en pie, lloroso.

—Aún hay algo más que debo confiaros, señor Juan —murmuré bajando la cabeza con pesadumbre.

—¿Algo más? —se asustó.

—Y peor.

—¡Válgame Dios, muchacho! ¡Ya no tengo edad para tantos sustos!

—Madre ha muerto —dije, sacando las palabras de las entrañas con inmenso dolor—. Y Damiana.

El silencio se hizo viscoso.

—Te suplico, Martín —balbució el señor Juan pasándose una mano por el rostro, blanco como la cuajada—, que me des a entender lo que has dicho porque para mí tengo que no te he oído bien.

Juanillo, vencido por tantas malas nuevas, primero cayó de rodillas y, luego, de boca, llorando a lágrima viva. A él sí se le había alcanzado mi discurso.

—Madre... —empecé a decir y tuve que tragarme con pujanza el nudo que me cerraba la garganta—. El loco Lope mató a madre antes de allegarse a la Serrana. También mató a Damiana. Él mismo me lo dijo por su propio ser.

El señor Juan, sin ayuda de nadie, haciendo un ruidoso esfuerzo se incorporó y, dando traspiés cual borracho, se encaminó hacia la orilla de la playa. Le oí murmurar el nombre de madre como una letanía, una vez y otra y otra más, como si con tal sortilegio pudiera devolverle la vida.

El sol fue subiendo en el cielo y cada uno de nosotros persistió en vivir a solas su propio dolor. A no mucho tardar, Juanillo se me allegó y, siendo todo lo grande que era y teniendo ya la edad que tenía, se recogió contra mí como si fuera un chiquillo indefenso y yo, pasándole el brazo por los grandes hombros, lo atraje y dejé caer mi cabeza contra la suya. Juanillo Gungú, de hasta unos veinte años de edad, fuerte, agraciado y, por encima de todas las demás cosas, alto como una pica, había amado grandemente a mi señor padre para quien trabajó de grumete en la *Chacona*. Mi padre siempre decía que no era digno de personas de bien poseer a otras en condición de objetos pues todos los humanos eran libres sin reparar en el color de su piel. Me exhortaba mucho para que no practicara nunca el nefando comercio de esclavos. Juanillo, negro como la noche, el más oscuro de nuestra coloreada tripulación, sólo había querido a tres personas en su vida: a mi padre, a madre y a mí, pues por Rodrigo lo que sentía era, para decir verdad, respeto, admiración y obediencia, ya que mi compadre lo había tratado siempre con severa rudeza, reprendiéndole de continuo por menudencias sin fuste. Y es que Rodrigo era Rodrigo, y a nadie se le daba nada de su presumida fiereza salvo al tonto de Juanillo, que se echaba a temblar en cuanto mi compadre fruncía el ceño un poco más de lo normal. Y Rodrigo, que lo sabía, disfrutaba haciéndole sufrir. En cierto modo, siendo todos de diferentes sangres, formábamos una familia de extraordinarias cualidades, aunque cada vez más pequeña pues ya íbamos quedando pocos.

Al cabo, el señor Juan regresó, con los ojos como faroles, y se detuvo frente a nosotros.

—¿Qué vas a poner en ejecución? —preguntó secamente.

Solté a Juanillo, que se secó las lágrimas con la mano y se puso en pie junto al señor Juan, y sacudí la cabeza con pesadumbre.

—¿De cuántos caudales disponemos? —quise saber.

El señor Juan se puso a reír con amargas ganas.

—¡De todos cuantos necesites! —soltó—. ¿Recuerdas lo que te costó el palacio Sanabria, en Sevilla? Pues diez o más como ése te sería dado comprarte sin que te arruinaras.

El señor Juan había ido entregando la plata en Jamaica a una liga de banqueros de Cuba, amigos suyos de la infancia y por quienes sentía grande confianza y estima (uno de ellos estaba casado con su hermana). Los banqueros habían comprado la plata pagando buenos doblones y maravedíes que el señor Juan les había dejado en depósito hasta que los reclamásemos. No podíamos guardar tantos caudales en Cartagena sin destacarnos y tampoco acarrearlos con nosotros pues no habría sitio en la *Sospechosa* ni en el *Santa Trinidad* para cargarlos todos.

—Necesitamos una nao más grande —murmuré.

—Bueno, acerca de eso...

Juanillo soltó una risilla y yo me amosqué.

—¿A qué tanto misterio?

—No, no hay tal misterio —repuso el señor Juan, calmándome—. Esa nao ya obra en tu poder.

—¿Cómo que ya obra en mi poder?

—Verás, muchacho, reside en Jamaica desde hace poco un tal Ricardo Lobel, experimentado maestre, que...

—¿Ricardo Lobel...? —resoplé con impaciencia; ese nombre sonaba más falso que mi identidad de Martín—. ¿El mismo Ricardo Lobel que no ha mucho respondía por el nombre inglés de Richard Lowell y pirateaba por estas aguas?

—Sí, bueno..., eso no lo conozco —mintió el señor Juan a sabiendas de que yo no le creería—. ¿Cómo podría conocerlo?

En el pico de la lengua se me quedó la valedera respuesta.

—¡Déjese vuestra merced de invenciones y continúe con el relato!

—¡Eso está mejor! Pues verás, muchacho, el señor Ricardo se halla en posesión de unas cinco o seis portentosas naos...

—Inglesas, a no dudar.

—Algunas sí —titubeó el señor Juan—, mas otras tan españolas como la Iglesia Mayor de Sevilla.

—Ganancia de abordaje —afirmé.

—¿Quieres conocer la razón por la cual posees la mejor nao del Caribe o es tu deseo impedir que declare? —se enfadó.

Si la nao ya era de mi propiedad, más me valía escuchar. Me levanté, al fin, sintiendo hambre de verdad por primera vez en dos días y comencé a pasear arriba y abajo para estirar las piernas. Hice un ademán al señor Juan y éste continuó:

—Pues el tal Lobel me visitó en la *Sospechosa* para ofrecerme una de sus naos. Se ha retirado del... mercadeo y ha elegido Jamaica para establecerse y granjearse la hacienda por medios lícitos y fundados.

—Medios que nunca faltan a los honrados y prudentes —se me escapó. El señor Juan no me lo tomó en cuenta.

—Ya no precisa las naos y las ofrece a buenos precios, con sus cargas de pólvora, toda la munición y cincuenta arcabuces como presente. Me determiné a comprarte una de ellas porque, al verla, supe que no hallarías otra igual, por bella y maniobrera, en todo el Nuevo Mundo. Te gustará. Es un galeón inglés, el *Lightning*, y llevará tan prestamente tus caudales desde Santiago de Cuba hasta Santa Marta, Margarita o Cartagena que cuando lleguen tú aún no habrás salido de puerto.

—¿Cómo ha dicho vuestra merced que se llama la nao?

—*Lightning*.

—Y eso, ¿qué quiere decir?[3]

—Ni lo sé ni me importa —afirmó el señor Juan— pues conozco que le vas a cambiar el nombre, los colores

3.   «Relámpago», en inglés.

37

y hasta el trapo, de cuenta que ya di orden al piloto para que principiara a rascar las letras del casco.

—Señor Juan —le dije muy seria—, si el loco Lope no hubiera atacado la Serrana y vuestra merced me hubiera aparecido con esta nao inglesa estando todos reunidos y contentos, le doy mi palabra de que se la habría hecho zampar de proa a popa con toda su quilla. Mas, para vuestra fortuna, ha querido el destino que tan insensata compra haya sido un muy grande acierto en mitad de tanta desgracia, de modo que le quedo en inmensa deuda.

—Si quieres satisfacerla, mata a los Curvo.

—Cuanto antes salgamos de aquí, antes los cazaré y para ello precisaré del auxilio de ambos —dije, señalándolos con la mirada.

—Juro por mi honor —exclamó Juanillo llevándose la mano al pecho— que no descansaré hasta que Rodrigo de Soria y Alonso Méndez estén de regreso entre nosotros, sanos y salvos. Y juro que te asistiré, maestre, en todo cuanto precises y me demandes para acabar con los Curvo que quedan.

—Yo también te lo juro por mi honor, Martín Ojo de Plata —profirió de igual modo el señor Juan—. Y, ahora, vayámonos.

Subimos al batel y nos alejamos del maldito islote para siempre. No he vuelto a recordarlo con agrado ni un solo día de mi vida, y eso que fue allí donde recibí de manos de Alonso mi ojo de plata.


La nao *Gallarda*, pues así rebautizamos al *Lightning* en honor de María Chacón, era mucho más de lo que cualquiera en sus cabales hubiera imaginado por las palabras del señor Juan. Cuando el batel arribó a la *Sospechosa* y la *Sospechosa* arribó a la *Gallarda*, que nos aguardaba lejos de los bajíos, a dos millas mar adentro, estoy cierta de que la boca se me abrió, la quijada se me descolgó y las piernas me fallaron. «Bella» había dicho el viejo mercader; «maniobrera», había añadido, mas se le olvidó agregar que era un galeón de doscientos toneles (la *Sospechosa* era de cien), tres palos con poderosas velas cuadras, treinta y cinco metros de eslora, seis de manga y sólo tres y medio de calado. Ni que decir tiene que era una hermosísima flecha de mar que artillaba catorce cañones por banda más otros cuatro en cubierta, y una cuantiosa dotación de ochenta marineros. Su casco estaba pintado de negro, rojo y blanco (la obra viva),[4] y tenía un mascarón de proa que representaba una hermosa mujer con las ropas al viento y, en el espejo de popa, unos extraños vidrios pintados de brillantes colores en los ventanucos donde se ubicaba la cámara del maestre.

Y aún había más. Tenía comedor con vajilla de plata, sábanas y manteles de fina Holanda y delicados muebles de grande calidad ejecutados, de seguro, por ebanistas de Lieja. En la cámara del maestre —la mía—, abundaban los tapices con motivos florales, las colgaduras en torno a la cama, las copas de oro en los anaqueles y los mejores instrumentos de navegación sobre una muy grande mesa para trabajar las derrotas con los portulanos y las cartas de marear. Y por si todo ello fuera poco, tras una portezuela, dentro de la misma cámara, había

4. Parte de la madera del casco que está sumergida en el agua del mar.

un bacín de barro y una hermosa tina de madera en forma de media cuba para que el maestre —yo— pudiera hacer sus necesidades y bañarse privadamente. Aquello era un palacio más que un galeón pirata, aunque quién dudaría, viendo tanto lujo y conociendo la austeridad de las naos españolas, que más valía ser pirata y vivir de este modo que andarse con zarandajas de general de flota o Armada Real. Y qué decir de las bodegas, pañoles y compartimentos de la *Gallarda*: en ellos podía cargarse cualquier cosa y aún quedaría sitio para todo el tabaco de La Española o toda la sal de Araya. Era como una muy grande ciudad flotando en mitad de la mar.

—¡Buena compra habéis hecho, señor Juan! —le dije, agradecida, y el mercader, satisfecho, se frotó las manos con regodeo. Los ojos, en cambio, los tenía tristes y seguían rojos por las anteriores lágrimas—. Sólo hay una cosa que no termina de complacerme.

—¿Qué podría no complacerte de tan maravillosa nao? —se ofendió.

—La dotación. Estos hombres de mar son de mala calaña.

—Son todo lo que pude hallar en los puertos orientales de Jamaica. Ya conoces el pelaje de los que viven allí.

—A lo que se ve, buenos amigos y compadres de Ricardo Lobel.

—¡Éstos no son ingleses! No admití a ningún hereje anglicano y por eso falta tripulación. No la pude completar.

—Y os agradezco la diligencia, mas, si la tripulación no es de confianza, ¿cómo se puede gobernar una nao? Mirad a ésos —y le señalé una cuadrilla que trajinaba en el combés—, desde aquí apestan a vino y no se los ve muy templados ni firmes.

El señor Juan los miró y asintió pesaroso.

—Podemos allegarnos hasta el puerto que quieras. En todos habrá hombres mejores que quieran enrolarse contigo.

—¿Y para qué querrían eso?

—¡Pues porque Martín Nevares es un héroe por estos pagos! ¿Acaso no conoces tu fama desde que los bandos y pregones te anuncian como asesino de los Curvo de Sevilla? Tú y tu enamorada, esa tal Catalina Solís —dijo tratando de ocultar la maliciosa sonrisa que se le dibujaba en los labios—, ya estáis en las coplas y seguidillas que se cantan en las tabernas.

—¿De qué demonios habla vuestra merced? —exclamé enojada. ¡Pues sólo me faltaba eso! No tenía problemas bastantes que, por más, mis dos personalidades iban de boca en boca por todo Tierra Firme. ¡Y enamoradas entre sí! La demencia señoreaba mi vida cada vez con mayor ahínco.

—Tú dime a qué puerto quieres ir para reclutar tripulación y yo te mostraré de lo que hablo.

Suspiré con resignación.

—He menester de Sando Biohó.

—Entonces a Santa Marta.

—Pues a Santa Marta. Presto.

El mercader quedó en suspenso un instante, mirando tristemente la mar, y yo, sospechando que cavilaba sobre madre, sobre Cartagena y sobre su propia casa perdida, me sentí culpable por los malos negocios que el pobre señor Juan estaba haciendo conmigo desde la muerte de mi señor padre. Mas, recuperándose del embeleso, dijo de súbito:

—Si, a lo menos, me devolvieras mi zabra...

41

¡Mercader del demonio, fariseo de los tratos!

—¡Es *mi* zabra! —grité, sulfurada.

A la que se le venía al entendimiento, me reclamaba la *Sospechosa* de semejante forma desde hacía más de un año. ¡Y yo le había pagado un millón de maravedíes por ella!

—Eso de que es tuya lo habremos de aclarar algún día... —repuso con toda dignidad.


A bordo de la *Gallarda* arribamos a Santa Marta... ¡en dos de las cuatro jornadas acostumbradas de singladura! Aquella nao era formidable, la más veloz y marinera de cuantas había conocido y gobernado en mi vida. Viraba con tal ligereza y prontitud que tuve que aprender a mesurarme en las órdenes para no provocar un vuelco. Por fortuna, los cañones (culebrinas y medias culebrinas de bronce) se hallaban muy bien trincados. Por supuesto, la *Sospechosa*, pilotada por Luis de Heredia, se perdió de vista en cuanto zarpamos. Su destino no era el nuestro. Tenía órdenes de mantenerse discretamente a la espera en el puerto de Santiago de Cuba, donde también se hallaban, a buen recaudo, nuestros nuevos caudales.

Como digo, al segundo día alcanzamos a ver las altas y blancas cumbres de la Sierra Nevada y el piloto, Macunaima, conforme a mis instrucciones, viró en corto en torno al Morro para hacernos entrar derechamente en la Caldera, la hermosa bahía de aguas turquesas al final de la cual se hallaba enclavada la localidad de Santa Marta, un pequeño pueblo de casas bajas y altísimos cocoteros. Yo no había regresado desde poco después de que el corsario Jakob Lundch la asaltara por orden de los Curvo, de cuenta que recordaba una ciudad quemada por los cuatro costados y con todos sus vecinos desaparecidos o muertos. Tres años después rebosaba de vida y se extendía como una mancha hacia la desembocadura del río Manzanares, mostrando así una destacada y rauda expansión. Con todo, aún se divisaba en el puerto el trozo de tizón de una quilla quemada y el esqueleto de unas viejas y calcinadas cuadernas. Eran los restos de la *Chacona*, la nao de mi señor padre. La mar no los había devorado por completo y los vecinos, por desconocidas razones, tampoco los habían hundido. Quizá se figuraran que su presencia los prevendría de otro ataque pirata.

Orzamos para poner la proa al viento, recogimos trapo y cuando nos detuvimos ajustadamente entre los cascos de las dos o tres naos que ocupaban la rada, ordené echar anclas y arriar los bateles. Por parco que fuera nuestro calado, no podíamos allegarnos hasta el mismo muelle. La extrema belleza de la *Gallarda* comenzaba a reunir un importante número de sorprendidos vecinos en la playa.

—Pocos hombres de mar vas a conseguir aquí —rezongó el señor Juan, que descendía tras de mí por la escala de babor hasta el batel.

—Con hallar los bastantes para cambiarlos por los que traigo, me sobra.

—No te preocupes, maestre —dijo Juanillo empuñando resueltamente uno de los remos—. Con los leales del palenque compondrás la dotación que la *Gallarda* se merece.

Se le advertía impaciente por llegar al lugar que él consideraba su hogar.

—¿Cómo había podido borrar de la memoria —tornó a rezongar el señor Juan, tomando asiento en el batel— que los leales del palenque son todos admirables gentes de mar?

—Diga vuestra merced lo que quiera, señor Juan —repuso Juanillo comenzando a bogar con los otros—, mas son hombres listos que aprenderán presto el oficio.

—Y prófugos de la justicia.

—Aquí el único prófugo de la justicia que hay soy yo —proferí; había marineros escuchando—. Todos los palenques del rey Benkos fueron reconocidos como poblaciones legales y sus apalencados como negros horros[5] con cartas de libertad en mil y seiscientos y cinco. Le recuerdo, señor Juan, que el acuerdo de paz se firmó de resultas del robo de la persona de mi señor padre, a quien Benkos tuvo retenido por mucho tiempo para conseguir que el gobernador Jerónimo de Zuazo aceptara sus peticiones.

—¡Cuánto sufrió tu padre durante aquel robo! —se conmovió su viejo compadre, rememorando tal sufrimiento.

Tuve que morderme la lengua para no contarle al señor Juan que, durante aquel supuesto robo ingeniado por mí, mi padre estuvo cómodamente alojado en el palenque de Benkos, disfrutando de las comidas, las fiestas y los bailes africanos y recibiendo, en un lujoso bajareque, los cuidados de una fina cimarrona que había trabajado como camarera de una alta dama en una casa principal. Vamos, que sufrió tanto que ganó peso y colores de cara. Algún día le relataría la valedera historia al

5. Los esclavos que conseguían la libertad. Era una palabra común en la documentación de la época.

señor Juan, mas no entonces, pues convenía dejar el asunto para otro tiempo más cómodo.

Ninguno de los vecinos que curioseaban la nao me resultó conocido. Antes bien, aquellos rostros me parecieron, por la familiaridad del lugar, los más extraños que había advertido en toda mi vida. ¿Quiénes eran esas gentes que abarrotaban el muelle de mi ciudad sin ser avecindados? Y, si lo eran, ¿desde cuándo, que yo no lo sabía?

Saltamos a tierra y los murmullos se acrecentaron. Todos querían conocer de quién era esa magnífica nao y por qué había venido a Santa Marta.

—¡Buenas gentes! —exclamó el señor Juan, que, como viejo mercader al menudeo, estaba acostumbrado a allegarse a los puertos para vender sus mercaderías—. Esta bizarra nao que ha anclado en vuestras aguas tiene por nombre *Gallarda* y pertenece a este joven hidalgo criollo que nos acompaña, el señor don Martín Ojo de Plata. Y, ahora, buenas gentes de Santa Marta, franqueadnos el paso, que debemos ocuparnos de nuestros asuntos.

Entretanto la muchedumbre se rompía para abrir un pasillo, un anciano de pelo canísimo exclamó al punto:

—¿Martín...? ¿Eres tú Martín, el hijo de Esteban?

Sin apurar el paso por no delatar mi emoción, me dirigí hacia Félix Martorell, el viejo maestro de obras de Santa Marta, amigo de mi padre y aún más de madre, pues había sido parroquiano frecuente de la mancebía.

—El hijo de Esteban soy, señor Félix —le aseguré, quitándome el chambergo para mostrarle respeto. Él no dejaba ni por un instante de mirarme el extraño ojo de plata, mas nada dijo.

—¡Qué grande alegría! Conocimos que tu señor padre había muerto en España, mas ¿qué nuevas hay de María Chacón? ¿Tornará a Santa Marta para reponer su negocio?

—Madre también ha muerto, señor Félix —le dije, y me resolví a seguir contándole la verdad por no haber razón para ocultarla—. La mató cruelmente Lope de Coa, el sobrino del rico comerciante Arias Curvo, de Cartagena —el gentío que nos escuchaba soltó una exclamación de sorpresa y horror. De cierto que no sabrían quién había sido madre mas, a no dudar, conocían el apellido Curvo como si fuera el de sus propias familias.

—Entonces... —declaró alguien de entre las gentes—. ¡Vuestra merced es Martín Nevares, el que mató a los Curvo de Sevilla!

Me volví hacia el lugar de donde había venido la voz y dije todo lo alto que me fue dado:

—¡Así es, yo soy Martín Nevares! ¡Hacedles saber a todas las gentes de Tierra Firme que voy a matar al Curvo que queda y a su sobrino, el loco Lope! ¡He venido a Santa Marta buscando marineros para mi galeón, la *Gallarda*! Si alguno quiere venir conmigo, que se prepare. Zarparemos en uno o dos días.

Unos cuantos chiquillos echaron a correr como liebres en dirección a las casas. Al punto el pueblo entero conocería las nuevas.

—Más de diez y más de veinte se irán contigo.

—He menester, a lo menos, cincuenta, señor Félix, y, de ellos, dos o tres buenos cocineros, cinco o seis calafates, otros tantos grumetes y no me molestaría enrolar el doble de artilleros y arcabuceros, si es que los hay.

—En la taberna de Tomás López hallarás lo que buscas. Este pueblo no es el mismo sin una buena mancebía, mas aún siguen llegando muchas naos que toman y dejan tripulación.

Juanillo y el señor Juan, apostados en mis costados como el buen y el mal ladrón, viendo que la charla se alargaba, tomaron cartas en el asunto.

—De lo que ahora hemos menester es de tres veloces caballos —anunció Juanillo, impaciente—. Hemos de tomar el camino de la Guajira.

—Y yo voy a esa taberna para dejar recado al tabernero —añadió el señor Juan, alejándose—. Así podremos partir al punto.

—¡Yo os arrendaré los caballos! —anunció uno que estaba por allí.

—Ve con él —le ordené a Juanillo—. Ahora te sigo.

Me volví hacia el señor Félix y, sacando una bolsa de esquirlas de plata de mi faltriquera y entregándosela, le dije:

—Señor Félix, ¿me haríais la merced de encargaros de levantar de nuevo la casa de mi señor padre?

Los ojos del anciano brillaron como luminarias.

—¿Y la mancebía?

—También la mancebía. Y la tienda pública.

—¿Y quién lo regirá todo una vez que las obras estén acabadas? —preguntó con pena.

—Yo lo haré.

—¿Tú...? ¡Como si a ti y a tu querida no os buscaran por criminales en todo lo descubierto de la tierra! Por cierto, ¿dónde está ella, esa tal Catalina? ¿Es guapa, muchacho?

Resoplé como un caballo.

—¡Señor Félix! ¡Procurad que la casa de mi padre quede como estaba! Contratad los peones y carpinteros que preciséis. Y si se os acaban los dineros, no os detengáis, que ya os lo devolveré todo, y aún más, a mi regreso.

—Entonces, ¿deseas pilares de cal y canto, horcones de madera y cubiertas de teja?

—En efecto. Deseo que quede como si nunca hubiera ardido.

—Queda tranquilo, Martín, que yo también ayudé a levantar la antigua casa cuando era joven y lo recuerdo todo como si fuera ayer.

Me calé el chambergo, dispuesto a marchar en pos de Juanillo.

—¿No te preocupan las autoridades? —quiso saber, muy sonriente, el señor Félix—. Si vas a dejar tu nao en la rada, deberías preguntar a lo menos por el nombre del nuevo alcalde.

—No me preocupa en absoluto —aseguré muy tranquila—. Mi *Gallarda* disparará contra cualquiera que pretenda asaltarla.

El señor Félix, contrariado, porfió:

—¡Pregúntame por el nombre del alcalde!

—¡Está bien! —me resigné—. ¿Cuál es el nombre del alcalde?

—Juan de Oñate.

¡Por las barbas que nunca tendría! ¡Qué grande júbilo! Tomé a reír muy de gana. Juan de Oñate era otro viejo y querido vecino.

—¿El de Oñate es ahora el alcalde de Santa Marta?

—¿A que resulta gracioso? —preguntó el señor Félix entre hipos y carcajeos.

—Dadle un grande abrazo de mi parte señor Félix —dije, encaminándome hacia el pueblo—. ¡Y pedidle que me guarde bien la nao hasta que vuelva!

—¡Lo hará! ¡Ve con Dios!

—¡Quedad vos con Él!

Los caballos que consiguió Juanillo tenían buenos ollares y mejores patas. Por el camino de los huertos los hicimos correr a rienda suelta y ni corcovearon ni se encabritaron.

—El dueño se ha negado a recibir la costa del arriendo —me dijo Juanillo.

—¿No ha querido cobrar lo suyo? —pregunté, sorprendida, entretanto me volvía para ver por dónde andaba el señor Juan.

—Ha dicho que por pago tenía el contento de servir a Martín Ojo de Plata.

No daba crédito a lo que oía. Iba a tener razón el mercader con lo de la fama y las coplas tabernarias.

—Al final, se me quedará para siempre ese insufrible nombre.

—Pues a mí me place —afirmó Juanillo con grande regocijo.

Arribamos al palenque poco antes del anochecer (el señor Juan, que era más de agua que de tierra, nos retrasó a lo menos un par de horas). Los vigías de la empalizada dieron grandes voces avisando de nuestra llegada y luego, cuando al fin nos conocieron, dieron más voces aún. Una caterva de ruidosos chiquillos se coló entre las hojas del portalón antes de que terminara de abrirse y, como un veloz gusano, nos rodeó, nos avasalló y nos derrotó. Terminé con tres o cuatro de ellos subidos en mi caballo, y lo mismo le aconteció a Juanillo. El señor Juan, en cambio, repartía cintarazos con la fusta a diestra y siniestra.

—¡Señor Juan! —le recriminé—. ¡Suelte vuestra merced la fusta!

—¡Es que tratan de comerme!

No le comprendí al punto mas, de súbito, se me iluminó el entendimiento.

—¡No son caníbales, señor Juan!

—¡Eso es lo que tú dices!

Para su desgracia, los chiquillos entendieron que sólo tenía en voluntad acicatearles con aquella chanza, de modo y manera que, con un griterío aún mayor, todos los que no se hallaban en mi caballo o en el de Juanillo se abalanzaron sobre el señor Juan para proseguir el juego.

—¡Martín, hermano!

Mi compadre Sando salía del palenque a recibirnos seguido por toda su corte de cimarrones. Como hijo de rey africano, Sando era príncipe entre los suyos. Lucía un porte altivo y, por más, era recio, alto y de anchas espaldas. Tres años hacía que no le veía, desde antes de partir hacia Sevilla, y la única mudanza que advertí en él fue que su alegre sonrisa se había marchitado y que ensombrecía su rostro un gesto grave y taciturno.

—¡Sando!

Desmonté del caballo saltando de entre los chiquillos y nos estrechamos calurosamente en un muy grande abrazo.

—Conozco lo de madre —dijo por todo saludo.

Yo sólo asentí. El nudo en la garganta se apretaba de nuevo. Resultaba difícil que Sando ignorara cualquier cosa. Su apretada red de informadores era, con mucho, la mejor del imperio, pues estaba formada por los ojos y los oídos de todos y cada uno de los esclavos de Tierra Firme. Las nuevas arribaban al palenque a la velocidad con la que el fuego arde en la mecha.

—¿Qué tienes en la cara? —se maravilló al ver mi ojo de plata—. Semeja el ojo de un muerto.

No era cierto mas, para los africanos, todo se hallaba en relación con los espíritus de las cosas y las ánimas de los muertos.

—El mío lo perdí en un duelo de espadas en Sevilla. Fernando Curvo, antes de morir, me lo atravesó.

Sando agitó la cabeza sin apartar la mirada.

—Ven conmigo, hermano —me solicitó—. La cena está casi lista.

—He menester de tu ayuda.

—La tienes toda, mas pareces cansado. Mañana hablaremos.

—Sando, el loco Lope...

—¿Lope de Coa, el sobrino de Arias Curvo que mató a madre y a Damiana?

—¿Cómo conoces...?

¡Qué disparate! Sando ni siquiera se molestó en responderme. Seguía empujándome hacia el interior del palenque.

—Sando, el loco Lope tiene a Rodrigo de Soria.

Sus pies se detuvieron en seco y se revolvió lleno de ira.

—¿Qué dices? ¿Al compadre Rodrigo?

—Me atacó en... —no pude seguir—. Es una muy luenga historia, hermano, mas lo importante es que se ha llevado con él a Rodrigo y a Alonso.

Me miró con perplejidad.

—¿Alonso...? De ése no sé nada.

Sonreí con esfuerzo.

—Al cabo, no lo conoces todo, ¿eh? Tengo muchas cosas que explicarte, tantas que no me van a bastar los días de que dispongo. No hay tiempo, Sando, Rodrigo de Soria y Alonso Méndez corren grave peligro.

—¡Sea, hablaremos esta noche! Mas, primero, te refrescarás y, luego, cenaremos, y sólo después, dando un paseo si no llueve, podrás referírmelo todo.

Horas más tarde, cuando ya el palenque dormía, se escuchó una potente voz que clamó alegremente en el silencio de la noche:

—¡Válgame el cielo! ¿No conocías que yo conocía que eres una mujer? ¡Y mi señor padre también lo conoce! ¡Y todos los cimarrones de los palenques! ¿O acaso piensas que, cuando nos saludamos con un abrazo, no noto lo que ocultas bajo la camisa? ¡Venga, Martín, que ya no somos niños!

Mi humillación no tenía límites. Había sido una hermosa dama en Sevilla y tenía para mí que todavía podía hacerme pasar por un audaz gentilhombre en Tierra Firme. Mas Sando tenía razón, ya no éramos niños y, por mucho que mis rasgos me asemejaran a un mestizo imberbe y mi altura, la mentida voz y el corte del cabello fueran los de un varón, tenía los pechos tan crecidos que las hilas apenas los aplastaban y, aunque era de porte flaco, las caderas se me habían ensanchado tanto que las calzas y los calzones de antes se me quedaban cortos porque los llenaba por arriba. Todavía me era dado fingirme cumplidamente Martín mas, de cierto, no engañaría a unos ojos atentos como los de Sando. Y, llegados a tal punto, me apercibí de que no se me daba nada de aquello. Que pensaran los demás lo que les viniera en gana. ¿Acaso tenían ellos que vivir mi vida? Yo era yo, era Catalina, mas, cuando me disfrazaba de Martín, podía ejecutar todas aquellas cosas que, injustamente y por unas razones tan absurdas como desconocidas, estaban prohibidas a las mujeres. Haría siempre lo que más me conviniera y si lo que me convenía era vestirme de Martín Nevares, me vestiría de Martín Nevares.

Sando, muy ufano, atajó mis cavilaciones:

—¿Iba a ser el tuyo, siendo tú mi compadre, el único secreto del Caribe que yo desconociera?

A la hora del desayuno, tras pasar la noche sin dormir, Sando y yo nos congregamos con Juanillo y el señor Juan en el bajareque principal del palenque, el que servía para celebrar consejos y juicios públicos. Sentados sobre una tarima cubierta de arpillera, nos disponíamos a concertar nuestras más prestas actuaciones. A lo que parecía, ni Juanillo ni el señor Juan habían dormido mucho tampoco. Juanillo había estado bebiendo con sus amigos y el señor Juan, por precaución y seguridad, se había mantenido en guardia toda la noche por si aquellos cimarrones sentían, de súbito, el ansia de comer su carne. Nunca antes había estado en un palenque y, aunque había oído hablar de Sando y de su señor padre, el rey Benkos, para él ni habían dejado de ser africanos salvajes ni cimarrones prófugos. Yo confiaba en que, con aquella visita, se le pasara la ignorancia que le cegaba el entendimiento.

—Así pues, ¿conocía ya vuestra merced que don Martín es doña Catalina? —le preguntó Juanillo, muy divertido, a Sando.

—Lo conocía —afirmó el otro con sorna—, aunque ya le he dicho a Martín que jamás le vi ni le veré nunca como dueña, por más lazos y puntillas que se ponga, pues desde que éramos mozos le consideré mi compadre y mi hermano. Lo demás me tiene sin cuidado.

—¿Qué habéis determinado obrar en el asunto de Rodrigo y Alonso? —quiso saber el señor Juan.

Fui yo quien se lo explicó:

—Ya se han ejecutado varias resoluciones. La primera, Sando ha mandado aviso general a sus confidentes en puertos y ciudades costeras para que averigüen dónde se halla la nao de Lope. En alguna parte habrá tenido que atracar y darse a conocer. Es una lástima que yo no pudiera verla aquella noche pues, de haber advertido sus cualidades, nos sería dado demandar auxilio a muchas de las naos mercantes que llevan a bordo negros libres o cimarrones. Confiemos en que, a lo menos, haya hecho aguada en algún lugar habitado del Caribe.

—¿No sería sensato pensar que volvió a Cartagena? —se sorprendió el viejo mercader—. De hecho, tenía para mí que, completada la dotación de la *Gallarda*, saldríamos de inmediato hacia allí.

—Vuestra merced desconoce que los Curvo ya no viven en Cartagena —le anunció Sando.

—¡Qué decís! —se alborotó el mercader—. ¿Han abandonado su palacio?

—Han vendido su palacio, su negocio, sus almacenes, sus tierras... y han huido a la Nueva España.

—¡A la Nueva España! —exclamó sin dar crédito a lo que oía—. ¿Y cómo así?

—Por miedo, señor Juan —le expliqué—. El loco Lope llegó a Tierra Firme promediando el mes de junio. A los pocos días, según me ha referido Sando, Arias principió a deshacerse con discreción de todas las propiedades de la familia, incluso de las de Diego y hasta del provechoso negocio de la casa de comercio con Sevilla. Nada conservó ni guardó en Cartagena para él o sus hijos. Arrendó dos naos completas para el traslado de sus propiedades y otra más para el viaje de la familia y partió. Para cuando asaltamos la flota del rey, Arias ya era historia en la ciudad. Como vuestra merced no ha vuelto desde que llevó a madre y regresó a la Serrana, desconoce el grande escándalo que se organizó con estas nuevas. El asunto aún está en boca de toda la ciudad y las gentes hablan sin remilgos del miedo que Arias siente por que yo le mate como a sus hermanos de Sevilla.

Pero al mercader no terminaban de ajustarle las cuentas. Conocía bien a Arias por vivir los dos en la misma ciudad durante muchos años.

—¿Y no le bastaba con regresar a España en la flota y retornar una vez que tú hubieras sido capturado?

Me ofendí.

—Arias conocía que yo no iba a ser capturada, mercader —silabeé—, y que, antes o después, en Cartagena o en Sevilla, le mataría. En la Nueva España, a lo menos, tiene más posibilidades de esconderse.

Sando intervino prestamente para evitar males mayores.

—Es una buena razón, señor Juan, la que vuestra merced aduce —admitió el cimarrón—, mas no por buena fue la que adoptó Arias. Lo cierto y verdad es que él se siente más de estas tierras que cartagenero o español. Piense que llegó de Sevilla con muy pocos años y que por casi veinte su casa estuvo en México pues allí vivía el primo de su madre que le favoreció para que aprendiese la carrera comercial. Al cabo, terminó casándose con la única hija de la más importante familia de comerciantes de Nueva

España, los López de Pinedo, con cuya dote se estableció en Cartagena y fundó la casa de comercio que le permitió actuar como factor de su hermano Fernando.

—¿Y cómo sabes tú todo eso?

—Por un cimarrón de este palenque que sirvió como mozo de cámara de Arias Curvo.

—Ése será Francisco —exclamé con una sonrisa.

—Francisco, en efecto. Ahora vendrá a saludarte pues ha muchos años que no te ve. Estaba fuera cuando madre llegó herida tras el ataque pirata a Santa Marta y regresó después de que os la llevarais.

—¿Y tanto conoce un mozo de cámara de la vida de su amo? —quiso saber, desconfiado, el señor Juan.

—Verá, señor Juan —repuse muy divertida—. Francisco no sólo fue mozo de cámara de Arias. Por más, es su hijo.

El mercader no se sorprendió.

—El hijo de alguna esclava negra —dijo con cierto desprecio.

—De una esclava, sí, mas su hijo —repuse, enojada—, el hijo de su sangre, tan sobrino de Fernando como Lope y tan Curvo como Juana o Diego.

—No es lícitamente lo mismo... —empezó a rebatirme, mas, viendo la mirada de mi único ojo, recogió trapo—. Aunque debería serlo, sí señor, debería serlo.

Yo, cuando me enteré de que Francisco era hijo y esclavo de Arias, quedé muda de asombro. Desconocía que la esclavitud se transmitía por el vientre, por la madre, y que era práctica común que los amos preñaran a sus esclavas para aumentar, sin gasto alguno, el número de criados de la casa al tiempo que, naturalmente, satisfacían su gusto. Y esos hijos eran tenidos por meros objetos por sus amos-padres, que no dudaban en venderlos o matarlos si llegaba el caso. De hecho, Francisco recibió en numerosas ocasiones los orines del bacín de su padre en el rostro, sin contar insultos y golpes con el látigo.

—En resolución —intervino Juanillo retomando nuestro asunto—, Arias vive ahora en México y Lope marea o se guarda con Rodrigo y Alonso en algún punto desconocido del Caribe.

Los cuatro nos miramos sin abrir las bocas. Muy turbia corría el agua.

—Si no ando errado —exclamó Sando al punto—, Lope de Coa dará señales de lo que desea de ti, Martín.

—No yerras, hermano —asentí—. Si quiere que rescate a Rodrigo y a Alonso tendrá que decirme cómo desea que lo haga, de otro modo conoce que no me podrá cazar. Lo que no se me viene al entendimiento es la manera en la que me lo hará saber. Si nosotros ignoramos dónde se oculta, él también ignora dónde me hallo.

—Las advertencias vuelan como los pájaros —murmuró el que siempre lo sabía todo— y algunas, por más, corren como los rayos en el cielo. Cuando sea su voluntad que conozcas lo que debes obrar, lo conocerás. Lo único que me espanta es el mucho tiempo que nuestro compadre Rodrigo y ese tal Alonso Méndez van a permanecer en poder de tal loco.

—No lo rumies, hermano —le dije gravemente—. Yo no lo hago. Perdería el juicio de todo punto si no lograra apartar ese sufrimiento de mi ánima. He menester mantenerme muy cuerda para enfrentar lo que venga y, cuando venga, obrarlo con frialdad, sin hallarme fuera de mí. Las vidas de nuestros dos compadres dependen de ello, así como la mía propia y las de estos dos Juanes.

No era del todo cierto que yo no rumiara sobre el peligro de Alonso y Rodrigo. Por más, el mayor peligro de Alonso sometía mi entendimiento, si bien no tenía en voluntad dolerme en vano y maldecir sin provecho la mala ventura.

Escuché que la puerta del bajareque se abría y se cerraba y, de seguido, pasos y susurros.

—El desayuno, señores —dijo uno de los que acababan de entrar en la gran sala, y a mí la voz me resultó familiar. Giré la cabeza y vi, para mi espanto, un verdadero Curvo, un Curvo de tan pura raza que no pude explicarme mi engaño, pues aquello era por entero imposible. Mas, al tiempo, algo en mi interior me decía que yo conocía de otras cosas ese rostro sonriente de dientes perfectos que se me allegaba con una cesta de panes en los brazos.

—¡Francisco! —exclamó Sando, muy contento—. Aquí tienes a don Martín.

¿Aquél era Francisco? ¿Cómo era eso posible? ¡Si era un Curvo! (Negro, para decir verdad, pero Curvo.) Paso a paso, a mi memoria retornaron vislumbres de aquella lejana noche en el sendero de los huertos. Con mi hermano Sando se hallaba un joven y asustadizo muchacho negro, cimarrón reciente por más señas, que, claro está, no se me asemejó a nadie que hubiera conocido antes. Parecióme gallardo de porte y muy bien educado, con maneras de elegante caballero y muy finos y distinguidos modales. Antes de estar al tanto de que era hijo de Arias, tuve para mí que se trataba de un zambo,[6] pues tenía la nariz y los labios finos. Ahora, por el contrario, distin-

6.  Hijo de negro e india, o de negra e indio.

guía el rostro avellanado de su familia, la alzada talla y la inconfundible figura que, en ese maldito linaje, heredaba sin descanso una generación tras otra. Sólo se diferenciaba por su piel negra y por la marca del hierro en la mejilla izquierda, que le deformaba grandemente el rostro. Vestía, como casi todos los cimarrones del palenque, unos calzones negros y una camisa blanca de mangas abullonadas. Los pies los llevaba descalzos.

Por grande fortuna, ni mi reserva ni el espanto de mi cara ofendieron al fino Francisco quien, como mozo de cámara de una casa principal y valiosa pieza de Indias,[7] se comportaba y caminaba como lo habría hecho un duque, un conde o un marqués. A su lado, los otros cimarrones —dos hombres más y una mujer— aparecían como pobres gentes toscas y zafias y, a no dudar, lo adivinaban pues mantenían con Francisco una respetuosa distancia.

—¡Sed bienvenido, don Martín! ¡Qué grande alegría tornar a veros después de tantos años!

—También yo me alegro de verte, Francisco. Muestras un aspecto excelente. La libertad te ha sentado bien.

—No ha perdido en absoluto las maneras de sirviente refinado —añadió Sando con regocijo, tomando un puñado de pescaditos fritos y un trozo de hogaza.

Los demás le imitaron y empezaron a comer, mas el servicial Francisco aderezó sobre mis piernas una limpísima servilleta y un plato reluciente sobre el que dispuso

---

7.   Así se llamaba a los esclavos negros de entre 1,70 y 1,80 m de estatura, entre quince y treinta años, sin defectos físicos y sin enfermedades. Por estas *piezas de Indias* se pagaban los precios más altos en los mercados esclavistas.

unas finas lonchas de salchichón, algunas aceitunas y una hermosa mojarra seca. Mis compadres dejaron de masticar para contemplar el prodigioso espectáculo pues, a los modales de Francisco, añadí los míos de dama sevillana (o de caballero, que tanto daba para la ocasión), y aquello, a sus desacostumbrados ojos, era algo nunca antes observado. Francisco y yo representamos para ellos todos los gestos y ademanes propios de la más fina mesa española, con las fórmulas de cortesía y las sutilezas que la situación y el lugar permitían.

—Se chismorreó por todo el palenque que anoche, durante la cena, mostrasteis unas nuevas y refinadas maneras —comentó Francisco—. Tuve para mí que os agradaría desayunar de un modo apropiado.

—Pues yo, anoche, no me apercibí de nada —balbució Juanillo, extrañado y boquiabierto.

—Hay gentes aquí que saben de esas cosas —le aclaró el Curvo.

Al final, no fui capaz de refrenar mi lengua y, rindiendo la cabeza, dije a Francisco con debilidad:

—Vi a tus tíos y a tus primos en España.

—Lo conozco, señor. ¿A qué ese pesar?

—Hube de matarlos, Francisco.

—Os repito que lo conozco. Todo Tierra Firme lo conoce. Mas erráis en llamarlos mi familia. Nunca lo fueron, don Martín. Mi familia es mi madre, a la que compré y traje al palenque. Ahora es feliz.

Qué agradables resultaban la compañía y la corrección del atento Francisco. De buen grado me lo hubiera llevado a la *Gallarda* para que se ocupara de mi cámara y de mi servicio personal aunque, para decir verdad, tener a un Curvo doblando mi ropa era algo que se me figuraba inquietante. Por más, no podía pedirle que me acompañara cuando la razón de aquel viaje era matar a su padre.

—¿Se ha dicho ya en el palenque —le preguntó Sando a Francisco— que mi hermano Martín precisa marineros para la dotación de su nao?

—Sí, señor. Ya todos lo conocen. Y los hombres se están reuniendo junto al bohío de don Martín. Habrá, a la sazón, unos veinte o veinte y cinco.

—He menester carpinteros —anuncié—, algunos buenos cocineros, herreros, grumetes y, aunque sé que aquí no ha de haber muchos, asimismo he menester calafates y artilleros.

—Todo se andará, hermano —repuso Sando—, todo se andará.

Acabamos el desayuno hablando de los Méndez. Apremiaba hacerles llegar las malas nuevas de Alonso. Fray Alfonso era un hombre capaz y de recio talante, de esos que no se dejaban amilanar por las dificultades y al que lo único que importaba por sobre todas las cosas era la vida y la felicidad de sus hijos. Ocultarle que el loco Lope había robado a Alonso y que le retenía con él bajo amenaza de algo terrible por los cuernos que le había puesto a su señor padre, Luján de Coa, no era ni acertado ni piadoso. Mas sólo conocíamos que había partido hacia la Nueva España con Carlos, Lázaro y Telmo.

—¿A cuántos del mes partió? —preguntó Sando.

Hicimos cuentas y nos salía que habría zarpado de Santiago de Cuba (donde le dejó el señor Juan) sobre el día que se contaba siete u ocho de agosto.

—Como estamos a seis de septiembre —razonó él—, se hallará a punto de atracar en Veracruz, si es que no lo ha hecho ya, y aún le faltan dos semanas a caballo para arribar a la ciudad de México. ¿Qué asuntos tiene allí?

—Lo ignoramos —le dije yo a mi hermano—. Alonso refirió cierta noche que su padre debía entregar algo al superior de un monasterio franciscano. Fray Alfonso es fraile de esa regla, así que algún asunto religioso será.

—¿Se fue con idea de tornar? Porque los franciscanos son la Orden más importante de la Nueva España. Fueron los primeros en asentarse y han echado profundas y poderosas raíces.

—Nunca dijo que su deseo fuera establecerse en la Nueva España —afirmé—. Tenía para sí que Tierra Firme era un buen lugar para sus hijos.

—Como no conviene aguardar hasta su regreso —apuntó mi compadre—, no nos queda otro remedio que solicitar auxilio a Gaspar Yanga, el rey cimarrón de la Nueva España.

—¿Otro rey como tu señor padre? —me sorprendí. No imaginaba cuántos reyes podía haber en África para que tantos de ellos hubieran acabado como esclavos en el Nuevo Mundo.

Sando suspiró con resignación. Toda su vida había estado escuchando al rey Benkos hablar sobre su reino de África mas, como él había nacido aquí y lo del lejano reino le parecía más invención de su padre que realidad, era un asunto que le fatigaba grandemente.

—En efecto —farfulló—. Otro rey como mi padre y de edad similar. Mi señor padre es el rey de los cimarrones de Tierra Firme y Gaspar Yanga lo es de los cimarrones de la Nueva España aunque, como ya está muy mayor, es su hijo, también llamado Gaspar Yanga, quien se ocupa de las cosas.

—Otro príncipe Sando —dejé escapar riendo de buena gana.

—Te agradecería que dejaras de chancearte a mi costa.

No me lo tuvo que demandar dos veces pues, si yo porfiaba, él usaría contra mí lo de «Ojo de Plata» y no era título de mi gusto.

—¿Y qué ayuda le solicitamos a Gaspar Yanga el joven? —pregunté blandamente recuperando el hilo.

—Que le haga llegar un mensaje al fraile. Escribe lo que le quieras referir y, con la ayuda de Gaspar, yo haré que lo reciba antes de dos semanas.

—¡Dos semanas! —se mofó el señor Juan—. ¿Acaso los cimarrones vuelan y nadie lo conoce?

Sando le miró con la misma resignación con la que miraba al rey Benkos cuando hablaba de su reino en África.

—¿Conocéis la ligereza con que viajan los rumores y los chismorreos? Pues, por más, el pliego escrito por Martín ascenderá hacia la Nueva España en manos de negros que unas veces correrán por la selva, otras irán a galope tendido por secretos caminos de indios y otras atravesarán montañas por pasos, puentes y gargantas ignorados por los españoles. Le doy a vuestra merced mi palabra de que antes del día que se cuentan veinte de este mes de septiembre, el pliego de Martín estará en la ciudad de México y que poco después se hallará en poder de ese tal fray Alfonso Méndez.

—Pues, con vuestro permiso —les dije a los tres—, me retiro al bohío para escribirlo, que mucho ha de costarme y temo que me demore bastante. Vuestras mercedes —añadí señalando a mis dos Juanes— harían bien en ocuparse de la dotación, en elegir a los mejores hombres y en buscar artilleros hasta debajo de las piedras si es preciso. Tenemos veinte y ocho cañones en las bandas de la *Gallarda* y otros cuatro en la cubierta. Si tenemos que enfrentarnos a piratas o al loco Lope, quiero gentes que sepan usarlos.

A Alonso le hubiera gustado aquello. Siempre decía (antes de ser extraordinariamente rico, claro; luego, ya no se lo había escuchado) que tenía en voluntad convertirse algún día en artillero del rey.

—Señor Sando —requirió obsequioso el señor Juan, que ya evidenciaba estar cambiando de parecer respecto a los temibles caníbales—, ¿le sería dado a vuestra merced, con esos veloces cimarrones que dice que tiene, anunciar en Cartagena de Indias y en las otras ciudades de costa que se precisan buenos artilleros para la nao de Martín Ojo de Plata?

Sando sonrió al oír el desafortunado nombrecillo y asintió.

—Espero, Martín, que nunca precises de los oficios de tales gentes mas, si llegara el caso, deseo que te acompañen los mejores, así que te ayudaré a buscar a los artilleros más aventajados que se hallen al presente en Tierra Firme y, si puedes aguardar un día antes de partir, mañana te precisaré los puertos en los que deberás atracar para recogerlos.

Y quiso la fortuna que aguardáramos aquel día que Sando nos solicitó pues todos los sucesos que se precipitaron a partir de ese punto dieron comienzo en la última jornada que pasamos en el palenque, dado que no sólo llegaron informaciones sobre artilleros y puertos, sino también sobre Alonso y Rodrigo.

Por esa intrincada tela de araña por la que circulaban nuevas y rumores hacia los palenques y aún más hacia el palenque del rey Benkos, cerca de Cartagena, y hacia el de su hijo, Sando Biohó, arribó a la mañana del siguiente día la extraordinaria noticia de que un temible galeón de guerra de trescientos treinta toneles, grandemente artillado y de nombre *Santa Juana*, había entrado en el puerto de La Borburata pocos días atrás, al anochecer, y que de uno de los bateles que se allegaron a tierra, bajaron a dos hombres muy malheridos con los que parte de la dotación se internó en la selva desapareciendo allí, probablemente hacia la hacienda de algún encomendero. Eso era todo, mas, para mí, era bastante. Si mi compadre Rodrigo de Soria se hubiera hallado a mi lado me hubiera dicho a grandes voces:

—¿Qué más necesitas, eh? ¿Que los ángeles del cielo te lo canten y te lo escriban en pergamino con letra florida?

Los artilleros tendrían que esperar. Con todo, al final dispusimos de cinco o seis que se daban buena maña y tenían experiencia. Partimos al galope del palenque con treinta y cinco negros y, en Santa Marta, cuarenta y ocho hombres más se sumaron a la tripulación, entre españoles, indios, mestizos, mulatos y otras mezclas, formando un total de ochenta y tres que ayudaron a expulsar por la viva fuerza a los bandoleros y criminales que el señor Juan había contratado en Jamaica. Sentí un grande alivio cuando desembarcaron y mayor aún cuando entré en mi cámara y me tiré sobre el lecho con la conciencia cierta de que iba a salvar a Alonso de una vez por todas (también a Rodrigo) y de que iba a matar al loco Lope y, si me hubieran asegurado lo contrario, no lo habría creído pues mi certeza era la más firme que había tenido en mucho tiempo. Ansiaba más allá de lo que me era dado siquiera confesarme a mí misma tornar a ver el rostro de Alonso, ese rostro tan gentil para mi corazón y tan dulce para mi memoria, y cualquier daño que el loco Lope le hubiera causado a él o a Rodrigo le iba a ser devuelto mil veces con toda la crueldad que esa maldita familia Curvo había sembrado en mi ánima con sus maldades.

Unos golpes sonaron en la puerta de mi cámara y alguien dijo:

—¿Da vuestra merced permiso para entrar?

¿Francisco...? Me incorporé de un salto y me ceñí las ropas.

—Pasa y demuéstrame que no eres Francisco porque, como lo seas, vas a ir directo a la mar con los tiburones.

Un Francisco sonriente abrió la portezuela.

—Ya no me asusto con esas cosas, señor. Aún puedo nadar hasta Santa Marta.

Hecha una furia me fui hacia él y le cogí por la camisa.

—¡Estás loco! ¿Qué haces aquí? ¿No conoces, acaso, que voy a matar a tu primo y, después, a tu padre?

—Bueno... —farfulló—, para eso no precisáis de mí, ¿no es cierto?, y si, por mala fortuna, me precisarais, podéis contar con mi auxilio, aunque os aviso, señor, de que nunca he matado a nadie.

Le solté con un empellón y me dirigí hacia el anaquel donde estaban las copas y los vinos. ¿Y si Francisco tenía en voluntad impedir que matara a su familia? ¿Y si aquello sólo era una treta más de los Curvo para acabar conmigo? ¿Y si Francisco me mataba mientras dormía?

—No te quiero a mi servicio —le dije, sirviéndome una copa.

—¿Qué razones aducís para rechazarme? —se ofendió.

Me giré hacia él y bebí sin apartarle la mirada.

—Eres un Curvo, Francisco. No me es posible fiarme de ti.

Abrió los ojos desmesuradamente. En ese punto, la nao levó anclas.

—¿Que soy un Curvo? —se sorprendió—. Sois el primero en decírmelo, señor. Más bien, a lo largo de mi vida lo que he escuchado ha sido todo lo contrario. No soy un Curvo —afirmó con una cara de Fernando Curvo que asustaba—. Soy un antiguo esclavo, hijo de una antigua esclava a la que su amo forzó, pariéndome a los once años. De mi antiguo amo, Arias Curvo, sólo recibí esto.

Y, levantándose la camisa por la espalda, me mostró los verdugones y bregaduras de viejas palizas. Lo que fuera que hubiera en la maldita naturaleza de los Curvo sólo dejaba a su paso rastros de dolor y amargura. Quizá Francisco fuera un Curvo, que eso no le era dado a nadie ponerlo en duda, mas algo había hecho bien esa mujer ultrajada a los diez años porque de una mala ralea había sacado un nuevo brote de mucha mejor calidad. Para decir verdad y por grande que fuera el miedo que yo tuviera, no había falta ni tacha en la persona de Francisco y eso sólo a su madre había que agradecérselo.

—Sea —admití—, puedes quedarte, mas no entres nunca en mi cámara sin avisar ni te me aparezcas por la espalda sin que te note pues no sé si te clavaría la daga sin apercibirme. Déjame decirte que te asemejas como una gota de agua a otra a tu tío Fernando y a tu tía Juana salvo por el color de la piel.

Y también por la marca del hierro en la mejilla, aunque eso lo callé y él lo conoció.

La nao, levadas anclas, se hacía a la mar suavemente, mas por las vidrieras de colores se veían discurrir muy negros nubarrones. Los siguientes cuatro días mareamos con tormentas y malos vientos contrarios, dando bordadas y guindando velas para no alejarnos de la derrota o acabar zozobrando. Algunas naos españolas y otras dos de piratas flamencos (los que ahora más acosaban nuestras costas) intentaron abordarnos al ver que la *Gallarda* era de factura inglesa y que no portábamos estandarte ni nos dábamos a conocer, mas yo tenía mucha prisa y nuestra nao volaba sobre las olas humillando a todas y dejándolas atrás. Por fin, al atardecer del quinto día, arribamos al excelente puerto de la Concepción de La Borburata.

Muchas eran las naos que allí se hallaban por ser buen fondeadero para carenados y composturas mas, de todas ellas, un siniestro y gigantesco galeón de guerra, con hasta tres filas de portillas en ambos costados, se destacaba como un monstruo marino entre peces de colores. Aquél era, a no dudar, el galeón del loco Lope y él podía, a la sazón, hallarse a bordo sin recelar mi llegada.

El señor Juan y yo, desde la toldilla de popa, observábamos aquel oscuro leviatán con preocupación y desconcierto. Era más ancho que la *Gallarda* y de más alto bordo, con sus dos castillos a proa y a popa y un largo bauprés. Enarbolaba tres pujantes palos con velas cuadras y, a lo menos, cargaba trescientos cincuenta toneles.

—Si le atacamos, nos destrozará —afirmó el señor Juan tras sacar cuentas de los cañones que aprestaba el

*Santa Juana*—. Mejor rescatamos a Rodrigo y Alonso y partimos a todo trapo. ¿Estás cierta de saber dónde se hallan?

—Estoy más que cierta, señor Juan, aunque desconozco el lugar. Por eso precisamos que, al bajar a tierra, Juanillo haga averiguaciones en los garitos de naipes, las tabernas y las mancebías hasta conocer el lugar donde se enclavan los viejos almacenes de Melchor de Osuna.[8]

En una leonera de juego de La Borburata fue donde Rodrigo y yo conocimos, años ha, a Hilario Díaz, un cuarterón[9] que trabajaba como capataz en los almacenes de Melchor de Osuna (el primo de los Curvo de Cartagena), quien, por aquel tiempo, despojaba y sangraba ilícitamente a mi señor padre con una ejecución en bienes por el total obtenida mediante embustes, aprovechándose de la información de la que disponían sus poderosos primos sobre las mercaderías que traerían o no las flotas del siguiente año. En aquellos almacenes furtivos, el de Osuna acopiaba lo que iba a faltar y, cuando faltaba, vendía a muy altos precios.

Aquel desgraciado había sido desterrado del Nuevo Mundo por sus primos y nunca más tornamos a saber de él, ni siquiera en Sevilla, donde permanecimos por más de un año. La tierra se lo había tragado para alegría de muchos, entre ellos yo.

8.   Ver *Tierra Firme,* primer libro de la trilogía de *Martín Ojo de Plata.*

9.   El cuarterón, según la clasificación de castas de la época, era el hijo de español y mestizo, y el mestizo era hijo de español e indio. Por lo tanto, un cuarterón es un cuarto de indio y tres cuartos de español.

—Desde el galeón *Santa Juana* también nos observan —afirmó el señor Juan.

—No me sorprende. La *Gallarda* atrae las miras por lo muy lucida que es.

—Demasiado, quizá. Tras el asalto conocerán que es tu nao.

—Tras el asalto nada se me da de que la conozcan pues Alonso y Rodrigo estarán a salvo y Lope de Coa muerto.

Yo sólo podía mirar el verde manto de la selva que se extendía detrás de La Borburata. Alonso estaba allí, en algún punto entre aquellos altos árboles y yo iba a ir a por él, a rescatarle de las manos del hideputa malnacido del loco Lope. No quería ni figurarme en qué estado lo hallaría, ni en qué estado se hallaría igualmente Rodrigo, pues ya habían dicho los cimarrones de Sando que los dos iban muy malheridos. Alonso estaba sufriendo y, por vez primera desde el ataque a la Serrana, dejé que esa sombra me atravesara para que la rabia se apoderara por completo de mí. La noche se acercaba. Era hora de partir.

—¡Bateles al agua! —ordené, furiosa—. ¡Presto a La Borburata! ¡No quiero ni un arma a la vista!

Durante el derrotero hasta allí había escogido a los veinte hombres más diestros con la espada y más eficaces. A todos les había prometido una considerable recompensa en plata si rescatábamos a Alonso y a Rodrigo y a todos les había dado advertencias para que, en caso de topar con Lope de Coa, se apartaran de él y me lo dejaran a mí. Cuatro de ellos, los más fuertes, habían aceptado el cometido de recoger a Alonso y a Rodrigo y cargarlos de vuelta al puerto hasta los bateles. Juanillo sería quien tendría que recorrer las callejuelas de La Borburata preguntando dónde se hallaban los viejos almacenes de Melchor de Osuna o si alguien conocía dónde trabajaba su compadre Hilario Díaz. Los demás, aprovechando las sombras de la noche que ya caía, aguardaríamos su regreso en la playa, en el mismo lugar en el que estuvimos aquel día Rodrigo y yo doblegando a palos al cuarterón.

Si el loco Lope no se encontraba en los almacenes en el momento del rescate, una vez que Alonso y Rodrigo quedaran a salvo, diez de los hombres debían retornar conmigo a los bateles con toda diligencia para bogar hasta el galeón y deslizarnos como silenciosas serpientes hasta la cámara del maestre o la que fuera que usara Lope de Coa y allí, ya me encargaría yo de él entretanto los demás defendían la puerta y procuraban por nuestra salida de aquella terrible nao de guerra.

—Así pues, piensas batirte en duelo con ese novicio dominico —se había mofado el señor Juan.

—Morir atravesado por mi espada no es dolor bastante para ese Curvo. Sería demasiado rápido y limpio. No, para él tengo dispuesto algo excelente y vuestra merced podrá contemplarlo con sus propios ojos.

—Pídeme lo que precises —exclamó henchido de contento.

Con la primera oscuridad valedera arrastrábamos los bateles sobre la arena y Juanillo salía corriendo como un galgo hacia las callejuelas del villorrio. Unas inútiles y débiles murallas defendían a los vecinos de los frecuentes asaltos piratas, mas ya se había confirmado que a los piratas no se les daba nada de aquellas tristes piedras cuando decidían asaltar la antigua granjería perlífera.

La Borburata había sido famosa por sus ostrales, de los que nada quedaba.

Juanillo tornó al cabo de media hora, por más o por menos, con una sonrisa de oreja a oreja.

—¡Seguidme, maestre! —profirió satisfecho—. ¡Os llevaré hasta nuestros compadres!

Sorteando la ciudad por el norte, nos encaminamos furtivamente hacia la jungla, remontando apresuradamente y en silencio el cauce del río San Esteban. No tardamos en vislumbrar los grandes espectros de los almacenes en un claro de la selva. Para decir verdad, se trataba más bien de unos viejos barracones destartalados, de uno de los cuales se escapaba la luz del interior por sus muchas rendijas. Un vigía armado con un arcabuz hacía guardia frente al portalón. Con la mano, le hice un gesto a Juanillo para que se allegara hasta el almacén por su parte posterior y mirara dentro. El muchacho, siendo tan alto como era, corrió totalmente encogido y doblado hasta el lugar que yo le había señalado. Sólo se le veía porque tapaba la luz y, cuando alcanzó la parte de atrás, ni eso. Al cabo, regresó tan sigilosamente como se había marchado. Se puso a mi lado y, alzando las manos, me refirió por señas que había diez guardas armados con Alonso y Rodrigo y que éstos se hallaban amordazados y encadenados a uno de los troncos que servían de puntal al almacén. Bien se veía que el loco Lope no había recelado que alcanzáramos a descubrir su escondrijo de La Borburata. Alonso y Rodrigo se hallaban bien escoltados para que no escaparan, mas no bien protegidos en caso de que se acometiera un rescate. El loco se hallaba cierto de que yo desesperaba aguardando sus advertencias y, a no dudar, estaría en el galeón trazando un buen artificio con el que atraparme. ¡Qué poco sospechaba que, en menos de una hora, todo habría terminado para él!

Dividí a los hombres en cuadrillas y a dos de ellas las obligué a vadear el río para salir a nuestro encuentro por el otro extremo de la reducida plazuela a la que daba el portalón del desvencijado almacén. En cuanto conocí que habían tomado su posición, me dirigí desde atrás hacia el centinela de la puerta. A diferencia de Juanillo, yo avancé despaciosamente, y no sólo por sigilo y prudencia sino porque cada rayo de luz que atravesaba me permitía mirar de soslayo el rostro exangüe y el cuerpo malherido de Alonso. Cuando alcancé la esquina del barracón, ebria de rabia y de odio saqué la daga del cinto, tomé aire como si fuera a bucear en la mar y, saliendo a campo abierto, me abalancé sobre el desprevenido guarda, a quien rebané el cuello de un solo y afilado tajo. Era la manera de impedir que gritara, alertando a los guardas de dentro. Posé con esfuerzo y cuidado el pesado cuerpo en tierra y me ensucié las ropas con la sangre que le salía a borbotones por la herida. Aquel esbirro de Lope ya no nos perjudicaría. Hice señas con los brazos y las dos primeras cuadrillas de ambos costados de la explanada avanzaron hacia mí. Cuatro de los más fuertes y anchos hombres de la tripulación de la *Gallarda* lanzaron calladamente un tremendo envite contra el portalón de madera, que se abatió con grande estrépito.

Y ahí dio principio el infierno. Los carceleros dispuestos por Lope, todos de mal cariz y peor condición, ya habían comenzado a dar voces y tomado las armas antes de que las maderas tocaran el suelo, de cuenta que se arrojaron sobre nosotros no bien hubimos cruzado la

73

entrada. Carecer del ojo izquierdo resultaba un grande menoscabo en los duelos, pues me imposibilitaba percibir los ataques que entraban por ese lado. Rodrigo siempre me aconsejaba voltear prestamente la cabeza entretanto ejecutaba sólidos tajos y estocadas. Procuraba obrarlo... cuando lo recordaba.

—¡Martín! ¡Martín! ¡Tu siniestra, maldición, tu siniestra!

En el desorden de espadas, golpes, cuchilladas y empellones era difícil buscar a Rodrigo para darle a conocer con un gesto que le había oído aunque no me fuera dado responderle: un maldito bellaconazo acababa de asestarme una coz en el vientre que me había dejado sin fuelle y casi sin vida. Le paré con mandobles y reveses hasta que penosamente recobré el aliento y, entonces, de un salto me enderecé y le tiré un altibajo tal que le cercené la cabeza. Y otra vez mi compadre vino a salvarme:

—¡Tu siniestra, tu siniestra!

Sin pensar más, alargué el brazo en el que llevaba la daga y noté que paraba un golpe con la guarnición de la empuñadura. Mas, a tal punto, ya estaba encarada al peleón, otro bruto al que acometí amenazando un revés que le confundió y me permitió, subiendo la espada, atacarle recto al pecho y atravesárselo. Cayó de hinojos ante mí.

Las dos cuadrillas restantes, al ver que nadie acudía desde fuera para reforzar las defensas, entraron también al almacén y el asunto quedó abreviado a lo que dura un paternóster. Sin embargo, la voz de mi compadre no lo dio tan presto por cerrado:

—¡Se escapa uno! ¡Martín, el de la lámpara! ¡Que se escapa!

Giré la cabeza a diestra y siniestra y, en efecto, vi a uno que corría con una lámpara en la mano. ¿Acaso precisaba luz para andar por la selva? ¡Menudo necio! Más le hubiera valido una espada para cortar la espesura. Mas, al punto, le vi desaparecer por un costado del almacén y un mal recelo me animó a emprender la caza de aquel mostrenco. Los hombres, terminada la lucha y muertos los guardas, oyeron a Rodrigo y me vieron salir en pos del farolero, de cuenta que tres o cuatro echaron a correr conmigo.

Mas fue inútil. En otro de los barracones se guardaba un arsenal de armas y pólvora y sólo tuvimos tiempo de verle arrojar al interior la lámpara de aceite provocando, así, una explosión asaz poderosa que se llevó por los aires el barracón y los árboles de alderredor.

—¿Qué había ahí adentro que no tenía en voluntad que halláramos? —preguntó uno de los hombres, un negro del palenque.

—¡Que nos lo cuente el muy hideputa! —gritó otro lanzándose contra el artillero que, acabada su labor, huía hacia la selva.

La noche era cálida y húmeda y allí, en mitad de la jungla, parecía que respirábamos agua caliente. Mas yo sentía frío, un frío de muerte. Es cosa cierta que, cuando el curso de los astros trae las desgracias, no hay fortaleza en la tierra que las detenga, ni industria humana que pueda prevenirlas: aquel maldito fullero, con la explosión y el fuego, acababa de informar al loco Lope de que yo estaba allí, que había acudido en rescate de Alonso y Rodrigo y que la *Gallarda* era mi nao. El galeón *Santa Juana* iba a hundir a la *Gallarda* con el señor Juan y el resto de la tripulación dentro.

Corrí hacia el almacén y hallé a los hombres montando unas varas para componer unas angarillas. Rodrigo, con luenga y sucia barba y lleno de heridas y sangre seca por los cuatro costados, pasaba los brazos sobre los hombros de dos recios negros. Me miró y sonrió.

—Compadre —dijo con voz lastimera—, qué grande alegría.

Le di un abrazo.

—Ahora cuidaremos de ti —le aseguré.

Él gruñó en su forma acostumbrada.

—Mejor harías ocupándote de aquél —y señaló a Alonso con la cabeza—. A él sí que le han machacado sin piedad por las cuentas pendientes que tenía con el loco.

Si Rodrigo hubiera conocido el daño que me hacían sus palabras, no las habría pronunciado. En el suelo, sobre la sucia tierra llena de su sangre, Alonso parecía estar muerto. Me arrodillé a su lado, pasé mi brazo por debajo de su cabeza y noté al punto como la manga de la camisa se me empapaba de algo viscoso y caliente. Hubiera dado mi vida por la suya. De existir algún mercader divino que admitiera tratos de tal cariz, le habría entregado mi propia vida a trueco de la de Alonso, que se le escapaba a raudales por las muchas y muy malas heridas que tenía por todo el cuerpo. Si él me dejaba sola, si moría, yo ya no querría tampoco seguir viviendo, ¿para qué? Mis señores padres habían muerto, mi hermano Martín también, igual que el padre que me prohijó en el Nuevo Mundo y la madre que murió suplicando por mi vida. No tenía nada salvo Alonso, que me había regalado un ojo de plata para que me sintiera feliz. Muy blandamente puse mi mano izquierda sobre su vientre y lo noté

76

frío y seco, como de muerto, sin movimiento y sin hálito. Sólo podía mirar su triste rostro y arreglarle un poco el cabello enmarañado, lleno de grumos oscuros. Tenía la nariz rota y le salía el hueso por entre las hinchazones, los labios deformados y ensangrentados, y la quijada rota también, pues que se le movía, suelta, con los gestos de mi brazo. Se le habían enconado las heridas y le supuraban. Aquél no podía ser Alonso, estaba tan consumido y descarnado que yo misma hubiera podido alzarlo sin grande esfuerzo. Le tomé una mano y, al punto, supe que tenía varias roturas desde el hombro hasta los dedos y sólo entonces me apercibí de que sus piernas, aquellas firmes piernas que subían sin temblar por los planchones de las naos en Sevilla cuando cargaba y descargaba pesadas esportillas, estaban retorcidas de maneras extrañas, como maderas tronchadas en sesgos imposibles.

Sentí el aguijonazo en la cuenca del ojo huero. Sólo entonces me di cuenta de que estaba llorando.

—Mi vida por la suya —murmuré con voz ronca, apoyando la cabeza en su pecho hundido; a lo que se veía, también tenía rotas varias costillas—. Alonso, no te mueras. Hazme la merced, Alonso. ¿Qué haría yo sin ti, es que no lo ves?

Algunos brazos me sujetaron y tiraron para alzarme. ¿Quién osaba arrancarme de él? ¿Acaso creían que yo iba a querer vivir si él se moría? Me aferré a su cuerpo dispuesta a pelear contra cualquiera que tratara de apartarme. Nunca había estado tan cerca de él. En verdad, nunca nos habíamos tocado mas que aquella noche en Sevilla cuando le ayudé a bajar por la cuerda para huir de la casa de Juana Curvo. Pues bien, ahora ya no tenía en voluntad separarme nunca y ni el cielo ni la tierra ni siquiera Dios o el demonio lograrían que yo aflojara aquel abrazo.

—¡Martín! ¡Levántate! —me ordenó Rodrigo.

Aquélla era la única voz que tenía el poder de hacerse escuchar dentro de la sordera de mi desvarío. Me giré y le miré. Sentí la mejilla derecha húmeda por el llanto. Rodrigo, en cambio, estaba templado y serio.

—Alonso está vivo, Martín —dijo, allegándose torpemente hacia mí con la ayuda de los dos negros—. Está vivo. Hemos de sacarlo de aquí. ¿Comprendes lo que te digo?

Asentí sin cesar en el llanto. Un nudo se me había atravesado en la garganta que no me dejaba decir palabra.

—Si no lo rescatamos ahora, quizá muera. Así que muévete. Ordena a los hombres que lo lleven a la nao... ¡Ahora!

Me dolía tanto arrancármelo del cuerpo que hice un último intento por retenerlo, mas los ojos iracundos de Rodrigo atravesaron como rayos las nieblas de desesperación que me cegaban.

—¡Ahora, Martín! ¡Muévete ahora! —bramó mi compadre, y sólo cuando me vio soltar a Alonso y ponerme en pie mostró en el rostro el gran dolor que le había causado en sus heridas hablarme de tal manera. Recobré parte del juicio perdido.

—¡A los bateles! —exigí con voz elevada, secándome la cara y hallando fuerzas donde no las había—. ¡Vamos, vamos, vamos! ¡Hay que llegar a puerto!

Juanillo, que acababa de hincar la rodilla junto a Alonso para ayudar a los hombres a izarlo y a colocarlo sobre las angarillas, sin volverse me preguntó:

—¿A qué esas prisas, maestre? Ninguno de los dos está como para que los llevemos al trote por la selva.

A la sazón se escuchó un cañonazo lejano.

—El galeón de Lope de Coa ha principiado el ataque a la *Gallarda*.

Juanillo dio un respingo.

—¡El hideputa de la lámpara! ¡Él avisó!

—Precisamente —asentí—. Y el señor Juan está solo.

El muchacho, pensativo, se rascó una pierna.

—Yo me encargo de los compadres. Acude tú a la nao en ayuda del señor Juan. Déjame cinco hombres y al resto te los puedes llevar.

—¿Estás seguro, Juanillo?

—¡Corre, maestre, que ese loco nos va a matar al mercader y a hundir la nao!

—¡Voy! Y, por el amor del cielo, Juanillo —supliqué, echando a correr—, atiéndelos bien y no permitas que Rodrigo haga lo que le venga en gana.

—Perded cuidado, maestre, que yo con ése puedo —fanfarroneó.

A grandes voces llamé a los hombres dispersos por el lugar y, antes de tenerlos a todos, ya había emprendido el camino de regreso hacia La Borburata como asno con azogue en los oídos. Recrudecían los cañonazos y se veía el resplandor de la pólvora en el cielo. Sería difícil allegarse hasta las naos en liza con los bateles, mas nada me impediría nadar hasta el galeón de Lope con algunos hombres y, si no me era dado subir para buscarle, a lo menos, buceando, podría cortarle los cabos de las anclas o dañarle y romperle la pala del timón.

Las gentes de La Borburata, asustadas por aquella sorprendente batalla en su propia y calmosa rada, se habían ocultado en el interior de sus casas y no se veía ni un alma por las calles. También el puerto se hallaba en la más absoluta oscuridad. Todas las naos habían apagado sus faroles en cuanto habían logrado fondear lejos del peligro del fuego. Sólo el *Santa Juana* y la *Gallarda*, apenas separadas por unas trescientas varas, se apreciaban con claridad en la noche. Al principio, cuando arribamos a los bateles, tuve para mí que el *Santa Juana* estaba destrozando nuestra nao con esos brutales tiros de cañón contra el casco y la arboladura, mas, de súbito, algo en el retumbo de los tiros y en el resplandor de la pólvora llamó mi atención: mi nao escupía mucho más fuego que la de Lope y ¡cuál no sería mi sorpresa al ver, a tal punto, que su galeón largaba prestamente trapo y enrumbaba a toda vela hacia la bocana con intención de huir! ¿O acaso era una maniobra para engañarnos y atacarnos desde otro flanco? Absurdo; no había otro flanco fuera del puerto de la Concepción. ¡El *Santa Juana* estaba huyendo y la *Gallarda*, pilotada por el admirable Macunaima (que debía de tener hecho algún pacto con el demonio), viraba de bordo, casi sobre sí misma, para seguir disparándole sin tregua!

—¡Presto, al agua con los bateles! —ordené.

Los hombres fueron empujándolos uno a uno y, luego, saltaron dentro y, bogando animosamente, comenzaron a alejarse de la playa. Yo deseaba esperar a Juanillo y a los heridos, de cuenta que retuve conmigo los dos últimos bateles. Hice que los hombres que portaban las antorchas volvieran sobre nuestros pasos para auxiliar a los que venían detrás.

Lo que acababa de acontecer era un verdadero milagro. Un enorme galeón español de trescientos cincuenta toneles y tres filas de cañones en cada banda del casco había sido derrotado por un grácil galeón inglés de sólo doscientos con una única fila de culebrinas. ¿Quién podía tener aquello por cierto? Ni al entendimiento más incauto le sería dado soñar algo así. ¿Era el señor Juan el maestre más grande de la historia, el general de Armada que cualquier reino hubiera deseado tener, el más listo y sagaz de los estrategas de la mar...? Razones de peso obligaban a reconocer que no, que el señor Juan no era en absoluto ningún don Cristóbal Colón. Así pues, ¿qué demonios había acaecido en aquella rada? Sólo cabía pensar que el *Santa Juana* se había encontrado con alguna dificultad para el combate, alguna contrariedad grave e inoportuna que había llevado a Lope a tomar la deshonrosa disposición de salir huyendo.

El farol de popa del *Santa Juana* era ya sólo un punto en lontananza cuando Juanillo y los otros, cargando con Alonso y Rodrigo, aparecieron a nuestro lado. En el puerto sólo se divisaban las luces triunfales de la *Gallarda* y desde la playa se oían los alborozados gritos de la dotación en cubierta.

—¿Qué ha pasado? —preguntó Juanillo entretanto colocaban con sumo tiento a los heridos en los bateles—. ¿Dónde está la nao del loco Lope?

—Lo que ha pasado, no lo sé. Espero que el señor Juan pueda darnos algunas buenas razones. Y la nao del loco es aquel punto que ves allá a lo lejos —se lo señalé con el dedo, extendiendo el brazo en dirección a la luz—. Ha huido en mitad de la batalla.

—¡Voto a tal! —exclamó, jubiloso; el resto de los hombres también soltó exclamaciones de alegría—. ¡Hoy es nuestro día de buena ventura!

Me incliné sobre el rostro tumefacto de Alonso y le arreglé los sucios mechones de pelo que le caían sobre la frente. Luego, subí al batel en el que iba Rodrigo y tomé asiento frente a él.

—Juntos de nuevo, compadre —le dije con afecto.

—Juntos de nuevo, Martín. Tuve para mí que no saldríamos vivos de esos infames almacenes.

Al punto una grande sonrisa se le dibujó en el rostro.

—¡Eran los almacenes de Melchor de Osuna! ¿Lo recuerdas, Martín? ¿Recuerdas aquella noche en la playa con el cuarterón Hilario Díaz?

Tomé a reír de buena gana.

—Lo recordaba muy bien, compadre —asentí—. Por eso vinimos a rescataros.

—¡Relátamelo todo, pardiez! —me apremió, abrigándose con un viejo herreruelo aunque no hacía frío—. Tenemos muchas cosas de las que hablar. Debes conocer las majaderías que ese necio de Lope soltó delante de nosotros.

Nos aproximábamos a la *Gallarda*. El batel de Juanillo, en el que iba Alonso, mareaba delante del nuestro.

—Todo te lo he de referir, hermano —repuse—, mas no ahora ni aquí. En cuanto estemos a bordo te pondré en manos del cirujano de la nao, un franco que el señor Juan contrató en Jamaica y que tuvo que huir de su país por algún crimen detestable. Es el único bribón de aquella primera dotación que conservé. Los demás son todos gentes de Santa Marta y del palenque.

Rodrigo gruñó con desconfianza.

—Tranquilo, hermano, que es buen cirujano —le aseguré—. Razona que, si acabo de salvarte la vida, ¿cómo iba a ponerte ahora en peligro de perderla? Descansa, compadre, que tiempo tendremos de hablar.

Izaron la angarilla de Alonso con varios cabos pasados por garruchas sujetas a las jarcias. No hubiera sido posible obrarlo de ninguna otra manera, pues las portillas de las culebrinas quedaban demasiado altas para introducirle por alguna. El señor Juan se asomaba tanto por la borda que hube de gritarle que se retirara pues ya lo veía cayendo al agua o, lo que aún era peor, cayendo sobre Alonso. Finalmente, ascendí por la escala y los hombres procedieron a subir el último batel. Se me dibujó una sonrisa de satisfacción al ver la admiración de mi hermano y compadre por la nueva nao. La poca fuerza que le quedaba en el cuerpo se le iba en aspavientos y asombros por cualquier menudencia de la *Gallarda*. Me vino al entendimiento que iba a reponerse raudamente para mangonear a su gusto aquel hermoso galeón.

Con Rodrigo y Alonso a debido recaudo del cirujano —que los hizo llevar al sollado por mejor atenderlos—, me dispuse, en compañía de mis dos Juanes, a comprobar los daños de la nao. Los cañonazos del loco habían arruinado algunas partes del casco por la banda de estribor mas, como el galeón contaba con fuertes cintas de proa a popa y recias bulárcamas empernadas a las cuadernas, las reparaciones necesarias no eran cosa de preocupar. Entraba agua por una pequeña vía, aunque los hombres ya estaban usando las bombas para achicarla y los carpinteros y calafates la estaban taponando para que aguantara hasta que pudieran cerrarla. Peor fortuna habían sufrido los mástiles, cada uno de los cuales se había llevado, de costado, su buen cañonazo o cañonazos y la verga del trinquete había que cambiarla.

—En resolución —apuntó el señor Juan—, será menester quedarse una semana en esta rada para componer la *Gallarda*.

—Eso es lo de menos —comenté—, pues ese tiempo beneficiará también a nuestros heridos. Lo que me molesta es no poder zarpar en persecución del malnacido de Lope.

—¡Bah, no se andará muy lejos con esa ruina de nao!

Juanillo y yo tornamos al tiempo las cabezas para mirar de hito en hito al señor Juan.

—¿Qué, acaso no lo visteis desde la playa? —se sorprendió—. Pues sólo tenéis que advertir el poco daño que las pelotas de cuarenta libras de sus cañones han hecho en nuestra *Gallarda* y los enormes destrozos que las nuestras, de veinte, han hecho en su *Santa Juana*. ¡Lleva más boquetes que un cedazo!

—¿Cómo es eso posible? —no me entraba en la cabeza que la munición de nuestras culebrinas pudiera haber agujereado de aquella manera el casco de un inmenso galeón de guerra.

—Sólo hay una razón —afirmó el señor Juan entretanto Juanillo, como si ya conociera lo que iba a decir, asentía despaciosamente—. La broma,[10] la broma le tenía comida la madera. Con esa y no con otra razón se puede explicar lo acaecido. Les ocurre a muchas naos de España cuando pasan unos meses en estas aguas calientes sin darles carena apropiadamente.

Y era ésa una grande verdad pues, en el Caribe, todos los maestres estábamos obligados a varar, calafatear y care-

---

10.  Molusco (*Taredo Navalis*) que carcomía la parte de la madera del casco que estaba sumergida en el agua del mar (la llamada *obra viva*).

nar nuestras naos cada poco tiempo si es que no queríamos que la madera se volviera quebradiza y perdiera la ligazón.

—Por más —continuó el señor Juan—, ya se ha advertido que nuestras culebrinas y medias culebrinas son mejores para la batalla que sus cañones pues, aun siendo nuestros artilleros inferiores en número y calidad, tardaban tan poco tiempo en recargar y disparar que por cada uno de sus tiros nosotros disparábamos cuatro, y con eso y con el casco podrido ese asno de Lope ha tenido que darse a la fuga.

Si no me hubiera hallado tan triste por Alonso me habría tomado a reír muy de gana.

—Así que su poderoso galeón de guerra... —empecé a decir, divertida.

—... es una triste almadía de paja.

—¡Pues vamos tras él! —exclamé. A tal punto, con Alonso y Rodrigo a salvo y habiendo contemplado cuánto perjuicio les había causado, atrapar a Lope era lo único que me importaba en la vida.

—Primero reparemos la *Gallarda* y curemos a los compadres, muchacho —me reconvino el señor Juan—. Cuanto más fuertes seamos, más presto le daremos alcance. Deja que se aleje lo que le venga en gana, que ya no le es dado escapar de nosotros. Conocemos su nao y de cierto que cualquier otra con la que nos crucemos podrá darnos referencias de ella. Y, por más, en los puertos tenemos a los correveidiles del excelente príncipe Sando, que nos darán razón de las nuevas que se produzcan sobre el *Santa Juana* en cualquier parte del Caribe.

Sonreí con satisfacción. No, a Lope de Coa ya no le era dado escapar de nosotros... Ya no le era dado escapar de mí.

# CAPÍTULO II

Ni el ruido de los truenos, ni el del excesivo viento, ni siquiera el de la grandísima lluvia que nos caía encima, encubrió el afilado silbido del bolaño que la nao española acababa de dispararnos. Al punto, una descomunal columna de agua brotó a menos de veinte varas de nuestra proa. La *Gallarda* parecía atraer a las embarcaciones militares que mareaban en busca de los piratas que inficionaban el Caribe. En las dos semanas que hacía que habíamos zarpado de La Borburata, seis eran las naos que nos habían atacado, tres españolas, dos inglesas y una flamenca. Y eso que en la estación de lluvias muchas tripulaciones se negaban a embarcar y los maestres preferían permanecer en los puertos para evitar las grandes tormentas con olas como montañas que, de súbito, convertían la mar en un infierno.

—¡Allá vamos de nuevo! —me gritó el señor Juan—. ¡Para ser pocos los necios que mareamos con este tiempo, qué afán mostramos por toparnos y pelearnos!

Nos hallábamos junto a la caña del timón por mejor gobernar a los pilotos y a la dotación durante la batalla. Llevábamos casi todo el trapo recogido pues con las corrientes nos bastaba y Rodrigo, totalmente restablecido de sus heridas y contusiones, agarrándose a las jarcias por el fuerte balanceo de la nao, iba de un lado a otro de la cubierta principal dando órdenes y probando la firmeza de los cabos sin quitar la mira de los arcabuceros que, bajo la incesante lluvia, debían tener cuenta del fuego de sus mechas. Su aparición en la dotación de la *Gallarda* como marinero de rango había sido una grande conveniencia. De los ochenta y tres hombres que teníamos al salir de Santa Marta, treinta solicitaron quedarse en La Borburata al conocerse, después del rescate, que yo era una mujer. De esos treinta, veinte y dos eran españoles, cinco eran mestizos y tres mulatos. Les dejé partir tras pagarles los pocos dineros que se les adeudaban y, al hacerlo, les miré con tal desprecio que todos bajaron la mirada, avergonzados. Si su venerado maestre Martín Ojo de Plata, ajusticiador de los odiados Curvo, era menos admirable por ser una mujer, mejor estábamos sin ellos. Aquí paz y después gloria, les dije, mas Rodrigo, tan impetuoso y terco como siempre, con grande dolor en algunas de sus magulladuras les fue despidiendo uno a uno con una fuerte patada en el trasero antes de que bajasen por la escala al batel que les llevaría a puerto.

Los cincuenta y tres que se quedaron manifestaron públicamente su acatamiento y su respeto hacia mí y, aunque les contentó sobremanera que Rodrigo de Soria fuera quien les diera derechamente las órdenes, yo notaba, sin embargo, que bastaba una palabra mía o una sencilla mirada para que se hincharan como pavos reales, orgullosos de recibir mi atención. Por más, tras la primera batalla en la mar, cuando derrotamos a la nao española que nos atacó y yo me negué a saquearla y a matar a su tripulación, los hombres me premiaron con vítores, lanzando sus bonetes al aire, lo mismo que hicieron cuando determiné poner en ejecución todo lo contrario tras someter a la primera nao pirata inglesa, de cuyas bodegas obtuvimos no sólo pólvora, munición y armas sino también un sustancioso botín que fue repartido, por mi orden, entre los cincuenta y tres.

—¡Rodrigo! —grité a pleno pulmón—. ¡Que quiten de en medio los cañones de cubierta!

Con la lluvia, esos cañones resultaban inútiles y, a tal punto, sólo hacían que estorbar. Macunaima me observaba silenciosamente, a la espera de mis señales. La *Gallarda* seguía rumbo derecho hacia la nao militar, que ofrecía su banda de estribor amenazando andanada entretanto nosotros se lo poníamos difícil ofreciéndole tan sólo la fina proa. Las corrientes nos empujaban hacia ella sin esfuerzo alguno y, a no mucho tardar, o se retiraba o la embestiríamos con el bauprés. Cierto que su bordo era más alto que el nuestro, mas el galeón inglés podría soportar tal choque sin sufrir grandes daños entretanto la nao militar se partiría por la mitad.

—¡Rodrigo! —torné a gritar. Él me miró—. ¡Diles a los artilleros que tiren contra el aparejo y que los hombres preparen los ganchos de abordaje!

Lo último que yo deseaba era matar españoles, incluso aunque éstos vinieran como lobos tras mi estela juzgando, unos, que la mía era una nao inglesa y, por tanto, pirata, y, otros mejor advertidos, que era la nao de Martín Ojo de Plata, el contrabandista y asesino reclamado por la justicia pues, por lo que nos había referido uno de los negros de Sando en La Borburata poco antes de zarpar, el loco no había tardado en dar razón de las cualidades de la *Gallarda* a las autoridades de Cartagena, las cuales habían mandado aviso a todos los puertos de Tierra Firme y la Nueva España. De igual manera, el hombre de Sando nos refirió que Lope de Coa, tras hacer aguada y cargar bastimentos en aquella ciudad, había zarpado a toda prisa hacia la Nueva España o, a lo menos, eso había dicho uno de los marineros de su tripulación. Su galeón de guerra se hallaba en muy mal estado y, al no conocer a nadie en la ciudad en la que su familia había vivido y prosperado durante tantos años, había determinado enrumbarse hacia Veracruz antes de que le pillase la tormenta, en busca de su tío Arias y a la espera de una mejor ocasión para acabar conmigo. Mas, con tormenta o sin ella, mi firme intención era que no arribara nunca a su destino, ya que tenía en voluntad cazarle mucho antes.

Un grande retumbo resonó en aquel cielo ya suficientemente atronado. El fuego de la pólvora y el humo confirmaron el ataque.

—¡Andanada enemiga! —rugió Rodrigo.

La nao militar, considerando que era suya la ventaja por presentarnos todas las bocas de fuego y viendo que nos allegábamos sin cambiar de rumbo, se había determinado a principiar en serio la batalla. Mas, como era de suponer por estar la mar tan alta, fea y hecha espuma, aquellos primeros tiros fueron por alto y no nos dieron sino sólo uno, de refilón, en el mastelero de sobremesana. Todos los primeros tiros acostumbran a fallar, pues los artilleros los ejecutan para conocer la pujanza del viento y hacia dónde y cómo les conviene apuntar. Sin embargo, las seis batallas que habíamos sostenido en apenas dos semanas, todas con mal tiempo, mantenían a nuestros artilleros suficientemente atinados (y también a nuestros carpinteros y calafates), de manera que incluso sus primeros tiros resultaban bastante certeros, sobre todo, como era el caso, cuando los enemigos disparaban primero permitiéndoles conocer los desvíos.

Al tiempo que crujía el mastelero, di la señal a Macunaima y éste viró de bordo y dispuso nuestra banda de babor enfrentada a la española.

—¡Fuego! —ordené, antes de que el humo de sus cañones hubiera escapado por completo de las ánimas.

Nuestras culebrinas y medias culebrinas escupieron una andanada que, como era de esperar, falló, arrasando parte del casco y volando un trozo de combés. No era eso lo que yo deseaba.

—¡Cañones en batería! —me gritó Rodrigo cuando en la cubierta inferior hubo culminado la recarga.

—¡Fuego! —ordené de inmediato.

Esta vez, dieron de lleno en el blanco, desarbolando la nao militar. Su trinquete, mayor y mesana cayeron como arbolillos segados por un rayo, provocando un muy grande desbarajuste entre la dotación de la nao. Sus velas, al tocar el agua, la embebieron y se volvieron pesadas y, como seguían sujetas a la nao por los cabos y las jarcias, comenzaron a lastrarla y a tirar de ella hacia abajo. Sólo utilizando prestamente las hachas y los cuchillos podían evitar irse a pique.

Las corrientes seguían arrimándonos y, aunque unos pocos cañones nos tornaron a disparar, finalmente, con un brusco golpe de barra, Macunaima colocó la *Gallarda* junto a la otra nao. Ambas subían y bajaban con el fuerte oleaje, de cuenta que resultaba penoso tanto impedir que chocasen como que mis hombres acertasen a enganchar los garfios de abordaje. Por fin lo consiguieron, mas, de súbito, aquellos extraños soldados españoles que, a primera vista, no parecían tales comenzaron a dispararnos con los arcabuces. Dos de los marineros de mi nao cayeron muertos.

Eché mano a la espada y la blandí en el aire.

—¡Fuego los arcabuces! —grité, echando a correr hacia Rodrigo. El señor Juan se había tirado al suelo de la toldilla y se tapaba la cabeza con los brazos. Era lo que siempre hacía cuando principiaba la contienda, pues se negaba a refugiarse en las bodegas.

Entre el tumulto, mis hombres habían alcanzado a juntar las bordas tirando de las cuerdas que iban unidas a los ganchos y, así, teníamos ya franco el paso a la cubierta de la española.

—¡Vamos, compadre! —le grité al de Soria, que también esgrimía ya su espada y su daga.

—¡Aguarda, Martín!

—¿Qué sucede? —pregunté, muy sorprendida, aplacando mi arranque.

—Que ésa es una nao española robada por piratas ingleses. ¿No escuchas los gritos?

Presté atención a los sonidos que arribaban desde la otra cubierta y, en efecto, lo que se oía era jerigonza inglesa.

—¡Maldición! —exclamé, contrariada. Había esperado una presta reyerta zanjada tras cruzar la espada con el capitán de la nao y jurarle respeto por su vida y la de sus soldados, al tiempo que la libertad para partir sin más daños. Así lo habíamos hecho hasta aquel punto con las naos españolas. Claro que, antes de soltarlos, les obligaba a escuchar una perorata sobre mi identidad, la maldad de los Curvo, mi venganza y la injusticia del rey contra mi persona, pues contaba con que corriera la voz sobre la iniquidad de la que era víctima. Mas, si aquellos malnacidos eran piratas ingleses, no quedaba otro remedio que llevar la querella hasta el final, pasando por el cuchillo a tantos como nos fuera dado—. ¡A por ellos!

—¡A por ellos, que son piratas ingleses! —repitió Rodrigo lanzándose en pos de mí, que ya había saltado a la cubierta enemiga.

Nuestros artilleros, inútiles ya los cañones, se sumaron al asalto, de cuenta que éramos casi cuarenta las espadas y diez los arcabuces apostados ahora en las vergas y los rizos de las velas. Asaltamos la nao por todas partes, abriéndonos paso a cuchilladas, estocadas, altibajos, reveses, tajos y mandobles tirados con apremiada furia. No dejaríamos aquella nao española en manos de los enemigos de España que, por más, si lograban repararla, se valdrían de ella para robar, estuprar y matar a las pobres gentes de los pueblos y ciudades de las costas. Aquellos ingleses eran la peor escoria de la tierra y, como tal, los arrojábamos a la mar uno tras otro por las bordas.

Bajo la fiel custodia de Rodrigo y Juanillo, me hallé, al fin, enfrentada al capitán inglés. A éste no tenía en voluntad matarle, a lo menos, hasta haber conocido su gracia y los lugares y naos que había asaltado. Era un hombre de hasta treinta y cinco años, por más o por menos, bajo de estatura, de cuerpo fornido, buen rostro aunque con una vieja cicatriz a la diestra que le iba desde la sien hasta los labios, y una abundante y cuidada barba tan bermeja como su cabello. Su porte distinguido y sus elegantes maneras no me ocultaron el hecho de que eran afectadas. Debíamos darnos prisa en reducirle pues en menos de dos credos nos iríamos a pique. Le puse la punta de mi espada en la garganta.

—¿Os rendís, canalla? —le pregunté sin esperar ni que me entendiera ni que me respondiera. Sólo deseaba verle deponer las armas y entregármelas.

—Me rindo —dijo en buen castellano, aunque con grueso acento inglés.

Soltó la espada y alzó los brazos en señal de sometimiento. Apercibiéndose, los pocos ingleses que aún peleaban sobre la cubierta también se rindieron. No eran ya más de seis o siete.

—¡Vuestra gracia, patria y linaje! —exigí al capitán.

—Mi nombre es Thomas Bradley, de Aylesbury, Buckinghamshire, al sudeste de Inglaterra.

—¿Qué ha dicho? —preguntó Juanillo.

—¡Que es inglés, majadero! —tronó Rodrigo—. ¡Yo sí os conozco, hideputa! Sois ese Tomás Brali que, por su mismo ser, ha estado asaltando las islas de Barlovento[11] desde hace años, matando a cientos de personas y robando hasta el último grano de trigo, trozo de tela y gota de vino de aquellas poblaciones.

—Me alegra gozar de tanta fama entre mis enemigos.

Rodrigo estaba encolerizado.

—¿Vuestros enemigos, gusano malnacido? —le increpó, apoyando la daga en el vientre del pirata—. ¿Vuestros enemigos, decís? ¿Acaso las mujeres y los niños que ma-

---

11.  A principios del siglo XVII, la denominación de islas de Barlovento incluía tanto a las Pequeñas Antillas (Vírgenes, Dominica, Martinica, Trinidad...) como a las Grandes (Cuba, La Española, Jamaica y Puerto Rico).

tasteis eran vuestros enemigos? ¿Acaso eran vuestros enemigos los viejos a los que abristeis en canal o las doncellas a las que deshonrasteis? ¿Acaso los pueblos que quemasteis habían atacado a vuestro *Aiburi* en Inglaterra?

Bradley sonrió.

—Aylesbury —repuso muy tranquilo—. Se dice Aylesbury, español ignorante.

Traté de sofrenar a Rodrigo con un golpe de mi brazo mas ya era tarde. Hundió su daga hasta la empuñadura y la retorció.

—¡Pues esto se dice morir, inglés ignorante! —profirió rabioso—. ¡Anda que no me lo van a agradecer en Puerto Rico!

Y era bien cierto pues, en cuanto entregáramos los cautivos al capitán de alguna nao militar valederamente española (a no dudar, alguna más nos atacaría antes de llegar a la Nueva España), éstos cantarían como canarios y, así, Rodrigo, ufano como un príncipe, sacó su daga del aún agonizante Thomas Bradley y, secándose con la manga la lluvia que le bañaba el rostro, se dio la vuelta y se encaminó a la *Gallarda* dando bandazos por culpa de la tormenta.

Un negro del palenque se me allegó precipitadamente.

—Maestre, hay prisioneros españoles abajo.

Miré a Juanillo.

—Yo voy, maestre —dijo.

—Apresúrate, que la nao se hunde.

—¡Voy!

La lluvia arrastraba la sangre hacia los imbornales, limpiando una cubierta que presto se hallaría en el silencioso y tranquilo fondo de la mar. Salté al planchón dispuesto entre ambas naos y crucé hasta la *Gallarda*. Los piratas ingleses se hallaban reunidos junto al palo mayor, bien custodiados por un corro de hombres con espadas. Los demás, al verme llegar, lanzaron vítores y bonetes.

—¡Rodrigo! —le dije a mi compadre, tieso como un palo junto al sonriente señor Juan—. ¿Se ha podido recaudar algo?

—¡Nada que valga la pena! —exclamó.

—¡Pues, en cuanto vuelva Juanillo con los prisioneros españoles, corta los cabos antes de que esa triste nao nos arrastre al fondo!

—¿Y qué hacemos con los prisioneros?

—¡Atadlos y guardadlos en algún rincón oscuro y sucio donde no tornemos a saber de ellos!

—¡Como mandes!

Y con el griterío de los hombres en los oídos me dirigí a mi cámara para quitarme la ropa manchada y serenar mi ánimo con un buen vaso de vino antes de allegarme al sollado para ver cómo estaba Alonso quien, tras tres semanas de cuidados, seguía tan desvanecido como el primer día que lo rescatamos. Madre también se tomaba un vaso de vino después de una dura noche de trabajo en la mancebía, aunque, a diferencia de mí, ella tenía a su querido Esteban, a sus loros, a su viejo mico y a los perros para acompañarla.

No, Alonso no despertaba de su mal sueño. Cornelius Granmont, el cirujano francés, lo alimentaba y lo asistía en todo, aunque, una vez concertados los huesos para que se arreglaran y aplicadas las cataplasmas sobre las hinchazones, poco más podía obrar por él. Su otrora gentil cuerpo se iba remediando con cada día que pasaba, mas su entendimiento seguía adormecido. Granmont me aseguraba que algunos acababan resucitando y que Alonso, por su fortaleza y años, era de esperar que así lo hiciera. Todas las mañanas acudía por conocer si seguía vivo y todas las noches por desearle un buen descanso. También bajaba a las horas de las comidas, pues Granmont, en ocasiones, necesitaba ayuda para que tragara las gachas casi líquidas que le iba depositando, cucharada a cucharada, entre los descoloridos labios. Yo sólo tenía en voluntad que retornara, que se moviera y abriera los ojos, que dijera alguna palabra... Mas los días pasaban, las contiendas pasaban, las leguas[12] pasaban y él seguía igual de dormido.

Francisco, que con las prisas había dejado el arcabuz en la puerta de mi cámara, ya me había preparado la ropa limpia sobre el lecho. Todo bailaba allí dentro igual que en las cubiertas. La lámpara de plata que colgaba del techo iba de un lado a otro y las velas, con el vaivén, manchaban de cera los vidrios que las cobijaban. El resto de los muebles, como en todas las naos, estaban trincados al suelo y a las paredes.

Tras unos delicados golpes en la puerta, mi particular Curvo entró derechamente en la cámara con una vasija.

—Os traigo un poco de agua limpia.

—Gracias, Francisco.

—Usadla ya, mi señora, o se derramará y no podréis lavaros con ella.

Francisco, con sus finas maneras y su exquisita corte-

12. Una legua equivale a cinco kilómetros y medio, aproximadamente.

97

sía, había adoptado la usanza de tratarme como el maestre varón de la nao cuando estábamos en compañía de otros y como dueña cuando nos hallábamos a solas en mi cámara, pues conocía que eso me contentaba.

Cuando principié a quitarme las ropas manchadas de sangre, mi buen Curvo salió discretamente de la cámara aunque, al punto, sonaron nuevos golpes en la puerta.

—¡Maestre! —me llamó Juanillo desde el otro lado.

—¿Qué? —repliqué impaciente, abotonándome la camisa limpia.

—¿Puedo pasar?

—¡No!

—Sea, mas deberías ver a los prisioneros españoles cuanto antes.

—¿A qué esas prisas? —pregunté subiéndome los calzones.

—Son nobles de Sevilla.

—¿Nobles...? ¿Nobles de la nobleza?

—Precisamente, maestre. Aristócratas. Y te conocen —se hizo un extraño silencio tras la puerta—. Quiero decir que... No, no te conocen a ti, a Martín. Conocen a doña Catalina Solís. Se lo han dicho a Rodrigo, que les ha preguntado porque los tenía vistos de Sevilla.

—¿Cuáles son sus títulos?

—Eso no lo sé, maestre. ¿Puedo pasar ya?

—¡Que no! —proferí, enfadada, calzándome las botas—. Vete con Rodrigo, que ahora subiré.

—¡Sea, me voy!

¿Nobles de Sevilla prisioneros en una nao militar española capturada por piratas ingleses y que conocían a Catalina Solís? ¡Por las barbas que nunca tendría, eso sí que era extraño! Terminé de aderezarme y bebí el vino de un trago antes de salir a buen paso de mi cámara y dirigirme a la cubierta. ¡Pobre Francisco! A pesar de sus desvelos, mi tiempo de andar limpia y seca había sido muy corto.

Otra vez bajo la lluvia, me allegué hasta Rodrigo que no se había apercibido de mi regreso.

—¿Qué sucede, compadre? Juanillo me ha llamado con prisas.

Rodrigo se volteó y, con una sonrisa en el rostro barbudo, me señaló al grupo de aristócratas españoles.

—Repara bien en nuestros invitados —me dijo.

Di dos pasos en su dirección y no pude evitar que se me escapara una exclamación de sorpresa:

—¡Mi señor conde de La Oda! —casi grité viendo al primero de ellos.

El conde de La Oda me miró con altanería y desconcierto, sin conocer quién le hablaba.

Doña Rufina, la necia marquesa de Piedramedina, tras la fiesta que celebré en mi palacio de Sevilla, se presentó cierto día en mi casa para ejercer los humildes oficios de casamentera, informándome de que don Carlos de Neguera, conde de La Oda, un noble de alta cuna pero más pobre que las ratas, tras asistir a la fiesta, había preguntado por mí a su señor esposo el marqués. Preguntar por mí era lo mismo que ofrecerme matrimonio, algo que, a lo que parecía, era valederamente maravilloso pues, según doña Rufina, una mujer debe estar casada, lo quiera o no, con un marido conforme a su calidad o de calidad superior, de cuenta que una boda entre una hidalga rica como yo y un conde arruinado como el de La Oda era la alianza más perfecta que pudiera soñarse. «Vos tenéis los caudales y el conde de La Oda el título. ¿Qué más se puede pedir?», me dijo emocionada. Le aseguré que consideraría el ofrecimiento y le daría al conde una respuesta antes de la Natividad, conociendo que el día que se contaran veinte y uno del mes de diciembre iba a matar a los Curvo y a escapar de Sevilla.

Un año después, en la cubierta de mi nao que mareaba por aguas del Yucatán, aquel conde de La Oda, ataviado con elegantes ropas de viaje y calado hasta los huesos por la lluvia, se hallaba frente a mí con un gesto de desprecio en el rostro.

—¿Cuándo y cómo he podido yo conocer a un rufián tuerto como vos? —me preguntó, insolente, señalando mi ojo de plata.

No le contesté. Atisbé el rostro de los otros y cuál no sería mi sorpresa al descubrir junto al conde, igual de bien vestidos, remojados y desdeñosos, al joven don Miguel de Conquezuela, marqués de Olmedillas, al rollizo don Luis de Vascos y Alija, duque de Tobes, a don Diego de Arana, marqués de Sienes, y a don Andrés Madoz, marqués de Búbal, todos ellos honorables miembros de la más arruinada nobleza de Sevilla.

—¡Oh, mis queridos señores marqueses y mi señor duque de Tobes! ¡Qué grande alegría y honor para mí tornar a verlos!

Sus rostros amarillearon y mostraron cuán asombrados estaban por ser conocidos en aquel lugar. Tuve para mí que la razón de su disgusto no podía ser otra que la baja calidad de quien les hablaba aunque resultó que se trataba de un asunto mucho más torvo y extraño, como quedó al descubierto cuando al majadero del marqués de Sienes se le escapó un exabrupto:

—¡Nuestros nombres y títulos son secretos en estos pagos, bellaco! ¿Cómo te es dado conocerlos si ni siquiera el maestre de la nao que nos trajo de España estaba al tanto? ¿Quién te crees que eres, bribón miserable?

De haber tenido una espada o un simple puñal me habría atravesado el pecho sin reparar en menudencias. Sonreí. ¿Identidades secretas?, ¿viaje furtivo desde España?, ¿espanto mortal en los rostros al ser conocidos?, ¿amenazas, bravatas...? ¿Qué demonios estaba aconteciendo allí?

—Mi señor marqués de Sienes, os ruego que guardéis vuestras desagradables palabras para otra mejor ocasión —repuse con toda gentileza—. Siempre fuisteis bien recibido en mi palacio de Sevilla, señor, al igual que el resto de vuestras mercedes, así que espero un comportamiento cortés a bordo de mi nao y, asimismo, algún pequeño agradecimiento por haberos salvado de tan manifiesto peligro como el que corríais en manos de los piratas ingleses.

—¿Vuestro palacio de Sevilla? —inquirió, de una pieza, el conde de La Oda—. ¿Qué palacio de Sevilla?

—El palacio Sanabria, señor conde. ¿Acaso ya no recordáis que deseabais matrimoniar conmigo?

Tenía yo ya una cierta costumbre de ver esa misma expresión de asombrada confusión en los rostros de quienes descubrían que era una mujer (o que quizá fuera un hombre, como acaecía a tal punto), mas la de aquellos nobles sevillanos fue la mejor y más divertida de todas. Y no sólo me lo pareció a mí pues las carcajadas de mi tripulación, que seguía con curiosidad el suceso, fluyeron estruendosas y fuera de todo límite.

—¿Doña Catalina...? —balbució el conde de La Oda.

—Doña Catalina Solís, señor conde, la misma que viste y calza como don Martín Nevares.

Los hombres, animados por el maldito señor Juan y por Juanillo, empezaron a corear mi sobrenombre de Martín Ojo de Plata entretanto los nobles sevillanos, más lívidos que un pliego de papel blanco, a no dudar tenían en la cabeza mis crímenes contra la familia Curvo, de tan grande escándalo en Sevilla y en toda España.

—¿Nos vais a matar también? —quiso saber el conde, confirmando mis barruntos—. ¡No hemos hecho nada!

—¡Nosotros no matamos españoles! —se indignó mi compadre Rodrigo.

—En resolución, señor o señora, ¿sois varón o sois hembra? —preguntó con grande enfado el marqués de Olmedillas, creciéndose por la declaración de Rodrigo.

Las risas y exclamaciones de mis hombres tornaron a triunfar sobre los sonidos de la tormenta.

—Para vuestras mercedes —exclamé, regocijada—, seré en todo momento Martín Ojo de Plata.

—¿Acaso, señor Martín, nos habéis tomado cautivos? —preguntó burlonamente don Andrés Madoz, marqués de Búbal.

—Don Martín, señor marqués —le precisé—, pues soy hidalgo. Y sí, vuestras mercedes son mis prisioneros.


No mucho después, nos hallábamos todos reunidos en el comedor, a la espera de que Francisco nos sirviera la cena. La tormenta había arreciado desde el ocaso y el señor Juan se agarraba al borde de la mesa como si fuera a caerse del asiento. Los vasos de vino, asegurados en los orificios de la tabla, rebosaban un poco con cada grueso vaivén de la nao.

—¿A qué tanta fanfarria? —me ladró Rodrigo desde

el otro lado de la mesa—. ¿A qué esa tontería de «vuestras mercedes son mis prisioneros»?

—Para decir verdad —repuse con una sonrisa—, me enojaron sobremanera llamándome rufián tuerto, bellaco y bribón miserable, aunque debo admitir que me procuró una muy grande satisfacción verlos caminar atados de manos hacia la sentina.

—Sólo harán que estorbarnos, maestre —señaló Juanillo.

—Lo conozco y tengo en voluntad liberarlos al mismo tiempo que a los ingleses.

Rodrigo bufó.

—¿Y tenías también que encadenarlos como a los piratas? ¡Son españoles y eran prisioneros!

Asentí un tanto apesadumbrada.

—Con certeza, me excedí —acepté—. Mas hay algo en ellos que no me gusta. ¿Os apercibisteis de las extrañas palabras del marqués de Sienes?

—¿Quién es ése? —quiso saber el señor Juan.

—El alto de hombros cargados —le expliqué—. El de las botas negras.

—Sí, sí... Ya recuerdo —murmuró agarrándose con más pujanza a la mesa.

—Pues bien, don Diego de Arana, marqués de Sienes —proseguí—, afirmó que viajaban furtivamente, que ni siquiera el maestre de la nao que los trajo desde España conocía sus identidades. ¿A cuenta de qué cinco nobles de prestigioso linaje cruzan la mar Océana para venir al Nuevo Mundo?

—¡Ellos sabrán! —bramó Rodrigo, a quien el hambre siempre ponía de peor humor del que sufría de ordinario—. ¿Qué se nos da a nosotros?

Por fortuna, a tal punto entró Francisco con las vituallas de la cena. El rostro de Rodrigo, al verlo llegar, relució como un sol y se sujetó la servilleta con premura al cuello de la camisa. El señor Juan, Juanillo y yo le imitamos.

—Nada, no se nos da nada de sus misteriosas razones —admití—, mas me parece extraño, compadre. Ten presente que, entre los cinco, no podrían reunir los cuatro mil y quinientos maravedíes que cuesta un pasaje. Están tan arruinados como el más pobre mendigo de Sevilla.

—¿Cómo así, siendo nobles? —se sorprendió Francisco girando en torno a la mesa para servirme en primer lugar.

—España es un imperio lleno de menesterosos —farfulló Rodrigo.

—Hasta a las familias nobles les es dado arruinarse si no saben gobernar bien sus haciendas. Si los pueblos y ciudades de los condados y marquesados no tienen buenas cosechas o buenos ganados, los amos pueden verse en la ruina.

—O también acontece —apuntó Rodrigo— que son los amos quienes procuran la ruina de sus pueblos y ciudades por ordeñar demasiado a la vaca para pagar sus fastos y despilfarros.

—De todo hay —convine—. Y estos cinco principales sevillanos, que no tienen donde caerse muertos, de súbito embarcan hacia aquí con identidades falsas.

—Por vergüenza de su mísera condición —indicó el señor Juan—. Si yo fuera de alta cuna y hubiese de venir al Nuevo Mundo para granjearme el sustento como cualquier hijo de vecino, también ocultaría mi linaje.

—De seguro que estáis en lo cierto, señor Juan —concedí—. Ésa debe de ser la razón y no otra.

—O quizá los persiga la justicia como a ti, maestre —conjeturó Juanillo.

—A los nobles no los persigue la justicia —objetó Rodrigo con la boca llena de carne estofada.

—Que vienen por caudales es cosa cierta —añadió el señor Juan también con la boca a rebosar—. Nadie cruza la mar Océana sin una buena razón y para estos desventurados catarriberas la única razón de peso parece ser la fortuna.

—¡Tampoco los veo yo trabajando para ganarse el pan! —protesté cuando, al punto, oyendo al señor Juan, se me figuró ver al marqués de La Oda gobernando una hacienda—. A ninguno de ellos le es dado trabajar por nacimiento y alcurnia y, aunque lo fuera, no conocerían cómo hacerlo. Es más propio de los de su condición matrimoniar con damas acaudaladas de menor linaje. Y de ésas en Sevilla no han de faltarles, que hijas de cargadores a Indias, banqueros y mercaderes hay para todos y sobran, de cuenta que sigo extrañada por su presencia en el Nuevo Mundo.

—Debemos conocer más del asunto antes de liberarlos —señaló Juanillo depositando la cuchara en el plato vacío; aquel muchacho comía tanto y con tanta diligencia que daba gusto verlo—. ¿Y si han venido para encontrar y matar a doña Catalina Solís en nombre del rey de España a trueco de bienes y caudales?

Enmudecimos todos al punto.

—¡Por eso se pasmaron tanto cuando les desvelaste quién eras! —profirió, al fin, el señor Juan.

—¿Teníais mucha relación con ellos en Sevilla, don Martín? —quiso saber Francisco.

—No, tan sólo los vi en dos o tres fiestas, incluida la de inauguración de mi palacio.

—Acaso no los envía el rey sino los viudos que allí dejasteis.

Aquéllas eran palabras mayores pues era muy cierto que había dejado un rosario de viudos y viudas que, a no dudar, deseaban verme muerta mas...

—Precisamente para eso se allegó hasta aquí nuestro compadre el loco Lope —farfulló Rodrigo—, a quien el demonio maldiga.

—Me has quitado las palabras de la boca, hermano.

—Pues, entonces, el rey —insistió Juanillo, remojando en vino un trozo de galleta seca de maíz—. Los ha enviado el rey.

—Yo conversaré con ellos, Martín —proclamó mi compadre limpiándose las sucias barbas con la servilleta—. Pierde cuidado.

—Iré contigo —afirmé.

—¡Yo también voy! —soltó Juanillo con entusiasmo. A mí se me escapó un bufido. No veía yo a Juanillo junto a Rodrigo entretanto éste *conversaba* con el conde, los marqueses y el duque pues, de cierto, todos ellos requerirían más tarde los cuidados del buen Cornelius Granmont. Mas Rodrigo no me dio ocasión de contrariar al muchacho.

—Sea. Vendrás con nosotros —le dijo, y Juanillo sonrió de oreja a oreja.

—También yo os acompañaré —proclamó el señor Juan.

—¡No, señor Juan, eso sí que no se lo consiento a vuestra merced! —prorrumpí.

—¿A qué ese rechazo? —preguntó él.

—¿Acaso no conocéis lo que, en verdad, acaecerá en la sentina?

—¡A mí con ésas! —se rió—. Si han venido para matarte, lo averiguaremos entre todos.

De súbito, alguien de la tripulación golpeó la puerta del comedor, llamándome a voces.

—¡Maestre, maestre!

—¡Pasa! —ordené.

Uno de los hombres de Santa Marta, al que yo conocía desde los tiempos en que mi señor padre me llevó a vivir en su casa, se precipitó en el cuarto.

—¡Maestre, venid! —exclamó con grande alteración—. ¡Tenéis que ver lo que ha traído la mar!

Sus gestos apurados y su rostro trastornado surtieron el efecto de un tiro y saltamos de nuestros asientos en desbandada saliendo en pos suyo precipitadamente. ¿Qué suceso tan horrible e inesperado provocaba tales aspavientos? ¿Acaso estábamos siendo atacados de nuevo?

Una notable muchedumbre atestaba la cubierta y algunos hombres se asomaban peligrosamente por toda la banda de estribor con faroles en las manos. Llovía más que antes aunque el viento había amainado un tanto. Rodrigo me abrió paso a manotazos.

—¡Golpeó contra nosotros, maestre! —dijo uno de los hombres con farol, alumbrando la mar para que yo mirara.

—Lleva un rato ahí, sin separarse de nosotros —dijo otro.

Me incliné cuanto pude para ver bien qué era aquello que tanto revuelo provocaba y cuál no sería mi sorpresa al divisar una enorme canoa india llena de gentes muertas. A lo menos era tan luenga como la *Gallarda* y del ancho de tres varas o más, toda de un solo tronco y muy hermosa. En el medio tenía cuatro postes finos como para sostener un palio hecho de ramas y palmas, aunque ninguna quedaba, y su proa y su popa eran más altas que su borda para hacerla maniobrera y segura. Habría en su interior unas cuarenta personas, entre hombres, mujeres y niños y, de los hombres, algunos conservaban entre las manos las palas de remar y otros no. Todos llevaban los cabellos largos y sueltos, y se les veían las cabezas atadas con pañuelos blancos por las frentes, que las tenían muy aplastadas y como estiradas hacia arriba de modo que daba mucho sobresalto verlas.

—Son yucatanenses —dijo Rodrigo con espanto en la voz—, indios del Yucatán.[13] Dicen que a los niños les estrujan las cabezas con tablas desde el mismo día de su nacimiento para que se les queden así.

—A mí me está doliendo la mía sólo de verlos —repuse—. Como mareamos muy cerca de la Equinoccial,[14] entre la punta de Catoche del Yucatán y la punta de San Antón, al oriente de Cuba, vendrán de alguna de las muchas islas que hay por esta parte.

—Tendremos que usar pértigas para alejar la canoa de nosotros.

—Manda traerlas.

—¿Y si hay alguno vivo, maestre? —preguntó Juanillo.

—Ninguno alza el rostro hacia las luces —respondí, asombrada.

—¡Aquí, aquí, maestre! —vociferó alguien desde la proa.

13. Mayas.
14. Ecuador terrestre.

—¿Qué sucede?

—¡Hay uno vivo, hay uno vivo! —corearon algunos.

Rodrigo, poniéndose la mano sobre los ojos para resguardarlos de la lluvia, me miró y esperó mi orden.

—¡Echad las escalas! —grité—. ¡Subid a los que no estén muertos!

Al punto, las cuatro escalas de cuerda de estribor cayeron hacia la mar y dos o tres hombres empezaron a bajar por cada una. Un golpe de mar que nos sobreviniera a tal punto se los llevaría a todos por delante para siempre. Algunos, incluso, acarreaban los ganchos de abordaje para ayudarse en el rescate. El oleaje sacudía sin piedad tanto nuestro galeón como aquella gran almadía, aunque sin llegar a separarlos, y rogué para que tal suceso no acaeciera.

Desde allí a poco, los cuerpos inertes principiaron a acopiarse sobre la cubierta. Cornelius, el cirujano, iba de uno a otro con su pequeña arqueta de ungüentos y una redoma en la mano, pidiendo a voces que a todos se les echara un chorrillo de agua dulce entre los labios. De los cinco niños yucatanenses que había ninguno sobrevivió, ni tampoco sus madres. Los hombres dejaron los cadáveres en la canoa y, antes de tornar a bordo, con los pies y las pértigas que les alcanzamos la separaron y alejaron de nuestro galeón devolviéndola a las corrientes. Otras diez mujeres, en cambio, sí se salvaron, igual que diez y seis hombres, aunque estaban tan postrados, resecos y desvanecidos como Alonso el día que lo recuperamos.

—Tuve para mí que estaban todos muertos cuando los vi en la canoa —dijo con inquietud el señor Juan caminando a mi lado entre los desfallecidos entretanto sostenía, como yo, un farol en la mano—. Tendremos que hacer aguada antes de lo que pensábamos porque, con tanto invitado, nos quedaremos sin bastimentos antes de arribar a Veracruz.

—Andáis muy acertado en lo que decís, señor Juan.

Mandé que extendiesen ante mí todas las pertenencias de los indios por ver si había algo que aprovechara mas, como era de suponer, no hallamos ni comidas ni bebidas, que eso era lo que les había maltrecho. Debían de haberse perdido en la mar por culpa de la tormenta y, a no dudar, había sido un grandísimo trabajo bregar para mantenerse a flote sin comer ni beber. Mas si carecían de bastimentos, no lo hacían de otras cosas que tenían una vista muy buena: colchas y paños de algodón bellamente labrados y pintados con diferentes colores, atavíos de plumas, resinas olorosas, tintes, hermosos cuchillos de pedernal muy bien afilados, algunas mantas finas, pieles de venado, adornos de jade, piedras de moler... Bien se apreciaba que eran gente rica y acomodada pues todas aquellas cosas, por no ser nuevas, de seguro que les pertenecían y que no eran para mercadear.

Hasta los más viejos entre ellos eran gente bien formada, todos altos y recios, y las mujeres grandes y bien hechas, todos también con una exquisita piedra de ámbar atravesada en el cartílago de la nariz y con zarcillos en las orejas. Asimismo, hembras y varones tenían la piel dibujada de la cintura para arriba con galanos y delicados encajes. Ellos vestían sólo con un paño de algodón blanco de un palmo de ancho que les servía a modo de bragas y calzas, con el que se daban algunas vueltas a la cintura y un extremo colgaba detrás y el otro delante, y ellas, por más, se cubrían los pechos con otro paño igual que les pasaba por debajo de los brazos y se ataba en la espalda. Los pies los calzaban con sandalias de cáñamo o de cuero.

De seguro que, aquella noche, Cornelius Granmont no podría dormir ni una hora, con tantos pacientes en su hospital del sollado, de modo que me determiné a liberarle de un poco de carga poniendo a Alonso bajo mi cuidado. El día había resultado pródigo y cansado. El señor Juan no se tenía en pie. Entretanto bajaban a los yucatanenses a la bodega, despaché con los pilotos, hice los cálculos de la derrota para el siguiente día y, con Rodrigo, cambié a algunos de los hombres de las guardias de la noche pues había entre ellos varios heridos de la batalla contra los ingleses. Luego, tras avisar a Francisco, me encaminé hacia el colmado hospital cruzando la cubierta inferior. Me sentía extenuada, mas tenía muchas ganas de ver a Alonso y por eso sonreía a pesar del cansancio.

Cornelius me saludó sin mirarme, absorto en sus muchos quehaceres. Retiré los lienzos que enclaustraban el rincón donde yacía Alonso y mi corazón dio un salto de alegría al verle. Seguía dormido, y tan gallardo y gentil como siempre. Su coy se mecía con el balanceo de la nao mas él no se apercibía de nada. Me allegué hasta él y le pasé la mano por el hirsuto rostro, acariciándole la mejilla y la barba, que ya estaba para recortar. Un farolillo colgaba de un gancho en una cuaderna. Yo había ordenado que el cabo de vela estuviera siempre encendido, por si despertaba de noche y no conocía dónde se hallaba. Secretamente, me incliné y le di un beso en la pálida frente y otro en el suave ceño. Habría querido besarle más pero no lo hice porque hubiera sido robar lo que no era mío. Dispuse un almohadón en el suelo, cerca del coy, y me envolví en una manta antes de sentarme y recostarme contra la cuaderna del farolillo. Para mi ventura, aquella noche se oían voces, gemidos, pisadas y conversaciones entre Cornelius y los grumetes que le ayudaban, así que era libre de hablar sin que nadie me oyera, de cuenta que, por primera vez desde aquella lejana ocasión en el islote de la Serrana antes del asalto del loco Lope, pude conversar serenamente con Alonso.

—Hoy, Rodrigo ha matado a un inglés que le llamó ignorante —le susurré dibujando una sonrisa en mis labios— y, no vas a dar crédito a mis palabras aunque te juro que es totalmente cierto: ¡el conde de La Oda está a bordo de la *Gallarda*! Sí, sí, aquel que quiso matrimoniar conmigo en Sevilla. ¡Y hemos topado con una canoa llena de indios moribundos! Y, por más...

La hora del alba sería cuando Cornelius me vino a despertar a toda prisa asomando la cabeza entre los lienzos. Abrí los ojos, fatigada y descompuesta por el cansancio, mas, al ver el rostro de Cornelius, me dije que si yo me sentía quebrantada, él, que ya tenía una edad, se veía apaleado, molido, maltrecho y descalabrado.

—Id a descansar, Cornelius —le dije entretanto me incorporaba y me arreglaba un poco las ropas—. La noche ha sido difícil.

—Cuando os lleve hasta uno de los indios, maestre.

—¿Cómo se encuentran los yucatanenses?

—Algunos peor que otros —suspiró.

Cornelius Granmont era un hombre bajo de estatura, de torso grande y piernas cortas, que lucía una luenga barba negra que le llegaba hasta la cintura y que se recogía con lazos verdes. Su trato era sencillo y humilde y a nadie se le alcanzaba cómo demonios había terminado ejerciendo su buen oficio entre piratas ingleses en la isla de Jamaica. Se decía francés, y como tal hablaba el castellano mas, de tanto en tanto, se le escapaba alguna palabra en un extraño idioma que nadie conocía. Me determiné a conservarlo no tanto por necesitar a un cirujano sino por la mirada bondadosa de sus ojos oscuros.

Avanzamos entre las esterillas del suelo sujetándonos a los cabos del techo y a los palos pues la furia de la tormenta, a lo que se veía, no había menguado ni un ápice, cosa que tampoco me sorprendió. En las esterillas, algunos tumbados y otros sentados, se hallaban los yucatanenses rescatados de la canoa. Todos los que estaban despiertos tenían una escudilla de agua en las manos y daban sorbos de tanto en tanto. Me apercibí de sus agradecidas miradas y de sus respetuosos gestos con aquellas pavorosas cabezas luengas como pepinos.

Al cabo, en uno de los extremos de la bodega, un indio anciano de piernas torcidas nos aguardaba bebiendo también de una escudilla. Por los hermosos dibujos de su cuerpo y las excelentes joyas que ostentaba de la cabeza a los pies deduje que era quien más autoridad tenía entre ellos. Sus brazos y piernas sólo tenían huesos y pellejo mas su vientre era grande y redondo y era la única parte del cuerpo en la que no se veían arrugas.

—Maestre —dijo Cornelius—, este hombre es el cacique de todos estos indios. Su nombre es Nachancán. Habla bien el castellano.

—¿Cómo os encontráis, señor? —le pregunté—. Soy don Martín Nevares, el maestre de este galeón.

Nachancán me observó con cuidado.

—Quizá debería llamaros doña Martín —dijo con una voz áspera y seca—, pues sois mujer.

A tales horas tempranas y tras un día y una noche tan arduos y con aquel extraño invitado, hube menester de toda mi entereza para tener a raya la risa. Otro que me había pillado y que me recordaba que ya no era una niña de pecho plano y escurridas caderas.

—Quizá seáis, señor Nachancán —sonreí—, quien más se haya aproximado a mi correcto nombre. Doña Martín... Mas no, os lo ruego, llamadme don Martín o maestre, como vuestra merced prefiera, pues así me conocen mis hombres y mis amigos.

Alzó las cejas con lentitud, se encogió de hombros y asintió.

—Sólo tengo agradecimiento para vos, don Martín. Por mi parte os pido que me llaméis Nacom Nachancán o sólo Nacom, pues no soy cacique.

—¿Nacom...? —repuse—. ¿Es algún cargo o es un título?

Su rostro se turbó y tuve para mí que había hecho una pregunta inconveniente, aunque no conocí la razón.

—Es un título —explicó al fin, mas su voz temblaba—, un título como los de vuestros condes o duques. Nosotros somos mayas de raza y linaje, mayas del Yucatán, y nuestra cultura, aunque ahora recemos a Jesucristo y hayamos abandonado algunas viejas tradiciones, es tan refinada y noble como la vuestra.

—Sea pues, Nacom. Así os diré de ahora en adelante. Sed bienvenido a mi nao, la *Gallarda*. Decidme, ¿quiénes son todas estas gentes que os acompañaban en la canoa?

Y, con el brazo, le señalé aquella zona del sollado.

—Mi familia —explicó, bebiendo un sorbo de agua de la escudilla—, mis sirvientes, los remeros...

—Supongo, Nacom, que conocéis que no pudimos salvarlos a todos.

—Lo conozco, don Martín. Los niños eran mis nietos y las mujeres, algunas de mis hijas, nueras y criadas, lo mismo que los hombres. Por más, dos de mis hermanos y mi esposa se hallaban entre ellos.

—Lo siento mucho —dije con pena—. Os doy mi más sentido pésame.

Él tornó a beber despaciosamente. Si sus ropas no hubieran sido de indio sino de cristiano, le habría tenido por un elegante caballero de muy buena educación. De cierto, había sido instruido en la escuela de algún convento o iglesia de frailes españoles.

—¿Conocéis dónde nos hallamos, don Martín? —preguntó al cabo.

—Cerca de la Equinoccial, Nacom, ciñendo la punta de Catoche en dirección a Veracruz, en la Nueva España.

Él sacudió de nuevo su extraña cabeza para asentir.

—Podremos dejaros en tierra en uno o dos días —proseguí—. Debemos hacer aguada presto, de cuenta que vuestra merced y su familia podrán llegar adonde iban o retornar a casa, lo que les resulte mejor. Todas vuestras propiedades están a salvo y guardadas.

—No íbamos a ningún lugar y no podemos retornar a casa —dijo con grave seriedad.

—¿Y cómo así? —me extrañé.

—Huíamos, don Martín, huíamos de la muerte.

Aquellas palabras me espantaron y también Cornelius enderezó de súbito el cuerpo cansado y aguzó el oído.

—Hace diez días, por más o por menos —empezó a narrar el Nacom con gesto reservado y voz contenida—, vino un mal aire por la tarde que, creciendo y creciendo, por la noche ya era viento fuerte. Supimos que llegaba un *hurakan* muy torcido.

—¿Un qué? —le interrumpí.

—Un *hurakan* —porfió—. Ah, perdonadme. Es una palabra maya, el nombre de uno de nuestros antiguos dioses, el dios que, con su aliento, creó la tierra. Nosotros llamamos *hurakan* a esos grandísimos vientos y grandísimas lluvias que provocan tempestades muy excesivas y destruyen los pueblos, arrancan los árboles y hunden las naos levantando el agua hasta los cielos.

—Nosotros las llamamos grandes tormentas. En España, de estos huracanes que dice vuestra merced, no los hay. Tampoco hay estación seca y estación de lluvias, como aquí.

—Lo conozco, don Martín. Vuestras mercedes tienen cuatro estaciones y son distintas a las nuestras.

—Cierto —repuse, trayendo a mi memoria las nevadas de Toledo y el frío del invierno de Sevilla.

—Con la noche, como os decía, aquel mal aire se hizo huracán de cuatro vientos y derribó todos los árboles crecidos obrando grande matanza entre los animales y derribando las casas que, por ser de paja y tener lumbre dentro por el frío, se incendiaron y abrasaron a gran parte de nuestra gente. Nuestro pueblo era una pequeña población al oriente de la ciudad de Tulum. Lo habitaban cuatro familias de mi linaje mas ahora, don Martín, sólo quedamos los que aquí nos hallamos.

—Pues no se me alcanza cómo subisteis a la canoa en

mitad de un huracán. Para mí tengo que no fue una decisión muy sabia.

El Nacom sonrió. No le quedaban muchos dientes, para decir verdad.

—No fue el huracán lo que me determinó a embarcar a mi familia —refirió—. El huracán duró sólo hasta el otro día, en que se vio todo el daño que había causado, que era mucho y de grande mortandad, mas lo peor vino luego, cuando sobrevinieron unas calenturas pestilentes que hinchaban los cuerpos de los enfermos hasta casi reventar. Cuando, después de dos o tres días, las calenturas se iban, antes de morir les daba una peste de grandes granos que les pudría el cuerpo con grande hedor. Entonces fue cuando saqué a mi familia del pueblo por el único camino seguro que conocía. Compré la canoa a un comerciante, alquilé remeros y un piloto experto —y señaló con la mano a un mancebo de largos cabellos y hermoso cuerpo que, sentado y sin moverse, tenía la mirada perdida—, y me alejé de la costa con intención de dirigirme a Cozumel, una grande isla maya de mucha salubridad, mas también allí había llegado la pestilencia, así que no compramos ni agua ni víveres por si estaban inficionados. Tornamos a la mar con grande premura para marear hacia Cuba, mas nos pillaron estas lluvias y estas tormentas que también azotan vuestra nao, de cuenta que ya nos dábamos por muertos. Y así hubiera sido de no haberos encontrado.

—¿Ninguno de vuestros familiares está enfermo de las calenturas? —preguntó Cornelius con inquietud—. ¿Estáis cierto?

—Ya no estarían aquí —repuso serenamente el Nacom—. Toda la enfermedad acontecía apresuradamente. Si alguno de éstos se hubiera inficionado ya habría muerto a lo menos una semana atrás. No se preocupen vuestras mercedes, estamos todos sanos.

—Descansad, Nacom, y no tengáis prisa. Podéis quedaros en mi nao cuanto queráis. Hablaremos más adelante —me encaminé hacia la escalera que llevaba a la cubierta superior mas, antes, le hice un gesto a Cornelius para que me siguiera. En cuanto la lluvia principió a golpearme el rostro me volví hacia el cirujano, que ascendía despaciosamente en pos mía—. Cornelius, venid a desayunar al comedor dentro de diez o quince minutos.

—Allí os veré, maestre —dijo. Por su gesto supe que conocía el grande susto que tenía yo en el cuerpo.

Dejándole atrás, con la mirada busqué a Rodrigo mas al que hallé fue a Juanillo, atareado en recoger sogas, cabos y maromas. A tal punto, se oyó un trueno espantoso, al modo del ruido áspero y continuado que causan las ruedas macizas de los carros de bueyes y, luego, un rayo iluminó y partió el cielo. Ese día tampoco llegaría el final de la tormenta.

—¡Juanillo! —grité, haciendo bocina con las dos manos en torno a la boca—. Llama a todos al comedor.

Juanillo asintió y soltó el cordaje y yo me apresuré en allegarme hasta mi cámara pues tenía el tiempo justo para secarme el cabello, asearme, mudar de ropas y acudir al comedor. En cuanto abrí la puerta vi a Francisco esperándome con una muy grande jarra en las manos junto al aguamanil. Al hombro traía dos blancas toallas alemanas y, colgando del pantalón, el saquillo en el que portaba las pellas de jabón napolitano.

—Deja la jarra en el suelo y el jabón y las toallas en el lecho —le dije vivamente—, y corre a poner un servicio más en la mesa del comedor. Cornelius Granmont desayunará con nosotros esta mañana.

—¿Lo saben los demás, mi señora?

—Juanillo los está avisando.

Ya se marchaba cuando, con una voz, le retuve.

—¡Ah, y otra cosa, Francisco! Por nada del mundo bajes hoy al sollado.

Me miró inquisitivamente desde la puerta mas no preguntó. Francisco era muy listo y se barruntó algo malo.

Cuando, tras un mediano momento, entré en el comedor ya limpia y mudada, todos me estaban esperando. Tomamos asiento y dimos comienzo a la colación. Aquel día teníamos bizcocho de maíz, tocino, cecina, pasas, higos, membrillo, almendras y vino. Francisco, tras recibir mi permiso, tomó asiento junto al señor Juan. Por lo general, yo desayunaba sola en mi cámara antes de subir a cubierta con las primeras luces del día. Los otros lo hacían de su cuenta o con el resto de la tripulación. Reunirlos de aquel modo era indicio de que algo grave pasaba. El buen Cornelius daba muestras de hallarse incómodo en lo que, a sus ojos, era uno de los más privilegiados lugares de la nao, donde sólo tenían cabida el maestre y sus favoritos. En mi cansada cabeza, sin embargo, yo daba vueltas a un triste pensamiento: que todas o las más de las cosas que a mí siempre me acontecían iban fuera de los términos ordinarios y que ya me estaba hartando de la voluntad inescrutable del destino.

—Compadres, no hemos de preocuparnos en demasía —les dije, para alegrarles la mañana—, mas debemos tomar prevenciones porque podríamos tener una pestilencia a bordo.

No hay nada que provoque más pavor y alarma en una nao que una pestilencia (y a mí me asustaba más que a nadie), así que ¿para qué referir la que se armó en aquel punto? Rodrigo gruñía, el señor Juan votaba al demonio y Juanillo se lamentaba a grandes voces. Sólo Francisco y Cornelius permanecían tranquilos y no porque lo estuvieran sino por no obrar más alboroto del que ya se había formado pues en los ojos de Francisco se advertía el desasosiego y en los de Cornelius una muy grande extenuación. El cirujano no hacía otra cosa que ajustarse inútilmente los perfectos lazos que le recogían la negra barba.

—¡Silencio todos! —exclamé. Por fortuna, los brutos llorosos enmudecieron—. Si no calláis, no podremos escuchar lo que el cirujano Granmont tiene que referirnos y os recuerdo que el buen cirujano no ha dormido en toda la noche.

Obedientemente, mas no por su gusto, ninguno de los circunstantes osó abrir la boca.

—Ante todo —principió Granmont sin haber tocado ninguna de las vituallas que había sobre la mesa—, os pido perdón, maestre, por poner objeciones a vuestras palabras pues lo que habéis dicho es un tanto exagerado. Los yucatanenses que rescatamos anoche huían de unas terribles calenturas pestilentes que han asolado su tierra, así que, por lo que sabemos, si a ellos ya no los han matado, ni están enfermos ni han traído la enfermedad a la nao. Mas, como no podemos descartar nada, cuanto menos contacto tengan los hombres con ellos, mejor.

—¡Voto a tal! —exclamó el señor Juan con grande alivio—. Entonces no tenemos de qué preocuparnos.

Los indios mueren a miles por enfermedades que a los demás no nos afligen. Ésta será una de tantas.

Era de sobra conocido en todo el Nuevo Mundo que, cada cierto número de años, las pestes acababan con miles y miles de indios sin inficionar a nadie más. En verdad, ésa fue la razón por la que se empezó a traficar con esclavos negros, para suplir la falta de trabajadores en las encomiendas y en las minas pues esas terribles enfermedades los diezmaban y cada vez quedaban menos.

—Por sí o por no, señor Juan —le dije—, hemos de estar vigilantes y Cornelius no dejará entrar a nadie en el hospital durante el tiempo que considere oportuno. Yo he pasado la noche allí, con Alonso, y lo mismo los grumetes, que han estado ayudando, así que vamos a permanecer todos en el sollado hasta que el cirujano nos lo diga.

—En cuanto certifique que nadie tiene calentura —anunció el cirujano—, los dejaré libres.

—A lo que parece —proseguí—, todo el Yucatán podría estar inficionado, de modo que mejor será no hacer aguada en esta península y esperar hasta arribar a las costas de la Nueva España.

—Vamos a tener que racionar la comida y el agua —murmuró Francisco. Con aprensión me dije que tal cautela sólo se requeriría en el caso de que algunos no muriéramos.

—Sólo una cosa más, compadres —añadí para terminar—. Los mayas yucatanenses tienen un jefe, Nacom Nachancán, aunque nos es dado llamarle sólo Nacom, que es un título nobiliario propio de ellos. No tienen a dónde ir y, por el momento, se quedan con nosotros.

—Si no estuvieran enfermos podríamos ponerlos a

trabajar —renegó Rodrigo—. Hacen falta marineros. Estamos por debajo de la dotación necesaria para un galeón como éste. A lo menos necesitaríamos treinta hombres más.

—Más vale la mitad de eso que nada —repuse—. Es todo lo que hay.

—No están enfermos, señor Rodrigo —porfió Cornelius—. Están sanos.

—En apariencia —murmuré.

—Por eso debemos esperar unos días. Luego, no habrá razones para mantenerlos en el sollado.

—¿Las mujeres también se quedan? —quiso saber Juanillo con una vocecilla timorata.

—¡No las vamos a tirar por la borda, majadero! —bramó Rodrigo soltándole un mojicón.

—Las mujeres ayudarán en todos los oficios de la nao para los que sirvan —razoné con un tono que no admitía réplica. Sería el colmo del despropósito que una maestre mujer despreciara a otras mujeres a bordo de su nao. Nadie me contradijo (y que se hubieran atrevido)—. De manera, compadres, que los grumetes, el cirujano y yo estaremos en el sollado. Rodrigo, te dejo al frente de la *Gallarda*; señor Juan, vuestra merced le auxiliará en cuanto precise; Juanillo, tú me servirás de correo aunque me hablarás desde la escalera, sin allegarte al hospital.

—¿Y qué haré yo, don Martín? —preguntó Francisco.

—Tú, mi buen Francisco, tendrás la peor de las obligaciones y bien que lo lamento. Entretanto yo esté en el hospital, tú servirás, atenderás y cuidarás de los nobles españoles que tenemos encadenados en la sentina.

—¡Eso sí que no, compadre! —explotó Rodrigo, poniéndose en pie de un brinco—. ¡Por mis barbas que esos aristócratas no van a recibir las cuidadas y finas atenciones de un criado de casa principal!

—¿A qué ese arrebato? —inquirí, enojada—. Francisco no va a servirles de criado por un errado capricho mío, hermano. Francisco, en verdad, tratará de embaucarlos aprovechando la desgraciada situación en la que se encuentran. Será un ángel bueno en mitad del infierno. Él habla su misma lengua, la lengua de la cortesía y de los buenos modales que tú desconoces. Cuando yo regrese, quizá nos pueda suministrar información por mejor ejecutar esa *amable* charla que vamos a mantener con ellos.

—¿Y si nos atacan otra vez naos españolas o piratas entretanto tú te solazas y huelgas en el sollado?

A no dudar se estaba refiriendo a Alonso. Suspiré resignadamente. A veces, Rodrigo me sacaba de mis casillas.

—El ejercicio del mando durante la batalla es el más conveniente para un hombre como tú —en el rostro de todos se dibujó, al fin, una sonrisa—. Se practican y ordenan artimañas, perfidias y celadas para vencer al enemigo, se padecen dolores grandísimos y responsabilidades insufribles, se menoscaban la holganza y la desocupación, se corrobora el vigor del entendimiento y del buen juicio, se agilitan los miembros y, en resolución, se trata de un divertimento y un honor reservado para sólo unos pocos de grande calidad que voy a tener el placer de compartir contigo para que tus gestas de estos días puedan tallarse en bronces, esculpirse en mármoles y pintarse en tablas para memoria en lo futuro.

Con el ruido de las risas de todos en los oídos (menos la de Rodrigo, naturalmente) y hechas ya todas las advertencias, no quise aguardar más tiempo a poner en efecto los remedios contra la pestilencia, así que me encaminé hacia el sollado. Quizá mis miedos no fueran fundados mas yo recordaba muy bien los temores de mi señor padre siempre que se rumoreaba en los puertos sobre pestes en las naos. No había otra cosa que más le preocupara, de ahí que siempre nos tuviera limpiando la cubierta de la *Chacona* con vinagre y sal y quemando azufre en las bodegas para evitar las ratas y los nidos de cucarachas pues decía que todas las pestes venían de la suciedad y de las alimañas.

Aún no había caminado dos pasos bajo la lluvia cuando uno de los grumetes que ayudaban a Granmont subió corriendo la escalera y se precipitó hacia mí.

—¡Maestre, uno de los indios tiene mucha fiebre y grita cosas extrañas!

Durante los seis días subsiguientes, la muerte acechó de cerca nuestra nao y la señoreó con crueldad. Cornelius ni supo ni pudo explicar cómo aquellas calenturas pestilentes habían permanecido aletargadas en el interior del cuerpo del piloto de la canoa por más de una semana para venir a despertar con tanta virulencia a bordo de la *Gallarda*. Incluso nuestros indios murieron, de cuenta que no sólo no aumentamos la dotación sino que, al finalizar aquellos tristísimos días, el número de hombres era menor que antes. Entre el domingo que se contaban cinco del mes de octubre y el sábado que se contaban once, arrojamos treinta cuerpos a la mar en aquellas aguas del golfo de la Nueva España. A la sazón, en algún punto de aquellos aciagos días la tormenta, al fin, se tornó calma: salió el sol, aflojaron los vientos, callaron las bombas de achicar y el cielo brilló con su mejor azul, mas los dolientes no nos dieron reposo. Cuando las calenturas cesaban, tras veinte y cuatro horas (por más o por menos), algunos cuerpos reventaban llenos de gusanos y, si no era así, se llenaban de pústulas de un hedor terrible que los pudrían y hacían que se les cayeran las carnes a pedazos en tres o cuatro días.

El horror me impedía dormir, comer o cavilar. Presto se vio que ni los negros ni los españoles ni los mulatos nos inficionábamos. Tampoco los mestizos, que debían de estar amparados por la parte española de su sangre. El Nacom Nachancán, que sobrevivió —al igual que una de sus hijas más jóvenes y uno de sus hijos medianos—, lloraba lágrimas de sangre junto a los cuerpos podridos y muertos de los suyos, y su milagrosa salvación tampoco la pudo explicar Cornelius, que se pasaba las noches y los días aplicando emplastos de diaquilón y dando a beber jarabes de fumaria y cocimientos de calabaza. Quiso el destino mostrar un poco de piedad rescatando a nuestro piloto Macunaima en las mismísimas puertas de la muerte y, aunque lleno para siempre de las bregaduras de los granos, se recuperó del todo antes de llegar a pudrirse.

Yo sufría de tan grande alteración que ni siquiera guardo en la memoria cuenta y calidad de las naos que se nos allegaron durante aquellos días con ánimo de asaltarnos. Claro que, en cuanto nos veían izar la bandera amarilla de la peste y dejar caer un par de cuerpos al agua, les faltaba viento en el trapo para apartarse de nosotros.

El día lunes que se contaban trece del mes, arribamos, al fin, a las inmediaciones del puerto de Veracruz y divisamos el magnífico fuerte de San Juan de Ulúa que le servía de protección. Era más extenso que el de Cartagena, en Tierra Firme, y en su rada se advertían, a lo menos, el triple de naos de las que fondeaban de ordinario en el otro, que eran muchas. Con tal profusión de cascos entrando y saliendo, me dije, nos sería dado zafarnos de las miras de las autoridades españolas durante el tiempo suficiente para permitirnos bajar a tierra y emprender el camino hacia México. Eso, si es que, acaso, el loco Lope había llegado hasta allí y había denunciado las cualidades de la *Gallarda* y el nombre de su maestre pues, si la mala ventura me hubiera castigado, el *Santa Juana* se hallaría a la sazón en el fondo de la mar y el loco Lope tan muerto como su madre, privándome de mi venganza. Estaba ansiosa por conocer si el galeón del loco se hallaba anclado en aquel puerto.

Sin embargo, para mi profunda mortificación, Cornelius Granmont se opuso con firmeza al desembarco. Alcé la voz y quise hacer valer, airadamente, mi lugar en la nao, mas no por ello Cornelius se dejó amilanar:

—La cuarentena es forzosa e inapelable —repetía una y otra vez, viendo mi obcecación—. Tendréis que matarme antes de que os permita allegaros al puerto.

—¡Si ya no queda a bordo ni un solo enfermo! —argüía yo con desesperación—. ¡Si hemos fregado, fumigado, lavado y bruñido hasta el último clavo de la *Gallarda*!

—Lo conozco, don Martín, mas no deseo que vuestra merced sea responsable de la muerte de todos los indios de la Nueva España.

Por fortuna, la cuarentena sólo iba a ser de una semana, de modo que, resignada, ordené fondear cerca de la pequeña isla Sacrificios, que se hallaría como a legua y media de Veracruz. Echados los bateles en el agua, casi toda la dotación quiso bajar por la muy grande necesidad de pisar tierra que todos sentíamos. Isla Sacrificios era un pequeño paraíso despoblado. Toda su costa era blanca como la nieve y sus muchos árboles, de mediana altura, verdes y cerrados. Grandes tortugas carey paseaban por sus playas y eran tantos los pájaros que parecía que se oía música por todas las partes. El único menoscabo de tan bello lugar era que no había agua, así que tuvimos que seguir bebiendo de la que traíamos en las pipas que llenamos en La Borburata, que ya no era fresca.

Paseando por la isleta, el señor Juan y yo hallamos, hacia el centro, los restos de dos viejas casas indias de cal y canto, cada una de las cuales tenía unas extrañas gradas por las que se subía hasta unos adoratorios en los que había unas piedras que nos parecieron altares pues, tras ellos, se veían unos ídolos de tan malas figuras que provocaban espanto.[15]

—Ya conocemos de dónde le viene el nombre a esta isla —dijo el señor Juan, pasando un dedo sobre la sucia piedra de uno de los altares. A no dudar, la tintura renegrida que cubría la parte superior provenía de la sangre de seres humanos.

—Aquí se sacrificó a mucha gente —murmuré—. A lo que se dice, era una costumbre que antes tenían muy arraigada. Cosas de su antigua religión.

15. En isla Sacrificios se rendía culto a los dioses Quetzalcóatl y Tezcatlipoca.

—En asuntos de religiones, muchacho —me instruyó el señor Juan—, mejor es no meterse nunca si no quieres que te saquen el corazón con un cuchillo o que te quemen en una hoguera de la Inquisición. Tu señor padre siempre decía que, de la religión, cuanto más lejos, mejor.

Mi señor padre, a quien yo tanto añoraba, se quedaría de piedra mármol si viera en lo que se había convertido aquella niña que rescató cierto día de una isla desierta. Aquella inocente y candorosa niña a la que prohijó era hoy una elegante dama palaciega, maestra en el arte de la espada, maestre de galeón y más rica de lo que él, que se mataba a trabajar sin que le alcanzara para pagar sus deudas, hubiera soñado nunca con llegar a ser. Mi señor padre, el honrado y buen mercader Esteban Nevares, me seguía haciendo tanta falta como entonces, o más, y por eso debía matar a Arias Curvo y al loco de su sobrino Lope, porque los Curvo me habían quitado a mi padre y porque mi padre, antes de morir en la cárcel, me había hecho jurar que le vengaría.

En unos arenales grandes que había en la parte meridional de la isla, la tripulación, que no tenía en voluntad regresar a la nao hasta que no fuera para allegarnos a la cercana Veracruz, había levantado ranchos y chozas con ramas y con las velas de repuesto en los medaños de arena blanca.

—Yo debo regresar a la nao, compadre —le dije a Rodrigo. Ya llevaba en tierra casi todo el día y no deseaba estar lejos de Alonso por más tiempo.

—Sea —me dijo Rodrigo—. También yo regresaré contigo.

—No he menester tu compañía, hermano. Si te viene más en gusto quedarte con los hombres en esta playa, hazlo. A bordo están Cornelius, los mayas, Francisco y los cinco de la guardia que vigilan a los piratas.

—Y los nobles sevillanos de la sentina.

Le miré sorprendida. Aquel asunto se me había borrado por completo de la memoria.

—Cierto —admití—. Allí están todavía, los pobres.

—Pues no retrasemos más el desenlace. Busca al señor Juan y yo recogeré a Juanillo. Nos vemos en los bateles.

Solté un bufido de impaciencia.

—¡Dejémoslo estar, compadre! Mejor no menear el arroz aunque se pegue. Me parece a mí que esa gente no ha venido, en verdad, ni a matarme ni a prenderme.

—Nada se me da de lo que a ti te parezca —soltó, bravucón—. Pregunta a los demás. Estoy tan cierto de que discurren como yo que me lo jugaría a estocada contigo.

—Pues yo contigo no me juego nada, que es de necios arriesgar los cuartos con un antiguo garitero.

Sonrió con satisfacción y se alejó en busca de Juanillo.

Entretanto regresábamos a la nao, cavilé que, si Francisco había hecho bien el oficio encomendado, quizá liquidáramos el asunto con brevedad y mutua satisfacción, de cuenta que los pudiéramos liberar en cuanto arribáramos a Veracruz. Más difícil me resultaba concebir que llegasen a excusar algún día el trato que yo les había dispensado pues la sentina no es lugar para nobles sino para ratas y las cadenas están hechas, antes bien, para galeotes que para aristócratas, sobre todo no constando culpa alguna por su parte. Sin embargo, cuando nos allegamos hasta la sentina hube de admitir con la claridad de la luz del mediodía que no me excusarían nunca y que me había ganado para siempre otros cinco enemigos más, pues la fetidez del lugar era tan insufrible que el mefítico hedor me revolvió las tripas y me provocó ansias y bascas, haciéndome retroceder hasta donde el aire se podía respirar. Si aquellos finos aristócratas seguían vivos, me dije, jamás perdonarían semejante ofensa.

Yo conocía que las sentinas de todas las naos apestaban como el averno, incluyendo la de la *Chacona*, pues en ellas se acopiaban las evacuaciones de aguas de las cocinas, las bodegas, los pañoles e, incluso, las de los propios hombres cuando las tormentas no permitían usar las redes del bauprés para hacer las necesidades. Estas evacuaciones de aguas, por más, recogían en su camino toda clase de restos y suciedades de modo que, con el vaivén de las naos, la ausencia de aire y el calor de las aguas del Nuevo Mundo, no había bomba de achicar que pudiera impedir la corrupción y el hedor de las sentinas. Lo que no consideré, por tener mi propio y particular bacín de barro y porque mis compadres nada me habían advertido, fue la luenga duración de la tormenta que habíamos atravesado, la cual había impedido a los más de cincuenta hombres de la tripulación visitar el bauprés durante varias semanas.

—¡Pues sí que eres delicado! —me espetó Rodrigo de regreso en la cubierta; ni él, ni Juanillo, ni el señor Juan, ni tampoco Francisco parecían alterados, claro que ellos habían estado usando la sentina de ordinario—. Ojo avizor, Martín, que se te ven las costuras de dueña.

—¡A callar, bellaco! —exclamé, aún con váguidos de cabeza y las tripas revueltas.

Procurando refrenar mi estómago, ordené que subieran a los españoles y que encadenaran a los ingleses en otro lugar menos envenenado.

—Tengo para mí, muchacho —principió a decir el señor Juan—, que sería mejor para este asunto que permitieras a Rodrigo llevar la voz cantante.

—¿A qué eso? —protesté.

—Tú eres doña Catalina Solís, no lo olvides, y Martín Ojo de Plata. No te rebajes ante estos nobles, deja que sea Rodrigo quien, en tu nombre, los intimide y apremie, y tú escucha con diligencia para terciar desde tu trono cuando más te convenga.

—Sea —convine, pues eran razones muy acertadas—, mas antes de que lleguen deseo que Francisco nos refiera lo que ha conocido sirviéndoles.

Francisco asintió y, luego, sin mediar tregua, denegó.

—Nada, don Martín, no he averiguado nada.

Alcé las cejas muy admirada y, otra vez, parecía ser yo la única a quien aquello tomaba por sorpresa.

—Los atendí con esmero —siguió diciendo mi particular Curvo—, los obsequié secretamente con algunos dulces, los favorecí en todo cuanto pude, los agasajé, los lisonjeé, los halagué... Os aseguro, don Martín, que fui la nata de los comedimientos y la flor de las ceremonias y que les vi en los rostros que en algo valoraban mis desvelos, aunque no mucho porque cuando yo llegaba enmudecían y ponían la mira, o bien en el suelo, o bien en el techo y, por mucho que me esforzara, hasta que no me iba no empezaban a comer y a comportarse con normalidad.

—¡Enfrena la lengua y acorta el cuento —le gritó al punto Rodrigo—, porque llevas camino de no acabar en dos días!

Francisco, que hablaba para mí, había olvidado que no se hallaba en un elegante salón de baile sino entre lobos y hienas, las cuales, por su propia naturaleza y falta de discreción, no podían contener la risa al escuchar sus finas expresiones.

—Cada uno ha de hablar de su menester cuando se le requiere —protestó mi magnífico criado.

—Y yo te agradezco mucho tus buenos oficios —dije con premura para distraerle de los regocijos de las hienas—. Mas, ¡silencio!, que aquí llegan nuestros invitados.

Asaz melancólicos y de mal talante llegaron a cubierta los cinco nobles sevillanos y con ellos llegó el desagradable hedor de la sentina, que, por fortuna, sólo duró un momento y, luego, desapareció raudamente con la brisa de la mar. Traían las ropas negras y podridas, con tantas suciedades de feos nombres que daban lástima de ver. También sus cabellos y barbas provocaban bascas y me arrepentí de no haberlos obligado a lavarse antes de presentarse ante mí. Entretanto se allegaban, Rodrigo hizo una seña a Juanillo y a Francisco y conversó con ellos en voz tan baja que no se me alcanzó ningún sonido. Los dos muchachos echaron a correr y desaparecieron por la escotilla de proa.

—Señores condes, duques y marqueses —principió a decir Rodrigo cuando aquellos desgraciados se nos pararon delante—, os hemos hecho llamar para pediros que nos refiráis con todo detalle y sin poner ni quitar nada las razones de vuestro viaje al Nuevo Mundo.

Los cinco aristócratas sevillanos, todos a una, me miraron derechamente para, luego, bajar los ojos hacia las tablas de la cubierta y permanecer en silencio.

—¡Ahí lo tienes, muchacho! —exclamó el señor Juan, henchido de satisfacción—. ¡No necesitamos sus palabras para conocer que tú eras la razón de tal viaje!

El joven don Miguel de Conquezuela, marqués de Olmedillas, alzó airadamente su rostro hacia el señor Juan.

—¿Qué majaderías decís, bellaco villano, ignorante y maldiciente? ¿Ese engendro de la naturaleza, hombre y mujer al tiempo, la razón de nuestro viaje? ¡Deja de beber, borracho!

No pudo decir más. Rodrigo se adelantó dos pasos hacia él y le espetó tal bofetón que le partió la cara por varios sitios.

—¡Habla con más respeto, hideputa, que ese viejo es un hombre benemérito y ese monstruo, una dama ante la que te inclinaste solícito en los palacios de Sevilla!

Don Miguel escupió abundante sangre sobre la cubierta y se echó hacia atrás, buscando la protección de sus iguales. El sol se iba hundiendo en la mar, dejando grandes manchas doradas y pardas en el cielo, entretanto la noche se cernía sobre el golfo muy despaciosamente. A tal punto, regresaron Juanillo y Francisco cargados con mudas limpias de ropa. Ambos se quedaron sin pulsos al ver el bofetón de Rodrigo a don Miguel.

—¡Vosotros dos! —les dijo Rodrigo—. Quitadles los atavíos y todo lo que lleven encima y dejadlo ahí, en un montón, y dadles la ropa limpia después de que se hayan remojado en el agua.

El duque de Tobes, por nombre don Luis de Vascos y Alija, denegó con la cabeza. Era también bastante joven mas tan gordo como un buey cebado y con dos o tres papadas bajo la perilla.

—Me niego a desnudarme y a separarme de mis ropas.

—Obedeced, don Luis —le dije yo—, que ya habéis advertido cómo se las gasta mi compadre.

Mas él siguió denegando. Los otros, por sí o por no, principiaron a desvestirse para proveerse del remedio antes de que llegara el mal.

—Don Luis —porfié—, mirad que, si no os desnudáis, será peor para vos de lo que ha sido para don Miguel.

—¿Desde cuándo debe un duque obedecer a un villano y no al revés? —quiso saber, ofendido.

—Desque ese duque se halla en poder del susodicho villano —repuso Rodrigo, allegándosele— y no al revés.

Y, diciendo esto, le propinó un bofetón con el doble de pujanza con que había golpeado al marqués de Olmedillas. El duque cayó a tierra como un saco de harina, sin conciencia, y Francisco hincó la rodilla a su lado para soltarle el jubón y las calzas.

Los otros cuatro nobles ya estaban en cueros, honestándose sus partes con las manos. A don Miguel, por más, principiaba a hinchársele el rostro allí donde Rodrigo le había golpeado.

—¡Al agua! —ordenó el señor Juan con grande regocijo.

—¿Cómo? ¿Desde aquí? —preguntó asustado el conde de La Oda.

—¿Qué sucede, don Carlos? —me reí—. ¿Os espanta un salto de nada? No temáis, que hay suficientes brazas de mar como para que ninguno se rompa el cuello.

—Pero es que no sabemos nadar, don Martín —objetó él, muy respetuosamente y con aflicción en la voz.

—No hay de qué preocuparse —repuse—. La mayoría de mis hombres tampoco sabe y se tiran con cuerdas atadas a la cintura. Ahí tenéis los cabos. Ya están ligados a las jarcias.

—¡Venga, por la borda! —les apremió Rodrigo, dándoles el trato apropiado a sus altas personas—. ¡Y presto! —el conde y los tres marqueses echaron a correr, muertos de miedo y, tras sujetarse las sogas al cuerpo, saltaron al agua—. ¡Juanillo, coge un arcabuz! Vigílalos, que ni se ahoguen ni se escapen, a ver si nos han mentido y van a saber nadar.

—¿Y qué hacemos con éste? —preguntó Francisco que ya había terminado de desnudar al orondo don Luis.

—Con el agua despertará. Átale el cabo alrededor de esa enorme barriga y échalo abajo.

—¡Yo solo no puedo! —protestó el pobre Francisco.

—Te ayudaremos —le animé y, entre los cuatro (el señor Juan, Rodrigo, Francisco y yo), no sin sufrir y sudar lo mismo que si hubiéramos tenido que levantar a un novillo de buen año, logramos tirarlo por la borda. Preocupada, pues no tenía en voluntad que ninguno muriera, me asomé para ver si don Luis despertaba y suspiré con grande alivio cuando le vi sacar la cabezota del agua y resoplar echando agua por la boca al tiempo que braceaba con desesperación. Los otros, que ya habían aprendido a mantenerse sujetos a las cuerdas, le auxiliaron y sosegaron cuanto pudieron.

—Bien, pues ahora —declaró Rodrigo—, vamos a revisar sus ropas.

—¡Qué dices! —me horroricé—. Antes morir que meter las manos en ese montón de estiércol.

—¡Pardiez, Martín, que se te vuelven a ver las femeniles costuras!

—A mí se me verán las femeniles costuras —repuse sulfurada—, mas a los hombres os preocupa demasiado poco la pulcritud y el aseo.

Rodrigo y el señor Juan se miraron entre sí, muy sorprendidos. Francisco, en cambio, me dio la razón con la mirada.

—¿Quién se preocupa de la pulcritud y el aseo? —se extrañó el señor Juan—. ¿Es que, acaso, hay que alarmarse por esas cosas?

—Venga vuestra merced conmigo, señor Juan —le pidió Rodrigo adelantándose hasta el montón de ropa que, por demandar, no demandaba ya ni agua sino sólo un buen fuego—, que hay cerca dueñas tan delicadas como la misma seda o, quizá, tan listas como para usar sus peores mañas y trazas cargando a otros con los oficios sucios.

No le repliqué, aunque hubiera podido decirle que mejor para nosotras, las dueñas, si éramos delicadas y listas, que ya nos maltrataba la vida en otras cosas.

—¿Y qué esperas encontrar —ironicé— en esas mugrientas calzas, jubones y coletos que los ingleses no hayan tomado ya?

—Algo que nos diga para qué están aquí —repuso desgarrando y haciendo jirones las ropas—. Cosas como cartas, papeles...

El señor Juan, que también despedazaba jubones aunque con un cuchillo, fue quien lo encontró:

—¿Y mapas?

—¿Mapas? —me extrañé, arrimándome.

—Bueno, tengo para mí que esto debe de ser un mapa, aunque con dibujos de indígenas.

Haciendo una delicada pinza con los dedos, le arranqué el supuesto mapa de entre las manos sucias y pringosas y Francisco, leyéndome el pensamiento, se allegó hasta él con un balde lleno de agua y una pella de jabón.

136

—Friéguese bien vuestra merced las manos con el jabón y el agua —le exhorté, examinando por mi cuenta los dibujos— o pillará alguna dolencia terrible que se lo llevará por delante.

Por el hedor conocí que Rodrigo me acechaba desde cerca.

—Y dígale a mi compadre el de Soria que se las friegue también o tendré que matarle antes de que se me arrime más.

—¡Debo ver el mapa! —protestó Rodrigo.

—¡Y yo debo pedirte que te laves! —gruñí, apartándome.

El dicho mapa estaba toscamente dibujado sobre un extraño lienzo que, aunque en todo semejante a un gran pañuelo, no era de tela aunque lo pareciera, pues por ningún lado se veía que aquello hubiera sido tejido ni con hilo ni con lana, y no tenía trama ni urdimbre y, si alguna tenía, con tanta pintura de colores y la poca luz que ya quedaba en el cielo, no se adivinaba. Aquel admirable paño de tres palmos por lado, plegado y oculto entre dos capas de cuero del hermoso coleto de don Luis, duque de Tobes, se había salvado de la mugre y de la fetidez de la sentina y, así, podían advertirse sin dificultad los dibujos de casas rosadas, soles amarillos, caminos blancos llenos de huellas negras, una pirámide roja, muchos cauces de agua azul, un castillo español gris y dos volcanes de color ocre escupiendo fuego rojo, todo ello muy sencillamente pintado en el centro y con otros muchísimos dibujos menudos a su alderredor, por arriba, por abajo y por los costados.

—Tiene algo escrito detrás —dijo el señor Juan, inclinándose para mirar.

Le di la vuelta y, allí, en una esquina, garabateado con letra florida y en buen castellano, podía leerse: «Id con Dios, mis leales caballeros. Aguardaré con impaciencia las nuevas de vuestra gloriosa empresa» y lo firmaba un tal «Don Pedro», sin más señas.

—¿Qué demonios...? —empezó a decir a Rodrigo.

—¡Un batel, se acerca un batel! —gritó Juanillo.

Tomando en consideración que habíamos dejado a casi treinta hombres en isla Sacrificios con tres bateles, las voces de Juanillo se hallaban fuera de toda medida.

—¿Y qué? —pregunté disgustada.

—Diles a los condes y los marqueses que ya pueden subir —le ordenó Rodrigo—, que ya están bastante limpios.

Mas Juanillo porfió en sus gritos:

—¡Que el batel no viene de la isla, que viene de tierra!

Alcé la cabeza, sorprendida. Nuestra bandera amarilla nos salvaguardaba de la intrusión de las autoridades españolas y de la de cualquier invitado imprevisto, o eso suponía yo.

—¿De Veracruz?

—¡No! —gritó Juanillo—. ¡Derechamente de tierra, en recto!

—Imposible —afirmó Rodrigo—. No hay nada frente a nosotros. Sólo playa y selva.

—¿Viene solo? —pregunté.

—¡Viene solo, mas con muchos hombres a bordo!

—¡Que suban los condes! —ordenó Rodrigo—. ¡Echadles todas las escalas y que suban a matacaballo, que en la tardanza está el peligro!

—Francisco —dije yo—, hazles señas con el farol a los hombres de la isla para que acudan presto y reúne a todos los que se hallen a bordo y que se pertrechen con arcabuces y espadas antes de acudir.

—¿A los yucatanenses también?

—No, a los yucatanenses no los llames, sólo avísales de lo que acontece para que estén a la mira. Y que encadenen a los sevillanos en el sollado en cuanto se hayan vestido.

Antes de que el dichoso batel topara con nuestro costado de babor, ya nos hallábamos todos preparados y dispuestos: seis hombres con arcabuces apostados en la banda, tres —dos y una dueña, para mejor decir— con espadas y dagas en el centro de la fila, y uno listo para tirarse sobre el suelo de la toldilla y taparse la cabeza con los brazos.

—¡Ah de la nao! —gritó una voz familiar desde el agua—. ¡Busco a don Martín Ojo de Plata!

Ya era noche cerrada, de cuenta que me fui hasta el farol del palo mayor y, con él en la mano, me asomé por la borda. Estaba bastante cierta de conocer la voz.

—¿Carlos...? —pregunté—. ¿Carlos Méndez...?

Tres rostros iguales al de Alonso e iguales entre sí, con gentiles sonrisas en los labios, se alzaron hacia la luz.

—En nombre sea de Dios —nos saludó fray Alfonso, apareciendo detrás de sus hijos.

Lo cierto y verdad es que resultaba cuando menos extraño ver al tiempo tanta cabeza de cabello rubio reunida en tan pequeño espacio junto a los largos cabellos negros de los indios que bogaban en el batel.

—¡Bajad las armas! —dijo Rodrigo—. Son amigos. Echad la escala.

—¡No! —gritó Cornelius—. ¡Estamos en cuarentena!

—Entonces, ¿es cierto? —se sorprendió fray Alfonso—. Tenía para mí que se trataba de alguna estratagema del muy famoso y buscado Martín Ojo de Plata.

—¡Pues no es ninguna estratagema! —replicó Cornelius, asomando su extraña barba por la borda—. Treinta indios se nos murieron en apenas seis días de unas calenturas pestilentes que inficionan todo el Yucatán.

—¿Sólo indios? —preguntó fray Alfonso, que estaba un poco más calvo que la última vez que le vimos—. Sea, entonces nosotros cuatro podemos subir. Los hombres que nos han traído se marcharán de inmediato hacia la costa pues a ellos sí que podría afligirlos la calentura.

Miré a Cornelius Granmont y me hizo un gesto de asentimiento.

A no mucho tardar, fray Alfonso, aderezado con un flamante y compuesto hábito de franciscano en el que no se veían manchas ni remiendos, saltó sobre la cubierta de la *Gallarda* luciendo una cuidada barba que acopiaba todo el pelo que le faltaba en la cabeza. Hizo una leve inclinación ante mí (conocía de sobra las costumbres profanas de nuestra pequeña familia, de la que a él no le cabía esperar la menor reverencia por su condición) y, luego, saludó a Rodrigo y a los demás. Todos nos alegramos mucho de tornar a verlos. Carlos, Lázaro y Telmo repitieron los gestos de su señor padre aunque el pequeño Telmo, por más de la inclinación, me quiso dar un fuerte abrazo al que yo correspondí.

—Antes de nada, doña Catalina, deseo ver a mi hijo Alonso —solicitó su padre, acabadas las salutaciones del feliz reencuentro.

—Nosotros también —añadió Carlos, mucho más crecido y barbado.

—Por supuesto —les dije—. Nuestro cirujano os guiará y responderá a todo cuanto deseéis conocer.

No me correspondía acompañarlos ni estar presente cuando la familia al completo se reuniera, pues yo no formaba parte de ella e imponer mi presencia hubiera sido una muy grande falta de respeto.

—No nos demoraremos mucho —agregó fray Alfonso—. Hay asuntos muy urgentes que debemos resolver cuanto antes, doña Catalina.

—Me preocupáis, fraile —repuse con una sonrisa.

Los hombres de isla Sacrificios arribaban a la sazón a la *Gallarda* y Rodrigo se dispuso a serenarlos y a rogarles que tornaran con bien a sus ranchos y cabañas.

—Y así debe ser, doña Catalina, debéis preocuparos y mucho pues, al amanecer, esta nao será atacada por los galeones del rey con la intención de acabar con vuestra vida o, por mejor decir, con la de Martín Nevares, más conocido por Martín Ojo de Plata.

¡Pardiez!, pensé, sólo me restan unas pocas horas hasta la muerte. Suspiré con resignación. Si es que era lo que yo siempre decía: que todas las cosas que me acontecían iban fuera de los términos ordinarios. Oí gritar a Rodrigo ordenando a los hombres de los bateles que subieran a bordo de inmediato y que fueran a la isla a recoger a los que faltaban. Vi como el señor Juan y Juanillo se quedaban de piedra mármol y vi, asimismo, como todos los rostros de las gentes que estaban en cubierta (incluidos los tres yucatanenses, que habían aparecido por la escotilla de popa) se volvían hacia mí con la mirada atenta.

—¿Y cómo conoce vuestra merced lo del ataque? —le pregunté a fray Alfonso, que, acompañado por Cornelius y por sus tres hijos, se encaminaba ya hacia el sollado.

—¡Oh, bueno! —respondió sin alterarse—, es que yo ahora sirvo derechamente a las órdenes del virrey de la Nueva España, don Luis de Velasco el joven, y es él quien me ha enviado a salvaros.

Para que se nos alcanzara el fondo de la enmarañada historia que nos refirió más tarde el padre de Alonso, fue menester hacerle repetir varias veces ciertos enredados pormenores capaces de perturbar el más sano de los juicios. Por más, nunca se hubiera ganado el pan ejerciendo el oficio de declarador de historias o de sermoneador pues ninguno de los presentes habíamos escuchado jamás a nadie que refiriera tan mal y tan desordenadamente unos simples hechos aledaños entre sí. Para confesor serviría, se mofó Rodrigo, mas en modo alguno para predicador pues se le quedaría vacía la iglesia antes de un paternóster.

El asunto que más nos urgía era el del ataque al amanecer, muy especialmente por adoptar las prevenciones necesarias. De esto lo que vino a decir fue que tres días atrás había llegado a Veracruz un galeón español en muy mal estado cuyo propietario era un tal Lope de Coa, hijo del prior del Consulado de Mercaderes de Sevilla y sobrino carnal de Arias Curvo, un acaudalado comerciante de Tierra Firme recientemente avecindado en México. El susodicho Lope de Coa comunicó a las autoridades militares y portuarias de Veracruz que en pos suyo venía, persiguiéndole, el ahora llamado Martín Ojo de Plata cuyo verdadero nombre era Martín Nevares, reclamado en todo el imperio por los cargos de contrabando ilícito con el enemigo flamenco en tiempos de guerra (lo cual era un crimen de lesa majestad) y por haber actuado como cómplice de su amante, Catalina Solís, en los asesinatos de Fernando, Juana, Isabel y Diego Curvo ejecutados en Sevilla. El propio Lope de Coa era hijo de la fenecida Juana Curvo, muerta por la mismísima mano de Martín Nevares, y lo que éste pretendía persiguiéndole hasta Veracruz era dar por cumplido el oficio matándole a él y matando también a su tío Arias, por lo que el hijo del prior del Consulado solicitaba protección y ofrecía todo cuanto conocía de la nao de Martín Ojo de Plata, que no tardaría mucho en aparecer y que asaltaría la ciudad para encontrarle y acabar con él.

Fray Alfonso Méndez, misteriosamente hombre de confianza del virrey don Luis de Velasco el joven, arribó a Veracruz sólo un día después que Lope de Coa y se encontró con la ciudad levantada en armas y con preparativos de defensa contra un asalto pirata. Fue a tal punto cuando el gobernador y el comandante militar a cargo del fuerte de San Juan de Ulúa le dieron razón de lo que estaba acaeciendo, de cuenta que se determinó a alquilar un batel para allegarse a la *Gallarda* antes de que entrara en el puerto y fuera atacada por los galeones de guerra y por los cañones del fuerte. Mas, cuando la embarcación dejó ver su mascarón de proa en aguas de la isla Sacrificios enarbolando la bandera amarilla de cuarentena, el gobernador y el comandante, ciertos de que tal bandera era una treta por mejor asaltar la ciudad, habían cambiado sus disposiciones, resolviendo que la única forma de acabar con un criminal tan peligroso era hundir la nao con él dentro. Y así, la *Gallarda* estaba siendo vigilada desde el fuerte y los galeones estaban aprestados y aparejados para, esa misma noche, marear hasta allí y colocarse a su alderredor a distancia de tiro, sin luces y en silencio. El ataque tendría lugar antes de las primeras luces.

No había tiempo que perder. Reunimos en cubierta a la tripulación al completo y les dimos a conocer las nuevas, dando la orden de abandonar la nao ordenadamente en los bateles y con todas sus pertenencias. Cuando los galeones descubrieran que la *Gallarda* había sido abandonada no le harían ningún daño, nos aseguró fray Alfonso, y sería llevada a puerto e incautada.

—¿Y qué hacemos con los ingleses, los sevillanos y los yucatanenses? —preguntó Juanillo.

—Los ingleses y los sevillanos se quedan —repuse—. Que los aten a los palos para que puedan verlos. A los yucatanenses les preguntaremos qué desean obrar, si quedarse también o acompañarnos.

—Voy a preguntárselo, maestre —dijo, echando a correr.

—¿Qué sevillanos son esos de los que hablabais? —quiso saber fray Alfonso, grandemente interesado.

Con breves palabras le referí la historia del encuentro de los nobles de Sevilla como cautivos de los piratas ingleses y, para mi sorpresa, el rostro se le demudó y una grandísima desazón se apoderó de su voz:

—Tenemos que llevarlos con nosotros, doña Catalina.

—Sólo serán un estorbo, fraile —objeté—. No están hechos para la selva ni para los caminos de indios.

—¡Escuchadme bien! —exclamó, trastornado—. ¡Esos hombres deben acompañarnos! ¡No pueden de ninguna manera quedarse en el barco! ¡Llevan la muerte con ellos!

—¿Otra pestilencia? —me pasmé. Cornelius había acreditado que se hallaban perfectamente sanos.

—¡La peor, doña Catalina! —profirió sujetándome por un brazo y apretándomelo tanto que llegó a hacerme daño—. ¡La peor, os lo aseguro! No dudéis de mi palabra. Si esos hombres son capturados al amanecer y puestos en libertad como corresponde a su alcurnia, estas tierras de la Nueva España sufrirán el más grande baño de sangre que vuestro entendimiento se pueda figurar.

¿Es que fray Alfonso había perdido el juicio? ¿De qué demonios estaba hablando? Había que tener muy mal la cabeza para suponer que el fino conde de La Oda o el obeso duque de Tobes eran jinetes del Apocalipsis. Miré en derredor mío buscando a Rodrigo para solicitar su ayuda con el franciscano loco mas no le vi; debía de andar por las cubiertas inferiores disponiendo el abandono de la nao.

—¡Doña Catalina, por el amor de Dios! ¡Es absolutamente preciso que llevemos con nosotros a esos nobles cueste lo que cueste!

Miré derechamente al fraile. ¡Cuánto se le asemejaba su hijo Alonso! Quizá fue por eso que me ablandé, pues de seguido me dije que, incluso en mitad de su muy grande alteración, no dejaba de mostrar una seria cordura en los ojos. Nunca había advertido en él ni un atisbo de delirio, antes al contrario: fray Alfonso era un hombre cabal y de luengo entendimiento, en el que se podía confiar y al que sólo le importaba en esta vida el bien de sus hijos. Me determiné, pues, a concederle lo que solicitaba aunque de mala gana y conociendo que Rodrigo no iba a ser tan complaciente.

—Sea —accedí—. Los llevaremos.

—Y también debemos llevarnos a los ingleses.

—¡A los ingleses! —voceé indignada—. ¿Para qué también a los ingleses? ¿Os habéis vuelto loco, fray Alfonso?

—¡Las autoridades de Veracruz no deben conocer la existencia de los nobles! ¡Si dejáis a los ingleses en la nao hablarán sobre ellos cuando los capturen y les pregunten! Os lo suplico, doña Catalina, os lo suplico. ¡Hacedme caso, por el amor de Dios!

No daba crédito a lo que estaba aconteciendo.

—¡Espero no tener que arrepentirme de esto, fraile! ¡Y, por más, me debéis una muy cumplida explicación!

Se sosegó al punto tras oír mis palabras.

—Y os la daré, doña Catalina. No lo dudéis. En cuanto estemos todos en tierra y a salvo, os la daré.

A dos negros del palenque de Sando, que eran los de más raudas piernas y los más hábiles para moverse por la selva, los mandé en el primer batel que se alejó de la *Gallarda* y les dije que procurasen buscar un lugar seguro y tierras en las que pudiésemos estar pues bien se veía que, en esos arenales abiertos y plagados de mosquitos que eran aquellas costas de la Nueva España, no nos sería dado quedarnos y menos con Alonso en angarillas.

Al fin, una hora antes de que los galeones de Veracruz comenzaran a surgir por la bocana del puerto como una recua de mulas oscuras y silenciosas, ya estábamos todos en la playa con nuestros fardajes, pertrechos y bastimentos amontonados sobre la arena. Eché una última mirada a mi hermosa nao (una silenciosa sombra en la noche) y, con mi acostumbrada alegría, pensé que era otro más de los hogares de mi vida que perdía para siempre. A bordo no había quedado nadie, pues el Nacom y sus dos hijos se habían determinado a venir con nosotros. No tenían a dónde ir y no les quedaba nada, ni caudales ni familia, de cuenta que el hijo, Chahalté, y la hija, Caputzihil —o Zihil, como acabamos llamándola por abreviar—, solicitaron esa misma noche entrar a mi servicio. También el Nacom se ofreció mas no le encontramos un oficio adecuado por su mucha edad. Rodrigo echaba fuego por los ollares y, por la boca, cosas aún peores.

Como una luenga serpiente que avanza ondulante por la arena, las cuarenta personas de nuestra comitiva formamos una fila y nos metimos en la selva. Ni vimos ni oímos nada de lo que aconteció en la mar con la *Gallarda*. Yo sólo tenía en voluntad hallar un lugar donde levantar chozas para pasar unos días escondidos y, de este modo, ejecutar la dichosa cuarentena de Cornelius pues, en verdad, ni debíamos ni queríamos dañar a nadie. Después, mi único deseo era emprender el camino hacia México, donde moraban a sus anchas mis dos mortales enemigos.

Los hombres del palenque que envié de avanzada regresaron a media mañana. Habían hallado, ascendiendo la corriente de un caudaloso río, un claro junto a un manantial cercado por completo de espesura y sin huellas que indicaran que por allí pasaba gente. No quedaba muy lejos, de cuenta que nos pusimos en marcha abriéndonos paso en el boscaje con los cuchillos y las espadas.

Al poco de llegar al manantial, de levantar chozas y enramadas, y de despejar una plazuela, alguien propuso darle un nombre al pueblo que acabábamos de fundar pues más vecinos tenía que muchas ciudades de Tierra

Firme y, así, de manera tan llana, fue como se originó la hermosa población que aún hoy se conoce como Villa Gallarda, a tres leguas y media al sur de Veracruz. Sin embargo, en aquel tiempo Villa Gallarda se hallaba muy lejos de disponer de las comodidades de las que hoy dispone, de cuenta que sólo era un establecimiento de proscritos que de manera rauda retornaron con mucho gusto a su natural asilvestrado. Fray Alfonso y sus tres hijos construyeron un muy bien aderezado rancho y se llevaron al dormido Alonso con ellos. Mis visitas y apartes con él se habían acabado. En el sollado de la nao era mío; allí, en la selva, no. Sentí como que me robaban la vida.

Al anochecer de aquel mismo día, tanto los hombres como nosotros pudimos, al fin, sentarnos a la redonda de unos fuegos y cenar de los bastimentos que traíamos. Rodrigo puso vigías en las cuatro direcciones y aún un cuerpo de guardia que rondaba los contornos con los arcabuces listos. A mí, como siempre, me servía Francisco que se ocupaba de mi comodidad en todo momento. Invitamos a los yucatanenses, mas no quisieron venir, quedándose junto a su hermosa choza, de mucha mejor calidad que las nuestras pues conocían el arte de tejer palmas. Juanillo y Francisco llevaron viandas a los sevillanos y a los ingleses, a los que teníamos amordazados para que no dieran voces ni hicieran alboroto y, entretanto Francisco les quitaba las telas de la boca y les servía, Juanillo les apuntaba con el arcabuz para que conocieran que la cosa no iba de chanza.

—Y bien, fraile —dije satisfecha por la cena y contenta por haber escapado del ataque español—, es la hora de esa explicación que me debéis por haber cargado con los sevillanos y los ingleses.

Sentados sobre el suelo, cenando aún o terminando de cenar, Rodrigo, los dos Juanes, los Méndez, Francisco y Cornelius alzaron la mirada hacia fray Alfonso, que se hurgaba los dientes con un palillo que había sacado de la faltriquera de su hábito.

—¡Eso! —graznó Rodrigo, irguiendo el torso con gesto desafiante—. ¡Veamos cuál puede ser la razón para que hayamos traído hasta aquí, con grande esfuerzo, a esos cinco tiernos aristócratas que sólo han andado entre algodones durante toda su vida!

Los demás asentimos. Habían dado mucha guerra por el camino, tropezando, cayéndose de continuo, derrumbándose de cansancio cada media legua, y asustándose por los gritos de los monos y de los loros y por los rugidos de los jaguares. Y cada vez que los hombres venían a quejarse, Rodrigo me miraba de hito en hito con afectado desdén para recordarme que él no había tenido nada que ver con aquel lamentable yerro y que toda la culpa era mía.

—Sea —principió el franciscano—. Empezaré por referir que esta extraña historia se inició antes de abandonar Sevilla.

—¡Ah, no, no, no, fraile! —le atajó Rodrigo, valederamente fastidiado—. Sólo deseamos estar al tanto de la razón de traer hasta aquí a los cinco sevillanos y a los ingleses. Vuestra vida en Sevilla ni nos concierne ni nos interesa, y aún menos conociendo que vais a enmarañar, enredar y desordenar los hechos de un relato que, en boca de otro, quizá se pudiera tolerar por cortesía, mas viniendo de vos, será ciertamente insoportable. ¡Y, por más, estamos sin dormir!

Fray Alfonso le echó una larga mirada muy poco cristiana, tomó aire e hizo como que no le había oído. A partir de este punto, la narración de la historia del fraile es fiel, mas la he ajustado un tanto y dispuesto en buen orden para que pueda ser comprendida.

—Cuando vuestra merced, doña Catalina —dijo el franciscano—, consintió en traernos a mis hijos y a mí hasta el Nuevo Mundo sin cobrarnos los pasajes, visité mi convento para anunciar mi partida y despedirme del guardián[16] y de mis hermanos. Conocía que me atribuirían a algún otro convento de Tierra Firme, así que no me sorprendió demasiado recibir la orden de presentarme ante el provincial de los franciscanos de Andalucía, el padre fray Antonio de Úbeda, quien, tras sonsacarme muchos pormenores sobre el viaje, me mandó regresar al día siguiente a la misma hora. Debo admitir que me hallaba un tanto sorprendido por este interés y también admito que, de cierto, hablé demasiado sobre vuestra merced, doña Catalina...

—¡Fray Alfonso! —dejé escapar con tono de reproche.

—¡Te avisé, Martín, te advertí que no debíamos traerlos! —bramó Rodrigo poniéndose en pie de un salto. Presto se le habían acabado sus buenas amistades con los Méndez.

—¡Sosiéguense vuestras mercedes! —rogó el franciscano extendiendo las manos—. Sé que hablé demasiado mas también es cierto que, de no haberlo hecho, doña Catalina no tendría hoy el favor del virrey de la Nueva España.

16. Entre los franciscanos, el guardián es el superior de un convento.

—¿Qué dice este grandísimo loco? —me preguntó Rodrigo, furioso, llevándose un dedo a la sien y revolviéndolo.

—¡Sofrena tu lengua, Rodrigo! —le ordené—. ¡Y vos, fraile, dadnos una buena razón para no abandonaros en mitad de la selva!

Carlos Méndez y los pequeños Lázaro y Telmo me miraron espantados.

—¡Os la estoy dando, doña Catalina! —se defendió el franciscano—. ¡El virrey de la Nueva España os protege ahora!

—¡Y bien que se ve! —bufó Rodrigo—. ¡El ataque de las autoridades de Veracruz era, en verdad, una galana bienvenida!

Había que calmar los ánimos o aquello acabaría en trifulca. Luego vería si mataba o no al padre de Alonso.

—¡Se acabó! —exclamé a grandes voces—. ¡Sentaos, fraile, y seguid hablando! ¡Y tú, Rodrigo, siéntate también y permanece quieto y mudo o tendremos que vernos las caras!

Se hizo un grave silencio en torno al fuego e, incluso, más allá, entre los hombres de la tripulación que, hasta ese punto, charlaban y reían despreocupadamente.

Fray Alfonso se sentó muy despacio y sin apartar la mira de Rodrigo.

—En resolución —prosiguió—, al día siguiente el provincial me entregó una misiva sellada y me dijo que era muy importante que la entregara por mi mismo ser al Comisario General de nuestra orden en la Nueva España ya que, como iba a viajar al Nuevo Mundo de manera inmediata en una nao mercante que cruzaría ilegítimamente la mar Océana, el mensaje que contenía la carta estaría más seguro en mis manos que en las de cualquier otro que viajara en una flota y, por más, no se podía esperar a que zarpara la siguiente en abril o mayo, pues dicho mensaje era peligroso, urgente y muy secreto. Todo lo que me pidió se lo juré y, luego, me entregó la misiva, me encomendó que tomara todas las prevenciones necesarias para que nadie conociera ni su existencia ni su contenido, y me ordenó destruirla antes de que cayera en otras manos que no fueran las mías.

—De donde se infiere que, cuando zarpamos de Cacilhas a finales del pasado diciembre —declaró Juanillo, vivamente emocionado por lo que estaba oyendo—, llevábamos a bordo el recado secretísimo y muy comprometido de un franciscano principal de Sevilla para otro de la Nueva España.

—De un franciscano principal no —puntualizó fray Alfonso—, del provincial de todos los franciscanos de Andalucía para el Comisario General de todos los franciscanos de la Nueva España.

A Juanillo le brillaron los ojos por la emoción.

—¿Y conocía vuestra merced algo de lo que decía la carta? —quiso saber Francisco, tan interesado como el otro.

—No conocía nada de nada —repuso el fraile, llevándose una mano al corazón—, sólo la urgencia e importancia de la misiva. Por eso, cuando arribamos a Tierra Firme empecé a preparar el viaje hacia México y en cuanto recogimos la primera plata en la Serrana, compré los pasajes y me marché con los tres pequeños.

A su hijo Carlos, de hasta dieciséis años de edad, no le hizo mucha gracia la consideración, sobre todo por su estatura, corpulencia, barrillos en el rostro y bozo en el labio.

—Mes y medio tardamos en llegar a la capital de la Nueva España —continuó— y, el mismo día de nuestra llegada, a las pocas horas de rentar habitaciones en una casa de hospedaje, uno de los esclavos negros de la casa me entregó vuestra carta, doña Catalina, la que me escribisteis desde el palenque del señor Sando refiriéndome el robo de mi hijo por parte de Lope de Coa.

—El loco Lope —precisó Juanillo.

—Por la fecha, sólo había tardado dos semanas en arribar a mis manos.

Yo asentí. Recordaba la pena que sufría entretanto escribía aquella misiva en el palenque.

—Nosotros tardamos seis semanas en arribar a México —señaló Carlos Méndez, admirado—, y vuestra carta sólo se demoró dos.

—El príncipe Sando —explicó vanidosamente el señor Juan— dispone de los cimarrones más veloces del Nuevo Mundo. Nos dijo que sus negros correrían por secretos caminos de indios y cruzarían montañas por pasos y gargantas desconocidos para los españoles para que la carta de Martín estuviera en vuestro poder exactamente en dos semanas.

—Pues no conocéis lo mejor —dijo fray Alfonso—. Desde entonces, hemos recibido puntuales nuevas de vuestras andanzas: conocimos que rescatasteis a Alonso y a Rodrigo y que mareabais hacia aquí en pos del loco Lope, y cada vez que la *Gallarda* era avistada desde tierra, a no mucho tardar lo conocíamos también. A lo que se ve, hay otro señor Sando en el virreinato novohispano con la misma autoridad que él. Tengo para mí que un tal señor Gaspar.

—Gaspar Yanga —tornó a precisar Juanillo, que ejercía de apuntador en aquel corral de comedias en mitad de la selva.

—Los cimarrones, esclavos o negros horros que sirven tan fielmente al señor Gaspar Yanga —prosiguió el fraile con grande admiración— nos tenían a la mira allá donde nos halláramos y, en cuanto llegaban nuevas para nosotros, uno de ellos, cualquiera, desde un niño esclavo hasta una vieja vendedora de huevos, se nos allegaba y nos refería el aviso. ¡No hay cosa igual en el resto del imperio!

Los Biohó y los Yanga, padres e hijos, disponían de la mejor información en todo lo descubierto de la tierra y los españoles no albergaban el menor conocimiento sobre ello. Mi padre había sufrido grandes remordimientos por vender armas al rey Benkos mas, a trueco, yo había ganado a mi fiel hermano Sando, que cuidaba de mí y de los míos incluso a miles de leguas de distancia.

—Seguid con el relato de la misiva misteriosa entre los dos principales franciscanos, fraile —le pedí.

Él asintió. Por fortuna, empezaba a refrescar y lo agradecí sobremanera.

—Sea. Pues veréis, al día siguiente de llegar a México y conociendo que mi hijo Alonso había sido robado, dejé a los pequeños en el hospedaje y me dirigí al convento de los franciscanos de la ciudad. Fui muy bien recibido, con grande afecto y atención por parte de mis hermanos de estas tierras que quisieron conocer la razón de no haberme alojado con ellos. Les hablé de mis hijos y, aunque aquí, por ser su labor tan dura y apostólica, no consideran con buenos ojos la barraganería, a lo hecho pecho y ya no se habló más del asunto. Tuve muy buena ventura, pues el Comisario General de la Nueva

España, el padre fray Toribio de Cervantes, se hallaba a la sazón en el convento y no mostró inconveniente en reunirse en privado conmigo esa misma tarde, al terminar sus asuntos. Comí con los hermanos y, luego, estuvieron mostrándome la iglesia y el resto de las dependencias hasta que fui llamado a presencia del Comisario General, un hombre de mucha dignidad y muy docto en las cosas de estas tierras. Con todo respeto le entregué la misiva de fray Antonio de Úbeda y él la leyó al punto con grande atención. Su bondadoso rostro se contrajo en mil arrugas y fruncidos según avanzaba la lectura y, al final, mostraba tal gesto de espanto y desasosiego y tanta debilidad en el cuerpo que hubo de tomar asiento como un anciano al que le hubieran caído de súbito cien años más encima. Hondamente preocupado me allegué hasta él y le sujeté entre los brazos y ya iba a solicitar auxilio a gritos cuando me hizo señas para que me callara, para que le diera un poco de agua de una jarra que allí había y para que abriera una ventana que estaba cerrada, pues precisaba tomar aire.

—¡Voto a tal! —exclamó el señor Juan, presto a reventar de impaciencia—. ¿Qué demonios decía esa maldita carta?

—A eso voy —replicó fray Alfonso cambiando de postura en el suelo—. Cuando fray Toribio se recuperó del susto me solicitó que no dijera nada a nadie. Me hizo jurar que todo cuanto había acontecido allí aquella tarde sería guardado en mi ánima como un secreto de confesión y me agradeció mucho que le hubiera llevado la misiva de fray Antonio con tantas prevenciones —el fraile suspiró hondamente y se aderezó el hábito antes de continuar—. ¡Quién me hubiera dicho a mí esa noche, cuando cenaba con mis hijos en el humilde hospedaje, que a primera hora de la mañana del día siguiente me hallaría en el palacio del virrey!

—¡Eso del virrey es una invención vuestra! —soltó Rodrigo con toda su mala intención, mas fray Alfonso ni se inmutó.

—¡Cuánto lujo y belleza hay en el Real Palacio![17] —explicó, soñador—. El vuestro, doña Catalina, el de Sanabria, sería la casa de un pobre al lado de éste. Yo no había visto nada igual en toda mi vida y eso que soy de Sevilla. De cierto que es el más grande en todo lo conocido de la tierra.

—¿Queréis ir al meollo del asunto de una maldita vez? —le solicitó gentilmente Rodrigo—. ¡Me estoy durmiendo!

Sí, sí, durmiendo. Allí estábamos todos con el ánima en vilo, sin respirar y pendientes de cualquier palabra que pronunciara el fraile, mas él se perdía por extrañas veredas y a los demás, entretanto, no nos llegaba la camisa al cuerpo.

—Pues bien, en una sala inmensa, llena de tapices, pinturas, mármoles y molduras de oro, fui recibido por don Luis de Velasco el joven, que a tal punto se hallaba en compañía de fray Toribio de Cervantes y otro hermano de avanzada edad al que yo no conocía y que resultó ser el padre fray Gómez de Contreras, confesor del virrey. Estaban los tres sentados en el centro de la sala, ocupando unos muy ricos asientos labrados de muchas

17.  Al palacio del virrey de la Nueva España se le conoció desde el principio como Real Palacio, no como palacio virreinal. Hoy es el Palacio Nacional de México, sede del gobierno mexicano.

maneras con oro, y fray Toribio me solicitó con la mano que me allegara hasta ellos. Me sorprendió mucho que no hubiera ningún lacayo, mayordomo o cualquier otro sirviente en la sala. Los cuatro nos hallábamos completamente solos y la conversación se desarrolló con voces tan bajas y susurrantes que más de una vez temí no haberme enterado.

—Eso os pasa con frecuencia...

El incansable Rodrigo no daba tregua.

—Martín, muchacho —me suplicó el señor Juan—. ¿Te sería dado ordenarle a este fraile que nos refiera de una vez lo que decía la maldita carta?

Fray Alfonso se ofendió.

—Tenía para mí que vuestras mercedes deseaban conocer toda la historia.

—Yo sí lo deseo, fraile —afirmé, lanzando una mirada criminal a Rodrigo y, luego, otra al señor Juan—. Seguid y no tengáis cuidado de estos necios.

—Mi presencia allí, en aquella sala del Real Palacio, sólo obedecía al hecho de conocer a vuestra merced, doña Catalina, pues ahora veréis cuál era el apuro inmenso en el que aquellos hombres se hallaban.

—¡Al fin! ¡Albricias! —soltó Rodrigo.

—Prestad atención, doña Catalina, pues es muy importante que lo comprendáis todo.

—Os escucho, fraile.

—Se halla en marcha una terrible conspiración —dijo, bajando la voz—, una conspiración para hacer de la Nueva España un reino independiente, con un rey distinto a nuestro Felipe el Tercero.

No le entendí al punto porque era un pensamiento tan ajeno al entendimiento, tan extraño para cualquier persona cabal y tan desatinado que no podía colarse dentro de ninguna cabeza. Si hubiera dicho que alguien tenía en voluntad matar al rey o al Papa de Roma, siendo ideas tan disparatadas como eran, me hubiera costado menos comprenderlas. Conspirar para convertir un enorme pedazo del Nuevo Mundo en un reino independiente del imperio no resultaba un bocado fácil de tragar pues, para empezar, ni siquiera conocías qué demonios estabas comiendo.

—Me... Me parece que... —balbuceó Rodrigo—. No puede... Ten... Tengo...

—No os comprendo, fraile —murmuré con voz débil y sintiéndome, al punto, muy incómoda.

Todos los que nos hallábamos en aquel corro, incluso los tres hijos de fray Alfonso (pues, a lo que se veía, no les había adelantado nada), nos habíamos convertido en piedra mármol. Yo misma no me sentía el pulso y hasta parecióme que la selva entera había enmudecido de súbito con un silencio aterrador. Una cosa es que critiques al rey o a su mala justicia, que maldigas su nombre por su mal gobierno, sus derroches y la miseria de las gentes de su imperio, que desapruebes sus guerras contra los herejes o su apoyo a la pérfida Inquisición, mas ¿romper el reino?, ¿partir el imperio?, ¿dividir el Nuevo Mundo?, ¿coronar un nuevo rey?...

—¿Qué rey? —estallé enfurecida cuando todo se iluminó en mi entendimiento—. ¿Qué rey desea invadir la Nueva España? ¿El inglés...? ¡Lo suponía! ¡Tenía que ser ese maldito Jacobo! ¡Es el único que posee una Armada capaz de ejecutar algo así!

—¡No, no, doña Catalina! —exclamó apurado fray Alfonso—. ¡No es Jacobo de Inglaterra!

—Pues, entonces, ¿quién? —voceó Rodrigo con grandísima alteración.

—Don Pedro Cortés y Ramírez de Arellano, cuarto marqués del Valle de Oaxaca. El nieto de don Hernán Cortés.

Me puse en pie de un salto y comencé a caminar arriba y abajo, sin rumbo, tratando de conciliar mis turbados pensamientos.

—No es posible —repetía una y otra vez—. No es posible.

—Es más que posible, doña Catalina —me atajó el fraile—. Permitidme que os refiera los acontecimientos y lo comprenderéis.

—¿Cómo se puede comprender —bramó Rodrigo— que a un nieto de tan glorioso conquistador español se le ocurra coronarse rey de las tierras ganadas por su abuelo para España?

Yo seguía caminando sin rumbo de un lado a otro.

—A lo que se ve —dijo fray Alfonso—, es una historia que viene de lejos. Ya el hijo de don Hernán Cortés, don Martín, el segundo marqués del Valle, lo intentó en mil y quinientos y sesenta y seis, y acabó desterrado en España y más arruinado que un mendigo. Conservó la vida de milagro, por la intercesión de muchísimos nobles de la corte que no querían ver al hijo del ilustre conquistador colgando de una soga, mas, según dicen, estuvo con un pie en el cadalso. Como he señalado, fue desterrado del Nuevo Mundo para siempre, él y todos cuantos ostentaran el título del marquesado del Valle y, por más, las propiedades que aquí tenía, que eran muchas, le fueron incautadas. Unos años después se las devolvieron aunque en muy mal estado y, por más, eran tantas las costas de los juicios, las multas por el delito de sedición y lesa majestad, y los préstamos que, obligatoriamente y sin esperanza de devolución, le tuvo que hacer al rey Felipe el Segundo que nunca desaparecieron las desazones por las deudas y la falta de caudales. Su primogénito, don Fernando, tercer marqués del Valle, murió sin descendencia, de cuenta que el marquesado y sus miserables rentas pasaron a su segundo hijo, don Pedro, el cuarto marqués. Y éste, que, aunque viste el hábito de Caballero de la Orden de Santiago, no tiene donde caerse muerto, es el que quiere ser rey de la Nueva España.

¿Marqués? ¿Arruinado? ¿Don Pedro?...

—¡El pañuelo! —gritó el señor Juan al tiempo.

—¿Qué pañuelo? —preguntó Carlos Méndez.

—Uno que hallamos en poder de los cinco nobles sevillanos —dije yo—. Tiene dibujos indígenas por una cara y, por la otra, el bando mensaje de un tal «Don Pedro».

El fraile brincó como si le hubiera picado un alacrán.

—¡Dejadme verlo! —ordenó. A esas alturas, ni se me hubiera pasado por el entendimiento desatender su mandato por muy inadecuado que fuera. Miré a Francisco, asentí, y él echó a correr hacia mi rancho para volver a no mucho tardar con el dichoso pañuelo que habíamos sacado del enorme y hermoso coleto del duque de Tobes. El muchacho se lo tendió a fray Alfonso y el joven Lázaro se allegó hasta su padre con un hacha para iluminarle entretanto lo desplegaba y le daba la vuelta.

—«Id con Dios, mis leales caballeros —leyó en voz alta—. Aguardaré con impaciencia las nuevas de vuestra gloriosa empresa. Don Pedro.»

Luego, tornó a girarlo y estudió cuidadosamente los dibujos. Al cabo, levantó la mirada y, desde allí mismo, continuó con el relato:

—¿Alguno ha oído hablar del famoso asunto de los beneméritos de la Nueva España?

Todos dijimos que no.

—Tampoco yo lo conocía, mas me lo han referido con todos sus pormenores. A lo que se ve, después de la conquista de México, la capital del imperio azteca, Cortés, sus capitanes y sus soldados recibieron títulos, señoríos y granjerías en reconocimiento a la grande hazaña realizada. Durante los siguientes años, entre otros esforzados oficios y trabajos, se dedicaron con empeño a engendrar no sólo un gran número de mestizos que fueron reconocidos como legítimos y educados como españoles y cristianos, sino también un muy grande número de hijos de sus esposas españolas en cuanto éstas arribaron al Nuevo Mundo. Todos estos hijos tenían derecho por ley tanto a la herencia de sus padres como a puestos en la administración y cargos en el gobierno y la justicia, pues así lo había decretado la Corona. El problema fue que no había suficientes puestos y cargos para tantos descendientes de conquistadores o, como se los empezó a llamar por aquel entonces, beneméritos. Muchos de ellos, descontentos, apoyaron la revuelta de don Martín Cortés, el hijo de don Hernán, de la que ya os he hablado.

—¿Conoce esa gente que hay que ganarse el pan con el sudor de la frente? —se molestó el señor Juan.

El fraile carraspeó y se pasó una mano por el rostro y la barba.

—En vista de los numerosos problemas que tales honores y privilegios ocasionaban —siguió diciendo—, en los últimos años la Corona los ha ido derogando poco a poco, provocando así un mayor descontento entre los beneméritos, que se sienten gravemente afrentados y perjudicados. Si hacéis unas cuentas, veréis que de tantos hijos de conquistadores nacieron muchos más nietos e incluso, al día de hoy, muchísimos más bisnietos y todos ellos, la mayoría empobrecidos, reclaman unas prerrogativas y recompensas que consideran suyas. Quien más, quien menos, tiene un antepasado conquistador y se halla a la espera de un puesto vitalicio en el gobierno del Virreinato o en la Real Audiencia. Los beneméritos han sido y son la pesadilla de todos los virreyes de la Nueva España, empezando por el padre del actual, don Luis de Velasco el viejo, que también fue virrey y tuvo que afrontar la revuelta de don Martín Cortés.

—Tengo para mí, fraile —farfullé—, que ya sé por dónde vais. Por un lado, los ultrajados beneméritos de la Nueva España y, por otro, el arruinado y desterrado don Pedro Cortés, el mayor de todos los ultrajados beneméritos.

—Lo malo es que no acaba ahí el asunto —lamentó el fraile, asintiendo—. El cuarto marqués del Valle se fue de la lengua en Sevilla con su confesor, aunque no durante una confesión sino durante una cena en casa de un importante banquero que le ha estado sosteniendo económicamente durante todos estos años. El confesor, un franciscano, corrió a referirle al provincial, fray Antonio de Úbeda, lo que oyó aquella noche y eso fue lo que él escribió en la misiva que yo traje secretamente hasta el Nuevo Mundo. Fray Antonio le refirió a fray Toribio de Cervantes, Comisario General de la Nueva España, que en la conjura participan también conocidos sacerdotes y obispos e importantes comerciantes de la alta sociedad novohispana deseosos de títulos nobiliarios y de escapar de las prohibiciones al comercio con extranjeros impuestas por la Corona. Todos ellos, junto a los beneméritos, quieren a don Pedro Cortés coronado, de manera que la conjura tiene visos de ejecutarse antes o después. Sólo hay un inconveniente, uno solo para que todo se lleve a cabo.

A ninguno nos salían las palabras. A ninguno nos era dado proferir ni un pequeño ruido.

—No les costará mucho apresar al virrey y hacerse con el gobierno de la Nueva España —continuó—. No hay grandes ejércitos contra los que combatir y, a lo que parece, muchos capitanes y generales son beneméritos por linaje o han sido comprados. Sólo habría que luchar contra los leales a la Corona de España, que no son tantos y están en desventaja. Mas no conviene olvidar que España es un gran imperio, con Tercios por toda Europa y con una Armada tan poderosa como para reconquistar la Nueva España antes de un año. Lo que fray Antonio le escribió al padre Toribio es que, según don Pedro Cortés y su benefactor, el banquero sevillano, la Nueva España precisa muchísimos caudales para comprar ejércitos y galeones con los que defenderse de España tras la sublevación. Para decir verdad, precisa de unos cinco millones de ducados.[18]

Unos soltaron exabruptos, otros exclamaciones de sorpresa, algunos se espantaron tanto al oír la cantidad

18.    Un ducado era una moneda de oro equivalente a 375 maravedíes. Cinco millones de ducados son 1875 millones de maravedíes.

que se llevaron las manos a la cabeza o a la boca. Yo, en cambio, me estaba preguntando qué sería lo que el virrey podía querer de mí en una situación tan peligrosa.

—Ya no me queda mucho que contar —dijo fray Alfonso, aún con el pañuelo entre las manos—. Sólo dos cosas: la primera, que la principal familia que promueve la conjuración es la López de Pinedo, afamados y ricos comerciantes de la Nueva España a la par que beneméritos, descendientes del capitán Gregorio López de Pinedo, que luchó, dicen ellos, codo con codo al lado de don Hernán Cortés en la toma de México-Tenochtitlán.

La mirada de Rodrigo se cruzó con la mía. Estaba blanco como la nieve y su rostro era una máscara de consternación. Ambos veíamos como los hilos se iban tejiendo hacia mí.

—Los López de Pinedo están emparentados por el matrimonio de su única hija con otra poderosa familia de comerciantes de Sevilla, los Curvo —fray Alfonso me miró muy elocuentemente—, quienes, a su vez, están emparentados también por matrimonio con el rico banquero sevillano que ha estado sosteniendo a don Pedro Cortés desde la muerte de don Martín, su padre.

—No me lo digáis —le atajé, cerrando los ojos—. Ese banquero es un tal Baltasar de Cabra.

—En efecto —murmuró tristemente fray Alfonso.

El fuego de la hoguera crepitaba, la selva rumoreaba, los hombres de los corros cercanos seguían conversando y riendo...

—¿Y cuál es la otra cosa que os queda por referir? —preguntó ásperamente Rodrigo—. Dijisteis que eran dos y una ya la habéis contado.

—Sí, así es —convino el fraile—. Me falta otra y ésta

es que en la misiva que traje se mencionaba algo más, la existencia de un mapa perteneciente a don Hernán Cortés, uno que mandó ejecutar antes de viajar a España en mil y quinientos y cuarenta, viaje del que ya no regresó pues murió allí, en un pueblo de Sevilla. Ese mapa señala la ubicación del más grande tesoro que ha dado nunca el Nuevo Mundo y que don Hernán Cortés, hombre asaz desconfiado y, a lo que se ve, avaricioso, escondió de los ojos de todos, incluso del emperador Carlos el Primero. Ese mapa, decía la carta de fray Antonio de Úbeda, sería traído a la Nueva España por unos aristócratas poco antes de dar inicio la conjuración, pues con dicho tesoro se sufragarían los enormes gastos de creación y defensa del nuevo reino de don Pedro.

—No lo entiendo —objetó Juanillo—. Si los marqueses del Valle se hallaban tan arruinados, ¿para qué dejaron el tesoro sin recoger durante tanto tiempo?

—Primero, porque no podían retornar a la Nueva España por prohibición imperial —le recordó fray Alfonso—, y, segundo, porque nadie comprende este mapa de don Hernán Cortés —el fraile alzó el pañuelo en el aire—. El conquistador de la Nueva España murió sin dar cuentas de lo que significan todos estos dibujos, ni siquiera a qué lugar se refieren. Nadie conoce dónde hay que buscar el tesoro ni cómo hallarlo, mas los conjurados tienen por cierto que estando el mapa aquí y con el auxilio de indios que dominan el arte de los antiguos mapas indígenas, no resultará muy difícil dar con él.

Como el afilado chillido de un mico en mitad de la noche, al punto se me vino al entendimiento lo que el mentado virrey de la Nueva España deseaba de mí.

—¡Que se me lleve el diablo! —exclamé para sorpresa de todos—. Lo que ese don Luis de Velasco el joven tenía en voluntad era que yo atrapara a los aristócratas enviados por don Pedro antes de que arribaran a estas costas y entregaran el mapa a los conspiradores, de cuenta que la traición no pudiera ejecutarse. ¿No es así, fraile?

El padre de Alonso me miró con una ancha sonrisa.

—¡En muy poco valoráis la ambición y la gratitud del virrey! —objetó—. Lo que él, en verdad, desea de vuestra merced es que, por más de haceros con el mapa, rescatéis el tesoro de Cortés para impedir la traición y lo depositéis no en vuestra bolsa, que sobre esto fue muy claro el virrey, sino en las arcas de la Corona de España. Desea también que matéis a don Miguel López de Pinedo, garante y sostén de la conspiración en el virreinato, y... —quedó en vilo por darle mayor empaque a sus palabras— a don Arias Curvo, su yerno, esposo de su única hija doña Marcela, ya que, de cierto, sin la osadía de uno y sin los caudales del otro la conjura perdería fuelle raudamente a este lado de la mar Océana. Las gentes aún recuerdan los muchos ahorcados que colgaban en los patíbulos de México tras la fallida sedición de don Martín, el segundo marqués. Con las exigencias de los beneméritos se hará lo que buenamente se pueda, mas, sin los López de Pinedo y sin el tesoro de Cortés, que vuestra merced entregará a don Luis de Velasco el joven sin que falte una sola pieza, la conjura para dividir el imperio quedará desbaratada. El virrey obtendrá honores y reconocimientos por parte de Felipe el Tercero y éste no tendrá que enjuiciar y ejecutar a don Pedro, el nieto del conquistador don Hernán Cortés.

Con los ojos de todos puestos sobre mí, dije:

—Y el buscado criminal Martín Ojo de Plata salva al reino, al virrey y al rey por la grande generosidad de su corazón.

—Os dije que valorabais en muy poco la gratitud del virrey, doña Catalina —afirmó el fraile muy satisfecho—. A trueco de tan estimables esfuerzos y conociendo como conoce por mi boca que sois, en verdad, una dama de mucha dignidad, el virrey os ofrece limpiar por completo, en todo el imperio, vuestro nombre, es decir, el de Catalina Solís y el de vuestro señor padre, don Esteban Nevares y, si así lo deseáis, también el del supuesto Martín Nevares. Por más, os ofrece la restitución completa de todas vuestras propiedades tanto en España como en el Nuevo Mundo, lo que incluye, por supuesto, el palacio Sanabria y la latonería de la isla Margarita, incluyendo las naos, casas y negocios que pudiera haber tenido vuestro señor padre don Esteban. Y, por último, y considerando que si ejecutáis bien el oficio habréis hecho un muy grande servicio al reino, don Luis de Velasco el joven os ofrece un título nobiliario con tierras y rentas que podrán heredar vuestros descendientes. Todo ello, otorgado y rubricado por el propio rey, naturalmente. Dejaréis de ser un proscrito para convertiros en una dama noble, respetable y acaudalada a la que nunca más perseguirá la justicia.

# CAPÍTULO III
—

Guardo en mi memoria como un tesoro, el más valioso de todos cuantos he hallado o robado en mi vida, aquel precioso momento en el que Telmo Méndez, corriendo como un loco, llegó y se plantó en mitad de la plazuela de nuestra recién alzada Villa Gallarda, anunciando a voces que su hermano Alonso se había despertado. Aún le veo allí, con sus pequeños calzones medio caídos y sus brazos en alto, hacia el cielo, luciendo una hermosa sonrisa de grande felicidad.

—¡Mi hermano se ha recobrado! —aullaba—. ¡Mi hermano Alonso ha resucitado!

Acababa de amanecer y casi todos nos hallábamos desayunando junto a las ollas dispuestas frente a las chozas.

—¡Atended! ¡Mi hermano ha despertado! ¡Está vivo, está vivo!

—¡Pardiez! —escuché rezongar a Rodrigo entretanto mis pasos apresurados, que acabaron en carrera, me encaminaban hacia el rancho de los Méndez. ¡Alonso había regresado, había escapado de los brazos de la muerte! No me apercibí del grande alboroto y tumulto que se estaba formando en el poblado.

La manta que cubría la entrada del rancho de los

Méndez se hallaba retirada hacia un lado, de cuenta que, sólo con adentrarme un paso, por la luz que entraba pude vislumbrar, al fondo, el jergón sobre el que descansaba un Alonso igual de quieto y postrado que durante el mes transcurrido desque le rescatamos junto a Rodrigo de La Borburata. Sólo al allegarme muy despaciosamente, animada por la grande alegría que se advertía en los rostros de su padre y sus hermanos, reparé en que sus ojos se hallaban abiertos y que me miraba y que, aunque trataba de sonreír, su rostro se bañaba en lágrimas y su mano siniestra luchaba por alzarse hacia mí sin lograr más que un leve movimiento en los dedos.

—Alonso... —murmuré. El corazón me saltaba en el pecho y las piernas se me aflojaban cuanto más me allegaba hasta él.

Lo tenían cubierto por un fino lienzo que dejaba vislumbrar lo muy atenuado y flaco que estaba, tan amarillo y en los huesos que daba espanto mirarle. Mas por algún admirable encantamiento pude ver en aquel pobre rostro el valedero rostro del gallardo Alonso.

—Ahora hay que atender bien a su alimentación —dijo, sobresaltándome, Cornelius, al que no había advertido al entrar—. Debe recuperar fuerzas.

Puse una rodilla en el suelo junto al jergón y me incliné hacia Alonso, que no dejaba de mirarme y de sonreír y llorar al tiempo. Trató de hablar, mas no se oyó ningún sonido.

—Dele un poco de agua, maestre —me aconsejó Cornelius tendiéndome una redoma.

Por primera vez en mucho tiempo, al arrimar el líquido a sus labios, los labios se movieron y mostraron la intención de beber. Hasta ese día, habíamos tenido que dejar caer en su boca, cucharada a cucharada, el agua o las gachas para que tragara sin ahogarse. Sentí tal felicidad en mi ánima por contemplar aquel menudo gesto que tanta vida significaba que también a mí principió a llorarme el único ojo que me quedaba. Fue entonces cuando me di cuenta de que no portaba el ojo de plata que él me regaló antes de que lo robaran sino uno de los viejos parches de bayeta negra que madre me había cosido.

Cuando le aparté la redoma de los labios y él dejó caer de nuevo la cabeza sobre el jergón, con los ojos cerrados por el esfuerzo, dijo muy blandamente:

—¿Y el ojo de plata?

Oí reír a su padre, a sus hermanos, a Rodrigo, al señor Juan y a toda la dotación de la *Gallarda*, que debían de haberse agolpado en torno al rancho para ver por su mismo ser el milagro que gritaba Telmo.

—Siento no llevarlo —dije atragantándome—. Ahora mismo me lo calzaré. Mas no creas que no lo uso, pues me lo pongo todos los días. Lo que ocurre es que aún no me había compuesto.

Como él seguía tratando de alzar su mano hacia mí sin conseguirlo, mi desenvoltura se atrevió a tomársela y a acariciársela, ante lo cual el maldito fray Alfonso, sin un ápice de compasión ni por su hijo ni por mí, nos cogió las manos unidas y las separó.

—No se debe —dijo, y me sorprendió ver una grande sonrisa en su rostro. Yo le hubiera matado, mas no era el momento.

—Descansa, Alonso —murmuré, mirándole avergonzada. No conocía qué era lo que había hecho mal, mas sentía una grande turbación—. Procura comer todo cuanto te den para restablecerte cuanto antes.

Y, levantándome, erguí mi espalda dignamente y afronté la mirada curiosa de todos mis hombres.

—¡Fuera! —ordené—. Seguid con vuestros quehaceres. Aquí sólo robáis el aire que precisa el enfermo. ¡Fuera, he dicho!

Y del primero al último se esfumaron tan raudamente como los demonios ante el agua bendita.

Con el corazón aún brincándome de alegría regresé a mi choza para terminar el desayuno mas todo era diferente ahora. Sentía que podía respirar mejor, que la luz de la mañana era más hermosa y que mi tocino rancio sabía como un exquisito manjar. Alonso ya no se iba a morir o, a lo menos, eso había afirmado Cornelius hacía algún tiempo. En aquel entonces había dicho que, si despertaba, sería señal de que se iba a recuperar, que después ya no le pasaría nada. Si era comida lo que precisaba, mandaría de caza a los hombres para que trajeran aves y todo cuanto fuera necesario para cocinarle buenos caldos y asarle apetitosas carnes. Tenía que vivir para que yo pudiera respirar tan bien como ahora respiraba y comer tan a gusto como me estaba comiendo aquel pobre desayuno hecho con los restos de los bastimentos de la nao.

—Tengo para mí que tu alegría te impide hablar de los asuntos que tenemos aplazados.

Mi compadre Rodrigo se había sentado a mi lado y mordía con desgana una galleta seca de maíz.

—Te digo en verdad, Rodrigo, que estoy cansada de tus mofas en todo lo que se refiere a Alonso.

Él alzó los ojos al cielo y siguió masticando.

—Sólo deseo conocer qué vamos a poner en ejecución cuando acabe la cuarentena —dijo después de tragar su bocado—. ¿Te has determinado a aceptar la oferta del virrey? No te decidiste la otra noche. Y me preocupa que, con Alonso despierto, tus inquietudes se reduzcan a procurarle tiernos cuidados sin recordar el juramento que le hiciste a tu señor padre.

—Eso no se me olvida —exclamé con una voz tan fría que habría hecho nevar en aquel vergel si hubiera estado lloviendo.

—Pues dime qué tienes en la cabeza.

Para decir verdad, nada. No tenía nada en la cabeza salvo la recuperación de Alonso. La propuesta del virrey de la Nueva España me había dejado tan pasmada que no había sabido qué responder. El problema principal era esa petición de matar al tal don Miguel López de Pinedo pues matar a los Curvo, costándome como me costaba, tenía su cabal justificación, mas ¿qué razón había para que empuñara mi espada contra un hombre al que no conocía? Nada se me daba a mí de que fuera un traidor a la Corona. Que allá se las compusiera la maldita Corona con sus propios aprietos. Matar a Arias sí que me era dado obrarlo, lo mismo que matar al loco Lope. ¿Encontrar un misterioso tesoro del grande conquistador don Hernán Cortés? ¿Qué motivos podía tener alguien tan acaudalada como yo para meterse en semejante brete y, por más, sin que nada fuera para mí? Y lo de obtener el perdón real, limpiar el nombre de mi señor padre, recobrar mis posesiones y alcanzar un título nobiliario, siendo todas propuestas excelentes (menos la última, que no me interesaba), no me parecían bastante si, a trueco, tenía que quitar una vida que en nada me había dañado o perjudicado. Sin duda el tal don Miguel debía de ser un pájaro de cuidado mas yo no iba matando porque sí a todas las malas personas del reino.

—No deseo matar al suegro de Arias Curvo. Él no me ha perjudicado en nada —dije.

—Yo lo haré —repuso Rodrigo sin alteración.

Me volteé rauda hacia él y, al hacerlo, divisé a fray Alfonso saliendo precipitadamente de su choza.

—¿Qué has dicho? —le pregunté a mi compadre.

—He dicho que a ése lo mataré yo —afirmó con tranquilidad—. ¿No añoras tornar a la vida serena y libre de antes? Cuando mareaba con tu señor padre, el viejo maestre, mercadeando al menudeo por toda la costa de Tierra Firme, era dueño de mi proceder, de mis circunstancias y del uso de mi espada. ¿Recuerdas cuando nadie nos perseguía, nos robaba o nos atacaba? Me hago mayor, compadre.

—Y muy rico también —señalé.

—Sí, eso también —admitió, orgulloso—. Mas no consigo apartar de mi cabeza de un tiempo a esta parte a la hermosa Melchora de los Reyes, la viuda de Rio de la Hacha con la que andaba en relaciones.

—¿No estabas a punto de contraer nupcias con ella? —pregunté frunciendo el ceño para avivar los recuerdos.[19]

—A punto estaba, así es, mas aconteció el asalto de Jakob Lundch a Santa Marta y la detención de tu señor padre para llevarlo a España, a penar en galeras, y todo quedó en nada. Mas, como te digo, pienso mucho en esa mujer y en la vida que podría llevar con ella gozando de los grandes caudales de los que ahora dispongo.

A tal punto, fray Alfonso, que ya había cruzado la plazuela, entró en la choza que compartían el señor Juan y Juanillo. Aquello me sorprendió un tanto aunque no le

19.    Ver *Venganza en Sevilla*, segundo libro de la trilogía.

di importancia. A no mucho tardar, Juanillo salió a toda prisa de allí con rostro enfadado y propinando manotazos al aire.

—¿Qué le ocurre a ése? —le pregunté a Rodrigo señalándole al muchacho.

Rodrigo le miró y, con desgana, dejó de mirarle.

—Que es mozo y tonto —repuso—. A su edad, es normal.

—Veo que tienes intención de seguir torturándole.

Rodrigo sonrió maliciosamente.

—Como la Inquisición a un hereje, sin tregua ni descanso.

—Pues ya es casi un hombre —repuse, sonriendo también.

—Por eso debemos parar, compadre —dijo cavilosamente—. Todos te somos fieles hasta la muerte y lo conoces bien. Los Juanes y yo hemos jurado ayudarte a cumplir tu venganza contra los Curvo, mas ¿qué vida nos aguarda a cada uno de nosotros cuando culmines lo que debes obrar? Siempre seremos proscritos y tengo para mí que el señor Juan desearía tornar a su casa de Cartagena para vivir allí su vejez tranquilamente, que Juanillo merece la oportunidad de establecerse con sus caudales y buscar a una doncella del palenque con la que matrimoniar y tener hijos, y que a mí me gustaría gozar de mis riquezas junto a Melchora sin temer que un piquete de soldados me saque de la cama por la viva fuerza y me mande a galeras como a tu señor padre.

Ambos permanecimos en silencio, mirando a los hombres discurrir por la plazuela.

—Así pues —dije, al fin—, me animas a aceptar el ofrecimiento del virrey.

—¿Qué me dices de ti? ¿Acaso no deseas matrimoniar con ese tonto de Alonsillo y tener hijos? ¡Si estás loca por él y se te ve a la legua!

¿Matrimoniar? ¿Tener hijos?... No habían ido tan lejos mis pensamientos. Madre, que nunca había querido contraer nupcias con mi señor padre, decía que el matrimonio era la esclavitud para las mujeres pues, desde el momento en que una se convertía en casada, perdía totalmente su libertad, su voluntad y sus bienes y caudales, pues todo pasaba al gobierno y propiedad del marido, al cual, con la ley en la mano, le era dado poner en ejecución lo que le viniera en gana. Por eso yo nunca había considerado cambiar de estado y, aunque a mí me habían casado por poderes con un descabezado de Margarita cuando era niña,[20] como viuda del descabezado al que nunca llegué a conocer gozaba de absoluta libertad legal para administrar, gobernar y cuidar de mi hacienda sin tener que rendir cuentas a nadie. Y, en cuanto a los hijos, tampoco me sentía dotada de esa necesidad de ser madre que decían que era propia de todas las mujeres. Había demasiada muerte en torno a la preñez, pues eran tantas las dueñas que fallecían horriblemente de parto o sobreparto que abundaban los hombres enviudados dos, tres o más veces.

—¡Puede que esté loca por él! —admití sulfurada—. ¡Mas no deseo ni matrimoniar ni morir pariendo un hijo!

Rodrigo me observó a hurtadillas con mal gesto.

—A veces tienes más de Martín que de Catalina. ¿Cómo es posible que una dueña no desee esas cosas?

20.   Ver *Tierra Firme*, primer libro de la trilogía.

—¡Pues ya lo ves! ¡No todas somos sumisas ni estamos dispuestas a morir por procurar herederos a un marido!

—Deberías leer más libros de caballerías —sentenció—. Te sería dado aprender mucho de las delicadas y hermosas damas que en ellos aparecen.

—No eches al olvido que soy Catalina Solís y, legalmente, también Martín Nevares. Tengo cartas de legitimidad de los dos. Soy libre para obrar lo que quiera. Me es dado ser dama o caballero andante.

Rodrigo suspiró.

—Pues bien, don Martín, si tal es tu deseo, limpia el nombre de tus dos personalidades para que, en verdad, te sea dado gozar de esa libertad de la que hablas. Acaba con los Curvo y, por más, obtén el perdón real, que yo me encargaré, sin remordimientos, de ese bellaconazo de don Miguel López de Pinedo.

Eso me liberaba de una muy grande y pesada carga, del único impedimento que tenía para determinarme. Puse la mira, a tal punto, de nuevo en fray Alfonso, que salía muy ufano de la choza del señor Juan. Él también nos vio y, con una mano, nos hizo un gesto de saludo muy galano y pulido. Su sonrisa era satisfecha y orgullosa, de buen deber cumplido.

—¿Habrá confesado al señor Juan? —pregunté, sorprendida.

—¡Ese mercader precisaría de un día entero para limpiar su alma! —se chanceó Rodrigo—. Ya nos enteraremos de lo que traman esos dos. No te inquietes.

—Muy bien —dije con firmeza tras un breve silencio—, acepto la oferta del virrey. Compadre, salvemos a la Nueva España.

—A mí no se me da nada de eso, mas sí me importa dejar de ser un proscrito.

—Pues se impone, a la sazón, parlamentar de nuevo con los cinco nobles sevillanos.

—Lo tenía en el pico de la lengua, compadre.

—¿Resultaría provechoso mostrarle al Nacom Nachancán el mapa de don Hernán Cortés? —pregunté entretanto me ponía en pie y me sacudía los calzones.

—No me parece que los yucatanenses hablen y escriban la misma lengua que los mexicanos —respondió, obrando lo mismo.

Una llamada a voces del señor Juan quebró nuestras intenciones de visitar a los nobles.

—¡Muchacho, eh, muchacho! —clamaba el viejo mercader allegándose con premura hacia nosotros.

—Tengo para mí —me susurró Rodrigo— que vamos a conocer la razón de las misteriosas componendas del fraile con éste.

—¿Qué desea vuestra merced? —le pregunté al señor Juan que resoplaba ante mí como un caballo.

Él me miró hondamente y, limpiándose con el brazo el sudor del rostro, me señaló el suelo indicándome que me sentara.

—Martín, hijo, debemos hablar.

—¿Ha de ser ahora, señor Juan? Rodrigo y yo íbamos a interrogar a los nobles sevillanos.

—Bueno, hijo —jadeó grandemente enfadado—, si a tu parecer una proposición de matrimonio no es razón suficiente para hablar ahora, que sea cuando tú quieras.

Como yo, figurándomelo todo, comencé a temblar de la cabeza a los pies de manera que apenas podía sostenerme, Rodrigo me sujetó por los hombros.

—¿Una proposición de matrimonio? —mugió mi compadre hecho un toro bravo—. ¿De quién, del fraile?

El señor Juan le miró con gravedad.

—La joven Catalina no tiene ningún pariente a quien un padre, en justo derecho, pueda demandar por legítima esposa para su propio hijo. Fray Alfonso, apurado por los deseos del doliente Alonso, ha considerado que yo era, como compadre y hermano de Esteban Nevares, a quien debía dirigir su demanda y yo le he agradecido la voluntad que así mostraba de honrarme. Y, ahora, muchacho, ¿deseas escucharme o prefieres hablar con los sevillanos?

¿El padre de Alonso había pedido mi mano para su hijo? ¿Alonso deseaba matrimoniar conmigo aunque fuera tuerta y vistiera ropas de hombre?

—¡Ese maldito fraile quiere que el pícaro de su hijo se convierta en noble cuando Martín salve a la Nueva España! —gritó Rodrigo—. ¡Es un miserable y un fullero! Dígale vuestra merced que Martín no desea matrimoniar con nadie y que él y sus hijos no van a medrar a costa de nuestro maestre.

—¡Cómo van a medrar si ya son ricos! —protestó el mercader poniendo los brazos en jarras.

A mí, toda aquella discusión me llegaba lejanamente al entendimiento pues toda yo estaba puesta en un único punto: que Alonso me quería como yo le quería a él, que había apremiado a su padre para que me demandara por su legítima esposa nada más despertar del luengo sueño en el que había quedado postrado por las brutales palizas del loco Lope y que deseaba estar conmigo para siempre en calidad de esposo.

—¡El amor de los mozos lo conocemos bien! —seguía gritando Rodrigo sin soltarme—. ¡Ese amor, por la mayor parte, no es sino apetito y sólo busca el deleite y, en alcanzándolo, se acaba! ¡Decidle al fraile que le busque a su hijo una moza distraída de alguna mancebía!

—¡Que quiere matrimoniar! ¿Hablo o no hablo un buen castellano?

—¡Pues Martín no quiere matrimoniar! ¡Ni matrimoniar ni tener hijos, que me lo acaba de decir!

—¡Que me lo diga él y yo se lo comunicaré al fraile! —objetó el mercader plantándose frente a mí—. ¿Deseas o no matrimoniar con Alonso?

Mis principios eran muy claros mas, de cierto, mi voluntad también. Al punto, la idea de estar siempre con Alonso se me hacía dulce y tentadora y, por alguna razón, no sentía ningún temor de que Alonso me redujera, me quitara mi libertad y se apropiara de mi hacienda pues él no sólo no era así sino que, por más, conocía bien que yo era maestra en el arte de la espada, algo que no todas las esposas podían utilizar en su defensa.

—¿Lo deseas o no, muchacho? ¿Qué dices?

—Digo que sí, señor Juan —dejé escapar con voz débil—. Que sí, que deseo matrimoniar con Alonso.

—¡Voto a tal! —exclamó Rodrigo, soltándome—. ¡No hay nada peor ni más mudable que el confuso entendimiento de una dueña!

¿Y qué había de malo, me pregunté, en mudar de idea o tener confuso el entendimiento? Mis mejores determinaciones las había tomado tras mudar de razón varias veces o en mitad de una grande confusión de pensamientos de entre los cuales siempre acababa destacando el acertado.

El señor Juan y fray Alfonso vinieron a acordarlo todo con tanta voluntad aquella misma mañana que raudamente quedó concertado que de allí en dos días se celebraría el desposorio pues no había ningún inconveniente y el sacerdote era de la familia. A nadie parecía importarle, y a mí menos que a nadie, que el novio no pudiera siquiera alzarse del jergón para la ceremonia. Yo me sentía grandemente feliz y sólo deseaba estar con Alonso aunque, como al terco del fraile parecióle que, por buenos respetos, estaba obligado a negarme la entrada en su rancho, ya no pude tornar a ver a Alonso desde la misma mañana en que desperté. Se acordó también que no habría dote ni otros intercambios de regalos, dada la grande riqueza y similar calidad de los novios —ambos acaudalados criminales buscados por la justicia del rey— y, sobre todo, porque iba a ser una ceremonia peculiar a celebrar en mitad de la selva, sin otro templo que el cielo ni otro altar que el suelo.

Yo tampoco tenía mucho que disponer para mi boda. No tenía vestidos, zapatos, velos o joyas que ponerme. Tampoco tenía a madre, la cual, pasado un primer momento de arrebatada indignación, habría disfrutado auxiliándome con todo cuanto ella hubiera considerado de fuerza mayor para tan grande acontecimiento. La echaba mucho a faltar, me dolía el corazón por su ausencia y, por eso, sentía la prisa y la necesidad de matar a los malditos Curvo cuanto antes.

Y así, como no tenía preparativos que ejecutar, pasé esos dos últimos días antes de mi boda ocupándome de los asuntos del virrey pues, en cuanto comunicamos a fray Alfonso la determinación favorable de colaborar con don Luis de Velasco el joven, el franciscano se tomó muy a pecho resolver cuanto antes la conjura de don Pedro, cuarto marqués del Valle, para lo cual quiso estar presente en tanto obrábamos averiguaciones entre los nobles sevillanos. Aquella tarde ordené que trajesen a la plazuela al duque de Tobes, al conde de La Oda y a los tres marqueses. El Nacom Nachancán y sus dos hijos, Chahalté y Zihil, habían levantado para ellos con mucha industria una choza de la que no podían escapar, tan bien trenzada y apretada que ya la hubieran querido por celda en aquella maldita Cárcel Real de Sevilla. Y entretanto traían a los prisioneros, el propio Nacom, que desde la pestilencia hablaba poco conmigo, se me allegó despaciosamente seguido por sus hermosos y bien formados hijos.

—Sed bienvenido, Nacom —le saludé con alegría. Para decir verdad, mi boda me tenía tan feliz que me pasaba el día sonriendo—. Y también vosotros, queridos Chahalté y Zihil. ¿Qué precisáis de mí?

El Nacom, con aquella cortesía de caballero castellano que tan mal casaba con la forma de su cabeza y con el paño de algodón blanco que honestaba sus partes, me hizo una reverencia y me solicitó un aparte.

—Tendréis que disculparme ahora, Nacom. A la sazón, tengo una obligación precisa que obrar. ¿Os es dado aguardar hasta el ocaso para tratar el asunto que os ha traído hasta mí?

—Mi señor don Martín —dijo amablemente el Nacom—, para esa obligación precisa que ya veo que es preguntar a esos nobles caballeros por el problema que tratabais la otra noche, es para la que yo os ofrezco mi ayuda.

Apenas me sorprendió lo que decía el anciano maya. Ninguno de nosotros se había recatado en hablar, gritar, enfadarse y tronar al cielo (de muy especial manera Rodrigo) hablando a voces delante de los hombres de todos los asuntos que nos ocupaban.

—Os lo agradezco, mas...

—Tened presente, don Martín —me atajó el Nacom—, que yo llevé la muerte a vuestra nao. Vuestra merced salvó la vida de mi familia la noche que nos rescató del huracán y nosotros os lo pagamos inficionando con la pestilencia a los pobres indios caribes de vuestra tripulación, de los que sólo uno se libró. Mis hijos y yo nos sentimos tan avergonzados y en deuda con vuestra merced que deseamos ofreceros algo que nunca ofreceríamos a nadie y aún menos a un español... Disculpadme, a una española.

Aquella afirmación me sorprendió.

—Las guerras de conquista terminaron hace mucho tiempo, Nacom. ¿Aún albergáis rencor en vuestro corazón?

—Siempre, don Martín, no lo dudéis. Mi familia y yo huimos de la ciudad para alejarnos de vuestra religión, vuestra lengua y vuestras leyes. Y no éramos el único poblado maya que vivía secretamente conforme a sus antiguas tradiciones. Hay muchos y muy bien ocultos. Nunca nos encontraréis. Mas una cosa es el enemigo en la guerra y otra el enemigo que se convierte en amigo y salvador. Mis hijos y yo así os consideramos y nos sentimos obligados hacia vuestra merced por el grande respeto y atención con el que nos habéis tratado y con el que vemos que tratáis a todos los hombres de vuestra tripulación, sean de la raza que sean. Por eso, y porque nos avergüenza haberos pagado con muerte y desolación, queremos que conozcáis que estamos a vuestro servicio ahora y siempre.

A lo que se veía, mi boda me tenía con las emociones alteradas pues poco faltó para que me echara a llorar en brazos del Nacom.

—Gracias, Nacom Nachancán —le respondí, haciendo una fina inclinación.

—Escuchadme bien, don Martín, pues esto es lo que os ofrezco: entre nuestros más sagrados rituales existen algunos que, aun no siendo en absoluto mortales y proporcionando grandes provechos en las cosechas, los animales y los nacimientos, cuajaron de espanto la sangre de los españoles que los vieron. Y ahora os confesaré que mi título de Nacom no es un título nobiliario como los vuestros sino un título de sacerdote. Soy sacerdote de la religión maya y me es dado, por tanto, obrar esos ritos para vuestra merced en las personas de esos caballeros si es que acaso se obstinan en no deciros lo que deseáis conocer.

También a mí se me había cuajado la sangre del cuerpo. Había oído tantos horrores sobre las atrocidades que cometían los indígenas antes de la llegada de los españoles que tener ante mí a uno de aquellos sacerdotes me espantaba más de lo que era capaz de admitir. Mas había conocido lo suficiente al Nacom y a sus hijos como para tener por cierto que eran buenas y leales gentes, honestas hasta para decir las verdades incómodas, de cuenta que me determiné a no juzgarlos sólo por lo que había oído. Y, por más, como me había indicado el señor Juan, mejor era no meterse en asuntos de religiones pues lo mismo mataba una hoguera de la Inquisición que un cuchillo que abriera el pecho para sacar el corazón.

—¿Y no se ofenderán vuestros dioses, Nacom? —pregunté con un hilillo de voz.

—Aprecio vuestro respetuoso temor, don Martín, mas los ritos no tendrían un valedero carácter sagrado. Os ruego que no olvidéis mi ofrecimiento —pidió el Nacom ejecutando una reverencia y tomando el camino de regreso a su choza seguido por sus hijos.

—¿Qué tenía ése en voluntad? —quiso conocer Rodrigo cuando retorné al corro que ya se hallaba dispuesto para interrogar a los sevillanos.

—Ofrecernos lo más valioso que tiene por el bien de nuestro oficio.

—¿De qué hablas?

—Olvídalo. Demos principio a las preguntas.

—¿Por cuál de los nobles empiezo? —inquirió, vacilante.

—Por don Diego de Arana, marqués de Sienes. Es el más bocazas de los cinco.

Tomamos asiento en el suelo todos cuantos nos hallábamos presentes y también los sevillanos, que estaban custodiados por arcabuceros. Sólo Rodrigo permaneció en pie y dio un par de pasos hacia los prisioneros. Llevaba el pañuelo con el mapa en la mano.

—Marqués de Sienes —principió a decir mostrando el mapa—. ¿Conocéis qué es esto?

—No, señor. No lo conozco.

—¿Estáis cierto de decir la verdad, marqués? Mirad que no pienso andarme con chiquitas.

—Digo la verdad —repuso muy digno don Diego—. Y lo mismo dirán los que me acompañan en esta desgracia, pues ninguno conocemos qué es eso que nos mostráis.

—¿Y qué decís de la conspiración del marqués del Valle para coronarse rey de la Nueva España?

Si un rayo los hubiera atravesado o se les hubiera aparecido el diablo no habrían demudado tanto los rostros ni se les habrían puesto más blancos. Al cabo, impaciente, Rodrigo tornó a increparles:

—¡Eh, señores, regresen de la muerte! Conocemos la conspiración y todos sus enredos. Conocemos que vuestras mercedes traían oculto este mapa de don Hernán Cortés para dotar de caudales a la sedición y conocemos también el nombre de sus principales valedores aquí y en España. ¿Con quién tenían que encontrarse vuestras mercedes al llegar a México y a quién debían entregar el mapa? ¿Pensaban matar al virrey don Luis de Velasco? ¿Cuándo tenían determinado ejecutar la conjura?

El conde de La Oda, sentado entre el marqués de Sienes y el marqués de Olmedillas, se dirigió a mí:

—Doña Catalina, hacednos la merced...

Un sonoro bofetón que le derribó al suelo cortó en seco su arenga.

—Para vos, aquí no hay ninguna doña Catalina —le recordó Rodrigo frotándose las manos—. ¿Es que, acaso, no os quedó bastante claro? Aquí sólo está Martín Ojo de Plata. Don Martín para vos, mentecato.

Limpiándose la sangre de la boca, don Carlos se incorporó y tornó a mirarme.

—Don Martín, os doy mi palabra como conde y caballero de que no conocemos ningún mapa ni ninguna rebelión contra la Corona de España. ¿Cómo sería posible algo así? ¡Todo esto está fuera de juicio y medida! Nosotros somos leales al rey y al imperio. ¡Somos aristócratas, por el amor de Dios! No hay nadie más afecto que nosotros a Felipe el Tercero.

Me levanté despaciosamente y me allegué hasta Ro-

drigo y, tomando el pañuelo de su mano, le di la vuelta
y leí en voz alta:

—«Id con Dios, mis leales caballeros. Aguardaré con
impaciencia las nuevas de vuestra gloriosa empresa. Don
Pedro.»

—Mentís muy bien, conde —se rió Rodrigo—. Por
ventura deberíais granjearos el pan como comediante y
dejaros de quitar y poner reyes.

—¡Ese pañuelo no es nuestro y esa nota no está dirigida a nosotros! —exclamó airadamente el joven marqués de Olmedillas—. Demostrad lo contrario, si podéis.
Todo esto es una burla y un agravio imperdonable a
nuestras personas. Lo pagaréis muy caro, doña Catalina.
Vuestros actos no encontrarán perdón.

Con la misma premura de antes, Rodrigo le asestó al
joven marqués otro tremendo revés que lo tumbó y le
hizo sangrar por todos los orificios del rostro.

—Don Martín, bellaco. La llamarás don Martín —declaró Rodrigo con una voz que hubiera quebrantado las
más duras rocas.

Fray Alfonso, mi futuro suegro, se me allegó para su-
surrarme al oído:

—No van a admitir nada, doña Catalina, ni nos van a
referir nada. Soportan y soportarán los golpes porque
les va la vida en ello. Si admiten su traición, conocen
que, de un modo u otro, los aguarda la horca.

—No es posible, fraile —objeté—. Ignoran que obra-
mos en nombre del virrey de la Nueva España. En lo
que a ellos se refiere, somos criminales buscados por la
justicia.

—Pues mayor razón para sufrir los golpes silenciando lo del tesoro. Con ello juzgan estar impidiendo el

robo de los caudales que llevarán al trono a don Pedro Cortés. Se sienten mártires de su causa.

—Para mí tengo, fraile, que éstos no nacieron mártires de causa alguna.

A tal punto, Rodrigo ya los había tumbado a todos en el suelo y los cinco sangraban cuantiosamente sin admitir ningún conocimiento de conjuras o tesoros. ¿Qué les hacía callar? ¿Tan importante era para ellos la coronación de don Pedro? Ya eran nobles, aunque nobles arruinados, eso sí, de aquellos que, en Sevilla, todo el mundo conocía que debían matrimoniar con las hijas de los cargadores a Indias para no ver sus títulos envilecidos por la miseria. De los cinco, a buen seguro que alguno ya se habría desposado de tal modo y a los otros no les faltarían dueñas deseosas de título. Así pues, ¿a qué ese pertinaz silencio para defender una conspiración contra el rey?

—¡Juanillo! —llamé.

El muchacho se me allegó con grande pesar por perderse los golpes que Rodrigo seguía atizando a los sevillanos.

—Ve al rancho del Nacom Nachancán y dile que haga la merced de acudir. Que he menester de la ayuda que me ha ofrecido.

Juanillo, por regresar presto, partió como una centella.

—¡Rodrigo! ¡Detente! —ordené.

Mi compadre, cansado, asintió y regresó a nuestro corro.

—No van a decir nada, Martín —se lamentó entretanto se dejaba caer en el suelo—. Tengo para mí que el tal don Pedro les ha ofrecido algo valederamente grande y que, conociendo que nosotros no matamos españoles pues yo mismo se lo dije el día que los capturamos, están empeñados en obtenerlo antes o después.

—Veremos —repuse con serenidad, y eso que temblaba de arriba abajo representándome en el entendimiento horribles sacrificios humanos. Claro que el Nacom me había asegurado que los rituales que me ofrecía no eran mortales.

Juanillo regresó a la carrera.

—¿Ya se ha terminado? —preguntó con pena.

—¡Juanillo! —le amonestó el señor Juan—. Nunca se debe disfrutar del mal ajeno. Parte presto a la selva y trae algún ave para la cena.

—¡No quiero! —protestó el muchacho—. No conseguiréis que me vaya.

Rodrigo alzó el rostro y, sin apartar la mirada, principió el gesto de ponerse despaciosamente en pie. Juanillo partió hacia la selva con mayor rapidez que cuando corrió hacia la choza del Nacom.

—¡Carlos Méndez! —voceé yo—. Coge a tu hermano Lázaro y acompaña a Juanillo.

—¡Padre! —protestó Carlos, buscando el amparo del fraile.

—Tu futura hermana ha hablado bien. Obedece.

—Francisco.

—¿Sí, don Martín?

—Ya sabes lo que debes obrar.

—Sí, don Martín —repuso, echando a correr en pos de Juanillo, Carlos y Lázaro. Telmo se hallaba en la choza, ayudando a Cornelius a cuidar de Alonso.

Y cuánto me alegré después por haber alejado de allí a los mozos jóvenes. De haber contemplado lo que vimos nosotros, habrían sufrido congojas y agonías durante el resto de sus vidas.

El Nacom se presentó en la plazuela vestido con una camisa luenga hecha con pieles de venado y la enhiesta cabeza ornada con un aderezo de hermosas plumas de colores. Tras él, su hijo Chahalté portaba, sobre una manta muy bien plegada, un delgado cuchillo de pedernal que no era sino uno de aquellos tan admirablemente afilados que vi en la *Gallarda* la noche que los rescatamos de la tormenta; su hija Zihil, sobre otra manta, portaba un buen rollo de fina cuerda de algodón. El Nacom, ante el terror de los sevillanos (y de los que no lo éramos), ordenó que se los desvistiera del todo, dejándolos tan desnudos como cuando los echamos a la mar para que se lavaran. Luego, ordenó que les ataran los pies por los tobillos y las manos a la espalda, poniéndolos de seguido a todos en regla y de hinojos. También ordenó que se los amordazara y tuve para mí que era por los gritos que iban a proferir.

Cuando el Nacom se volteó para coger el cuchillo me incorporé y, con un gesto de la mano, detuve el espantoso lance.

—Antes de que prosigáis, Nacom, deseo ver si aún tiene remedio lo irremediable.

El Nacom asintió y se detuvo. Yo me dirigí hacia los cinco nobles y me planté delante de ellos.

—Señores, por los cielos, responded nuestras preguntas y poned fin a esta locura.

Todos asintieron fervientemente, de cuenta que me adelanté y le quité la mordaza al marqués de Sienes.

—Don Diego, hacedme la merced de responder —le supliqué—. ¿Con quién debían encontrarse vuestras mercedes al llegar a México? ¿A quién debían entregar el mapa?

—¿Nos va a matar ese indio? —preguntó afanosamente don Diego.

Abatí la cabeza, apesadumbrada, pues me figuré lo que acontecería.

—No, señor marqués —afirmé—. Conocéis bien que nosotros ni matamos españoles ni matamos por matar. Ignoro lo que os hará este sacerdote yucatanense mas no pinta bien para vuestras mercedes. Os ruego que nos digáis todo lo que conocéis sobre la conjuración.

—¿Para qué, don Martín? —repuso, enfadado—. ¿Para que alguien como vos se apodere del tesoro del ilustre don Hernán? ¡Soportaremos mil torturas antes de decir nada!

—¡Luego admitís que conocéis el mapa y la conjura!

—¡No, maldito monstruo, no admito nada! —exclamó y, luego, alzando el rostro me escupió con toda su ánima.

Uno de los hombres que los había atado y amordazado y que se mantenía a prudencial distancia, se le allegó y le golpeó en el pecho con el puño cerrado. Don Diego gimió y, luego, principió a reír como un loco. Me limpié el salivazo con la manga de la camisa, hice un gesto ordenando que lo tornaran a amordazar y miré al Nacom de tal manera que al punto conoció que debía proseguir con su ceremonial para las cosechas, los animales o lo que fuera.

Con mucho donaire de santero y cuchillo de pedernal en mano, se dirigió el Nacom hacia el primero de los sevillanos por la diestra de la regla que formaban y el primero era el socarrón de don Andrés Madoz, marqués de Búbal, a quien la guasa se le había ido tan lejos del entendimiento como el espíritu del cuerpo. No podía tener más abiertos los ojos por el temor mas, cuando vio que el yucatanense se arrodillaba frente a él y le sujetaba con pujanza el miembro viril, sintió tan grande espanto que principió a agitarse como un poseso, tratando de huir, hasta que uno de los hombres de la *Gallarda* le tuvo que rodear con los brazos para impedir que se moviera. Otros cuatro hombres obraron lo mismo con los demás nobles que, por tener la boca amordazada, mugían por la nariz de puro terror. El Nacom, con diestros y bien ejecutados movimientos, abrió un agujero en el miembro al soslayo, por el lado, y luego, tomando el extremo de la cuerda de algodón que le tendió su hija Zihil, lo pasó por él y, al punto, la cuerda se tiñó de roja sangre.

De seguido, sin atender a los desesperados gestos del joven marqués de Olmedillas, repitió el oficio y tornó a pasar por el agujero el extremo de la cuerda, ya manchado con la sangre del marqués de Búbal, y de esta cuenta prosiguió hasta que tuvo a los cinco bien ensartados por sus miembros. Entonces les fue embadurnando los cuerpos con sus propias sangres hasta dejarlos enteramente pintados y, luego, cuando tanto los sevillanos como los que no lo éramos nos hallábamos al borde de la muerte, para terminar la ceremonia les cortó, a la redonda, tirillas menudas de las orejas.

Daños mayores y más horribles había visto yo a carretadas en diferentes batallas. Daños crueles y desalmados, en Alonso y Rodrigo tras rescatarlos del robo del loco Lope. Mas nunca, en toda mi vida, había visto daños tan atroces y sanguinarios. Fray Alfonso había tenido que marcharse de la plazuela por no poder resistirlo; Rodrigo y el señor Juan tenían la tez exangüe y aceitunada y los dos sufrían tiritones y daban diente con diente y, cuando el Nacom Nachancán se allegó hasta nosotros al terminar, todo manchado de la sangre de los nobles, los dos echaron atrás los cuerpos y se cubrieron con las manos sus partes deshonestas.

Yo traté de hablar, de mover los labios y de decir algo, mas, para mi sorpresa, no me fue dado proferir ni un menguado susurro. Sólo con muy grande esfuerzo y férrea determinación, logré sacudir la cabeza y, de seguido, mirar a los ojos del Nacom y declarar lo primero que me vino a la boca:

—Os quedo agradecida, Nacom.

—Me siento dichoso de haber podido ayudaros, don Martín. Espero que no os haya resultado demasiado terrible. Ya veo que vuestra merced se encuentra mejor que el señor Juan y el señor Rodrigo.

—No son ritos los vuestros para estómagos españoles —le expliqué—. Mas, decidme, Nacom, ¿qué debemos obrar ahora con los cinco ensartados?

—Ahora, don Martín, es cuando debéis preguntar. Os dirán todo lo que preciséis conocer. Una vez que hayáis acabado, les quitaré la cuerda y, a no mucho tardar, se encontrarán bien y podrán usar sus miembros como antes. Es un sacrificio que nosotros, los mayas, realizamos con bastante frecuencia, horadándonos por nosotros mismos, y nunca nos ha dejado daño alguno —dijo sonriendo.

Viendo que ni el señor Juan ni Rodrigo se hallaban en condiciones de preguntar nada, me levanté y me allegué hasta los ensartados, algunos de los cuales parecían tener perdido el sentido. Tampoco podía contar con los muy afectados hombres de la tripulación que parecían estatuas de piedra mármol. Quizá el ser mujer me libraba de aquellos horribles efectos, me dije, aunque procuraba no mirar hacia abajo por no ver el hilo del rosario.

El conde de La Oda era el único que daba señales de seguir con vida o, a lo menos, con algo de juicio, así que hinqué la rodilla ante él y, sujetándole por el mentón, le alcé el rostro hacia mí. Mi mano se manchó de la sangre que manaba de sus recortadas orejas.

—Don Carlos, ¿me oís?

Abrió un poco los ojos y asintió levemente.

—¿Con quién tenían que encontrarse vuestras mercedes al llegar a México?

—Con... Don Miguel López de Pinedo —farfulló—. Él conocía de nuestra llegada por una carta que se le remitió en un aviso de la Casa de Contratación. Se estará preguntando qué nos habrá podido acontecer, pues ya deberíamos haber arribado.

—¿Era a él a quien iban vuestras mercedes a entregar el mapa?

—Sí, así es —los ojos se le cerraban y la voz se le apagaba, de cuenta que tuve que zarandearle la cabeza para que despertara y siguiera refiriéndome la historia.

—¿De quién es el mapa, don Carlos?

—De don Pedro Cortés, marqués del Valle de Oaxaca. Antes perteneció a su padre, don Martín Cortés, y antes a su abuelo, don Hernán Cortés, que lo mandó obrar a unos cartógrafos indígenas para que sólo a él y a sus herederos se les alcanzara su sentido.

—¿Don Pedro conoce lo que dice el mapa? ¿Conoce el lugar dibujado en el pañuelo?

—No, don Pedro no sabe interpretarlo pues su padre

no se lo reveló a él sino al hijo mayor, don Fernando, el tercer marqués, que murió sin darle las oportunas aclaraciones a don Pedro por no llevarse bien entre ellos. Don Miguel nos está esperando —porfió con voz mortificada, como si fuera a echarse a llorar—. Si no llegamos con el mapa la conjuración fracasará pues no habrá caudales suficientes para ponerla en ejecución.

—¿Y la misiva que se le envió a don Miguel en el aviso no llevaba un dibujo del mapa para que empezara a trabajar en él?

—No. Don Pedro no se fía de don Miguel. Sólo confía en nosotros y en don Arias Curvo, el yerno de don Miguel, porque don Arias es familiar de uno de sus hombres de mayor confianza, el banquero don Baltasar de Cabra. Cuando encontremos el tesoro de don Hernán, don Arias ha jurado matar a su suegro para que no pretenda gobernar a don Pedro obligándole a ser un rey sometido a sus deseos. Don Miguel es un hombre ambicioso y peligroso y tiene para sí que don Pedro es demasiado blando para reinar.

Y sin la intromisión de don Miguel López de Pinedo, sería Arias Curvo quien gobernara al reyezuelo blando, pensé. El último de los hermanos Curvo ejerciendo el oficio de favorito y valido del rey de la Nueva España, con todo el poder y la autoridad. Una artimaña digna de admiración, un luengo esfuerzo de años y años de ocultas fullerías, argucias e intrigas. Hasta el final, los Curvo no dejaban de sorprenderme.

—¿Y don Arias también matará al virrey don Luis de Velasco?

—Es preciso matarle. Él será el primero en caer pues de su muerte depende el que las familias contrarias a la coronación de don Pedro se unan a nosotros. Don Luis sería un enemigo grandemente peligroso pues no tiene más defecto que la avaricia y el acopio de caudales, en todo lo demás es hombre de honor y, por más, fiel hasta la muerte a España y a Felipe el Tercero.

—Si encontráis el tesoro, ¿cuándo pondríais en ejecución la conjura?

—El día de la Natividad, durante la recepción en el palacio del virrey. Ese día se celebra con grande boato en la ciudad de México y, por ser fiesta religiosa y feriada, todos se hallarán entretenidos y desprevenidos.

Le solté el mentón y él cayó desmayado al suelo. Más que dolor por la herida en el miembro viril lo que tenía era debilidad por la pérdida de sangre. Me volteé hacia el Nacom y le hice un ademán para que liberara a los ensartados. Ya conocía todo lo que deseaba conocer. En cuanto terminara la cuarentena, los cinco nobles partirían hacia México custodiados por un piquete suficiente de nuestros arcabuceros, de cuenta que arribaran secretamente a la ciudad para que el virrey hiciera con ellos lo que le viniese en gana.

Resultaba extraordinariamente apremiante hallar un cartógrafo mexicano.


Y, así, entre unas cosas y otras, arribó el día de mis nupcias, el que se contaban diez y siete del mes de octubre de mil y seiscientos y ocho. La noche anterior, con torbellinos y huracanes en el entendimiento, la pasé volteando de uno a otro lado del jergón sin lograr conciliar el sueño. Me sentía muy feliz y un poco asustada, pues toda mudanza inquieta. Acudieron a mi memoria mis padres de Toledo, Pedro y Jerónima, y mi hermano Martín, y me figuré la alegría de mi señora madre de haber podido estar conmigo en un día tan señalado. Acudieron también mis padres del Nuevo Mundo, Esteban y María, y los junté con los de Toledo. A todos les di cuentas de lo muy feliz que me sentía, de lo afortunada que era por matrimoniar con un hombre al que amaba más que a mi vida. Les referí cosas de Alonso, de su valor, donaire y gallardía, de su determinación para ejecutarlo todo, de lo dura que había sido su vida trabajando en el Arenal de Sevilla como esportillero y de sus sueños de ingresar algún día en la Armada del rey, unos sueños que, por fortuna, había olvidado al unirse a nuestra pequeña familia y al no precisar granjearse más caudales de los que ya tenía. Que Alonso me amase como yo le amaba a él era toda la gloria que yo acertaba a desearme, un justo resarcimiento de la vida por habérmelos quitado a ellos con grande dolor de mi corazón. Con Alonso a mi lado ya no estaría sola, nunca más estaría sola ni dormiría sola ni vería pasar sola los años que me quedasen.

Al fin, con el alba, les dejé marchar y tras despedirme de ellos me pude dormir, conociendo que, a no mucho tardar, Francisco entraría en mi choza para ayudarme a componer unos vestidos de novia que no existían y unas joyas que no poseía. Por no tener, Alonso y yo no tendríamos ni anillos de esponsales. Mas ¿qué se me daba de todo eso? Teniéndole a él, nada más precisaba. Sus bellos ojos azules y su galanura serían mis aderezos. ¡Por el cielo! Mi ánima se consumía con el ansia de verlo. La negativa de su padre a dejarme entrar en su choza hasta los esponsales sólo había añadido llama a llama y deseo a deseo.

Cuando Francisco echó a un lado la manta que servía de puerta en mi rancho, la luz me dio de lleno en los ojos y conocí que había llegado la hora. Ese pensamiento me espabiló tan de súbito y tan vivazmente que me sentí como si hubiera dormido toda la noche.

—¿Habéis descansado bien, doña Catalina?

Aquella voz femenil no era la de Francisco y, como sólo había otra mujer en todo el poblado, conocí al punto que era la joven hija del Nacom la que había acudido a despertarme.

—¡Zihil! —exclamé—. ¿Qué hacéis vos aquí?

—Hoy os serviré de doncella para ayudaros con los preparativos para las nupcias.

Sonreí y me levanté del lecho.

—No hay tales preparativos, querida Zihil —dije, quitándome el sayo con la calma que me daba la ausencia de Francisco.

—Sí los hay, doña Catalina. Ahora veréis.

Salió y tornó a entrar con un hermoso vestido en los brazos.

—¡Por las barbas que nunca tendré! —dejé escapar, admirada—. ¿De dónde ha salido algo tan hermoso?

—Mucho os lo agradezco, pues lo he cosido yo con nuestros paños de algodón y lo he adornado con cintas de colores.

Era un vestido sencillo, sin ninguna ostentación, mas tan bello por comparación con mis ropas masculinas de marear que sentí vergüenza.

—Van a creer que voy disfrazada —objeté—, que no soy yo.

—Ahora sois vos y cuando vestís de don Martín es cuando vais disfrazada, no lo olvidéis. Por más, doña Catalina, recordad también que los hombres son hombres y que sólo verán a una mujer hermosa en el día de su boda.

Zihil me ayudó a colocarme el vestido, me lo ajustó con las cintas y me calzó unas hermosas sandalias de cuero.

—Las ha hecho mi hermano con piel de venado para vuestra merced. Y también estos collares de cuentas de jade.

Yo misma me puse los zarcillos de oro que siempre llevaba conmigo como recuerdo del tiempo que pasé en Sevilla.

La muchacha me compuso el pelo lo mejor que supo y pudo (que no era mucho) mas, cuando me contemplé en el espejuelo, me admiré de largo al ver a una dueña en verdad hermosa y aderezada con discreción. Solté una exclamación de sorpresa.

—Lucís muy bella, doña Catalina —afirmó Zihil con una grande sonrisa—. El señor Alonso quedará prendado y aún más enamorado cuando os vea.

Yo también sonreía de tanta felicidad como sentía.

—¡Eso espero! —dije.

Luego, y sin que Zihil me permitiera salir del rancho ni para ver el cielo, trajo el desayuno y ambas lo tomamos juntas sin parar de reír y bromear. A no dudar, mis dos madres me habían procurado a aquella dulce muchacha para que me hiciera compañía en el día de mi boda.

No bien hube tragado el último bocado y como si lo hubieran estado esperando, un vozarrón grueso y áspero tronó desde el exterior de mi rancho.

—¿Aún no está lista la novia? —preguntó Rodrigo aparentando un grande enfado.

—¡Lo está, señor, lo está! —exclamó Zihil y, presurosa, se dirigió a la manta que cubría la entrada y la apartó—. Podéis comprobarlo por vuestro mismo ser, señor Rodrigo.

Engalanados como gañanes en domingo, todos mis hombres me aguardaban como si fueran una escolta real. De dónde habían sacado calzones limpios y camisas blancas, sin manchas ni agujeros, era un asunto que no lograba comprender. Luego conocí que se habían pasado la noche lavando ropa en el manantial y remendando los rasgones. El señor Juan, como padre mío que era aquel día, se me allegó y me dio un beso en la frente.

—Me cuesta un grande esfuerzo —murmuró emocionado— ver a mi muchacho y a mi maestre en esta hermosa dueña en la que te has convertido.

—Siempre soy esta dueña, señor Juan —le expliqué—, aunque vestida de hombre por mejor ejecutar mis oficios.

—Pues vamos, que hay un novio impaciente aguardando en la plazuela, un fraile con muchos humos por ejercer de oficiante en el desposorio de su hijo y una tripulación a punto de estallar de curiosidad pues nunca te han conocido vestida de mujer.

Me ofreció su brazo y yo, más avergonzada que nerviosa, puse el mío encima. Rodrigo, Juanillo y Francisco se colocaron en derredor mío y juntos avanzamos hacia el centro de la plaza, donde se arremolinaban los hombres de la tripulación. Todo aquello tenía mucho de teatro, de comedia popular y, al punto, sentí que, en verdad, me sobraba aquel disfraz de novia y que sólo precisaba de Alonso. De haber podido, habría echado a correr con él lejos de aquel lugar.

Al vernos llegar, los hombres de la tripulación se separaron abriéndonos paso, todos muy admirados por mi aspecto, y allí, al fondo, sentado en una silla salida de no se sabe dónde, Alonso me aguardaba galanamente ataviado con unas finas ropas —coleto incluido— salidas de tampoco se sabía dónde. En los dos días transcurridos desde el acuerdo de esponsales, los pobladores de Villa Gallarda habían estado muy ocupados sin que yo me apercibiera de nada.

Alonso, que hablaba distraídamente con sus hermanos, al verme del brazo del señor Juan enmudeció al punto, quedó absorto, arrobado y, sin dejar de mirarme, dibujó despaciosamente la más gentil sonrisa que yo había visto en mi vida. Casi doy un traspié. Cuán maravillosa ocasión y coyuntura se me ofrecía de tornar a verlo en nuestra propia boda. El señor Juan me dejó a su lado y se colocó a mi diestra. No me atrevía a inclinarme hacia Alonso para no destacar más el hecho de que él estaba sentado por no sostenerse en pie (y porque ya estábamos ejecutando suficiente teatro para aquel público ansioso de chismorreos y al que yo hubiera eliminado de la faz de la tierra de haber estado en mi mano obrar prodigios). Sin hablar, sólo mirándonos, conocí que él estaba tan espantado como yo por todo aquello y, al tiempo, tan feliz como yo por nuestra boda. Si a mí me había sorprendido que me solicitara en matrimonio a pesar de mi condición y deformidad, quizá también para él había sido una sorpresa que yo aceptara sin pensármelo dos veces. Y, ahora, allí estábamos, a punto de desposarnos, rodeados por una caterva de brutos y hombres de la mar que no habían disfrutado de una buena distracción en mucho tiempo.

Y, entonces, saliendo de su choza, apareció fray Alfonso, con la capilla calada y una biblia en las manos. Se allegó hasta donde estábamos Alonso y yo y, echándose hacia atrás la capilla, nos tomó a los dos por la mano para poner en ejecución lo que en tal acto se requería.

—¿Queréis, señor Alonso Méndez, a doña Catalina Solís, que está presente, por vuestra legítima esposa como lo manda la Santa Madre Iglesia?

—Sí, quiero —dijo con voz firme y alta, sin detenerse ni un instante.

—Y vuestra merced, doña Catalina Solís, ¿queréis al señor Alonso Méndez, que está presente, por vuestro legítimo esposo como lo manda la Santa Madre Iglesia?

—Sí, quiero.

Y, así, sin anillos ni más ceremonias, quedamos en indisoluble nudo ligados. Alonso, con ayuda de sus hermanos, logró ponerse en pie e intentó llegar hasta mí para darme el primer abrazo como esposo, mas no fue posible. El esfuerzo de la boda había agotado sus escasos y pobres bríos. Con todo, incluso postrado entre los brazos de sus hermanos, no dejó de sonreír. Se escapó una exclamación del pecho de los hombres y algunos tuvieron por cierto que me había quedado viuda (otra vez), mas yo me hallaba tranquila, conocía que Alonso estaba bien y que iba a recobrarse y conocía también, con misteriosa certeza, que íbamos a tener una luenga vida juntos. Y, por más, ahora que estábamos casados, Alonso se iba a recuperar con mayor presteza pues no serían sus hermanos ni su padre los que se encargarían de él sino yo y yo le quería tanto que mi amor le devolvería pronto la salud y las fuerzas.

Los hombres sacaron las parihuelas del rancho de su

padre y lo tumbaron en ellas. Cornelius Granmont, que le había tenido a la mira toda la mañana, ordenó que lo llevaran a mi rancho pues ahora era mi esposo y debía vivir en mi casa. Por fortuna, mi rancho era amplio.

—Necesitarás otro jergón —murmuró Rodrigo viendo el mío, tan estrecho.

—Ocúpate de tus asuntos —le dije—. Vete a festejar la boda con los hombres.

—¿Sin los novios? —se extrañó.

—Podemos esperar, muchacha —propuso el señor Juan.

—No hay a qué esperar —murmuró el pálido Alonso—. Presto me recobraré y mi esposa y yo saldremos juntos para unirnos a la fiesta.

Le miré con orgullo y alegría y supe que sanaría en un paternóster.

—Quiero que los hombres se diviertan el día de nuestra boda —afirmé yo—, de cuenta que id con ellos y divertíos.

—Yo debería quedarme, maestre —dijo Cornelius, con grande preocupación en el rostro.

—Y yo también —añadió, solícito, Francisco.

—Y yo —refunfuñó el pequeño Telmo tratando de abrirse paso entre Rodrigo y el señor Juan para allegarse hasta su hermano.

Miré a Alonso, por ver qué le parecía a él, y él me miró a mí por la misma razón. Ambos estábamos conformes.

—Os lo agradezco mucho —dijo Alonso con voz débil desde el jergón—, mas es mi deseo estar a solas con mi esposa y no debéis preocuparos porque me hallo bien y no he menester nada que ella no pueda proporcionarme.

Oí una perversa carraspera de Rodrigo, como si se le hubiera quedado atravesada en la garganta una de esas frases suyas tan delicadas y oportunas.

—¡Yo soy tu hermano! —se enfadó Telmo.

—¡Y yo tu padre, Telmo, y te mando que salgas ahora mismo! —le ordenó fray Alfonso desde el exterior.

Uno a uno fueron abandonando el rancho. El inquieto Cornelius, antes de salir, me llevó a un aparte.

—Doña Catalina —murmuró con muchos aspavientos y tartamudeos, componiendo y aderezando los lazos verdes de su barba como hacía cuando estaba nervioso—, no deberíais... No sería conveniente que... Considerad que habrá tiempo de sobra para...

Me eché a reír muy de gana y le calmé poniéndole una mano en el hombro.

—Gracias, Cornelius, mas soy hija de madre de mancebía y he vivido muchos años con mozas distraídas. Sé que aún no es tiempo para mi señor esposo de satisfacer los apetitos del amor.

Resopló aliviado y salió con los demás. Fuera, en la plazuela, estaban comenzando a preparar hogueras para asar las carnes y, animados por dos toneles de vino allí dispuestos, algunos hombres ya bailaban con la música de instrumentos que yo no conocía que llevábamos a bordo de la *Gallarda*. Estaba bien que así fuese, me dije volviéndome hacia mi señor esposo, pues yo era grandemente feliz teniéndole a él conmigo. Que los demás lo fueran también. Ambos nos quedamos mirándonos, mudos y sonrientes, y, al punto, dejé de escuchar la música y la algarabía. Todo lo olvidé y todo desapareció en derredor de nuestro rancho. Por primera vez en los años de mi vida, sentí que no me faltaba nada, que lo tenía todo, que me hallaba completa y, lo más extraño, que era dichosa, absolutamente dichosa, y toda mi dicha partía de aquel hombre bueno y gallardo que yacía en mi jergón y que me tendía la mano.

—Así que pasabas algunas noches a mi lado cuando me hallaba sin sentido —dijo sonriente.

—¿Quién te ha mentido? —repuse, allegándome y cruzando mis dedos con los suyos. Hube de contener y disimular un calor súbito, unos pulsos veloces y recios por todo el cuerpo y una caprichosa desazón en las entrañas. Él no logró ocultarlo tan bien como yo—. Alonso, no debes...

—Lo conozco —admitió con tristeza—, mas, a no mucho tardar, estaré bien y...

—No deseo separarme de ti ni un instante —le advertí—, de cuenta que aleja de tu entendimiento cualquier pensamiento que te provoque grande alteración o tendré que irme y dejarte con tu padre y tus hermanos.

—¡Maldición! —exclamó enfadándose—. ¡He menester de mi cuerpo y de mis fuerzas y soy tan débil como una doncella!

—Aquí la única doncella que hay soy yo, mi señor esposo. Te ruego, pues, que te recuperes y, si no obedeces en todo lo que te mande, te devolveré, como te he dicho, al rancho de tu padre.

—No, no te es dado devolverme porque ahora soy tu marido.

—¿Quieres verlo? —repuse, desafiante, alzando la mano hacia la manta que cubría la entrada.

Alonso tornó a sonreír.

—Olvidaba que me he desposado con el famoso bandido Martín Ojo de Plata.

Yo fruncí el ceño.

—¿También te han chismorreado eso?

—Desque desperté he tenido muchas visitas. Mas no te enfades, mujer, que hoy es el día de nuestros esponsales —dijo tendiéndome de nuevo la mano. Al punto conocí que, si se la tomaba, tornaría para ambos el grande peligro y la alteración de un deseo mal sujetado. ¡Qué bellos ojos, qué gentil cuerpo aquel que yo no podía tocar ni acariciar! Sentí que una lágrima rodaba por mi rostro.

—No estoy enfadada, mi dulce amor —le dije, admirada por mi osadía—, sólo estoy triste y la razón de esta tristeza es que tu salud se halla tan quebrantada que no me es dado tomar esa mano que me tiendes por el grande deseo que ambos sentimos de ir más allá.

—Si la tomases, ¿qué sería lo peor que me podría acontecer? —preguntó, retador.

—Que te viniese tan grande alteración que perdieses el sentido y tornases a estar como estabas mas sin posibilidad ya de despertar. Tu cuerpo ha sufrido mucho, Alonso. Nos hemos desposado conociendo que tú debes restablecerte antes de consumar nuestro matrimonio.

—Pues bien, elaboremos una poción como las que preparaba la buena Damiana —dijo taimadamente—, una que nos permita, a lo menos, tomarnos de las manos sin que yo desee seguir y yogar contigo.

—Has perdido el juicio —afirmé.

—Te hablaré de los días que Rodrigo y yo pasamos en poder de ese hideputa del loco Lope, te referiré todo cuanto me hizo y lo que me dijo y, así, me será dado acariciar tu mano sin quebrantar mi salud. ¿Qué me dices?

Le hubiera dicho que le amaba, que le deseaba y que

no tenía en voluntad escuchar nada sobre el maldito retoño de los Curvo y mucho menos sobre el daño que le había causado a él. Por más, ya lo conocía, pues Rodrigo nos lo había referido tras el rescate.

—Digo que te doy una semana para que te pongas bien. Ni un solo día más o me moriré y te quedarás viudo. Aunque, discurriéndolo mejor, si en una semana no estás corriendo por la selva y levantando pesados fardajes con una mano, te mataré yo a ti y me quedaré viuda otra vez, que siempre será mejor.

Reímos y, sentándome a su lado en el jergón, nos tomamos de las manos. Todo aconteció de la misma y cabal manera en que antes nos había acometido el deseo con ardor y brío mas, a la sazón, Alonso principió a narrar los pormenores de la tortura a la que le había sometido el loco Lope y la pasión se nos distrajo y se aquietó, permitiéndonos de este modo acariciarnos las manos si no con ansia, a lo menos, con amor pues, oyéndole, conocí que precisaba en verdad hablar conmigo de todo aquello, sacarlo de su memoria para alcanzar a borrarlo. De haber acontecido al contrario, de haber sido yo quien hubiera sufrido tanto dolor y maldad en manos del loco, sólo me hubiera sido dado arrancar de mí todo aquello refiriéndoselo a Alonso pues nadie más habría podido ofrecerme el consuelo preciso para tales horribles heridas del ánima. Y así fue como me apercibí de que, desde aquel punto, él y yo éramos algo más que él y yo, algo más que Alonso y Catalina, como si juntos formásemos una única vida que se precisara completa para proseguir. Y así, hablando quedamente y muy cerca el uno del otro, nos hallaron los feriantes del banquete cuando irrumpieron con grande escándalo en el rancho para estorbar lo que conocían que no podía acontecer. Mas ¿qué se les daba a ellos de nuestra obligada castidad? Casi todos, Rodrigo incluido, se hallaban bastante achispados.

—¡A comer, a comer! —gritaba un alegre señor Juan con el rostro encarnado y la nariz como un ascua.

—¡Afuera con los novios! —vociferó fray Alfonso, menos fraile y más parroquiano de taberna que nunca.

—¡Se acabaron los melindres y las necedades de enamorados! —farfulló Rodrigo con lengua torpe levantándome por los aires y llevándome hasta los espetones donde giraban, apetitosos y bien asados, liebres, cerdos, venados y conejos. Nunca habría osado alzarme así (como si en lugar de una mujer fuera una niña) de no andar yo disfrazada de dueña pues, de llevar mis ropas de Martín, ni se le hubiera pasado por el entendimiento.

La música se tornó más animada. Entretanto colocaban a Alonso a mi lado, en la misma silla de la boda, y todos principiábamos a comer aquellas sabrosas carnes sentados en el suelo, a la redonda de los espetones, los músicos, incitados por el vino, entonaron graciosos madrigales, seguidillas, villancicos, fandanguillos y romances.

Comimos y bebimos, cantamos y bailamos sin descanso hasta la puesta del sol y, aún entonces, la fiesta prosiguió. A falta de otras mujeres, Zihil y yo fuimos grandemente requeridas para los bailes, mas los hombres no hacían aspavientos si se terciaba bailar entre ellos. Alonso comió mejor aquel día, aunque Cornelius no le permitió probar ni el vino ni el cerdo pues decía que su estómago no resistiría pruebas tan duras. Sin embargo, a escondidas del cirujano, consentí que se mojara los labios con el vino de mi copa y al punto se le vio repuesto como no lo había estado hasta entonces, de cuenta que torné a darle, a escondidas y de tanto en tanto, menudos sorbos de mi vino. Su sonrisa de júbilo me iluminaba.

Llegó la noche. Seguíamos cantando. Alonso principió a sentirse muy cansado aunque se le veía tan dichoso como a mí. Juro y juraré que hubo algún feliz encantamiento aquel día en Villa Gallarda pues tanto reímos, y con tantas ganas, que nos dolían los ijares. Hacía mucho tiempo que no disfrutábamos de tan alegre regocijo y contento. Rodrigo empezó una chirigota en la que figuraba que era una joven doncella barbuda que bailaba en torno a los hombres que dormían la borrachera en el suelo de la plazuela.

Y, de súbito, se escuchó, alto y apremiante, el grito de alarma de los guardas que venía de la selva.

Con prodigiosos brincos, los hombres se izaron del suelo tanto si estaban durmiendo borrachos como si cantaban, hablaban o fumaban sentados. Todo aconteció tan raudo como un rayo que cae del cielo: aparecieron los arcabuces, se despertaron los ebrios, se apagaron los fuegos, callaron las voces, las risas, los cantos y la música. Fray Alfonso y sus hijos, ayudados por el señor Juan y Cornelius, se llevaron en volandas a mi esposo hasta nuestro rancho entretanto yo, que fui tras ellos, ayudada por Francisco y sin remilgos por la presencia de tantos hombres, mudé mis ropas, tomé mis armas y salí a la plazuela en busca de Rodrigo, que me esperaba tan despierto y armado como si el día hubiera sido de guerra y no de bodas.

Todo esto aconteció en menos que canta un gallo, de cuenta que, para cuando arribó el guarda que había dado la alarma, Villa Gallarda era una población yerma y oscura, silenciosa como un cementerio y peligrosa como una santa Bárbara bajo una lluvia de chispas. El hombre se allegó corriendo hasta Rodrigo y hasta mí.

—Vienen hombres por el sudoeste —susurró—. Ocho o diez. Armados. Todos negros. A caballo. Abriéndose camino en la espesura con largos cuchillos. Avanzan en silencio, procurando no hacerse notar.

Otro guarda arribó al punto, corriendo también.

—Se han detenido, maestre —jadeó, sin resuello.

—¿Dónde?

—A unas setenta varas de aquí. En cuanto se apagaron los fuegos y cesó la música, se detuvieron.

—¿Se acercan más grupos desde otras direcciones?

—No, maestre. Lo hemos mirado.

—Pues tornad allí y referidme cuanto suceda.

—Sí, maestre —dijeron ambos a la vez, corriendo a internarse de nuevo en la selva.

—¿Qué hacemos? —me preguntó Rodrigo.

—Sólo son ocho o diez hombres a caballo —repuse, ajustándome bien la daga—. Si no se marchan, los capturaremos. Ordena a los nuestros que se dividan en dos piquetes y que avancen en silencio por el sur y por el oeste hasta rodear a los negros. Si tuercen su derrota y se alejan, que les permitan marchar en paz; si avanzan hacia nosotros, que los detengan.

—Como mandes —repuso Rodrigo, alejándose entre las sombras.

Miré al cielo. No había nubes y la luna estaba menguante, casi nueva, lo cual nos favorecía. En cambio, las muchas estrellas, luminosas como faroles, nos perjudicaban. A tal punto, retornó a mi memoria que aquélla era mi noche de bodas y añoré tanto a Alonso que me dolió el corazón. Ojalá me hubiera sido dado estar con él y no allí sola, parada en mitad de la plazuela, a oscuras esperando nuevas de los guardas y temiendo el ataque de unos veracruzanos que, en el peor de los casos, servirían a las órdenes de las autoridades locales, lo que nos obligaría a defendernos y a matarlos.

El primero de los guardas tornó corriendo hasta mí.

—¡Han dicho vuestro nombre, maestre! —exclamó—. ¡Vienen a por vuestra merced!

¡Menuda cosa!, me dije. Medio Nuevo Mundo venía a por mí para ganar las valiosas recompensas ofrecidas desde España por la Casa de Contratación y el Consulado de Mercaderes de Sevilla.

El segundo guarda apareció de nuevo entre el boscaje y se me allegó como un galgo, con el rostro iluminado de satisfacción.

—¡Maestre, son cimarrones de Gaspar Yanga! ¡Desean hablar con vuestra merced!

¡Cimarrones de Gaspar Yanga! Solté un grande suspiro y sonreí, aliviada.

—Traedlos hasta mí. Tenedlos a la mira, mas tratadlos bien.

—¡Sí, maestre!

Rodrigo apareció por detrás de los ranchos luciendo un gesto de grande tranquilidad.

—¿Ya lo conoces? —le pregunté, alzando la voz.

—Lo conozco —afirmó—, y, a la postre, no he despachado a los hombres.

—Sea. Mas que sigan armados y listos.

—¡Por mis barbas, Martín! —me reprochó—. ¡Que

son quienes nos han estado favoreciendo desque salimos de Tierra Firme!

—No me fío de nadie hasta que me es dado fiarme.

—Genio y figura... —murmuró, colocándose a mi lado.

Al punto, los hombres tornaron a encender las hogueras y la villa recobró un cierto aire apacible, expectante, que presto se vio satisfecho cuando se abrió la espesura y un grupo de negros salió al raso ceñido por quince o veinte hombres de los nuestros. Mas si a todos se nos quedó el ánima en suspenso y si los ojos se nos abrieron como rodelas fue por la admiración de ver que la talla del jefe del piquete de cimarrones de Yanga alcanzaba casi las dos varas y media.[21] Tan alto resultaba que los demás semejaban enanos, y no sólo era alto y de hasta treinta años sino que, por más, también era hermoso de cuerpo, de airoso talle y de muy buen semblante, con unos ojos grandes, oscuros y buenos. En todos mis años no había visto nunca una persona de tan encumbrada y gigantesca estatura.

El hombretón, ataviado con camisa blanca y calzones negros de paño, se me allegó en dos pasos y se me plantó delante con toda reverencia, haciendo una elegante inclinación. Sus grandes y bondadosos ojos parecían satisfechos.

—¡Al fin! —exclamó con una voz grave que le salía del fondo de aquel pecho inmenso—. Es un honor conoceros, don Martín Ojo de Plata.

—¿Y cuál es vuestra gracia? —le pregunté, echando atrás la cerviz para mirarle.

21.   Unos dos metros.

—Gaspar Yanga el joven, hijo del rey Yanga.

Aquello ya lo había vivido antes, hacía mucho tiempo, con Sando y el rey Benkos, aunque Sando, siendo tan hijo de rey como éste, ni de lejos lucía un porte tan principesco. Claro que, al lado de Gaspar Yanga el joven, todos éramos unos alfeñiques.

—¿Y cómo debo llamaros, señor?

Él sonrió muy graciosamente.

—Llamadme Gaspar, don Martín, sólo Gaspar. El rey es mi padre, no yo.

—Y doy por cierto que, como mi hermano Sando, el hijo del rey Benkos, os habéis criado oyendo hablar del fabuloso reino de vuestro señor padre en África.

Alzó los ojos al cielo y tomó a reír muy de gana.

—¡Oh, don Martín, no os lo podéis figurar!

Aquello nos hizo reír a todos y tornó en amable y grato el ambiente. Rodrigo no perdió el tiempo y le refirió a Gaspar que nos hallábamos en plena celebración de mis esponsales cuando ellos llegaron, de cuenta que presto regresaron la música, el vino y el más que abundante banquete, del que nuestros invitados dieron debida cuenta pues venían valederamente hambrientos. Entretanto cenaban, yo me encontraba cada vez más preocupada porque Alonso no había tornado a salir del rancho, ni tampoco los demás, así que me disponía a abandonar a los circunstantes para averiguar qué acontecía cuando Cornelius se me allegó por la espalda y me susurró al oído que Alonso estaba dormido, que se hallaba tan extenuado por las emociones del día cuando entraron en el rancho que no podía ni con el peso de su misma cabeza y que convenía dejarlo descansar y reponerse. Me tragué mi pena con un sorbo de vino que me supo agrio y proseguí atendiendo a mis invitados. A lo menos, en nuestra noche de esponsales, me hubiera complacido dormirme con él, ya que otras cosas mejores no se podía. Hube de esforzarme para llevar a cabo adecuadamente mis obligaciones de dueña y maestre.

Gaspar Yanga el joven nos refirió que él y sus hombres habían abandonado su palenque, llamado San Lorenzo de los Negros, mucho antes del amanecer de aquel mismo día, y que no se habían detenido ni para comer. En cuanto se conoció en San Lorenzo que la *Gallarda* había sido asaltada y que la habían hallado vacía, trataron por todos los medios de dar con nuestro paradero y, al no lograrlo, su padre ordenó formar cuadrillas de hombres a caballo que partieran de inmediato en nuestra busca pues, de seguro, andaríamos ocultándonos por las inmediaciones de Veracruz. Gaspar, que conocía bien la zona por ser el encargado de sacar de la ciudad a los negros que huían, se determinó por el lugar más probable, el escondite del manantial, del que él mismo se había servido en multitud de ocasiones. Atracándose de venado asado dijo que, habiéndonos tenido a la mira desque entramos en las aguas de la Nueva España, no podían ahora decirle al rey Benkos que nos habían perdido, pues muy capaz sería de declararles la guerra y de mandar a sus cimarrones de Tierra Firme con aviesas intenciones.

Daba mucho gusto hablar con Gaspar, pues era muy gracioso en todo lo que decía, de cuenta que el tiempo se nos pasaba raudo riendo con el gigantón. Llegados a un punto, me preguntó si me había determinado a ayudar al virrey don Luis de Velasco en el asunto de la conjura de don Pedro Cortés, a lo que yo repuse, no sé a qué tan admirada, que cómo era que él conocía una cuestión tan secreta si no había habido ni un solo esclavo ni criado durante la entrevista de fray Alfonso con don Luis. Mi entendimiento, acostumbrado a las naturales evoluciones de las nuevas, no conseguía habituarse a la ligereza y las cabriolas con que éstas se movían por los hilos de la telaraña de negros de todo el Nuevo Mundo.

—No, no había ningún esclavo en aquella ocasión —admitió con malicia—, mas había varios cuando el padre fray Toribio de Cervantes, el Comisario General de los franciscanos de estas tierras, habló más tarde del asunto con el confesor del virrey, fray Gómez de Contreras, ambos presentes en la anterior entrevista. Por si os interesa, estos dos hombres conocen ya los nombres de todos los obispos, priores, prelados, frailes y clérigos que participan en la conjura de Cortés y los beneméritos. Me es dado ofreceros una relación completa, si lo deseáis. Están esperando a que os determinéis sobre el trato con el virrey y, si lo aceptáis, a que culminéis el oficio con éxito para remitir un pliego al Papa de Roma haciéndole saber los hechos y los nombres.

Dejé escapar un luengo suspiro. Aquél había sido el día de mi boda, aunque ya no lo pareciera.

—Me he determinado a aceptarlo —le dije, mirando las brasas—. Precisamos el perdón real para recobrar nuestras vidas.

Gaspar tomó a reír muy de grado, con sonoras carcajadas.

—¡Me place, don Martín! —exclamó, dándose palmadas en las rodillas—. Hacéis honor a vuestra fama. Cuando sea viejo, podré contarles a mis nietos que os conocí por vuestro mismo ser. Decidme, ¿cómo podríamos mi padre y yo serviros en este asunto?

Un brillo como de estrellas le chispeaba en los ojos. Si le hubiera dicho que no le precisaba, se habría llevado un grandísimo disgusto. Miré a Rodrigo en busca de ayuda y él me hizo un gesto con la cabeza señalando la choza en la que guardábamos a los prisioneros. ¡Cuán grande era mi compadre!

—Nos favoreceríais mucho si os encargarais de unos hombres que deben permanecer bajo custodia hasta que todo termine.

—¡Sea! —admitió sin dudar—. Mañana mismo se vendrán conmigo a San Lorenzo de los Negros.

—No. No, señor. Eso no será posible —atajó la voz de Cornelius desde el costado siniestro del corro.

Gaspar le miró y luego me miró a mí con grande desconcierto.

—El que habla es nuestro cirujano —le expliqué—. Cornelius Granmont, que nos tiene en cuarentena por unas calenturas pestilentes que sufrieron los indios de nuestra nao —le expliqué.

—Hay muchas de ésas —señaló Gaspar, calmoso— y sólo las sufren los indios.

—Cierto, mas Cornelius asegura que nosotros, sin padecerlas, podemos inficionar a todos los indios de la Nueva España.

—Hasta el próximo día lunes a nadie le es dado abandonar este poblado —sentenció Cornelius.

—Sosegaos, cirujano —repuso amablemente el gigantón con una sonrisa—. Podemos retrasar nuestro tornaviaje al palenque. El día lunes o el día martes, partiremos con esos prisioneros hacia San Lorenzo de los Negros.

—¿No deseáis conocer quiénes y cuántos son? —le pregunté.

—Me lo vais a referir ahora mismo.

—Cierto —asentí—. Se trata, en primer lugar, de un grupo de seis prisioneros ingleses que capturamos durante el asalto a una nao pirata.

—Nosotros somos diez. No os inquietéis.

—No, si no me inquieto por éstos —afirmé pasándome la mano por los revueltos cabellos—, me inquieto más por los otros, por los cinco aristócratas sevillanos que os van a amargar el tornaviaje con sus remilgos.

—¿Son, acaso, los nobles enviados por don Pedro Cortés para custodiar el viejo mapa de su abuelo, el marqués don Hernán?

—Acertáis, señor —declaré—. Éstos son.

—¿Y les habéis quitado el mapa? —su rostro arrebatado me recordaba el de Juanillo, al que no veía por ninguna parte desde hacía un buen rato.

—El mapa se halla en mi poder —admití—, mas es tan inútil como un papel en blanco si no logramos que lo estudie algún cartógrafo indígena de estas tierras. A nadie se le alcanza lo que se dice en esa tela.

—¡Yo sé quién podría ayudaros! —soltó, de súbito, uno de los hombres de Yanga, sentado frontero mío. Era un joven delgado de cuerpo y carilargo, y, a todas luces, mulato, pues su piel era tan clara como la más oscura de las nuestras. Llevaba la carimba[22] de la esclavitud en el pecho descamisado—. ¡Don Bernardo Ramírez de Mazapil!

---

22. Marca hecha con un hierro al rojo vivo. A los esclavos se los marcaba, como a los animales, para señalar la propiedad del dueño y recuperarlos si se fugaban. El *DRAE* la llama *calimba*, pero la palabra que se usaba en los siglos XVI y XVII era *carimba*, y así aparece en todos los documentos de la época.

Gaspar asintió, muy complacido.

—Antón está en lo cierto —dijo—. Don Bernardo es la persona indicada.

—¿Quién es ese don Bernardo? —preguntó Rodrigo.

—Don Bernardo fue *nahuatlato* en la Real Audiencia de México... —principió a explicarle el joven Antón.

—¿Nuau qué? —tronó Rodrigo.

—No, no nuau, sino naua, *nahuatlato* —porfió el joven—. Don Bernardo ejerció de lengua[23] de español y náhuatl en la Real Audiencia de México. Es un príncipe azteca. ¡Dicen que de la mismísima sangre de Moctezuma!

—¿Y quién es Moctezuma? —preguntó alguien con grande emoción. Ahí estaba Juanillo.

—¿No conoces quién es Moctezuma? —se pasmó Antón.

—Nosotros somos de Tierra Firme —replicó el muchacho, defendiéndose. Los demás callamos como muertos por no parecer tan ignorantes como él.

—Pues fue el emperador mexica derrotado por don Hernán Cortés.

—¿Y dónde me es dado hallar a ese don Bernardo Ramírez? —pregunté, zanjando presurosa el tema del tal Moctezuma.

—Don Bernardo Ramírez de Mazapil vive en Veracruz, por eso lo conozco. Yo nací allí. Él era vecino de mi amo. Abandonó México cuando se retiró de la Real Audiencia.

—¿Y cómo me sería dado allegarme hasta él? —quise saber, afligida—. Si vive en Veracruz resultará imposible de todo punto pedirle que nos ayude. Y, por más, ¿esta-

23.  Intérprete, traductor.

ría dispuesto a leernos el mapa y a callar después todo lo que nos lea? Podemos pagarle bien mas precisaríamos de su absoluto silencio.

—Considerad que es un príncipe azteca —adujo, por toda respuesta, el joven Antón, como si sólo eso fuera crédito suficiente.

—Deberíamos robarle esta noche —propuso Rodrigo— y traerlo hasta aquí para que el día lunes el compadre Gaspar se lo pudiera llevar también a su palenque hasta que el asunto de la conjura termine.

Solté un triste gemido.

—¡Ten piedad, hermano! —le supliqué—. ¡Hoy ha sido el día de mi boda!

—¿Y qué con eso? —se sorprendió—. ¡Ni que te fuera dado yacer con tu señor esposo!

Lamenté mucho no haber matado a Rodrigo tiempo atrás.

—Te dije —silabeé despaciosamente para que le entraran las palabras en esa cabeza de alcornoque que tenía— que te ocuparas de tus asuntos. A lo que me refería era a que, por más de estar molidos y sin ánima, son ya las primeras horas del día sábado. A no mucho tardar, se verán las primeras luces. También nuestros invitados se hallan harto cansados pues han pasado cerca de veinte horas cabalgando por la selva y ya va para dos que estamos aquí conversando. Todos precisamos de un buen sueño.

—No sería de nuestro agrado —declaró Gaspar, gentilmente— que don Bernardo sufriera daño alguno. Es una persona buena, sabia y de avanzada edad. Trata muy bien a los negros y a mi padre no le complacería que fuera robado de su casa.

—¿Qué nos proponéis, pues? —pregunté.

Él se llevó el dedo índice al entrecejo y estuvo como pensativo un pequeño momento.

—Antón conoce Veracruz por ser de allí —dijo, al cabo, alzando la cabeza—. Él os acompañará por los mejores caminos hasta la casa de don Bernardo. Hablad con el anciano *nahuatlato*. Ofrecedle buenos caudales por su oficio y que os dé palabra de no referir nada a nadie. Es un hombre de bien y no os engañará.

—¿Y si lo hace? —quise saber—. ¿Y si habla sobre el mapa de Hernán Cortés?

—Nosotros le tendremos a la mira, no os inquietéis —repuso—. No llegará a decir la primera palabra pues, de procurarlo, será razón de fuerza mayor robarle y llevarle al palenque. En tal caso, mi señor padre lo entendería.

—Entrar en Veracruz es peligroso —objetó el joven Antón—. A mí me conocen todos y a don Martín lo conocerán por el ojo de plata.

—Me niego a que Antón me acompañe —dije con firmeza—. Él no debe poner en peligro su vida. Si fuera advertido, si le reconocieran, le detendrían al punto y le colgarían. Que me dé todas las aclaraciones para hallar la casa de don Bernardo que ya iré yo. No he menester de su compañía.

—Y yo iré contigo —añadió mi compadre.

—No, señor Rodrigo —dijo una voz femenil desde la oscuridad del otro lado del corro—. Yo iré con don Martín.

Todos se voltearon, buscando a la muchacha de dulce y medrosa voz y, de las sombras, salió Zihil empujada por el luengo brazo de su señor padre.

—¡Zihil! —exclamé, admirada—. ¿A qué este desatino?

—No es ningún desatino —se defendió—. A don Martín Ojo de Plata, el maestre, no le es dado entrar en

Veracruz, mas a doña Catalina, vestida, peinada y pintada como las dueñas mayas, le resultará posible y fácil. Dos indias del Yucatán no despertarán recelos en las calles de Veracruz. Yo os acompañaré.

—¡Nadie se fijará en vuestra merced, don Martín! —exclamó Antón, con grande alegría.

—¿Y mi ojo de plata? —pregunté, inquieta—. O mi parche, que tanto da. Ambas cosas son muy señaladas.

—No en una india, don Martín —se rió Zihil—. Una dueña maya, de perder un ojo, no taparía el agujero, así que vuestra merced ni se calzará mañana el ojo de plata ni se cubrirá con el parche. Llevará el boquete al aire.

Solté tal exclamación de susto que varias aves de la selva chillaron y echaron a volar.

—¡Jamás! —aullé—. ¡Antes me dejo rebanar las orejas que llevar destapado el hueco del ojo!

Rodrigo se puso en pie, sacó su daga del cinto, la empuñó y vino hacia mí.

—¿Qué haces? —le espeté.

—Voy a rebanarte las orejas como hizo el Nacom con los sevillanos —repuso muy calmoso.

—¡Has perdido el juicio!

—¡Y tú antes que yo! ¿A qué tanto pavor y afectación por llevar el ojo huero al aire? ¿Acaso nos vamos a morir del susto?

—¡Pues sí!

—¡A otro perro con ese hueso, mentecato! ¿Vas a echar a perder todo el propósito por una necedad semejante? ¡Eres más tonto de lo que decía tu señor padre!

Me revolví como una culebra.

—¡Mi señor padre no decía que yo fuera tonto!

—¿No? —repuso muy digno, tornando a sentarse—.

221

Pues ahora lo diría. Por más, estoy cierto de que se lo debe de estar diciendo a sus compadres de allá arriba.

¡Maldito Rodrigo! ¡Maldito, maldito y maldito mil veces y mil más! Veinte personas me contemplaban a la espera de que acabara con mi niñería del ojo, mas para mí no era ninguna niñería, era un sentimiento horrible, como ir desnuda entre las gentes o como si éstas apartaran la mirada, asqueadas, al ver el agujero de mi rostro. No era algo hermoso de contemplar, más bien resultaba atroz. ¿A qué, pues, ponerme en esas tesituras, disfrazada de india yucatanense, por las calles de Veracruz?

—Si deseáis hablar del mapa de Cortés con don Bernardo —señaló Gaspar Yanga—, no tenéis elección. Vayamos ahora a dormir y mañana lo veréis de otro modo.

—No lo veré de otro modo —afirmé con rudeza, sacudiéndome la tierra de los calzones y encaminándome hacia mi rancho.

Levanté la manta, dispuesta a dormir en el suelo junto a Alonso, cuando vi que alguien me había cambiado el jergón. El mío, estrecho, ya no estaba. En su lugar, otro más amplio acogía en uno de sus lados el cuerpo dormido de mi dulce Alonso. Una sonrisa se me vino a los labios sin apercibirme.

El *kub*[24] no me molestaba para caminar por las colmadas callejuelas de Veracruz, todo lo contrario. Resultaba

24.    Nombre maya del vestido usado por las mujeres del Yucatán. Actualmente esa palabra maya se ha perdido y, aunque el vestido no ha cambiado en su forma, se llama *huipil* o *hipil*, que es una palabra náhuatl, azteca, no maya.

cómodo pues era como un saco luengo y ancho que tapaba hasta los cuadriles. Debajo, a modo de saya, llevaba un *pic*, unas enaguas, tan blancas como el *kub* e igual de hermosamente labradas con vistosos y coloridos dibujos de flores en sus bordes. Las sandalias de cuero eran las de mi boda y también las usaba muy de gusto. El pelo me lo había compuesto Zihil, aderezándome un muy galán tocado separado en dos partes y trenzado. Por más, los zarcillos que la muchacha me había prestado y que eran a la usanza de los indios, de plumas y jade, resultaban asimismo muy bellos. Nada, pues, que objetar al elegante atavío de fiesta de las yucatanenses, aunque sí había una cosa, una sola y horrible cosa (por más de mi ojo huero destapado) que no la podía sufrir en modo alguno: el oloroso ungüento colorado que me cubría todo el cuerpo desde el cabello hasta los pies. Zihil lo había llamado *iztah-te* entretanto me lo untaba por los brazos, y era como liquidámbar[25] e igual de pegajoso. Es cierto que, una vez embadurnada, no me conocía ni yo, aunque las admiradas exclamaciones de Zihil sobre mi hermosura con aquel ungüento quedaban muy lejos de mi entendimiento.

Aquella mañana, mi señor esposo, al verme salir del rancho de tal guisa, soltó uno de esos silbidos que los esportilleros del Arenal de Sevilla lanzaban para llamarse unos a otros. En esa ocasión, silbó por no gritar de espanto, según me reconoció después, pues no había visto dueña tan horrorosa en todos los años de su vida. Por fortuna, desde nuestra boda me había requebrado

25. Bálsamo aromático, de color amarillo rojizo, procedente de un árbol de América.

tantas veces con dulces palabras que no se lo tomé en cuenta.

—A no dudar, maestre —dijo Juanillo entregándome las riendas de uno de los caballos de Gaspar—, si madre se cruzara hoy contigo por las calles de Veracruz, de seguro que no te conocería.

—Lo importante es que parezca una india —dije malhumorada.

—Pareces un tomate envuelto en un pañuelo blanco —comentó Rodrigo.

—Gracias, compadre. Algún día te devolveré el aprecio.

—Si llueve, cuida que no te entre agua en el agujero del ojo —dijo a modo de despedida, alejándose.

No le respondí. ¿Para qué? Bastante había sufrido dejándole ver a Alonso mi rostro deformado. Después de dos días de absoluta felicidad durante los cuales habíamos dado, solos, cortos paseos por alderredor de Villa Gallarda para que se le fortalecieran de a poco las recompuestas piernas, dejarle ver mi deformidad había sido lo más doloroso que había obrado en mi vida. Dado que aquel dolor servía para mí como la pócima de Damiana que habíamos ingeniado para evitar el deseo, Alonso se me allegó y me dio uno de esos largos besos tan llenos de amor a los que ya me estaba aficionando como del aire.

Veracruz no tenía murallas. El poderoso fuerte de San Juan de Ulúa era toda la protección que precisaba. Dejamos los caballos en las cuadras que Antón nos había indicado y nos internamos en las calles de la ciudad. Toda la población se asentaba sobre un arenal frente a la mar y en ella vivían unos mil vecinos, de los cuales cuatrocientos eran españoles, por más o por menos, y el resto esclavos negros, indios y las mezclas habituales de las tres castas: mulatos, mestizos, castizos, moriscos, chinos, cuarterones, lobos, cambujos, zambaigos... Todas las casas eran de tablas y sólo unas pocas de cantería (algunas iglesias y el hospital para los enfermos pobres de la Compañía de Jesús), mas todas tenían patios y huertos, aunque no sé qué les sería dado cultivar a sus ocupantes en una tierra que más que buen campo para siembra era inútil arena de playa.

El joven Antón nos había representado en el suelo, con un palo, las calles y lugares por los que debíamos pasar para arribar a la residencia de don Bernardo Ramírez de Mazapil, que se hallaba en la plaza Mayor, junto a la Iglesia Mayor y frente al Cabildo. Hubiera sido difícil perderse pues la trasera del Cabildo daba a los muelles, los mismos famosos muelles en los que se descargaban las mercaderías que llegaban en las flotas desde España, de cuenta que sólo había que bajar hasta la mar y buscar la plaza Mayor. Con todo, las recuas de mulas cargadas con cajas, toneles y fardajes que subían desde allí nos señalaron muy bien el camino, aunque también nos lo dificultaron las más de las veces.

Nadie se fijó en Zihil y en mí. Por más, ni siquiera éramos las únicas indias mayas ataviadas de blanco y pintadas de rojo que deambulaban por las calles. Veracruz era puerto natural para las mercaderías del Yucatán, así que muchos mayas vivían allí. Con todo, yo tenía mis sentidos en alerta y se me disparaban como tiros cuando veíamos algún corchete o algún alguacil. Aunque no se me notase, bajo el *pic* llevaba mis armas.

Arribamos, al fin, ante la casa de don Bernardo y llamamos. Quiso la buena o la mala fortuna que desde allí pudiera ver, en la lejanía, el fuerte de San Juan de Ulúa, en cuyo puerto fondeaba, apacible, mi hermosa *Gallarda*. No la habían dañado. Para mi sosiego, como había dicho fray Alfonso, se contentaban con mantenerla a buen recaudo en la fortaleza militar. De seguro que la estarían escudriñando desde la cofa hasta el último clavo de la quilla mas de eso no se me daba nada. No habíamos dejado a bordo ninguna cosa que les pudiera interesar. Añoraba mi magnífica cámara de la nao y deseé, a la sazón, hallarme en ella con Alonso. Al punto, noté un nudo en la garganta que anunciaba los pinchazos en el ojo huero y las lágrimas en el sano, de cuenta que me dominé, no fuera que la muy hermosa pintura roja del rostro se me desluciera.

Tras un corto espacio durante el cual no pude quitar la mira de mi nao, una vieja criada nos abrió la puerta.

—¿Qué desean? —preguntó mirando derechamente el feo hueco de mi ojo vacío.

—Queremos ver a don Bernardo —dijo Zihil con su deje más yucatanense.

—¿Para qué?

La anciana, grande de cuerpo y de algo abultadas facciones, se recogía el pelo gris al rodete y lo cubría con un velo de fina gasa. A no dudar, era morisca[26] pues su piel blanca de española contrastaba con un rostro muy de negra, con labios gruesos y nariz ancha, resultando así, por el contraste, muy hermosa. Lamenté que mi ojo vacío pareciera incomodarla.

—Tenemos asuntos importantes que tratar con él

26.   Hija de mulato/a y español/a.

—le explicó Zihil—. Nos haríais una muy grande merced si vuestro amo nos recibiera ahora, pues debemos regresarnos presto a nuestra hacienda.

—Mi amo no recibe a estas horas tempranas —se disculpó—. Vuelvan vuestras mercedes esta tarde. ¿Cuáles son esos asuntos que desean tratar con él?

Me estaba hartando. Llevar el ojo destapado me tornaba impaciente y brusca. Me parecía que, con una conjura en marcha para poner un rey ilegítimo en la Nueva España y tras perder una semana por culpa de la cuarentena de Cornelius, no nos era dado desperdiciar ni el tiempo ni nuestra propia seguridad personal hablando con una criada en la puerta de una casa en la mismísima y populosa plaza Mayor de Veracruz.

—Mirad, buena mujer —le dije con mi perfecto castellano de Toledo—, que, o nos lleváis ahora mismo ante don Bernardo, o Gaspar Yanga se molestará grandemente con vos.

A la dueña se le redondearon los ojos y se le mudó el rostro.

—¿Quiénes son vuestras mercedes? —preguntó asustada, mirando a un lado y otro de la plaza.

—Gentes muy necesitadas de los sabios consejos de vuestro amo —le dije, molesta—, y, por más, con los suficientes caudales para hacerle rico si nos auxilia en este trance. Permitid que sea él quien decida si nos recibe o no. El poco tiempo acucia.

—Esperen aquí.

—No, pues las calles no son seguras para nosotras —porfié—. Dejad que esperemos dentro. Si no nos quiere recibir, nos marcharemos de inmediato y no le tornaremos a molestar.

Caviló un corto espacio y se determinó a abrirnos la puerta de par en par. En cuanto entramos, la cerró precipitadamente a nuestras espaldas.

—No se muevan de aquí vuestras mercedes —nos advirtió, desapareciendo en el interior de la vivienda.

El zaguán de aquella casa de tablas era pobre, mas estaba muy limpio y cuidado.

—¿Nos recibirá? —me preguntó Zihil.

—Nos recibirá —le aseguré—. La criada se fue tan agitada que, entre eso y los caudales, acudirá él mismo a recibirnos.

Y tal cual dije, aconteció. Don Bernardo, el anciano sabio, apareció en la casapuerta con gesto de preocupación y disgusto. Claro que un hombre tan alto de cuerpo, ancho de espaldas, recto como un báculo, de frente despejada, muy poblado de barba y con los abundantes cabellos tan largos y sueltos como los de una dueña, no se ajustaba muy bien al retrato del anciano que nos habían pintado, aunque, de cierto, la barba, el cabello y las cejas eran tan blancos como la cuajada. Vestía todo de negro, a la española, con botas y coleto, y si bien se avizoraba que tenía ojos al fondo de unos profundos agujeros, resultaba difícil vérselos por el raro aparejo que llevaba montado sobre la nariz. Conocía que había gentes que usaban lentes por su mala visión. El buen y querido marqués de Piedramedina, don Luis Bazán de Veitia, que tanto me había auxiliado en Sevilla, se veía obligado a usar anteojos y los llevaba de oro y con su escudo de armas grabado por dentro. Mas los que calzaba don Bernardo, por más de ser de madera y de tener una pinza tan pronunciada que le subía hasta el nacimiento del pelo, iban atados a las orejas con un cordel, cosa que yo no había visto nunca. Se le debían de caer de la nariz muy a menudo para que precisara de semejantes asideros. Y era por culpa de las lentes que los ojos se le veían como al fondo de unas cuevas.

—¿Qué desean vuestras mercedes que no les es dado esperar a mejores horas? —preguntó muy enfadado.

—¿Cuánto cobraríais por traducir un pliego en náhuatl? —le dije por toda respuesta.

Se me allegó muy cerca para poder verme, tanto que su ganchuda nariz de indio, mestizo o castizo[27] casi tocaba la mía.

—¿Tanta molestia por una traducción? —su enfado iba creciendo como la pleamar—. Regresen a sus casas y tornen esta tarde, señoras indias, que ahora no tengo tiempo para asuntos mujeriles.

—¿Qué os parecen cinco mil maravedíes? —solté jactanciosamente, desatando la bolsa que colgaba del cinto del *pic*—. No, mejor que sean diez mil y así no le resultará tan deshonroso a un varón sabio como vos ocuparse a deshoras de asuntos mujeriles.

Don Bernardo se quedó de piedra mármol.

—¿Diez mil maravedíes por pasar al castellano un escrito en náhuatl? —dijo abrumado—. Señora, ¿estáis cierta de poseer esos caudales?

Le lancé la bolsa y él la tomó al vuelo. El peso le sorprendió.

—No lo sé —declaré con sorna—. Contad vos mismo las monedas. ¡Ah, y hacedme la merced de no llamarme señora! Mi nombre es don Martín Ojo de Plata.

27.   Hijo de mestizo/a y español/a.

Un grito ahogado se escuchó dentro de la casa. La criada, a no dudar, estaba oyendo la conversación.

—¡Martín Ojo de Plata! —exclamó el *nahuatlato*—. ¡Abandonad mi casa ahora, señor, o yo mismo os entregaré a la justicia!

—Sosegaos, don Bernardo, que ni soy un criminal, ni tenía en voluntad asaltar Veracruz, ni he matado a ningún español que no fuera un Curvo y, eso, por un juramento que le hice a mi señor padre en su lecho de muerte. No os haré ningún daño, más bien al contrario. Ya os he entregado diez mil maravedíes, cantidad con la que podríais compraros una casa de cal y canto y abandonar las estrecheces. Me es dado pagaros más, del mismo modo que me es dado deciros que, a la sazón, trabajo secretamente para el virrey don Luis de Velasco y que el documento que os traigo es de vital importancia para evitar una guerra en la Nueva España.

El rostro de don Bernardo se había tornado de cera.

—Si me lo permitís, y si me dais juramento de guardar el secreto, os referiré buena parte de esta extraña historia.

Boqueó como un pez fuera del agua y se giró hacia atrás, como buscando a la criada mas, al no verla, tornó a fijar las lentes de sus extraños anteojos en mí.

—Debéis conocer también que he venido hasta vos por el consejo del hijo de Gaspar Yanga, a cuyas órdenes sirve un joven cimarrón llamado Antón que era esclavo de vuestro vecino y que...

—¡Antón! —exclamó la criada saliendo de su escondite—. ¡Mi niño Antón! ¿Cómo se encuentra? ¿Está bien?

—Libre y dichoso, señora —repuse—. Él dijo el nombre de don Bernardo cuando se presentó la necesidad de traducir el documento que traigo conmigo. Resulta preciso de todo punto que conozcamos su contenido. ¿Haréis el juramento, don Bernardo?

—Veréis, don Martín... —titubeó—. No termino de creeros. Vestís como una yucatanense y tenéis voz y pechos de mujer.

¿Se me advertían los pechos bajo el *kub*?

—Soy una mujer, don Bernardo. Doña Catalina Solís. La necesidad me llevó a convertirme también en Martín Nevares, el cual, por ser hombre, me ha ganado en fama y crédito. ¿Vais a hacer el juramento, don Bernardo? Ya que, si no es así, nos vamos, pues no tenemos tiempo para perderlo en charlas y confesiones. Y hacedme la merced de devolverme mis caudales.

—No, no... —repuso, apurado—. Si vuestra merced me jura primero no hacernos ningún daño ni a mi esclava Asunción ni a mí, le traduciré el documento.

Puse la mano sobre el corazón.

—Lo juro —declaré—. Y ahora vos.

Repitió el gesto y juró.

—Pues aquí tenéis el documento —le dije, sacando el plegado pañuelo de debajo del *pic*.

Lo tomó entre las manos, lo desdobló y se lo llevó muy cerca de las lentes.

—Preciso de mejor luz —murmuró—. Vayamos dentro.

La casa no era grande. Al dejar atrás la casapuerta, nos hallamos en un salón con una mesa que servía, a la vez, de comedor y sala de trabajo para don Bernardo. Me quedé maravillada al ver las docenas de libros que allí había, apilados de cualquier modo sobre el suelo y los pocos muebles que, por más de la mesa, guarnecían el lugar. Mas don Bernardo, ajeno a mi admiración, se había colocado junto a un muy grande ventanal por el que la luz entraba a raudales.

Asunción, entretanto, con una candelilla prendía los pábilos de los incontables cirios que le eran menester a don Bernardo para trabajar. Aquel hombre sufría de una visión terrible, mucho peor que la mía, que era asaz buena aunque de un solo costado. De cierto, se hallaba bastante ciego, de ahí los extraños anteojos que se sujetaba con cordelillos a las orejas.

De súbito, soltó una exclamación y se agitó como un poseso.

—¡Válgame Dios! ¿De dónde habéis sacado este mapa?

Con la mayor brevedad que me fue posible le referí toda la historia, conjura incluida, mas aquello me llevó una buena parte de la mañana. Don Bernardo, sin soltar el pañuelo de las manos, en ocasiones temblorosas, me escuchaba con tanta atención que bebía con avidez todas y cada una de mis palabras. En un punto, Asunción, que más que esclava era la dueña de la casa y, con seguridad, la vieja enamorada de don Bernardo, nos sirvió vino, aceitunas y unos pescaditos secos y salados bastante buenos. No se sentó con nosotros en torno a la mesa, aunque permaneció en pie junto a una de las puertas para no perderse nada.

—... y eso es todo —acabé—. Y ahora os toca a vos, don Bernardo. ¿Qué dice ese mapa que tanto os alteró?

Se pasó la mano por los blancos cabellos leoninos y se acarició las barbas, nervioso, antes de principiar su explicación.

—El *tlacuilo*[28] que dibujó este mapa por encargo de don Hernán Cortés pinta al marqués aquí, ¿lo veis?

Y me mostró una pequeña figura sentada, sin piernas, con barba en pico, a la española, y un chambergo negro calado en la cabeza, de cuya boca salía como una voluta de humo.

—Esa vírgula que sale de entre sus labios significa que está hablando y, por más, que está hablando en náhuatl, diciéndole al *tlacuilo* lo que debe escribir en este papel de amate.

—¿Papel de amate?

—El pañuelo —dijo, alzándolo—. Lo que vuestra merced llama pañuelo es una pieza de papel de amate. Era el papel tradicional de los mexicas. En verdad, es más una tela, una tela que no está tejida sino sacada de las cortezas de unos árboles llamados *jonotes*.

—¿Y qué le dijo Cortés al *tlacuilo* que escribiera en este paño de amate?

—Siguiendo el orden náhuatl de lectura —murmuró, pegando la nariz al documento—, el pliego dice que don Hernán Cortés se apoderó de un inmenso tesoro azteca... ¡Válgame Dios! ¡El tesoro de mi bisabuelo Axayácatl! Axayácatl fue el padre de mi abuelo Moctezuma Xocoyotzin, el último *huey tlatoani*[29] antes de la llegada de los españoles.

---

28. El *tlacuilo* era el pintor-escritor de los códices aztecas. La traducción de la palabra sería «el que escribe pintando» o «el que pinta escribiendo».

29. Se traduciría como «gran emperador», aunque literalmente significa «gran orador», que era el título máximo de autoridad entre los mexicas.

—Entonces es cierto —proferí, muy admirada—. Sois de sangre real. Descendéis de los emperadores aztecas.

—Así es —dijo sin la menor vanidad en la voz—. Como otros muchos de mis cientos de familiares cercanos y lejanos. Los emperadores mexicas tenían un inmenso número de esposas y, por tanto, cientos de hijos e hijas. No todos eran igual de importantes, naturalmente, pues no era lo mismo el hijo de una princesa que el hijo de una esclava. En mi caso, desciendo legítimamente de Axayácatl tanto por parte de mi padre como por la de mi madre. Mi padre, don Fernando Ramírez de Cuauhxochitl, era nieto de Moctezuma, hijo de una de sus hijas, Mª Luisa Cuauhxochitl, casada con don Tomás Ramírez, y mi madre, doña Bernardina Moctezuma, que aún vive, es hija de la princesa doña María Mazapil, nieta de Moctezuma. Así que, por ambos lados, desciendo de Axayácatl, aunque por linajes de mujeres, lo cual es poco importante.

—Será poco importante para vos, don Bernardo —le objeté—. La sangre es la misma, venga de hombre o de mujer.

—Tal vez para vuestra merced por vuestra extraña condición, mas los buenos linajes son los masculinos —repuso él con una sonrisa—, y son los únicos que cuentan para los asuntos legales.

No quise discutir. Me hallaba mucho más interesada en lo que decía el mapa, de cuenta que, con un gesto, le solicité que continuara leyendo aquellos dibujos.

—A lo que se ve —prosiguió—, cuando don Hernán Cortés y sus hombres llegaron a México-Tenochtitlán por primera vez, mi abuelo Moctezuma los alojó como invitados en el palacio de su padre, mi bisabuelo Axayácatl, y durante el tiempo que allí se alojaron pidieron y obtuvieron permiso para construir una capilla cristiana en la que orar. Los hombres que ejecutaban las obras, al derribar un muro, hallaron unas cámaras secretas en las que había un enorme tesoro escondido. Estimaron que ascendería a más de cinco millones de ducados. Corrieron, pues, a dar cuenta del hallazgo a don Hernán, quien, después de verlo, ordenó tapiar de nuevo la pared y les hizo jurar que guardarían silencio hasta que el imperio mexica estuviera valederamente en su poder. Según dice el *tlacuilo*, algunos de esos hombres murieron durante la Noche Triste, cuando los españoles tuvieron que huir de Tenochtitlán en mitad de una encarnizada batalla nocturna, y el resto murió en la posterior reconquista de la ciudad. Sólo don Hernán quedó con vida y por eso se atribuyó el palacio de Axayácatl cuando se repartieron las mejores residencias mexicas entre los victoriosos conquistadores.

Yo estaba asombrada de la cantidad de cosas que referían un puñado de dibujos puestos sin aparente orden ni concierto sobre un paño. Mas, por lo que me declaró don Bernardo, los colores, las tramas, los objetos, los tamaños, la naturaleza de los materiales y las direcciones de los dibujos contaban cosas en los escritos náhuatl. Hasta las uñas de los pies de una figura podían relatar una historia si las tenía, pues de no ser así, también.

—Cuando don Hernán —siguió contando el *nahuat-lato*— se halló en posesión del inmenso tesoro, tuvo que encontrar la manera de sacarlo de la ciudad sin llamar la atención para guardarlo en algún lugar seguro. La Corona le había entregado numerosos territorios por toda la Nueva España, los mejores para decir verdad, pues él mismo los escogió para sí durante la conquista y luego los solicitó. Lo único que se le denegó fue el puesto de virrey, que era lo que él más ambicionaba.

—¡Por las barbas que nunca tendré! —proferí exaltada—. ¡El padre quiso ser virrey y los hijos y nietos, reyes! ¿Para qué deseaban más si lo tenían todo?

Don Bernardo me miró con indulgencia.

—Cómo se ve que sois dueña, doña Catalina. Las mujeres se contentan con poco. Los hombres, en cambio, ambicionan siempre mucho más que la riqueza. Ambicionan el poder y el poder es una escalera por la cual, cuando se empieza a ascender, no hay ni final ni descenso, salvo la caída, que a muchos les acontece pues arriba no hay lugar para todos.

—Sois cruel, don Bernardo —le dije, conociendo que erraba pues las mujeres no nos contentábamos con poco como si fuéramos tontas, lelas o bobas. Nuestra ambición era igual o mayor que la de los hombres salvo que para cosas diferentes. Quizá las mujeres no ambicionáramos poder, que algunas sí, mas ¿acaso no gustábamos todas de poseer una buena casa, una familia, riquezas y amor? ¿En qué eran menos estas ambiciones que las de poder, cargos o títulos? Cada cual lo suyo sin desdeñar lo de nadie.

Él suspiró hondamente y prosiguió con el relato:

—El *tlacuilo* cuenta que don Hernán no podía sacar el tesoro de Axayácatl de México sin, a lo menos, un recuaje de más de seiscientas mulas, y tampoco se le venía al pensamiento cuál podía ser el mejor lugar para guardarlo pues poseía numerosas encomiendas mas ninguna tan segura como para que nadie pudiera llegar a descubrirlo. Y, entonces, muy preocupado por este asunto, recordó que poseía el lugar perfecto, el escondrijo más seguro de toda la Nueva España.

—¿Dónde, dónde está ese escondrijo perfecto? —inquirí mirando el mapa como si yo pudiera leer lo que decía.

—¿Veis este árbol con tres ramas verdes, raíces rojas y una boca en el tronco de la que sale una vírgula como si el árbol estuviera hablando?

—Sí, lo veo.

—Pues aquí está el tesoro. En Cuauhnáhuac. Significa «Junto a los árboles». Era territorio de los *tlahuicas.*

—¿Y por dónde queda ese *Cuau-lo-que-sea?*

—Cuauhnáhuac se conoce ahora como Cuernavaca, pues, como a vuestra merced, a los conquistadores no les resultaba fácil pronunciar el nombre náhuatl. Cuernavaca es una aldehuela a unas diez y siete o diez y ocho leguas[30] al sur de la ciudad de México. Unos dos días a caballo. A lo que parece, el marqués se hizo construir allí un palacio, ¿veis este castillo de color gris que da la espalda a estos volcanes? Son el Popocatépetl y el Iztaccíhuatl. En verdad, más que un castillo parece una fortaleza amurallada como las que se alzan en Europa para defenderse de los enemigos.

La figura representaba un robusto alcázar con muros almenados.

—Don Hernán levantó su palacio precisamente allí por una muy buena razón —siguió explicando don Bernardo—. Cuando pasó por Cuauhnáhuac la primera vez, durante la conquista, vio un *tlatocayancalli,* una pirámide *tlahuica,* y preguntó qué templo era aquél y cuál era la ra-

30.   Ochenta y cinco kilómetros.

zón de que se hallara tan fuertemente custodiado por guardias armados de Moctezuma. Le explicaron que aquella pirámide era un centro de recaudación de tributos y que éstos, hasta que se llevaban a México, se guardaban en unas salas que había bajo el *tlatocayancalli*, bajo tierra. Cuando, tiempo después, le vino a la memoria aquel lugar, se determinó a construir allí su palacio, la sede de su señorío. La pirámide había sido destruida durante la conquista, de cuenta que le encargó a un primo suyo[31] que principiara las obras sobre los restos conforme a sus órdenes e indicaciones. Por razones políticas, intentaron incautarle el señorío de Cuernavaca durante un viaje que hizo a Honduras, mas el sacerdote de la familia, aprovechando que los planos del primo de don Hernán estaban acabados, hizo levantar prestamente la capilla familiar para declarar el lugar como tierra santa y evitar así la usurpación.

—Tengo para mí —dije— que esa capilla, la segunda que aparece en este relato, va a tener algo que ver con el tesoro.

—Y así es —sonrió don Bernardo, retirándose las greñas blancas del rosto—. Refiere don Hernán que, a su vuelta de Honduras, viéndola terminada en el exacto lugar donde él había ordenado que debía levantarse, se regocijó mucho y, entretanto las obras del palacio proseguían, sin despertar sospechas principió a traer de a poco el tesoro desde México-Tenochtitlán hasta Cuernavaca. Al fin, tiempo después, en el año *nahui acatl*, es decir, el año cuatro caña, que equivale al cristiano de mil y quinientos y treinta y cinco, con el palacio finalizado y el tesoro a salvo, tras orar largamente en la capilla,

31.   Juan Altamirano.

selló la puerta que aseguraba aquellas inmensas riquezas para siempre. Conocía que tenía muchos enemigos que le querían mal y que ansiaban arruinarle, quitarle todo lo que había conquistado y hacerle perder el favor de la Corona. Aquellas grandes riquezas eran su salvaguarda contra los dichos enemigos.

—Así pues, ¿el tesoro está en la capilla? —pregunté con los pulsos desbocados.

—En efecto. En la capilla se halla la puerta secreta que permite acceder a las salas subterráneas del viejo *tlatocayancalli*, la pirámide *tlahuica*.

—¿Puerta secreta...? —me alarmé—. ¿Y dónde se halla exactamente esa puerta secreta?

—Pues veréis, doña Catalina —murmuró el *nahuatlato*, algo confuso—, sólo restan tres figuras en el documento y lamento deciros que no soy capaz de interpretarlas. A lo que parece, tienen algo que ver con la puerta secreta pues todas ellas están unidas por cuerdecillas y relacionadas entre sí por el lugar que ocupan, mas, aunque las leo y las traduzco, ni las comprendo ni sé darles un sentido.

—¿Y qué figuras son ésas? —inquirí, poniendo la mira en los dibujos que don Bernardo señalaba. Sólo distinguí una planta de hojas alargadas pintada de verde. El resto no conocí lo que era.

—*Uapali, xikokuitlatl* y *xihuitl* —pronunció despaciosamente y con grande turbación—. Tabla, cera y año.

—¿Tabla, cera y año? —exclamé—. ¿Qué demonios significa eso?

—Lo desconozco —se lamentó don Bernardo—. No le hallo ningún sentido.

—¿No os estaréis confundiendo por vuestra mala visión? —mi rudeza iba pareja con mi desazón—. Podría ser que no advirtierais con claridad las valederas figuras que hay en el pañuelo. Son tan menudas que resulta difícil apreciarlas.

La esclava Asunción, que hasta entonces no había dicho esta boca es mía, saltó al punto como si le hubiera picado un alacrán:

—Mi señor don Bernardo no erró jamás una traducción en los más de treinta años que ejerció como *nahuatlato* en la Real Audiencia de México. Es el mejor en lo suyo de toda la Nueva España.

—Mas ¿y si ahora yerra? —porfié—. ¿Tabla, cera y año? ¡Traedle más velas, mujer, para que descubra dónde se engaña!

Don Bernardo alzó la cabeza y su alto cuerpo se creció adoptando un porte de grandísima dignidad. De esta guisa y, por más, vestido todo de negro y con el abundante y suelto cabello tan blanco como la nieve, parecióme, en verdad, el nieto de un emperador azteca y no el anciano *nahuatlato* corto de vista que residía en Veracruz.

—Es vuestra merced quien aquí yerra —silabeó con una voz que me heló la sangre en las venas—. Me habéis ofendido en mis conocimientos, mi lengua, mis estudios y mi oficio. Os demostraré que no yerro si digo que ahí pone lo que pone y nada más, y cuando os lo demuestre tendréis que disculparos.

La joven Zihil, que, como la esclava Asunción, había permanecido quieta y en silencio toda la mañana escuchando lo que hablábamos don Bernardo y yo, puso su roja mano sobre mi rojo brazo y lo apretó para hacerme callar pues veía que el asunto se descarriaba.

—Doña Catalina se disculpará ahora —dijo con grande suavidad—. ¿No es así, doña Catalina?

—Os ofrezco mis disculpas si es que os he ofendido —farfullé, tragándome el enojo pues no consideraba que hubiera habido agravio en mis palabras—. A no dudar, ahí dice lo que vos afirmáis que dice: tabla, cera y año.

Me gustaba pronunciar esas tres palabras. Sonaban como la música de los alegres bailes de cascabel.

—Os he dicho y os repito, mi señora doña Catalina —arreció don Bernardo con aquella fría voz—, que os voy a demostrar que no he errado en mi traducción y que, aunque acepto vuestras disculpas, insisto en estudiar cumplidamente las dichas figuras para hallarme totalmente cierto de lo que afirmo.

—No tenemos tiempo para eso —dije con firmeza—. Copiadlas y estudiadlas cuanto deseéis mas nosotras debemos partir ahora. Os he referido la conjura que se cierne sobre vuestra tierra y la guerra a la que podría dar lugar. Debemos continuar nuestro camino para ejecutar las demandas del virrey don Luis de Velasco.

—A lo que se ve, no me he expresado con bastante claridad —objetó él, plegando cuidadosamente el mapa—. Os voy a demostrar que no he errado porque me voy con vuestra merced a Cuernavaca, al palacio del marqués del Valle, don Hernán Cortés.

El rostro de Asunción, su exclamación de angustia, el gesto de sorpresa de Zihil y mi manifiesto asombro no obtuvieron más respuesta de don Bernardo que una grande sonrisa de satisfacción.

—Al fin y al cabo —resolvió poniendo los brazos en jarras—, soy bisnieto de Axayácatl y lo único que deseo es conocer qué quiso decir el marqués o qué quiso ocultar con esas tres palabras náhuatl.

# CAPÍTULO IV

—

Unos aterradores y crueles ojos de color amarillo nos tenían a la mira, quietos, fijos, felinos...

—Es un tigre —me susurró Alonso al oído—. No te muevas.

¡Un tigre! ¡Un tigre grande como uno de esos enormes mastines de batalla o de caza! Y no dejaba de contemplarnos con aquellos horribles ojos redondos y amarillos de párpados negros. Dicen que el miedo turba los sentidos y hace que ni se vea ni se oiga a derechas, mas yo veía con mi ojo más agudamente de lo que había visto nunca y oía con mis oídos hasta el menor resuello del peligroso animal. Alonso y yo, que hasta entonces paseábamos felices por las cercanías del lugar donde aquella jornada nos habíamos detenido para pasar la noche, nos hallábamos atrapados entre el cerrado boscaje de la selva y el furioso tigre. Toda la culpa de lo que nos estaba aconteciendo era solo nuestra, por andar siempre al acecho de momentos y lugares en los que estar a solas. Ahora, aquella espantosa bestia de pelo cobrizo con extrañas manchas negras por todo el cuerpo nos iba a destripar y a devorar pues, de cierto, podía dar cuenta de ambos con solo abalanzarse desde la roca en la que se apostaba.

El animal nos observaba sin moverse, tan sólo batiendo a un lado y a otro su bien poblada cola, quizá barruntando la mejor manera de atacarnos. El miedo me estrangulaba el corazón y no sólo por mí sino también por Alonso. Sin apercibirme, eché mano a mi espada. El tigre volteó raudamente la mira hacia mi brazo y abrió aterradoramente las fauces de una manera descomunal, mas no fueron aquellos colmillos como dagas los que me hicieron flaquear las piernas sino el terrible rugido que le salió del gollete, un rugido que retumbó por toda la selva y que sacudió como una maza los gigantescos troncos de los árboles. ¿Quién conoce, cuando se despierta, que aquél va a ser el día de su muerte?

—¡Voto a tal! —masculló enfadado mi señor esposo—. ¡Te he dicho que no te muevas!

—¡No tengo mis armas! —musité, con el ánima fuera del cuerpo. Iba contra mi voluntad morir tan a deshora pues, en verdad, ni había matado aún a todos los malditos Curvo ni había yogado con mi esposo y ésas eran dos buenas razones para que el tigre se fuera y nos dejara en paz aunque él no lo conociese.

Llevábamos tres fatigosas semanas de viaje atravesando selvas oscuras, ríos sin puentes, pasos de montaña, acantilados, precipicios, gargantas y desérticas tierras calientes. Conocimos así los secretos caminos de indios ignorados por los españoles que los cimarrones usaban para hacer volar las nuevas de una punta a otra del Nuevo Mundo, mas para nosotros, gentes de la mar, aquello era el infierno. No había horizonte y, las más de las noches, no había ni estrellas porque las ocultaba el follaje.

Como los indígenas no usaban ni carros ni animales de tiro sino que todas sus mercaderías las acarreaban los *tamemes*, hombres de grande fuerza que cargaban a la espalda pesados y enormes fardajes (y hasta personas) con la sola ayuda de una cuerda que sujetaban con una faja sobre la frente, sus dichos caminos no eran como los nuestros, no dándoseles nada de las pendientes, los recodos, los cantones y las vueltas pues ninguna carreta, caballo, burro o mula iba a marchar por allí. Los cimarrones que nos conducían, cuatro negros que nos había prestado el anciano rey Yanga, conociendo que a nuestras cabalgaduras les resultaría imposible de todo punto pasar por ciertos lugares, nos llevaron por otros que, aunque igual de arduos, a lo menos no nos obligaban a caminar durante toda la jornada bajando y subiendo cuestas con los animales de las riendas.

Por fortuna, tras abandonar San Lorenzo de los Negros, durante los diez días transcurridos entre el valle de Orizaba y la falda del volcán Popocatépetl, Alonso había recuperado casi todas sus fuerzas. Naturalmente, no le habría sido dado trabajar aún de esportillero o de *tameme* mas ya montaba desde el alba hasta el ocaso sin desmayarse, aliviando grandemente mi preocupación y la de su señor padre, quienes nos echábamos a temblar en cuanto pedía las angarillas.

El rey Yanga, un anciano flaco como una rama, todo hueso y pellejo arrugado, resultó un grande bienhechor y un cumplido anfitrión pues, sin preguntar nada ni demandar nada a trueco, se hizo cargo de los piratas ingleses y de los nobles sevillanos, proporcionándonos toda clase de excelentes bastimentos para el viaje.

A su buen recaudo dejamos, pues, a los ahora apocados y aterrados aristócratas, tras haberme visto obligada, con una bondadosa amenaza de sacrificio maya, a forzar a don Diego de Arana, marqués de Sienes, para que redactara una misiva dirigida a don Miguel López de Pinedo, el suegro de Arias Curvo, en la cual le refería las falsas nuevas de que habían arribado con bien a la Nueva España, al puerto de Veracruz, y que portaban con ellos, y a salvo, el mapa del marqués don Pedro; que su tardanza era debida a unas grandísimas tormentas que les habían obligado a refugiarse en la isla de Tobago durante algunas semanas y que, por un extraordinario azar del destino, en la dicha isla habían encontrado a un viejo azteca que conocía un poco los dibujos de la lengua de sus antepasados, el cual, por algunos maravedíes de plata, les había leído ciertos trozos del mapa, asegurándoles firmemente que el documento hablaba de un palacio ubicado en un lugar llamado *Cuauhnáhuac*, Cuernavaca, y, para demostrarlo, obligué a don Diego a dibujar la figura del árbol con tres ramas, raíces y una boca parlanchina que representaba a Cuauhnáhuac en náhuatl, por si don Miguel López de Pinedo deseaba comprobarlo. Para terminar con la misiva, don Diego le decía a don Miguel que ellos cinco habían acordado dirigirse derechamente a Cuernavaca desde Veracruz pues, por el retraso del viaje desde España, ya se había perdido demasiado tiempo; que viajarían por el camino de Orizaba y que en la propia Cuernavaca, realizando averiguaciones, aguardarían su llegada y la de don Arias Curvo. Hice que inscribiera la misiva con la fecha de aquel mismo día, viernes que se contaba veinte y cuatro del mes de octubre, de manera que, cuando yo la enviara desde Cuernavaca como si lo hubieran hecho desde Veracruz, todos las piezas de mi artificio final ligaran perfectamente.

El maldito tigre, sin dejar de batir la luenga cola, oyó

algo y giró prestamente la cabeza hacia la diestra mas, por no haber nada a la vista, tornó a fijar los ojos amarillos en nosotros.

—¡Tengo una daga en el cinto! —me susurró Alonso, alzando muy despaciosamente el brazo para tratar de cubrirme de la mira del tigre. Si lo que pretendía con eso era salvarme, estaba lista.

—¡Pues empúñala o déjamela a mí! —repliqué, temiendo que el valor de mi desmejorado esportillero, novicio en armas, no fuera suficiente.

La fiera, de espantable y fea catadura, abrió nuevamente las fauces aunque esta vez para bostezar y sacar casi dos palmos de lengua. No nos separaban de ella más de cuatro o cinco varas, de cuenta que, a no mucho tardar, me alcanzó su fétido aliento causándome una grande repugnancia. Hedía a animales muertos.

—¡Alonso —porfié—, entrégame la daga!

Todo aconteció tan presto que no hubo tiempo para discutir. El tigre, afectando un ademán como de desperezarse, tomó impulso con sus patas traseras y, estirándose, brincó sobre nosotros antes de que advirtiéramos que había principiado el ataque. Me vuelve a la memoria verlo suspendido en el aire, cayendo sobre nosotros; oigo de nuevo mi grito y la exclamación de Alonso; siento aún en las costillas el dolor de un codazo que me aparta bruscamente y, luego, el golpe seco de los cuerpos del animal y de Alonso topando contra el suelo.

De alguna extraña manera, mi débil esposo había logrado sacar y alzar la daga lo suficiente para que el tigre se la clavara en el pecho con el peso de su propio salto. El animal, en el suelo, no se movía aunque resollaba. Todas mis ropas estaban manchadas con su sangre, ya que la herida infligida por la daga había hecho manar una rabiosa fuente roja de la fiera.

—¡Alonso! —chillé, abalanzándome sobre él. Yacía tumbado boca arriba, aplastado por el cuerpo del tigre.

—Estoy bien, estoy bien... —murmuró sin aliento—, mas no tengo fuerzas para quitarme a esta bestia de encima.

—La bestia aún vive, aunque agoniza.

—Entonces, aléjate —me suplicó, mirándome con esos bellos ojos zarcos que eran mi alegría y mi razón para vivir.

—No voy a dejarte así —le dije, acariciándole el rostro y arreglándole el cabello. De cierto que, si el animal se revolvía, no me sería dado contarlo aunque tampoco podía abandonar allí, con la fiera aún viva, a quien más amaba en el mundo.

—¡Un *ocelotl*! —exclamó una voz llena de entusiasmo a mi espalda—. ¡Un magnífico ejemplar de *ocelotl*!

Al girarme hacia la voz, me hallé de súbito enfrentada a los rostros de Rodrigo, el señor Juan, fray Alfonso, Zihil, Carlos Méndez con Telmo y Lázaro, Juanillo, Francisco, Cornelius Granmont, el Nacom Nachancán, su hijo Chahalté y don Bernardo Ramírez, que era quien lanzaba voces de admiración por el magnífico ejemplar de... lo que fuera. Un tigre. Por más, tras ellos se advertían las cabezas de los cimarrones de San Lorenzo de los Negros y las de los cinco o seis hombres de la tripulación de la *Gallarda* que se habían determinado a acompañarnos pues, habiéndoseles dado a elegir, algunos prefirieron quedarse en el manantial y otros en el palenque, a la espera de nuestro regreso.

En resolución, todos los mentados se hallaban cerca del lugar cuando el tigre nos atacó y, según afirmaron luego, fue mi grito lo que, a la sazón, los atrajo hasta allí después de escuchar el rugido del *ocelotl.*

—¿Pues no es un tigre? —preguntó Rodrigo allegándose hasta la fiera.

—¿Acaso tiene el cuero a rayas? —objetó don Bernardo señalando las manchas redondeadas.

—Recibiríamos una muy grande merced si alguien nos socorriera —dije yo, principiando a enfadarme.

—No sé cómo pretendes que os socorramos —repuso Rodrigo, desenvainando—, si no acabo antes con este gato.

—¡Tiento, compadre Rodrigo, que me coses al suelo! —exclamó mi señor esposo con preocupación.

—Debería obrarlo —afirmó Rodrigo, tomando a reír muy de gana y atravesando al animal por uno de sus ojos. La fiera soltó un estertor y dejó de resollar—, mas me guardaré las ganas para otra mejor ocasión.

Muerto el perro se acabó la rabia y, así, el resto de los bravos y valientes que no se habían atrevido a salir de detrás de los árboles aprovecharon para allegarse y mirar de cerca al extraño animal entretanto Rodrigo, don Bernardo, Juanillo y Chahalté lo alzaban y liberaban a Alonso de su carga. Éste, con mi ayuda y la de su hermano Carlos, se puso en pie esforzadamente y, una vez erguido, me echó los brazos a la cintura y la espalda y me estrechó con fuerza. No fui capaz de devolverle ni el abrazo ni los muchos besos que me dio pues no lograba ignorar las chocarreras miradas ni las sonrisillas furtivas del impertinente público.

Rodrigo seguía intrigado por la fiera muerta.

—¿Y cuál es —le preguntó a don Bernardo— la razón de que, pareciendo un tigre, no tenga rayas en el cuero sino esa suerte de flores negras?

Don Bernardo, con los anteojos calados, observaba atentamente las partes del cuerpo del animal.

—Ya os lo dije, señor —respondió el sabio—, porque es un *ocelotl*. En estas tierras no hay tigres. Los españoles los llaman así por asemejarse a los de África que han visto llevar en carros a la corte para diversión de los monarcas. Los aztecas los llamaban *ocelotls* y el resto del Nuevo Mundo los conoce como *yaguás* o jaguares[32] —se alzó en toda su grande estatura y miró en derredor buscando a Alonso, a quien halló a mi lado—. Vos, señor —le dijo gravemente a mi esposo—, hubierais recibido grandes honores y recompensas por vuestra hazaña en el antiguo imperio mexica. El hombre que cazaba un *ocelotl* era tenido en mucho y se le consideraba un caballero, de cuenta que, desde hoy, os llamaré don Alonso si os parece bien.

—Sólo soy un esportillero del Arenal de Sevilla —se disculpó mi señor esposo—. No me corresponde dicho tratamiento.

—Sí te corresponde —le dije, mirándolo—. Por tu matrimonio con don Martín Nevares, hidalgo español.

Dos días después, allegándonos por fin al pueblo de Cuernavaca, aún perecíamos de risa rememorando la chanza del matrimonio de don Alonso con don Martín Ojo de Plata. Y, por más de reír tan de gana, vimos por todas partes muy grandes plantaciones de caña dulce así como ingenios azucareros[33] de los que surgían enormes y sucias humaredas. Muchas gentes trabajaban en los ca-

32. Nombre de origen guaraní.

33. Haciendas coloniales con la maquinaria necesaria para procesar la caña de azúcar.

ñamelares, en especial negros esclavos. Don Bernardo nos refirió que la caña de azúcar había sido traída por don Hernán Cortés a la Nueva España, que él había sido el primero en cultivarla y precisamente lo obró en aquellas tierras por las que estábamos pasando.

—Muy buen negocio el azúcar —concluyó componiendo en derredor de sus orejas los cordeles que le asían los anteojos—. Hace ricos a todos los cultivadores.

Promediaba el día miércoles que se contaban doce del mes de noviembre cuando pusimos la vista en las primeras y apartadas casas de Cuernavaca, levantadas entre incontables cerros y barrancas profundas como cuevas, de hasta ocho o diez estados[34] de hondura y por las que discurrían, al fondo, grandes corrientes de agua. A menos de media legua, se divisaba, al fin, una grande y majestuosa fortaleza castellana fuertemente amurallada que no podía ser otra cosa que el palacio de don Hernán Cortés.

Por más de las casas y del palacio, repartidas por aquí, por allá y por acullá, se veían ermitas, capillas y hasta una iglesia, algunas de ellas abiertas aunque la mayoría cerradas y abandonadas. Hallamos también un convento franciscano en el que no quedaba ni un fraile, para tris-

---

34.   El estado era una medida longitudinal usada para calcular alturas o profundidades equivalente a casi dos metros (1,95 m). Por lo tanto, hablamos de unos barrancos de entre 15 o 20 metros de profundidad. A estos barrancos se los conoce como barrancas aún hoy en Cuernavaca y así las llamaron Bernal Díaz del Castillo en su *Historia verdadera de la conquista de la Nueva España* y Hernán Cortés en sus *Cartas de Relación* al emperador Carlos I de España (y V de Alemania y no al revés).

teza de mi señor suegro, que se determinó a tomar cartas en el asunto en cuanto acabáramos con el oficio del virrey.

Llegados a un punto, los caballos no pudieron seguir adelante pues los dos puentes de madera que permitían la entrada al pueblo por donde nosotros habíamos arribado se hallaban quebrados. Nos dirigimos, pues, hacia el norte, hacia la sierra, para buscar otra entrada, viéndonos así obligados a rodear más de legua y media hasta dar con un paso y, luego, retornar hacia Cuernavaca, de cuenta que por esta razón se nos vino la noche encima. Antes de que oscureciera pudimos advertir en una de las barrancas una caída de agua de hasta veinte estados, colmada de selva en sus paredes y con bandadas de pájaros volando en su interior. El aire que salía de ella era deliciosamente fresco, de una frescura impregnada de aromas de laurel y pimienta, condimentos que yo había probado en Sevilla cuando era doña Catalina Solís, la rica dueña del palacio Sanabria (palacio que, de discurrir cabalmente las cosas, recuperaría con todas las de la ley).

Proseguimos nuestro camino adentrándonos en la aldehuela, cruzando una muy grande barranca por un acueducto de piedra de catadura tan española como la de la fortaleza. Como no hallamos a nadie en todo el camino no pudimos solicitar acomodo, de cuenta que nos aposentamos en una huerta desatendida cercana al palacio, ya que hubiera sido inútil allegarnos esa noche hasta él con la escasa luz que quedaba. Había numerosas casas abandonadas y en muy mal estado, evidenciando que nadie las habitaba desde muchos años atrás. Con todo, aunque los Cortés no podían retornar a la Nueva España por orden real, ¿no resultaba insensato desatender así unas tierras tan fértiles y productivas? Por lo que llegamos a conocer llamando a algunas puertas, sólo unos pocos indios y algunos negros residían en Cuernavaca, cultivando sus propios alimentos a la espera de que el lejano marqués del Valle se determinara a regresar o, a lo menos, a enviarles un capataz que se hiciera cargo del señorío y de la hacienda. Ninguno se alarmó por nuestra presencia ni se entremetió en nuestros asuntos. Una grande comitiva como la nuestra hubiera preocupado en cualquier otra población en la que hubiéramos entrado, mas en Cuauhnáhuac, en la Cuernavaca de don Hernán Cortés, todo tenía el aire de estarse desmoronando sin que a nadie le importara un ardite.

Hicimos noche en la mentada huerta y, al alba, partimos hacia el palacio con los caballos y las mulas de las riendas. Los altos y fuertes muros almenados, con torreones en sus extremos, se hallaban exactamente delante de nosotros, a no más ni tampoco menos de cien varas, en la otra punta de una senda entre árboles. Con las primeras luces del día, aquellos gruesos muros de piedra parecían infranqueables y, por más, pasamos sobre los restos cegados de lo que, en sus tiempos, debió de ser un enorme foso que rodeaba por completo la fortaleza. O don Hernán temía mucho los improbables ataques de los mexicas o deseaba proteger algo muy valioso. El grande portalón de la fortaleza, cerrado a cal y canto, sucio y con la madera agrietada, detuvo nuestro avance.

—¿Cómo entraremos? —preguntó el señor Juan.

Ninguno habló. Mi compadre Rodrigo, seguido mansamente por su caballo, se allegó hasta las aldabas de bronce de cada una de las hojas y las sacudió con todas sus fuerzas.

—¡Ceden! —anunció, al cabo, sin volverse—. Las tablas están podridas. Ayudadme. Sólo precisamos propinarles unos cuantos empellones.

Francisco, los Méndez mayores, los negros del palenque y los hombres de la *Gallarda* acudieron prestamente en su auxilio y yo, entretanto, avizoré el muro a diestra y siniestra, quedando impresionada por su largura y por el tamaño que debía de tener la propiedad.

Un crujido formidable nos dijo que la cerradura de hierro había partido por dentro las tablas de madera del portalón. Rodrigo y los otros empujaron las hojas hacia dentro con grande estrépito, obligándolas a abrirse apartando la cuantiosa maleza que las estorbaba. Los muchos años de abandono habían convertido aquel hermoso y amplio patio de armas en un campo tan descuidado y sucio como la huerta en la que habíamos pasado la noche. Habían crecido plantas e incluso árboles y también se habían secado, muerto y podrido. Las alimañas campaban a sus anchas y escaparon en desbandada al vernos entrar.

Como el portalón y la fachada del palacio estaban orientados hacia el poniente, el sol se iba alzando desde detrás del edificio, envolviéndolo con una luz prodigiosa. La fortaleza la formaban dos macizos cuerpos de dos plantas, uno al norte y otro al sur, unidos por unas hermosas galerías abiertas y decoradas con arcos. Toda la parte superior ostentaba, como el muro, puntiagudas almenas, y las ventanas no eran tales sino troneras.

—Criticaría con envidia tanta riqueza y arrogancia —dijo Rodrigo—, si no fuera porque yo también soy rico.

Alonso, los Méndez, el señor Juan, Juanillo y yo sonreímos, pues se nos alcanzaba la verdad de las palabras de Rodrigo mas el resto le miró sin comprender, dado que su figura era cabalmente la de un modesto y tosco hombre de la mar.

—¿Vos rico, señor? —se extrañó don Bernardo, incrédulo.

—Mucho —respondió Rodrigo sin apercibirse de los recelos del *nahuatlato*—. Y algún día, me haré levantar un castillo como éste, igual en todo. O quizá dos, uno en Santa Marta y otro en Rio de la Hacha.

Don Bernardo me miró y yo asentí, confirmando lo que decía Rodrigo. El sabio cegato alzó las cejas por encima del borde de sus anteojos de madera y, luego, alzó igualmente los hombros en un gesto de resignada incomprensión.

Como no tenía sentido entretenernos en el patio de armas cuando era la capilla lo que buscábamos, nos allegamos hasta la puerta del palacio y allí, tras atar las caballerías a las aldabas que, para tal efecto, había en las paredes del pórtico, franqueamos la entrada usando las mismas mañas que con el portalón del muro y, al punto, nos hallamos en el silencioso y oscuro interior del palacio de don Hernán Cortés.

—Abrid todas las puertas y los postigos —pedí—. Nos ahogaremos si no dejamos entrar aire limpio y luz de sol.

Hedía horriblemente a casa cerrada, a humedad vieja, a herrumbre. Las paredes que no estaban ornamentadas con descoloridos tapices flamencos o ajados guadamecíes cordobeses lucían grandes desperfectos y trozos del artesonado del techo de aquel grande vestíbulo se hallaban bajo las suelas de nuestras botas. En cuanto los hombres hubieron cumplido mi orden, una agradable brisa circuló de un lado a otro llevándose el aire rancio.

Frente a la puerta de entrada había otra que daba a una nueva galería con arcos en la parte trasera de la casa, mucho más grande que la de la fachada y que tenía unas maravillosas vistas sobre un inmenso valle, distinguiéndose, al fondo, las altas cumbres de los volcanes Popocatépetl e Iztaccíhuatl, como indicaba el mapa.

—¿Comprobamos también el piso superior? —me preguntó uno de los marineros de la *Gallarda*.

—¡Comprobad lo que deseéis mas halladme la maldita capilla! —exclamé. Aquel palacio me ponía nerviosa. Había algo malvado allí, entre esas paredes de mampuesto. Yo no creía en espíritus ni en demonios, así que lo que sentía no tenía razón de ser, mas, como si aquellas paredes sólo hubieran alojado a gente ruin, rezumaban dolor, pena y malicia.

El palacio tenía muy pocos muebles para ser un lugar de tanto lujo. Quizá se los llevaron los Cortés cuando los desterraron a España.

—¿Conocíais, doña Catalina, que aquí nació vuestro tocayo don Martín Cortés, segundo marqués del Valle? —me preguntó don Bernardo, sorprendiéndome.

—¿El que quiso ser rey de la Nueva España y no perdió la cabeza por milagro? —repuse, deambulando despaciosamente con él por las salas contiguas al vestíbulo entretanto los hombres iban y venían arriba y abajo de la casa buscando la maldita capilla. Al punto, un silencioso señor Juan se nos unió en el paseo así como también un fraile franciscano que, por mayores señas, era mi señor suegro. A los tres yucatanenses no los vi por ningún lado. Quizá se habían quedado en el patio. Nunca deseaban molestar o incomodar sino sólo estar ahí cuando yo los necesitara.

—El mismo que no perdió la cabeza por milagro, en efecto. Pues sí, aquí nació el mismísimo don Martín Cortés y Zúñiga, uno de los once hijos reconocidos que tuvo don Hernán, aunque engendró muchísimos más con centenares de mujeres. Don Martín fue el primer varón legítimo, habido con su segunda esposa, doña Juana de Zúñiga.

—¿La segunda? —me apené—. ¿Se le murió la primera sin darle herederos?

—Bueno, la pobre no tuvo ocasión ya que don Hernán la mató para poder matrimoniar mejor.

Mi rostro mostró todo el horror que me producían sus palabras.

—¿Estáis diciendo que don Hernán Cortés, el grande conquistador, mató a su primera esposa? —porfié con la voz tan afilada como un cuchillo.

—Se llamaba Catalina Juárez —principió a relatar don Bernardo, ajeno a mi espanto— y era una dueña sin bienes ni fortuna. Por matrimoniar con ella en Cuba en mil y quinientos y quince, don Hernán obtuvo grandes beneficios del gobernador de la isla, don Diego Velázquez, que tenía por enamorada a una hermana de Catalina. Él partió para descubrir nuevas tierras y la olvidó, hasta que, una vez tomada México-Tenochtitlán, ella se presentó aquí con toda su parentela. Como os he dicho, don Hernán era muy mujeriego y, por más, ya no consideraba a Catalina Juárez digna de su nueva condición de conquistador de la Nueva España. La relación del matrimonio fue mala durante algún tiempo y se dice que don Hernán maltrataba a su esposa aunque, claro, estas cosas son frecuentes y privadas, de modo que no cuentan.

—¿Cómo que no cuentan? —me indigné.

—Lo cierto es que, una noche de mil y quinientos y veinte y dos —prosiguió él, despreocupado—, después de una terrible discusión durante la cena, el futuro marqués del Valle llamó a gritos a los criados diciendo que su señora esposa se hallaba enferma. Cuando los criados llegaron, Catalina Juárez, en realidad, estaba ya muerta, con cardenales en el cuello, los ojos saltados y los labios negros, como los estrangulados. Don Hernán ordenó que presto la metieran en el ataúd y que lo clavaran, no permitiendo que nadie viera el cuerpo antes de enterrarlo, como se le solicitó por correr ya muchos rumores de que la había matado. Luego, en España, matrimonió con doña Juana de Zúñiga, hija del conde de Aguilar y sobrina del duque de Béjar.

—¡Por todos los demonios del infierno! —exclamé grandemente enfadada—. ¿Y la justicia no obró nada?

Don Bernardo me miró de hito en hito, como si no se le alcanzara la razón de mi disgusto.

—¿Qué iba a obrar? Era don Hernán Cortés. El asunto se tapó y listo. Por más, del mismísimo virrey al que vuestra merced dice servir, don Luis de Velasco el joven, se conoce en todo el virreinato que, por apropiarse de las fortunas de su esposa, doña María de Ircío, y de su suegra, la viuda doña María de Mendoza, llegó a golpearlas repetidamente incluso con candelabros, amenazándolas de muerte. El asunto llegó al Real y Supremo Consejo de Indias pues doña María de Mendoza escribió cartas pidiendo auxilio al rey Felipe el Segundo y al Papa de Roma.

—¿Y nadie obró nada? —grité.

—Sí —añadió don Bernardo, jocoso—. Años después le nombraron virrey de la Nueva España y ahora vuestra merced se encuentra en este palacio para ejecutar lo que él os solicitó.

Una vez, hacía ya mucho tiempo, casi en otra vida, mi hermano Sando me había dicho: «Salva a tu padre, Martín. La justicia del rey no es buena. Es mala. No confíes en nadie». ¡Pobres Catalina Juárez, doña María de Ircío, doña María de Mendoza y tantas otras como ellas!

—¡La capilla! —exclamó a voces mi señor esposo entrando en la sala en la que nos hallábamos—. ¡Hemos encontrado la capilla!

Le miré con rencor y me encaminé hacia él apuntándole entre los ojos con un dedo amenazador.

—No se te ocurra jamás ponerme la mano encima —le solté, furiosa, saliendo luego por la puerta por la que él había entrado.

Hubo un silencio y, de seguido, le oí decir:

—¿A qué viene esto? ¡Si no pienso en otra cosa desde el día de nuestra boda!


Cruzando a raudos pasos una breve galería que discurría junto a un patio interior, arribé a una sala grande partida en dos por medio muro en el que había una chimenea que váyase a saber para qué aprovecharía en aquel lugar. Salvando el muro, se hallaba la capilla.

Era una capilla normal y corriente, de las que hay en todos los palacios de gentes acomodadas. En el mío de Sevilla también había una, aunque nunca la visité más que durante las obras. Esta de los Cortés ocupaba la esquina sudeste del edificio; en la pared este se hallaba una grande representación del Descendimiento de Cristo y, justo debajo, un altar de madera tallada sobre el que descansaban algunas cruces muy sucias y de poco valor. A un lado, pegado también a la pared este, un atril de hierro de larga columna torneada sostenido por cuatro patitas y, delante del altar y del atril, un amplio reclinatorio tapizado con un mustio y desgastado terciopelo rojo. Luego, tres filas de bancos de madera oscura con brazos en sus extremos y, junto a mí, en la entrada, una pila bautismal de piedra con forma de copa apoyada en una columna también de piedra. En la pared sur, frente a la pila, un confesonario de sillón o, por mejor decir, un sillón de madera hermosamente tallada con el marco de una ventana clavado en su brazo diestro y atravesado por listoncillos para separar al pecador del confesor. Un par de troneras dejaban entrar la luz del día desde lo alto de las paredes.

Al punto, me vi rodeada por todos mis hombres y al decir mis hombres me refiero a los de mi pequeña familia y a don Bernardo pues los otros, los del palenque de Yanga y los de la *Gallarda*, se quedaron en el patio, descansando y esperando. De modo que fueron mis hombres, los míos, quienes no sólo me rodearon sino que me empujaron, me avasallaron y me sobrepasaron pues, por más de mirar, lo que en verdad deseaban era tocar y así, en menos de lo que se tarda en decir amén, la pobre capilla se había llenado de bárbaros infieles (salvo mi señor suegro, fray Alfonso, que todo hay que decirlo), unos bárbaros infieles que alzaban cruces, movían bancos, se pasaban de uno a otro el atril de hierro, cortaban terciopelos con cuchillos, palpaban por todos lados la pila bautismal de piedra y se sentaban en el desvencijado confesonario. Incluso Telmo y Lázaro, aprovechando su pequeña estatura, golpeaban con los puños los paneles del altar y me dije que, de seguro, eran los que más atinaban pues, de las tres palabras náhuatl que el propio don Bernardo había traducido —tabla, cera y año—, la primera era tabla y tablas eran las que conformaban el altar.

Siguiendo mi propio y sosegado razonamiento, me dije que cera allí no la había, pues no se veían ni cirios ni velas y que año tampoco pues ¿qué significaba «año» y qué había allí que pudiera relacionársele? Tablas sí que las había, y muchas. En una iglesia o una capilla los objetos de madera abundaban aunque allí ninguno parecía ser la puerta hacia las salas inferiores de la pirámide *tlahuica* salvo el altar, que al punto parecióme el lugar perfecto en el que indagar. Sin embargo, no fue el caso ya que, cuando me allegaba atravesando la turba de aquellos descarriados salvajes, mi señor suegro y sus tres hijos menores alzaron el altar en el aire y lo dejaron en el lugar que antes ocupaban los bancos, no hallándose nada ni en el suelo ni en la pared.

—Precisaba asegurarme —me dijo fray Alfonso, confundiendo mi gesto de fastidio— de que esta capilla había sido desacralizada y de que se habían quitado las reliquias de debajo del altar. De no ser así, estaríamos todos cometiendo un grave pecado mortal.

Más vale tarde que nunca para cerciorarse de no estar condenado, me dije. Con todo, la distracción de mi señor suegro no me alejó del presbiterio. Debo admitir que no fui la primera en advertirlo. Cuando me apercibí del juego y comprendí el significado de la primera palabra de don Hernán Cortés, don Bernardo ya se había quedado mirando derechamente la grande representación del Descendimiento de Cristo que antes quedaba sobre el altar y que ahora ocupaba a solas la pared este de la capilla.

—El Descendimiento de Jesucristo de la Cruz —me dijo don Bernardo sin mirarme derechamente.

—Y pintado sobre una tabla —repuse yo para adelantarme.

—Descendimiento, *temolistli,* y tabla, *uapali,* la primera de las tres palabras náhuatl que no comprendí.

—Sí la comprendió, don Bernardo —le encomié para consolarle de su vergüenza e indignación de aquel día en Veracruz—. Si lo que ambos nos barruntamos es cierto, vuestra merced no erró en la traducción.

—Comprobémoslo —dijo orgulloso.

—¿Dónde están los Méndez? —pregunté volviéndome hacia los bárbaros—. ¡Retornad el altar a su sitio!

—¿Para qué? —preguntó desde la pila bautismal mi señor esposo.

—Para usarlo como estribo —respondí, obteniendo la atención de todos, que abandonaron los dislates que obraban para adelantarse hasta nosotros.

El altar tornó a su sitio en la pared de la capilla, y yo, de un brinco, me subí. Como en otras ocasiones, se me vino al entendimiento que lo bueno de los calzones y las botas de Martín era que se podían ejecutar toda suerte de movimientos sin problemas, cosa que con las enaguas y las sayas de Catalina resultaba imposible. Con las manos tanteé el borde de la tabla y, enganchando los dedos, tiré de ella hacia mí. Por fortuna, me fue dado agarrarme fuertemente pues, como una puerta, la tabla giró sobre sus goznes y se abrió, empujándome. Unas manos fuertes me sujetaron por las piernas y, luego, cuando la tabla me tiraba ya fuera del altar, me atraparon por la cintura y me auxiliaron para bajar hasta el suelo.

—¿Estás bien? —me preguntó Alonso al oído pues, a

la sazón, los bárbaros estaban gritando de asombro y excitación por el descubrimiento y nadie se fijaba en nosotros. Volví la cabeza y el olor de su aliento me desasosegó grandemente, azogándome el cuerpo.

—Estoy bien —murmuré sin nada más en el entendimiento que el deseo de besarle.

—¡Martín, hermano! —exclamó a grandes voces mi compadre Rodrigo propinándome un cariñoso mojicón de los suyos y arrancándome de mi ensoñación de amor—. ¡Has hallado la entrada a la pirámide!

—Ha sido don Bernardo —objeté, retornando con dolor al mundo real—. Él se apercibió primero de que la tabla era la entrada.

Sólo entonces puse la mira en la gran oquedad negra que había quedado al descubierto al abrir la puerta-tabla. Una vaharada desagradable me llegó a la nariz, trayéndome de súbito a la memoria el olor de los ranchos de la Cárcel Real de Sevilla. Mi señor esposo hizo un gesto de asco.

—¡Apesta como la Cárcel Real de Sevilla! —exclamó.

Me quedé mirándolo derechamente.

—Nunca me has contado la razón por la que estuviste preso en la cárcel donde murió mi señor padre —le dije.

Él tomó a reír muy de gana entretanto me empujaba de nuevo hacia el altar. Juanillo y Carlos Méndez ya estaban allá arriba, colándose por el agujero negro. El señor Juan les detuvo con un grito:

—¡Eh, vosotros dos! Salid de ahí ahora mismo y esperad a que traigamos hachas para iluminar el interior.

—¡Yo voy! —exclamó mi fiel Francisco, tan diligente como siempre.

—¡Juanillo, ayúdale! —ordenó Rodrigo, y Juanillo, como una liebre asustada, corrió tanto que adelantó a Francisco.

—Carlos, Lázaro y Telmo —dijo mi señor suegro—. Id con ellos. Traed cuantas más hachas mejor.

Cornelius Granmont se me allegó apocadamente, ajustándose con alteración los lazos verdes.

—Maestre, ¿también yo debo seguiros allá abajo? Preferiría esperaros aquí, con los otros hombres y los yucatanenses.

—Haced como deseéis, Cornelius, mas me agradaría mucho que nos acompañarais por si aconteciera algún incidente en el que resultarais preciso. No conocemos con lo que vamos a toparnos.

El rostro se le demudó mas no añadió palabra, limitándose a asentir con la cabeza y a retirarse hacia el fondo de la capilla.

Me encaminé luego hacia el patio interior en el que aguardaba el resto de los hombres y, desde uno de los arcos de la galería, les dije:

—Hemos hallado lo que vinimos a buscar —ellos soltaron exclamaciones de satisfacción—. Lo malo es que debemos entrar en unos sótanos en los que podemos correr algún peligro, de modo que os ruego que montéis turnos de guardia en la capilla por si precisáramos de vuestro auxilio.

—Como mandéis, maestre —confirmó uno.

De seguido, atravesé las salas y los cuartos y salí al patio de armas. Con la mirada busqué, y hallé, a mis tres yucatanenses sentados juntos en el suelo, al sol, cerca de los caballos. Al verme, los tres se pusieron en pie.

—Nacom —dije—, hemos hallado lo que buscábamos.

—¡Albricias, don Martín! —repuso él—. Nos congratulamos mucho por vuestra merced.

—Bueno, no os alegréis tanto, pues ahora debemos colarnos por una extraña puerta en una pared y descender hasta las entrañas de una antigua pirámide *tlahuica*.

Los rostros del Nacom, de Zihil y de Chahalté se demudaron tanto que me alarmé en grado sumo.

—¿Qué sucede?

—¿A qué dios estaba dedicado este templo? —me preguntó el Nacom.

—A ninguno —repuse, y sus gestos se apaciguaron—, era un centro de recaudación de tributos.

—Bien, en ese caso, no cometéis afrenta y nadie será castigado —afirmó el Nacom, con voz tranquila.

Los dejé nuevamente sentados al sol, hablando entre ellos en su lengua maya, y torné a la capilla. El frescor de la casa resultaba muy grato al entrar ahora que, al fin, el aire no hedía a cerrado.

Un muy grande número de viejas hachas descansaban en el suelo del presbiterio.

—¿Dónde estabas? —me preguntó, enfadado, mi compadre Rodrigo. La paciencia no era una de sus escasas virtudes.

—Obrando lo que debía —repuse dignamente—. Soy responsable de las gentes que nos acompañan.

Tomé una de las hachas y la tendí hacia el marinero de la *Gallarda* al que le habían asignado la primera guardia. Era arcabucero, de cuenta que al cinto llevaba siempre el yesquero y la mecha de cáñamo. La sacó con mucho tiento y la allegó hasta el esparto y el alquitrán, que aun siendo viejos prendieron bien, de cuenta que cuando alcé el brazo con el hacha, una hermosa llama ardía en el extremo.

En mi ausencia, los compadres habían dispuesto una escalera hacia la puerta-tabla con uno de los bancos, el altar y el confesonario, que crujió peligrosamente cuando me subí encima. Así, sólo con alzar un poco la pierna ya estaba dentro del agujero. Era un cuarto tan angosto que sólo cabía una persona pues, al ser la pared una de las que daba al exterior de la casa, don Hernán —o, por mejor decir, su primo, el maestro de obras— se las tuvo que ingeniar para no alterar demasiado el ancho del muro. A mi siniestra, unos escalones descendían hacia la vieja estructura de la pirámide *tlahuica*. Principié el descenso, oyendo como alguien más pisaba el confesonario y venía detrás de mí.

—¿Rodrigo? —pregunté.

—No, mi señora esposa —repuso Alonso con sorna—. Aunque, si preferís a vuestro compadre para guardaros las espaldas, sólo tenéis que decirlo.

—¡Calla, majadero! —me reí—. Te prefiero a ti.

—Me alegro —dijo— pues tornar atrás con estas estrechuras sería imposible.

—¡Estrechuras que yo estoy ocupando! —bramó Rodrigo—. ¡Ni se te ocurra retroceder, pues me quemarías las barbas!

—¿Quién quiere retroceder? —preguntó desde arriba la voz apurada de Juanillo—. Me viene siguiendo Carlos Méndez y...

—¡Calla, grumete! —le espetó Rodrigo de malos modos—. ¿Qué tienes delante, Martín?

—La misma escalinata interminable que tienes tú —respondí aguzando la mirada y estirando el brazo todo lo que me era dado por ver si hallaba el final de aquel descendimiento—. Escalones iguales hasta donde me alcanza la vista.

—Pues, hala, sigue —me animó mi compadre—. Y, tú, Alonsillo, tiento con el hacha, que al final me quemarás. ¡Llévala delante, patán!

Y seguí, vaya si seguí, y un buen rato, pues cuando ya tuve para mí que había bajado a lo menos la misma altura que tenía el imponente palacio de don Hernán, el descenso prosiguió otro trecho igual o mayor. A medio descendimiento resultó incuestionable que el tipo de edificación había mudado de castellana a indígena. Ni el mampuesto era el mismo, ni las junturas, ni tampoco el ras de los escalones. Finalmente, con grande alivio, avisté el último. Daba a un rellano amplio que se abría hacia la diestra, de tamaño y forma similares a los de la capilla y cerrado por cuatro macizos muros de sillares de piedra con la única salida (y entrada) de la escalinata. Entretanto Alonso, Rodrigo y yo mirábamos con grande asombro el extraño lugar, los demás fueron arribando y pasmándose, tan sorprendidos como nosotros por la conclusión del lance.

—¿Y ahora, qué? —preguntó el señor Juan, que aún resollaba por el esfuerzo de la bajada.

—*Xikokuitlatl* —exclamó don Bernardo.

—¿Qué dice? —se extrañó Juanillo.

—Cera —le expliqué en voz alta para que me oyeran todos—. La puerta que nos abrirá esta sala hacia algún otro lugar se halla referida o concernida derechamente con la cera, igual que la representación en tabla del Descendimiento escondía la puerta hasta aquí.

Todos conocían las tres palabras de don Hernán Cortés que el *nahuatlato* no había podido relacionar con el resto del mapa en Veracruz, mas era menester traérselas a la memoria para que no se les fuera el entendimiento por otros andurriales.

Como allí no había nada que alzar, rasgar, mover, sajar, sacudir, aporrear o palpar, los bárbaros permanecieron quietos y mudos, a la espera de que don Bernardo o yo diéramos con la solución al problema. Miré al sabio *nahuatlato* y él me miró a mí y, luego, cada uno echó a andar por opuestos rumbos para seguir haciendo averiguaciones en aquel despojado lugar. Yo había tenido para mí que la palabra *xikokuitlatl*, cera, se hallaba relacionada con cirios y velas, o con aceites, bálsamos, ungüentos o afeites, como esos mejunjes tocantes a dueñas que, como pegotes o parches pegajosos, sirven para quitar el vello. Mas, a lo que se veía, aunque la disposición de las tres palabras y el orden de los lugares a los que se referían fuera sucesivo, en aquella pétrea sala de enormes sillares cabalmente ajustados ni había cera ni se precisaba ungüento alguno para nada, como no fuera que alguno de los sillares se desplazara resbalando sobre bálsamo.

—¡Por vida de...! —exclamó Rodrigo—. ¡Voto a tal! ¿Será posible?

Todos nos volvimos raudos hacia él.

—¡Martín, fíjate! —me dijo enseñándome algo que portaba en la palma de su mano.

—¿Qué es? —pregunté.

—Pues diría que la *sikoku* esa.

—*Xikokuitlatl* —le aclaró don Bernardo.

—Lo que sea —le ignoró mi compadre—. ¡Por todos los demonios, es cera!

—¿De dónde la has sacado? —quise saber con curiosidad.

—¡De aquí, del muro! —me dijo, señalando con la punta de la daga uno de los sillares de la pared en cuyo extremo diestro se abría la escalinata—. No veía argamasa entre las piedras y se me ocurrió rascar un poco. Esta viruta salió como si fuera mantequilla.

Por supuesto. ¿Qué otro cabeza de alcornoque que no fuera Rodrigo habría encontrado tan flaca y magra razón para rascar un muro con su daga en una situación como aquélla? Con todo, a lo que parecía, le había soplado el viento de la fortuna.

Me encaminé hacia la pared y la palpé con ambas manos. Sentí algo muy extraño. Mi ojo veía bloques de roca tallada y mis manos tocaban la aspereza que les correspondía, sin embargo aquella piedra no estaba fría. Crucé el rellano hacia la pared opuesta y, al tocarla y sentirla casi helada, conocí que el falso muro, aunque perfectamente esculpido y pintado, era de cera. Saqué la daga y, como había hecho Rodrigo, arañé un poco entre los mentidos sillares y, en efecto, virutas de cera cayeron al suelo.

—¡No doy crédito a lo que estoy viendo! —exclamó mi señor suegro por encima de mi hombro.

—Nuestros ojos nos traicionan —dijo el señor Juan tocando el muro de cera—. Y nuestros dedos.

—¡Qué sencillo es engañar a los sentidos! —dejó escapar don Bernardo, lleno de admiración—. ¿Quién hubiera sospechado que la piedra no era piedra sino cera de abejas?

—¿Y qué ponemos en ejecución? —preguntó Juanillo, adelantándose—. ¿Principiamos a acuchillar el muro para descuartizarlo?

—A la parte alta no llegas ni tú —observó Francisco alzando el rostro hacia el techo.

—Mejor sería fundirla —propuso mi señor esposo—. Es cera. El calor del fuego de las hachas la derretirá.

—Acabaríamos antes —atajé yo— y, desde luego, más limpiamente, cortando sólo una pieza por la que poder pasar.

—¿Con las espadas? —inquirió el joven Carlos, quien, lejos de sus hermanos pequeños (a los que, naturalmente, no se les había permitido bajar), parecía ganar en edad y presencia.

—¿Qué otro filo alcanzaría el grueso de estos falsos sillares? —repuso Rodrigo.

—Quizá no sean tan gruesos como los de verdad —comentó fray Alfonso.

Desenvainé mi espada y, como si fuera a tirar un altibajo, la clave a la altura de mi cabeza. La cera era vieja y estaba un poco seca, mas la espada la cortó sin dificultad. Al llegar al suelo, ya me hallaba cierta de que aquel muro no tendría más de un palmo de espesor. Y, así, corté un trozo con forma de puerta y, cuando iba darle el empellón final, Rodrigo se me cruzó delante.

—Permíteme que lo ponga yo en ejecución, compadre, pues no conocemos lo que habrá detrás.

Hice un gesto galante para cederle el honor y me retiré junto a mi señor esposo. Rodrigo, con ambas manos, empujó la pieza de cera, que se soltó fácilmente, cayó hacia atrás y, según oímos, se partió en trozos. Mi compadre metió el brazo del hacha en el hueco para iluminarlo y, luego, adelantó su cabeza.

—¿Qué ves? —le pregunté.

—Más escaleras —me respondió con una voz que retumbaba como si me hablara desde una catedral.

Poco después, descendíamos nuevamente por otra escalinata como la primera aunque más luenga y más amplia (lo que nos permitió bajar juntos a Alonso y a mí sin quemarle las barbas a nadie).

—¿Cuánto habremos descendido? —le pregunté tras un rato, cuando principió a escucharse un sonido como el de las aguas de un río.

—A lo menos, unos veinte estados[35] —me respondió tan tranquilo, sin dar ninguna muestra de espanto. ¡Veinte estados bajo tierra y no sentía, como yo, ganas de chillar y de echar a correr hacia arriba como una enajenada! Estaba acostumbrada a los amplios espacios de la mar y aquellas oscuras angosturas subterráneas me estaban desquiciando. ¿Y si todas aquellas piedras que teníamos sobre nuestras cabezas se venían abajo y nos aplastaban o, peor aún, nos encerraban y nos obligaban a morir despaciosamente? ¡Cómo añoraba la cubierta de mi *Gallarda*! Por fortuna, tenía a Alonso a mi lado para ayudarme a conservar el juicio (aunque sólo fuera porque no me viera comportarme como una loca).

El sonido de la corriente de agua se acrecentó. Se oía como si estuviera muy cerca.

—Alguna de esas barrancas que vimos al llegar debe meterse bajo tierra y pasar junto a estos muros —dijo mi marido.

Yo no respondí dado que a duras penas me era dado respirar. Debía sosegarme y olvidar dónde me hallaba. Sosegarme, eso era lo principal. O me sosegaba o... No, no me sosegué, lo que hice fue soltar el hacha y abrazarme con todas mis fuerzas a mi señor esposo, que al punto no comprendió lo que me acontecía mas respondió a mi abrazo con toda su ánima y eso me alivió como por

35. Unos cuarenta metros.

brujería. Sólo así, en sus brazos, pude olvidar por completo el horrible lugar que me rodeaba.

—¡Eh, vosotros dos, las habitaciones están arriba! —nos gritó cortésmente mi compadre Rodrigo cuando nos dio alcance en la escalera.

—Hay que ver lo extraño que resulta —comentó don Bernardo, que arribó de inmediato— contemplar a doña Catalina con ropa de hombre abrazando a su señor esposo.

—Vuestra merced tiene la fortuna —le dijo Rodrigo, sobrepasándonos— de poder quitarse los anteojos y quedar ciego. Los demás nos empachamos de melindres por no gozar de esa suerte.

Solté a Alonso, nos miramos y, sin dejar de sonreír, retomé mi hacha del escalón y continuamos descendiendo. Ya me encontraba mucho mejor. Ahora Rodrigo y don Bernardo iban delante de nosotros, de cuenta que fueron los primeros en arribar al siguiente rellano. Los vimos detenerse y avizorar con rostros asombrados lo que fuera que tenían delante. Cuando los alcanzamos, comprendí al punto su sorpresa pues guardo en la memoria la imprevista y extraordinaria imagen de un caudaloso río de, a lo menos, cuatro varas de ancho que cruzaba la sala de parte a parte.

—¡Voto a tal! —exclamó Alonso, adelantándose—. ¿Cómo vamos a cruzarlo?

No era tan grande como para que nos resultara imposible vadearlo mas sí tenía una corriente fuerte y, sin otra ayuda que unas hachas, algunas dagas y unas pocas espadas, iba a resultar ciertamente difícil. Rodrigo se asomó al cauce por ver si era profundo.

—Tengo para mí que el fondo se halla a poco más de una braza o braza y media. Con esta luz, no se distingue.

—Si es sólo una braza —dijo don Bernardo—, a mí no me cubre. Podría cruzar el primero.

Ya habían llegado todos y, como si los acechara un peligro, se arremolinaron en torno nuestro fuertemente apiñados.

Aquella sala era como la del rellano de arriba aunque con río y más grande, cerrada también por muros de sillares. De uno de los muros, el que quedaba a nuestra diestra, saltaba con pujanza desde media altura un recio chorro de agua que caía hasta el cauce. Luego, al llegar al muro frontero, el agua se precipitaba por un albañal hacia alguna otra oscura profundidad. Por más, debía de existir cierta pendiente en el fondo que avivaba el raudo discurrir de las aguas que observábamos.

—¿Y para qué queremos cruzarlo? —preguntó Juanillo sacudiéndose las greñas rizadas de la cara—. Al otro lado no hay nada.

Y decía verdad pues, por no haber, no había siquiera la boca de otra escalera. Me dije que era llegado el momento de recurrir a la tercera palabra de don Hernán Cortés —año—, que de bien poco parecía servir aunque, de cierto, su sentido tendría.

—Don Bernardo —le llamé—, tenemos que discurrir sobre la tercera palabra.

—*Xihuitl* —dijo, asintiendo con la cabeza.

—Año —repetí mirándolos a todos, que no parecieron ni más ni menos interesados ni concernidos por mi aclaración, como si no se les pasara por el entendimiento que cavilar sobre el asunto también fuera su obligación y no sólo de don Bernardo y mía. Suspiré resignadamente y giré la vista hacia el anciano *nahuatlato*.

—¿Qué tiene que ver el agua de este río con un año, medio año o algún año? —le pregunté.

—Mi señora doña Catalina —me respondió muy modestamente—, estoy tan confundido como vuestra merced. Nada de lo que conozco por mis lecturas y estudios me ayuda en esta ocasión.

—Pues pongamos atención en lo único cierto que tenemos —le propuse—. Reconozcamos bien todo el camino del agua por si descubriéramos algo. Y vayamos juntos, pues lo que uno no vea le será dado verlo al otro.

—En ese caso —dijo Rodrigo—, yo también voy. Si lo que quieres son cuatro ojos, con don Bernardo no llegas.

Nos encaminamos hacia el nacimiento, hacia el grueso chorro que brotaba del muro, por ser ésta la parte que teníamos más cerca.

—¿No le veis algo raro a esa fuente? —preguntó mi compadre.

—Que es de factura *tlahuica* —comentó don Bernardo—. Aquí los españoles mudaron bien poca cosa. Don Hernán debió de aprovechar todo lo que quedaba.

—Será lo que vos decís —admitió Rodrigo—, mas lo que yo digo es que el agua no sale del muro por un único caño. ¿Lo ves, Martín?

—Lo veo —afirmé alzando mi hacha cuanto me fue posible—. Veo tres caños arriba y, contando el del lado diestro que es el mismo, tres caños más de esta parte. Tengo para mí que, en total, hay nueve, aunque el agua oculta los demás y no puedo conocerlo de cierto.

—¡Nueve caños! —exclamó Rodrigo—. ¡El agua brota por nueve caños que, de lejos y con estas tinieblas, parecen uno! Eso no es cosa del azar, hermano.

—¿Podría ser...? —principió a decir don Bernardo,

mirando a diestra y siniestra apresuradamente—. No sé... Tengo un pensamiento que podría ser provechoso si no estuviera tan cogido por los pelos.

—No se calle vuestra merced —le rogué.

—Antes me gustaría... —don Bernardo vaciló—. Figúrense vuestras mercedes que... No, no es posible.

—¡Déjese de tantas dudas, señor don sabio, y hable de una vez! —se exasperó Rodrigo. ¿He referido ya aquí que la paciencia no era una de sus virtudes? Sí, tengo para mí que sí. Bueno, pues la gentileza, la conformidad y la cortesía tampoco.

—Sea —se sobresaltó el *nahuatlato*—. Como mi vista no es muy buena, ¿podría alguno allegarse hasta debajo mismo de los caños y mirar si hay algún grabado en la piedra?

—Yo iré —gruñó mi compadre—. Martín, sujeta mi hacha y dame luz con las dos. Y, si me caigo al agua, sácame presto, que no tengo en voluntad hundirme hasta los infiernos por aquel maldito desaguadero.

—Pierde cuidado, hermano —le dije—, que no dejaré que te lleve la corriente.

Rodrigo se pegó a la pared y, haciendo freno con las manos, se inclinó hacia la siniestra para mirar por debajo de los caños.

—¡Martín, luz! —gritó.

Me arrimé a él cuanto pude con las antorchas por encima de su cabeza. Las salpicaduras del agua chispeaban peligrosamente en las llamas. Me dije que presto se apagarían las dos por la humedad.

—Algo veo debajo de los tres últimos chorros —anunció mi compadre—. Son unos tejos de piedra con puntos grabad... ¡Favor!

Las manos le resbalaron sobre la piedra mojada y, torciéndose hacia la siniestra, cayó al agua cuan grande era.

—¡Rodrigo! —grité, soltando las dos hachas y tirándome al río detrás de él.

—¡Catalina, no! —oí gritar a Alonso mas, para entonces, ya era tarde. Caí bajo la pujanza de los chorros, que me golpearon cruelmente echándome hacia la corriente. ¿Dónde estaba Rodrigo? Yo era buena nadadora, y fuerte, mas me resultaba muy fatigoso pelear contra el agua y buscar al tiempo a mi compadre, y, por más, a oscuras. Alguien se zambulló a mi lado, hundiéndose junto a mí, y, a no mucho tardar, me sujetó por un brazo. Conocí, sin verlo, que era Alonso. Para nuestra desgracia, las fuerzas de ambos eran inferiores a las de los chorros y el río.

Sin que me diera tiempo a apenarme por el triste destino que nos aguardaba, una mano recia me sujetó por la camisa y tiró de mí, y de Alonso, hacia fuera. Un golpe de luz brillante me dio de lleno en los ojos cuando me sacaron. A un costado, a vara y media de distancia, se hallaban todos con las hachas en alto y los rostros apurados.

—¡Rodrigo! —exclamé tratando de tirarme otra vez al agua—. ¡Hay que sacar a Rodrigo!

—Será que no estoy ya fuera y que no te he sacado yo a ti y a este pez nadador que tienes por marido.

—¿Están bien vuestras mercedes? —preguntó Francisco, a voces, desde la orilla. El ruido del agua era estruendoso.

¿Desde la orilla...? Pues ¿dónde estábamos nosotros?

—Bajo los caños, sobre un escalón oculto por el agua —declaró mi compadre.

Y era bien cierto pues nos hallábamos los tres en pie, entre el muro de piedra y el muro de agua, con las botas hundidas en un palmo escaso del río. Sentí frío. Hacía mucho tiempo que no sentía frío. La última vez aconteció durante el invierno en Sevilla. Ahora, con las ropas mojadas, a muchos estados bajo tierra y en las tripas de una pirámide de piedra, me sorprendió la sensación. Claro que, con el desesperado abrazo en el que me estrechó Alonso por el grande susto que le había dado, se me pasó de inmediato, y, no sólo eso, sino que entré en calor rauda y eficazmente.

—¿Qué le dije, don Bernardo? —oí refunfuñar a Rodrigo—. ¡Empacho de melindres es lo que tengo! ¡Quién fuera ciego como vuestra merced!

—¡No soy tan ciego, mi señor Rodrigo! —le contestó el otro desde el margen, un tanto ofendido.

Sin soltarme de Alonso, y aprovechando la cercanía que nos daba el estrado de piedra, advertí a mi compadre:

—¡Guarda, Rodrigo, que tiene mucho orgullo y se ofende presto! Recuerda que desciende de emperadores.

—Será, mas no tiene donde caerse muerto —me replicó mi compadre.

Y decía verdad. Su casa de Veracruz era bastante humilde.

—¡Bueno, pues ya podemos cruzar el río! —declaró el señor Juan alegremente.

Mas Juanillo tornó a preguntar lo mismo de antes:

—¿Y para qué lo queremos cruzar, señor Juan, si al otro lado no hay nada?

—Resolvamos de una vez el problema de los nueve caños de agua —rogó don Bernardo—. Señor Rodrigo, vuestra merced dijo antes de caer al estrado que veía unos tejos de piedra con algo grabado.

—Sí, aquí están —confirmó mi compadre volviéndose hacia la pared—. ¡Juanillo, trae un hacha!

—¡Se mojará! —objetó el muchacho.

—¡Que no! Hay sitio de sobra. Tráela te digo.

Juanillo se pegó a la pared y hundió despaciosamente un pie en el agua echando hacia atrás el cuerpo como si temiera caerse. Mas, cuando notó que había suelo y pisaba firme, con tres zancadas se plantó junto a nosotros. El hacha iluminó el estrecho paso.

Sólo veíamos los tres chorros inferiores y, como había dicho Rodrigo, debajo de ellos, unas rodelillas, unos tejos de piedra de tamaño similar a los agujeros por los que salía el agua, colgaban de unos minúsculos ganchos. A no dudar, servían para taponar los caños, aunque ¿para qué?

—¡Los tejos que vemos —voceó Rodrigo— tienen siete, ocho y nueve puntos!

—¡Magnífico! —soltó don Bernardo con grande satisfacción—. ¡Eso es! No erraba tampoco en esto. ¡Salgan de ahí vuestras mercedes, que ahora empieza el problema!

Nos miramos sin comprender lo que decía mas, por no andar dando voces y por hallarnos en lugar seco, tornamos junto a los demás.

—Los números mexicas se dibujaban como puntos hasta el veinte —nos explicó don Bernardo. Nos hallábamos todos a la redonda suya—. Hay nueve chorros de agua y, bajo cada uno, un tejo de piedra con un número grabado. Si los tres últimos son el siete, el ocho y el nueve, es de suponer que los de arriba serán el uno, el dos y el tres, y los de en medio, el cuatro, el cinco y el seis.

—De seguro que os hayáis en lo cierto —le animé. Por alguna desconocida razón, su mayor alegría era no errar. La sonrisa de su rostro me demostró que yo tampoco erraba—. Y tengo para mí —añadí— que los tejos son como tapones para cortar el agua. Quizá deberíamos obrarlo para ver qué acontece.

—No acontecerá nada, doña Catalina —afirmó el *nahuatlato* muy serio—. Nada, os lo digo yo. ¿Acaso no recordáis ya la palabra de don Hernán Cortés para este rellano? *Xihuitl*, año.

Sí, ya le comprendía. Entendía lo que deseaba explicar y, como él había dicho, ahora empezaba el problema. Con todo, me faltaba un eslabón de la cadena.

—¿Y cómo hará el año para que se abra la siguiente puerta? No se me alcanza en el entendimiento.

—El agua, doña Catalina —me dijo—. Sólo los caños con los números que forman el año llevan el agua que, al cambiar de rumbo por cegarle esta salida, moverá lo que sea que ahora oculta la puerta.

—Pues, si los tapamos todos, sin duda acertaremos —dijo, ufano, fray Alfonso.

—Y quizá provocaremos que se cierre este rellano, o toda la pirámide, con nosotros dentro —aventuró su hijo Carlos.

—Veo que lo has comprendido, muchacho —le felicitó don Bernardo. Mi joven cuñado enrojeció hasta la punta de las orejas.

—Entonces, ¿sólo tenemos una oportunidad? —preguntó Cornelius Granmont, gravemente asustado. Sus manos temblaban de manera incontenible.

—Veamos —dije yo, retomando mis funciones de maestre—. Ha llegado el momento de que Carlos, Juanillo y Francisco salgan de aquí y retornen a la capilla antes de ejecutar nada. Si aconteciere alguna desgracia, conocerán dónde nos hallamos y, con la ayuda de los hombres que se quedaron fuera, podrán tratar de salvarnos.

Para mi sorpresa, ninguno de los mentados protestó. Siempre armaban lío y querían estar en todo como si ya fueran hombres. En cambio, ahora, guardaban silencio y aceptaban mi orden sin rechistar. Claro que la alternativa era demasiado horrible.

—Tengo para mí —dijo con grande prudencia mi señor esposo— que don Hernán no pondría a sus descendientes en un peligro tan grande.

—Y tendríais razón, don Alonso —asintió el *nahuatlato*—, mas él contaba con que sus descendientes conocerían toda la información que el mapa no ofrece, la que él mismo le comunicó a su hijo don Martín Cortés y éste, a su vez, a su hijo don Fernando, el cual, por fortuna para el virreinato, murió sin referírsela a su hermano don Pedro, actual marqués del Valle. Un Cortés que llegara debidamente hasta aquí no dudaría sobre el año del que hablamos. Quizá desconociera, como nosotros, la existencia del río, de los chorros de agua y de los tejos, mas en su cabeza llevaría un número de cuatro guarismos que le conduciría derechamente y sin peligro hasta donde nosotros no podemos llegar. En el extraño caso de que, en lugar de un Cortés, fueran unos ladrones los que lograran alcanzar este lugar y, por más, resultaran tan listos como para advertir y comprender el asunto de los chorros de agua y de los tejos, el desconocimiento del número del dichoso año mantendría a salvo el tesoro.

Quedamos todos mudos y asustados. Tornaba a costarme respirar y me sentía el corazón golpeando fuertemente contra mis costillas.

—Así pues —farfulló torpemente mi compadre Rodrigo—, ¿qué debemos obrar?

—Debemos quedarnos sólo los precisos —dijo Alonso, tomándome de la mano—. O marcharnos todos.

—¿Qué dice vuestra merced, don Bernardo? —le pregunté.

El sabio me miró con una sonrisilla jactanciosa.

—Nos queda la posibilidad de que no acontezca nada si no acertamos el año.

—¿Cómo lo vamos a acertar? —me angustié—. Hay miles de años. ¿Cómo sabremos cuál es el correcto? Aunque la pirámide no se derrumbara sobre nuestras cabezas, adivinar el año es imposible.

—Ésa es la razón por la que estoy casi cierto de que no nos pasará nada. Don Hernán Cortés, probablemente, discurrió como acaba de hacerlo vuestra merced. Adivinar el año es imposible, así pues, ¿para qué poner en peligro a sus descendientes si erraban algún número por torpeza o casualidad? Cuando alteró o mudó el sistema del agua que había hallado en la pirámide *tlahuica*, debió de elegir un año que fuera importante para la familia, un año que sus descendientes no pudieran olvidar y que, si lo olvidaban por alguna razón (como en el caso de la enemistad entre los hermanos don Fernando y don Pedro Cortés), con una pequeña cavilación, pudieran hallarlo, aunque tuvieran que intentarlo varias veces —don Bernardo tomó aire y tornó a sonreír—. Por eso estoy cierto de que podemos no sólo obrarlo sin peligro sino, por más, ganarlo con éxito.

Sentí acrecentarse mi admiración por el sabio *nahuatlato*. ¿Qué nos habría sido dado obrar sin él en semejante lugar?

—Sea —asentí—. Lo intentaremos mas, como dijo Alonso, nos quedaremos sólo los precisos. Todos los demás se marcharán.

—Os aguardaremos arriba con impaciencia, maestre —me lo agradeció Cornelius dando unos pasos hacia la escalinata.

—Padre —dijo mi señor esposo—, Carlos y tú, marchaos.

Mi señor suegro se allegó hacia Cornelius seguido de cerca por el joven Carlos, Juanillo y Francisco, que ya habían recibido la orden.

—Señor Juan, vuestra merced también.

—Regresa presto a la capilla, muchacho —me suplicó con voz triste entretanto se unía al grupo de Cornelius—. No podría seguir viviendo si te aconteciera algo. Las ánimas de mi compadre Esteban y de la hermosa María Chacón me acosarían día y noche.

—Pierda cuidado, señor Juan, que si yo estoy con ellos, no se lo permitiré —le sonreí confiadamente.

—¿Y a mí nadie me pregunta si quiero marcharme —se ofendió mi compadre— o me ordena que lo haga?

—¿A ti? —dije volteándome hacia él, asombrada, para descubrir que estaba sonriendo—. ¡Tú te quedas aquí conmigo igual que yo me tiré al río para salvarte!

—Sea, mas, algún día, tendrás que referirle a mi señora Melchora de los Reyes las cosas que hice por matrimoniar con ella.

—Ya se las contarás tú —repuse, riendo muy de gana—. Yo sólo le confiaré que los demás también estábamos, aunque nada más que para acompañarte en tus gestas.

De manera que, al cabo, sólo quedábamos allí Alonso, Rodrigo, don Bernardo y yo. Esperamos un tiempo prudencial, el que consideramos adecuado para que los otros llegaran hasta la capilla y se pusieran a salvo.

—Presumo, don Bernardo —aventuré—, que tenéis en el entendimiento algún año importante para don Hernán con el que empezar a trabajar en los chorros.

—Lo bueno de todo esto, doña Catalina, es que el año lo eligió el primer marqués, de cuenta que tenemos un espacio de tiempo con principio y fin, ni anterior al nacimiento de don Hernán ni posterior a la fecha en la que se terminó este palacio, año que conocemos por venir reseñado en el mapa que os traduje en Veracruz, si lo recordáis.

—¿Algo de unas cañas? —pregunté, haciendo esfuerzos por recordar.

—El año *nahui acatl,* o cuatro caña, que se corresponde con mil y quinientos y treinta y cinco.

—Exacto. Ése —confirmé con decisión aunque no guardaba en la memoria más que lo de las cañas.

—En el Colegio de Santa Cruz de Tlatelolco,[36] del que fui aventajado alumno —dijo con un orgullo desme-

---

36.   Fundado en 1536, sólo quince años después de la caída de México-Tenochtitlán, fue el primer centro de educación superior e investigación científica de América destinado a los hombres indígenas de la Nueva España (las mujeres, como las españolas, quedaron excluidas de la educación). Los jóvenes mexicas despertaron la admiración de los españoles por su gran capacidad de aprendizaje y los conocimientos que adquirían. Alcanzó un enorme prestigio.

dido—, aprendimos muchas cosas sobre la conquista de la Nueva España y sobre don Hernán Cortés. No recuerdo su año de nacimiento mas lo podemos averiguar por el de su muerte en mil y quinientos y cuarenta y siete, en España, cuando tenía sesenta y dos.

—Nació, pues —dijo mi señor esposo—, en mil y cuatrocientos y ochenta y cinco.

—Pues ya tenemos nuestro espacio de tiempo —concluí yo—. Desde mil y cuatrocientos y ochenta y cinco hasta mil y quinientos y treinta y cinco. Cincuenta años. Durante ese tiempo, ¿qué acontecimientos señalados hubo en su vida?

—Acontecimientos señalados que fueran importantes también para sus hijos, nietos, bisnietos, tataranietos... —recordó Rodrigo.

—Las opciones no son tantas —expuso don Bernardo—. El año de su llegada al Nuevo Mundo en mil y quinientos y cuatro, el año de la conquista de México-Tenochtitlán en mil y quinientos y veinte y uno, o el año del nacimiento de su heredero, Martín Cortés y Zúñiga, segundo marqués del Valle, en mil y quinientos y treinta y dos, en este mismo palacio.

—Tengo para mí —principié— que estamos errando en algo.

—¿En qué, si nos es dado conocerlo, doña Catalina? —gruñó el *nahuatlato*, tratando de ocultar lo mucho que le habían molestado mis palabras.

—Pues veréis, don Bernardo. No puede ser mil y quinientos y cuatro, el año de la llegada de don Hernán al Nuevo Mundo, pues lleva un cero antes del cuatro y no parece existir tal guarismo en los tejos de los caños.

—Cierto.

—Tampoco puede ser mil y quinientos y veinte y uno, el año de la conquista de México-Tenochtitlán, pues se repite el número uno.

—Eso podría no significar nada.

—Y tengo para mí que mil y quinientos y treinta y dos, el año del nacimiento de don Martín Cortés, tampoco va a ser el que buscamos pues no es tan señalado como para ser recordado por las generaciones venideras. Yo diría que es algo referido exclusivamente a don Hernán, al conquistador de la Nueva España, al fundador del señorío, del marquesado y del linaje.

—Pues si no es el año de su llegada al Nuevo Mundo ni el de la conquista de México-Tenochtitlán —comentó Rodrigo—, ¿cuál es? ¿El año que viene en el mapa, las cuatro cañas esas, mil y quinientos y treinta y cinco?

—Ése es el año en que se terminó este palacio, mas tampoco sirve pues se repite el número cinco —rebatí.

—¡Al infierno con eso! —se enfadó Rodrigo, encaminándose hacia los chorros de agua—. Los otros ya habrán arribado a la capilla. Empecemos por cualquiera de los que hemos dicho.

—¡Aguarda, compadre! —le pedí, sujetándole por un brazo—. Es posible que todo cuanto decimos sea sólo un montón de sandeces aunque ¿no es mejor obrar con prudencia y comenzar por el año más cierto? Si no funciona y seguimos vivos, probaremos después con los demás.

—Debemos ser extremadamente cuidadosos, señor Rodrigo —porfió don Bernardo—. Doña Catalina dice verdad.

—¡Sea! ¿Y cuál es ese maldito año? —gruñó mi compadre tornando con nosotros—. ¡No parece sino que estemos borrachos y girando a la redonda de nosotros mismos!

—¡Nos jugamos la vida, Rodrigo! —exclamó mi señor esposo, y algo en su voz serenó al punto a mi compadre, algo que debía de tener relación con el tiempo que ambos pasaron juntos en manos del loco Lope—. ¡Hagamos las cosas bien!

—Propongo —dijo don Bernardo— el año de mil y cuatrocientos y ochenta y cinco, el del nacimiento de don Hernán. No repite ningún guarismo y, por más, alguien tan pagado de sí mismo y de vanidad tan crecida quizá consideró que su propio origen era el origen de todo.

—Comparto vuestra proposición —afirmé, pues salvaba punto por punto todas las objeciones.

—No espero más —soltó Rodrigo encaminándose hacia el escaño del muro bajo los chorros—. Si se hunde la pirámide, que se hunda.

—Procura no errar, compadre.

—¿Cómo voy a errar si lo guardo en la memoria? —exclamó a voces para que le oyésemos por encima del ruido del agua—. Tengo que taponar los chorros con un punto, cuatro puntos, ocho puntos y siete puntos.

—¡Rodrigo, no! —grité alarmada—. ¡Siete puntos no, Rodrigo! ¡Cinco, el último que debes sellar es el que tiene cinco puntos!

Sus carcajadas socarronas se escucharon con toda claridad. Lo había dicho mal adrede para ponerme nerviosa. Y el muy bellaconazo lo había conseguido. Alonso me rodeó los hombros con el brazo y me atrajo hacia sí. Yo le cogí por la cintura y me abracé a él con todas mis fuerzas. Don Bernardo se nos allegó unos pasos, buscando nuestra cercanía. Los tres nos hallábamos en suspenso, con la vista fija en lo que obraba Rodrigo, aunque no se advertía bien pues la luz de las llamas de cuatro hachas no es la misma que la de diez. Parecióme una eternidad el tiempo que tardó mi compadre en tornar juntos a nosotros y cuando regresó sin que nada aconteciera, juzgamos que habíamos errado el número y que, pese a ello, la pirámide no se desplomaba sobre nuestras cabezas.

—Intentémoslo con otro —dijo mi compadre, remojado como un pez.

Mas no hubo ocasión. A lo que se vio después, el agua que dejó de salir por los chorros tardó un poco en recorrer sus nuevos caminos y en arribar adondequiera que tuviera que arribar aunque, cuando lo hizo, muchas cosas extrañas principiaron a acaecer a la redonda nuestra: los muros de roca retumbaron como si un ejército los golpeara desde atrás; el suelo tembló, primero un poco y, luego, con raudas sacudidas; las piedras parecían gemir, llorar, chillar... Los sillares, al estregar unos contra otros, hacían ruidos como de docenas de tambores redoblando a la vez.

—¡Alonso! —chillé hundiendo el rostro en su pecho, cierta de que la muerte se cernía ya sobre nosotros.

—¡Mira, Catalina, mira! —me gritó al oído para que pudiera escucharle. Como no le hacía caso, me tomó por el mentón y me giró la cabeza hacia el otro lado del río. El muro frontero se estaba desplazando hacia la diestra, abriéndose como una puerta y, en el hueco que quedaba entre él y la orilla, una suerte de pilastra de piedra brotaba del suelo, alzándose despaciosamente.

¡Por las barbas que nunca tendría!, me dije, ¿qué demonios era aquello? ¿Qué...?

La más negra oscuridad nos impedía vislumbrar lo que había en la nueva oquedad descubierta al desaparecer el muro pues, si la pobre luz de nuestras cuatro hachas no bastaba para iluminar ni la distancia que nos separaba, ¿cómo iba a permitirnos ver dentro?

Rodrigo ya había cruzado al otro lado y nos esperaba con los brazos en jarras y otra vez bien remojado.

—¿Me haré viejo aguardándoos? —preguntó desafiante.

Los ruidos, los temblores, las sacudidas y los chirridos habían cesado por completo. De nuevo sólo se oía el sonido de los chorros del agua que no habían sido sellados y de la corriente del río. Con mucho tiento para no bañar las antorchas cruzamos al otro lado por el escaño bajo la cascada. Don Bernardo se dirigió de inmediato hacia la extraña piedra que había salido del suelo.

—¡Un altar mexica! —exclamó admirado.

—Tenía para mí que esto era un centro de recaudación de tributos —dije, lamentando por el Nacom y sus hijos que pudiéramos estar afrentando a algún dios de los indígenas.

—Lo era —afirmó don Bernardo—, más antes, por lo que aquí leo, fue un templo dedicado a Huitzilopochtli, el dios del sol y de la guerra, el más importante del panteón azteca.

—¿Y ésta era su iglesia y ése su altar? —preguntó el ignorante de Rodrigo.

—Bueno, verá, a Huitzilopochtli se le ofrecían sacrificios humanos para darle el vigor que precisaba para salir como sol cada mañana y para la batalla. Éste es un altar para sacrificios. Hace muchísimo tiempo, este lugar debió de ser un templo muy importante para los *tlahuicas* aunque, por alguna razón desconocida, dejaron de adorar aquí a Huitzilopochtli para convertirlo en un centro de recaudación de tributos. Probablemente, levantaron otro templo mayor en algún otro lugar.

—¿Y a qué tanta monserga de ríos, tejos, números y altares surgiendo del suelo? —se quejó mi compadre, echando a andar hacia la oscura oquedad que se abría a nuestras espaldas.

—Señor Rodrigo —le sermoneó don Bernardo—, todas las religiones precisan de milagros para alimentar la fe de sus devotos. No he menester recordarle las numerosas apariciones marianas que han tenido y siguen teniendo lugar por estos pagos desque llegaron los españoles.

Alonso y yo caminamos tras Rodrigo, dejando a don Bernardo con su estudio del altar. De cierto que se hallaba hermosamente grabado con monstruos parecidos a los que el señor Juan y yo vimos en isla Sacrificios mas no eran unas figuras que despertaran mi admiración precisamente y aún menos si allí mismo se habían obrado sacrificios de personas.

Cuando mi compadre se adentró lo suficiente en lo que considerábamos una nueva sala de la pirámide y su hacha iluminó un cerco de algunas varas a su alderredor, comprendimos de súbito varias cosas: la primera, que no era una sala sino una cueva, una enorme, gigantesca e inmensa cueva natural creada probablemente por el paso del agua de alguna de las muchas barrancas que cruzaban Cuernavaca, y la segunda cosa que comprendimos fue que habíamos hallado el tesoro de Cortés.

Cientos, miles de cajas hechas de tablas muy recias se acopiaban unas sobre otras hasta donde la vista llegaba (que no era mucho, mas se adivinaba que el mismo paisaje seguía y seguía interminablemente hacia el fondo).

También había sacos y fardos, así como hermosos baúles de tres llaves. Con un golpe de la empuñadura de su espada, Rodrigo rompió las tablas de una de las cajas y, mirando adentro, soltó una exclamación que yo no le había oído en todos los años que le conocía, que ya eran muchos.

—¡Por vida de...! ¡Voto a tal! —gritaba como un poseso—. ¡Martín, compadre, allégate y mira! ¡Por mis barbas que no he visto cosa igual ni cuando sacamos la plata de la mar en la Serrana! ¡Mira, Martín!

—Aquí estoy, compadre.

Rodrigo envainó su espada y metió la mano en la caja, sacando con grande esfuerzo una barra de medida como de tres dedos de ancho y un palmo de largo hecha de oro puro. Dentro de la caja había muchísimas más, todas iguales y todas con una marca al hierro con las armas de Su Majestad de España del tamaño de un real de a cuatro.

Alonso, que iba abriendo una caja tras otra de las que se hallaban a su alcance, descubrió lo mismo en todas sin excepción y en los sacos y fardos encontró oro en grano y piedras preciosas, sobre todo esmeraldas y jade. Cuanto más nos internábamos en la cueva y más cajas abríamos, más cosas sorprendentes y maravillosas hallábamos pues, ya a media cueva, las barras se acabaron y principiaron los objetos realizados por magníficos orfebres: todas las cosas conocidas, criadas así en la tierra como en la mar, estaban hechas figuras con oro, plata, pedrería y plumas, y con tanta perfección que casi parecían naturales (avecillas, *ocelotls*, árboles, flores...). Luego, comenzaron a aparecer crucifijos, medallas, joyeles, pulseras, anillos y collares de oro, así como platos grandes y pequeños, escudillas, tazas y cucharas de plata maravillosamente labradas, y eran tantas las cosas que hallábamos, y tales, que no se pueden significar todas.

—¿Qué te parece, hermano? —le pregunté a Rodrigo a voces desde el fondo de la cueva—. ¡Hemos hallado el tesoro de Cortés!

—¡Me parece, compadre —me respondió—, que deberíamos llamar a los demás! Nunca en su vida tornarán a ver algo como lo que estamos viendo.

—¡Yo voy! —dije y, al escucharme, me recordé a Francisco—. ¡Deseo contemplar sus rostros cuando descubran todo esto!

Al pasar junto a uno de los fardos, en un lugar de la cueva donde el aire parecía extrañamente fresco, unos menudos ojos amarillos chispearon con la luz de mi antorcha. Me detuve en seco, me allegué y, delicadamente, tomé entre mis manos la figurilla del *ocelotl* de oro. Pesaba como si su tamaño fuera cuatro o cinco veces el que tenía. Me encaminé hacia el río portando la exquisita joya.

Calladamente, don Bernardo proseguía extasiado su estudio del altar. Se había recogido el cabello en la nuca con una cinta y uno de los cordelillos que le sujetaban los anteojos a las orejas se le había desanudado y le colgaba sobre la mejilla.

—¿No deseáis contemplar el tesoro de vuestro bisabuelo Axayácatl? —le pregunté, deseando conocer a qué venía tanto interés por una piedra labrada.

—¡Oh, sí, ahora iré! —se sobresaltó el *nahuatlato*—. Aunque este altar mexica tiene mayor interés para mí. A lo que parece, los mexicas sacrificaron aquí a trescientos *tlahuicas* en un solo día por rebelarse contra su autoridad y negarse a pagar las servidumbres y los tributos debidos.

—¿Sacrificaban a su propia gente? —me sorprendí.

—No era su gente —me explicó don Bernardo—. Los mexicas eran mexicas, y los demás, otros pueblos distintos sometidos a su autoridad militar. Los mexicas eran profundamente odiados por el resto. Ahora llamamos aztecas a todos los indígenas de la Nueva España y los tenemos por una nación unida y derrotada por los españoles, mas no fue así. Don Hernán conquistó México-Tenochtitlán con la ayuda de miles de guerreros de las naciones sometidas por los mexicas. No fue una guerra de un puñado de españoles contra miles y miles de aztecas sino una guerra de miles y miles de totonacas, zempoaltecas, tlaxcaltecas, purépechas, cholultecas y otros contra los mexicas. La astucia de don Hernán consistió en advertir y utilizar los odios internos de los pueblos del imperio hacia el opresor.

—Y, luego, los españoles ocupamos el lugar de los mexicas —añadí yo, apesadumbrada.

Don Bernardo sonrió.

—Así es la historia —dijo—. De no haber sido los españoles habrían sido los ingleses o los franceses o los flamencos. Sólo era cuestión de tiempo. ¿Qué más da? Siempre hay alguien sometiendo a otro, o invadiendo a otro, o matando a otro. Todo se muda, se reescribe y se transforma según las conveniencias. Cada cual mira los acontecimientos desde su esquina, con el rostro vuelto hacia la pared para no ver lo que no quiere. Yo desciendo de Axayácatl y Moctezuma, mas también de españoles y, a través de estos supuestos cristianos viejos, seguramente de moros y de judíos. ¿Habría yo nacido de no haber acontecido guerras e invasiones desde hace miles de años? De cierto que no. Como le he dicho, doña Catalina, así es la historia y más nos vale aceptarla pues nosotros somos su consecuencia.

Extendí la mano hacia el sabio *nahuatlato* con el hermoso *ocelotl* de oro en la palma.

—Os ruego que aceptéis este presente —le dije—. Nadie notará su ausencia y lo tomo como botín por el rescate, el cual no habría sido posible sin vuestra ayuda.

Don Bernardo, con una amplia sonrisa de satisfacción, lo recibió con afecto.

—A no dudar, este tigre...

—*Ocelotl.*

—... perteneció a alguno de vuestros nobles antepasados.

—¡No es mala herencia, no! —rió con gana—. Con esto podré adquirir otra casa mejor en Veracruz.

—Y muebles, don Bernardo. Vuestra esclava, Asunción, os agradecerá que compréis muebles.

Él tomó a reír muy de gusto, reconociendo que yo tenía razón y, con grande alegría, eché a andar hacia los chorros para cruzar al otro lado del río. Debía referir a los demás lo del tesoro y traerlos hasta aquí para que lo vieran.

—¡Doña Catalina, esperad! —me rogó el *nahuatlato*; me volví hacia él antes de meterme en el agua—. Decidme, ¿qué vais a poner seguidamente en ejecución? ¿Me necesitáis o regreso a casa?

Sin borrar la sonrisa de mis labios y sin que me temblara la mano que sostenía el hacha, le dije:

—Voy a enviar una misiva que tengo preparada al conspirador don Miguel López de Pinedo para atraerle hasta aquí y, luego, voy a cumplir el juramento que le hice a mi señor padre en su lecho de muerte y voy a matar al yerno y principal conjurado de don Miguel, el bellaconazo de Arias Curvo. Por más, si la fortuna me es provechosa, mataré también al hideputa de su sobrino, Lope de Coa.

—¿Y no le vais a comunicar al virrey que habéis hallado el tesoro?

—Eso, después —le dije—. Lo primero es lo primero. Mi principal obligación siempre ha sido con mi señor padre. Ya maté cuatro Curvo en Sevilla. Ahora debo matar al quinto y al sexto. El virrey tendrá que esperar.

Los ojos de don Bernardo relampaguearon y se afilaron sus labios al decir:

—Entonces, con vuestro permiso, me quedo. Nunca he visto una venganza.


—¡Vienen! ¡Ya vienen! —gritó Juanillo a pleno pulmón desde el patio de armas de la casa—. ¡Arriba, arriba! ¡Ya vienen!

Alonso y yo nos incorporamos de súbito en el lecho y cada uno saltó al suelo por su lado y principió a vestirse. Afuera aún era noche cerrada. No habrían dado las cuatro, pues la vela que se consumía sobre la mesilla apenas había menguado un tercio desque nos dormimos.

—¡Presto, Alonso! ¡No te demores! —le rogué, abotonándome la camisa.

Él, más raudo que yo para todo, terminaba ya de calzarse precipitadamente las botas. De un salto, se me allegó, ajustándose el cinto con la espada y la daga, me dio un beso y echó a correr hacia la puerta del cuarto.

—¡Te aguardo abajo! —se despidió.

Por todo el palacio se oían voces, portazos y carreras. Los Curvo se allegaban. No se demorarían ni dos horas en arribar pues, si Juanillo los había visto en el paso de las Tres Marías y el muchacho ya había regresado a Cuernavaca, significaba que don Miguel López de Pinedo y su yerno Arias Curvo acababan de cruzar el pueblo de Huitzilac, a tres leguas al norte por el Camino Real que llevaba hasta México-Tenochtitlán.

Cuando arribé al patio de armas ya se hallaban todos preparados, con las hachas en las manos, los caballos ensillados, y algunos, incluso, ya montados y listos para partir a galope tendido.

—¡Maestre! —me llamó Juanillo desde su caballo—. ¡Son muchos! ¡Traen un piquete de cincuenta soldados! ¡Más de los que esperábamos!

Que vinieran protegidos era razonable. Conocía que Arias Curvo y, de cierto, don Miguel López de Pinedo, albergarían ciertos recelos al leer la misiva que obligué a escribir a don Diego de Arana, marqués de Sienes, pues, aun no existiendo razones para temer que alguien conociera sus planes de conspiración y la historia del mapa, siendo ellos quienes eran, se podía presumir que preferirían, por si acaso, acompañarse de un pequeño grupo de soldados antes que allegarse hasta Cuernavaca como una indefensa comitiva de gentilhombres. Lo que en verdad me sorprendía era que trajeran soldados y, por más, un piquete de cincuenta. Nosotros, en total, éramos sólo veinte y cuatro, de los cuales ocho (fray Alfonso, el señor Juan, Lázaro, Telmo, Cornelius, Zihil, el Nacom y don Bernardo) no podían pelear, lo que nos dejaba en diez y seis espadas. Por fortuna, siendo yo más desconfiada que los conspiradores, no había dejado nada a la suerte.

—¿Conoce cada uno lo que debe obrar? —pregunté en voz alta.

—¡Sí! —respondieron todos.

De un salto, monté en mi caballo.

—¡Pues vamos! —grité.

Había arribado, por fin, el día de cumplir el juramento hecho a mi señor padre. No hacía todavía un año desde las muertes de los cuatro Curvo de Sevilla y antes de que se pusiera el sol de aquel lunes que se contaban diez y siete del mes de noviembre de mil y seiscientos y ocho, Arias Curvo ardería en el infierno junto a sus hermanos. Por más, si la fortuna me sonreía y el maldito hijo de Juana Curvo, el loco Lope, acompañaba a su tío Arias, me sería dado tener con él la gentileza de ayudarle a reunirse con la madre a la que apuñaló para limpiar la honra de su familia.

Galopar de noche a rienda suelta era peligroso mas habíamos recorrido el camino muchas veces durante los últimos días y guardábamos todos sus recovecos en la memoria. Debíamos arribar a los últimos puentes sobre barrancas antes del bosque de Chamilpa, por donde se internaba el Camino Real en dirección a Huitzilac, y debíamos arribar antes de que Arias Curvo y don Miguel López de Pinedo, con su comitiva y su numeroso piquete, salieran del bosque y se dispusieran a entrar en Cuernavaca. Era una distancia de legua y media, la misma que debían recorrer ellos desde el punto opuesto, mas nosotros galopábamos y ellos no, y ésa era nuestra ventaja.

Amaneció antes de que arribáramos. Desmontamos a doscientas varas del primer puente y, tras ocultar a los caballos, proseguimos el camino a pie. Cuando llegamos, Juanillo, Carlos Méndez y Francisco, con sus odres a la espalda, cruzaron al otro lado de la barranca y los perdimos de vista. El Nacom Nachancán, Zihil y el pequeño Lázaro Méndez cruzaron también, mas a éstos los vimos ocultarse entre el boscaje. Los demás nos dispusimos a un lado y a otro del camino y, de igual manera, nos ocultamos, cubriéndonos de ramas y hojas para no ser vistos desde la altura de un caballo. Chahalté, el hijo del Nacom, fue el último en esconderse, tras comprobar que los demás nos hallábamos cabalmente velados. A no mucho tardar, media hora a la sumo, el último Curvo desfilaría ante mí sin conocer que le aguardaba la muerte.

—¿Estás bien? —me susurró la voz de mi señor esposo desde mi diestra.

—Mejor estaría entre tus brazos —le susurré a mi vez—, mas es tiempo de venganza y no de placer.

—Nos resarciremos de este tiempo —afirmó.

—No lo pongas en duda —le dije y, aunque él no podía verme, le sonreí.

Muchas cosas hermosas habían acontecido desde el día que hallamos el tesoro de Cortés y la mejor de todas se relacionaba con la consumación de nuestro matrimonio.

Al anochecer de aquel día Alonso desapareció de la cueva. Para decir verdad, con todo cuanto había que ver en aquel lugar y con las risas, chanzas y jolgorio que teníamos, no me apercibí de su desaparición. Fue un poco más tarde, a la hora de la cena, reunidos todos a la redonda de una hermosa hoguera en el patio de armas del palacio, cuando advertí que mi señor esposo no estaba.

—¿Y Alonso? —le pregunté al señor Juan.

—Hace rato ya que no le veo —repuso distraído.

—Yo le vi salir de la cueva con Francisco —dijo Cornelius—. Mas hace casi dos horas de eso.

—¿Con Francisco? —me sorprendí. ¿Adónde habían ido esos dos?—. ¿Y dónde está Francisco?

—Pues con tu marido —razonó mi compadre Rodrigo mordiendo un trozo de carne—. ¿Dónde si no?

Me levanté, dejando el plato de la cena sobre la estera, y me dirigí hacia la puerta del palacio, dispuesta a recorrerlo de arriba abajo si era menester para encontrarlos. Nada más entrar en el gran recibidor, iluminado ahora por las luces de cuatro hachones de pie alto que habíamos dispuesto en las esquinas, mi criado Francisco salió silenciosamente por la puerta de la diestra y se llevó un muy grande sobresalto al advertirme.

—¡Doña Catalina! —exclamó.

—La misma que viste y calza de don Martín —repuse encaminándome hacia él con el ceño fruncido—. ¿De dónde he de suponer que vienes?

—Oh, pues... Vengo de... —su oscuro rostro lucía un gesto lastimoso.

—¿Y mi señor marido? —le pregunté desafiante, plantándome frente a él con las manos apoyadas en el cinto.

—Ah, sí... Está en... —se retorcía de agonía como una culebra.

—¡Francisco!

—¡Doña Catalina! —gritó espantado y, para mi sorpresa, echó a correr hacia la puerta principal y desapareció. No daba crédito al mal comportamiento de Francisco. Jamás había actuado de semejante manera y no le tenía por capaz de afrentarme como acababa de hacerlo. ¿Qué le ocurría al muchacho? ¿Acaso le alteraba la venida de su señor padre, Arias Curvo? Eché a andar en pos suyo, dispuesta a exigirle una explicación aunque fuera delante de todos, cuando la dichosa puerta tornó a abrirse y a cerrarse a mis espaldas.

—¡Catalina!

Ahora era mi señor esposo quien se sobresaltaba como antes lo había hecho Francisco. ¿Qué les acontecía a esos dos...?

—A ti te buscaba —dijo de seguido allegándose hasta mí muy sonriente—. ¡Qué suerte la mía hallarte aquí, lejos de todos!

—¿Qué estabais tramando Francisco y tú en la capilla?

—¿Quién te ha dicho que nos hallábamos en la capilla?

—¿No era allí donde estabais?

—No, no era allí —se rió Alonso y, tomándome de la mano al tiempo que tornaba a abrir la puerta, me llevó con él hasta la breve galería que discurría junto al patio interior, ahora oscuro y solitario—. ¿Conoces que he recobrado todas mis fuerzas y que mi salud ya no se resiente?

—Lo conocí cuando mataste al tigre y no perdiste el sentido ni con el animal encima —susurré, tratando de ocultar una sonrisa de grande felicidad.

Todo estaba claro en mi cabeza. Sabía que había llegado el momento y mi corazón latía raudo y fuerte al tiempo que una cálida desazón de las entrañas me exaltaba todo el cuerpo. La mano de Alonso que sujetaba la mía y tiraba de mí hacia algún lugar desconocido me quemaba la piel como si fuera de fuego y, por más, tenía la breve conciencia de que aquel momento lo íbamos a rememorar muchas veces en el futuro y me resultaba gracioso estar viviéndolo en el presente. No sé, de cierto que la alteración produce extraños pensamientos.

Doblamos la esquina del patio como si fuéramos hacia la capilla.

—¿Dónde me llevas? —le pregunté con grande curiosidad.

Alonso se detuvo y me miró derechamente a los ojos con una mirada llena de proposiciones.

—He preparado para ti —susurró, atrayéndome y besándome en los labios— el tálamo de una reina. La mujer a la que amo y con la que me he desposado es tan única y tan extraordinaria que no me sería dado...

Dejándome arrastrar por el deseo y por la inmensa felicidad que sentía, eché mis brazos alderredor de su cuello y, sin consentirle terminar, le besé con ardor y pasión. Él me abrazó por la cintura y principió a acariciarme despaciosamente la espalda por encima de la ropa. No dejábamos de besarnos más y más, con mayor pujanza, con mayor ansiedad. Nuestras manos se abrieron camino hacia lugares nuevos, no demasiado oportunos hallándonos como nos hallábamos en aquella galería abierta del patio interior. Cuando nos separamos para contener lo que parecía inevitable, Alonso me sonrió, admirado por mi falta de modestia y recato.

—A no dudar —susurró con la voz entrecortada—, y como ya he dicho, me he desposado con una dueña única y extraordinaria.

Tornó a sujetarme por una mano y, con la otra, abrió y empujó la puerta que teníamos justo enfrente de nosotros y de la que brotó, súbitamente, una cascada de luz cegadora.

—Francisco me ha ayudado a preparar para ti —me susurró— la hermosa cámara de doña Juana de Zúñiga.

Asombrada, me solté de mi señor esposo y me adelanté para colarme en el resplandeciente aposento.

Todas las velas y cirios que, de seguro, habían podido hallar en Cuernavaca, así como todos los candelabros de aceite y los candiles del palacio, se hallaban a la sazón desperdigados por el cuarto para no dejar ni un rincón en la sombra. Mas no era sólo la luz lo que brillaba, ni tampoco los espejos de las paredes que la reflejaban. Del dosel del lecho colgaban incontables cadenillas de oro y muchas más de los brazos de los candelabros, de los bordes de los postigos y también de los armarios. Por más, sobre las mesillas, el bargueño y el arcón situado a los pies del lecho, refulgían piedras preciosas y hermosas figuras de jade. Collares de perlas se esparcían descuidadamente por los asientos y el lecho, sobre cuyo almohadón descansaban algunas flores que debían haber recogido en los campos cercanos y que perfumaban suavemente la cámara. Si aquél iba a ser mi lecho nupcial, pocas mujeres, y de cierto pocas reinas, habían tenido uno semejante al mío.

Los brazos de mi señor esposo me rodearon la cintura desde atrás y sus labios comenzaron a besar mi cuello. Sólo por un instante, ante la presencia del lecho, sentí enrojecer mi rostro mas, arrastrada por los besos de mi amado Alonso, olvidé todo y me determiné a sentir, sólo a sentir aquel grande amor. ¡Llevaba tanto tiempo ansiando este momento! Alonso me giró hacia él y me atrajo hacia su pecho. Escuché los fuertes latidos de su corazón. Alcé la mano y le acaricié el rostro y, así, no sé bien cómo, terminamos reclinándonos sobre el lecho, apartando las perlas entre risas y besos, y quitándonos las ropas de a poco, morosamente, deleitándonos hasta que la premura se adueñó de nosotros.

—¡Ya llegan! —me alertó mi señor esposo desde debajo de la hojarasca, arrancándome de súbito de mis recuerdos.

Y era cierto. Se oía claramente el ruido de los cascos de los caballos y el entrechocar metálico de las armas contra las grebas. Debía salir de mi dulce ensueño pues el día de la venganza había arribado.

No, aún no se hallaban lo bastante cerca, razoné. Había que aguardar un poco. Mis sentidos se afilaron como dagas. De súbito, el creciente estrépito mudó para hacerse aún más fuerte y recio. Estaban atravesando el puente de madera sobre la barranca más alejada de nosotros. Con todo, parecióme que un extraño silencio nos cubría suavemente, como una niebla, acallando hasta el rumor del agua. Al fin, el primero de los jinetes entró en el segundo puente, el que nosotros vigilábamos desde este lado. Ahora sí se allegaban. Ya no faltaban más que unos latidos. En cuanto Francisco viera a su antiguo amo y padre, Arias Curvo, y al resto de los principales, pasar por delante de nosotros, daría la orden para que todo diera comienzo. Los teníamos encima. El ruido de cascos, ollares y armas se tornó estruendoso y, al fin, una montura pisó tierra y nos rebasó a Alonso y a mí. La cabeza de la comitiva ya estaba saliendo del puente. Conté los segundos, aguardando con el ánima en vilo.

Las explosiones retumbaron en el silencio de la tranquila mañana devolviendo mil ecos desde los cerros y montes cercanos, de cuenta que parecieron muchas más de las dos valederas que habían acontecido. Los caballos, espantados, relincharon, corcovearon y se encabritaron, tirando al suelo a sus jinetes. De los lados del camino, gritando como diablos, salimos a la vez los diez y seis de nuestro grupo, dando inicio a la pelea. No resultaba fácil luchar contra gente protegida por armadura o, como poco, por loriga y grebas, y aún era peor si no se habían caído de la montura. De ésos me desentendí, dejándoselos a los hombres altos.

Entretanto luchaba tirando a diestro y siniestro tajos, estocadas y reveses, atisbé la desaparición de los dos puentes, volados por los aires por nuestras cargas de pólvora. Esas explosiones habían acabado, a lo menos, con un tercio de la compañía de don Miguel y Arias, a los que no vislumbraba por ningún lado.

—¡Martín, tu siniestra, tu siniestra! —oí gritar a Rodrigo.

¡Maldición! Siempre olvidaba voltear la cabeza hacia el lado del ojo huero, por donde no veía venir los ataques. Por fortuna, cada vez que Rodrigo me gritaba de ese modo, el instinto me llevaba a tirar con la daga para atravesar o parar y, esta vez, atravesé. Uno menos.

En el terreno que había quedado entre los dos puentes volados, un grande incendio se extendía raudamente. Gritos, relinchos, imprecaciones y demandas de socorro llegaban desde allí. Días atrás habíamos dispuesto altos y tupidos mamparos hechos con ramas y los habíamos colocado a tres varas de las dos orillas del camino, de barranca a barranca, bien regados con aceites, sebo y resinas. Por más, Juanillo, Francisco y Carlos Méndez habían llenado unos odres con vinos añejos y aguardientes del palacio de Cortés con los que avivar las llamas. El incendio debía de ser súbito y violento para que los atrapados entre los mamparos y las barrancas no pudieran escapar.

De este modo, habíamos eliminado otro tercio de la comitiva. Los tres muchachos, junto con el Nacom, Zihil y Lázaro, estarían ahora regresando a nuestro lado, pasando sobre el grueso tronco de un árbol que habíamos talado corriente abajo y dispuesto a modo de planchón.

Uno de los negros de Yanga yacía en el suelo, desarmado, a punto de ser atravesado por la espada de un soldado. No lo pensé dos veces y, con la mía, atravesé el pecho del agresor de axila a axila por el hueco del brazo levantado. Y, a tal punto, sentí un aguzado pinchazo en la espalda y vi la punta de un arma salir por mi costado izquierdo, a la altura de la cintura. Si me encierras en un lugar oscuro, menudo y bajo tierra, me quedo sin fuelle y tengo la certeza de que voy a morir mas, si me clavas una espada por la espalda, me revuelvo como un rabioso *ocelotl* y te destripo, que fue lo que le hice a aquel grueso caballero al tiempo que, por su aspecto y ropas, conocía que era uno de los conspiradores (y, como no era Arias Curvo, se trataba, a no dudar, de don Miguel López de Pinedo).

—¡Te dije que a éste le mataría yo! —me gritó Rodrigo, propinándome un empellón que me tiró al suelo y cortando la cabeza de don Miguel con un rabioso mandoble. El viejo se hallaba de hinojos, sujetándose con las manos las tripas que se le escapaban y tratando de verse el hoyo del vientre por encima de la gorguera, de cuenta que no se apercibió de que le sobrevenía la muerte. El cuerpo se desplomó y la cabeza rodó dos o tres varas hacia la maleza, quedando entre las patas de los caballos que andaban sueltos y que la golpearon y lanzaron de un lado a otro.

Todo esto lo vi desde el suelo, taponándome la sangre que manaba de la herida. Por suerte, para cuando Cornelius se me allegó con su pequeña arqueta de hilas y ungüentos, la batalla había terminado. Alonso, sujetando por el herreruelo al hideputa del loco Lope y mirándole derechamente, le estaba gritando unas cosas terribles, de cuenta que no se había apercibido de mi estado. Rodrigo, una vez que Cornelius le sosegó asegurándole que la mía era una herida de nada, se puso en pie y tornó junto a los hombres que retenían al bellaconazo de Arias Curvo.

Arias Curvo.

Allí estaba, por fin. El último de los hermanos. Con su muerte cumpliría el juramento hecho a mi señor padre. Como todos los Curvo, Arias tenía el rostro avellanado y la dentadura perfecta, sin manchas, agujeros o apiñamientos y, por más, hacía gala de un porte alto y noble. Había en él un mucho de su hermano Fernando, como el bigote entrecano y la perilla blanca y, extrañamente, un algo de su hermana Isabel pues, como ella, Arias era rollizo de carnes y de prominente barriga.

Teniendo al último Curvo a menos de tres varas, no me era dado permanecer calmada entretanto Cornelius me curaba la herida, así que me revolví y me incorporé.

—¡Maestre, parad! —me regañó el cirujano, que trataba con poca fortuna de sujetar con hilas los emplastos de hierbas que me había colocado—. ¡Maestre, hacedme la merced de parar!

—¡Acabad ya, Cornelius, que tengo prisa! —le espeté. Mi voz atrajo la atención del Curvo, que posó sus ojos en mí y me conoció.

—Don Martín Nevares, el tuerto —dijo, alzando la voz para que yo le oyese—. Hacía mucho tiempo que os aguardaba.

Arrastrando tras de mí a Cornelius, que anudaba a

toda prisa los cabos de las hilas, me dirigí hacia el Curvo y le sonreí.

—Para decir verdad, señor —repuse—, era yo quien os aguardaba, como podéis ver. Y ahora os tengo en mi poder, así como al enajenado de vuestro sobrino, Lope de Coa.

El loco Lope, que no dejaba de ser un fino mozo de barrio con aspiraciones a la santidad, hizo un gesto bravucón que mi señor esposo atajó con una sonora bofetada, derribándolo. Su tío le miró con desprecio y, luego, tornó a poner la mira en mí.

—¿Y doña Catalina Solís? —me preguntó mordaz—. ¿También os acompaña aquí vuestra querida? No sabéis matar a un Curvo sin la ayuda de una mujer, ¿verdad? ¿Qué habríais hecho en Sevilla sin ella? No sois lo bastante hombre para ejecutar las cosas por vos mismo.

No pude evitar echarme a reír tan de gana que la herida me dolió. Y no sólo yo perecía de risa. Todos los compadres se doblaban por los ijares de puras e irrefrenables carcajadas.

—¡Acertáis, señor! —farfullé secándome las lágrimas del ojo bueno—. ¡No soy lo bastante hombre! ¡Vamos, que si me apuráis, no soy hombre en absoluto!

El Curvo y su sobrino entrecerraron los ojos mirándome ambos dos con profundo odio. No entendían a qué venían aquellas risas y se sentían ofendidos por haber dicho algo que los convertía en objeto de burla. De ser alguno de ellos, yo hubiera estado más preocupada por lo que me aguardaba que por una tonta ofensa, mas ya se conoce que el orgullo, la honra y todas esas zarandajas, al parecer, importan más que la vida.

—¡Maniatadlos! —ordené, poniéndome súbitamente seria—. ¡Volvemos al palacio!

En ese punto, arribaron corriendo Francisco, Juanillo, el Nacom, la joven Zihil, Carlos y Lázaro. Vi los ojos de Francisco posarse en los de su padre y quedar de piedra mármol. El Curvo le miró también mas no le vio. Que no reconociera a su antiguo mozo de cámara ya era señal de la importancia que el muchacho había tenido para él, aunque lo valederamente terrible, lo que helaba la sangre en las venas, era que Francisco era su hijo, habido con una esclava, y que, por más de ser su hijo, era un Curvo puro de los pies a la cabeza aunque tuviera la piel negra, tan parecido a él mismo y a su primo Lope que había que estar ciego para no advertir que eran de la misma familia y, ni aun así, había conseguido atraer su atención. Para Arias sólo era un negro y valía menos que una piedra.

Me allegué hasta Francisco y le puse la mano en el hombro.

—No te desengañes con tu padre —le dije—. Es un hideputa malnacido que no merece un hijo como tú.

Francisco me miró un tanto sorprendido.

—Erráis, doña Catalina —me replicó—. Yo no tengo padre y no me he desengañado con mi antiguo amo. Es que he sentido miedo al verle y ya no recordaba lo que era tener tanto miedo. Su presencia me acobarda y atemoriza como ninguna otra cosa en el mundo.

—Pues tú llevarás su caballo —le ordené.

—¡No, doña Catalina, por lo que más queráis, no!

—Escucha, Francisco —le dije sosegadamente—. No podré matar a ese maldito Curvo hasta que tú dejes de temerle. No debes vivir con esa sombra pues, de otro modo, cualquiera que te levantara la mano o que te golpeara como él lo hacía ganaría todo su poder sobre ti.

Debes perderle el miedo, debes allegarte hasta él y verle como es en verdad, un bellaco despreciable.

Mi señor esposo se colocó junto a mí y mi compadre Rodrigo se puso a mi diestra.

—Francisco, conoces que te dicen verdad —le animó Alonso—. Ese fullero no es nadie y tú vales mucho más que él.

—¡Juanillo! —vociferó Rodrigo.

El muchacho, que, junto con otros, vigilaba a Arias Curvo y a Lope de Coa con el arcabuz preparado, voló hasta nosotros.

—Acompaña a Francisco durante el camino al palacio —le mandó Rodrigo— y, entre los dos, encargaos del Curvo gordo. Yo tengo que decirle unas palabritas al loco Lope.

—¿No te humilla —le preguntó Alonso a Rodrigo, frunciendo el ceño— que un miserable como ése fuera capaz de robarnos y atormentarnos como lo hizo sin tener ni media bofetada?

—Me humilla —admitió Rodrigo, alejándose—. Y es por eso que la media bofetada se la voy a convertir en bofetada entera.

—¡Aguarda, compadre! —le pidió mi marido—. Voy contigo.

Comprendí la necesidad de venganza que ambos sentían. Por eso, colocándome al frente de nuestra comitiva, les permití quedarse allí, junto al puente volado, entretanto que todos los demás regresábamos al palacio de Cortés. Ya tornarían cuando acabaran.

A medio camino, mi señor suegro puso su caballo junto al mío.

—Tras la comida —me anunció— partiré con mis hijos hacia México-Tenochtitlán.

Asentí.

—Informad al virrey que hemos cumplido nuestra parte. La conjura está descabezada y sin recursos. Ahora, nos debe el perdón real y todo lo que ofreció en promesa.

—Si me dejáis los caballos más rápidos y algunos hombres, en menos de tres días estaremos de vuelta.

—Tomadlos —le concedí—. Y no corráis peligros innecesarios.

El fraile sonrió y yo, viéndole, me dije que como todos sus hijos, incluido mi esposo, se le parecían tanto, así mismo sería Alonso cuando rebasara los cuarenta años: calvo y con las cejas asilvestradas, aunque igual de gallardo y rubio que ahora y con los mismos bellos ojos zarcos.

—¿Me es dado preguntaros una cosa, doña Catalina? —aventuró fray Alfonso con cierta timidez.

—Adelante, fraile —repuse, divertida. ¿Qué tenía ahora en la cabeza aquel franciscano embelecador?

—Como suegro vuestro desearía conocer si, una vez que el rey os haya perdonado, habéis considerado la circunstancia de darme nietos.

Pegué tal respingo en la silla que el caballo casi se me encabritó. Hube de sujetar fuertemente las riendas para dominarlo.

—¡Esperad sentado, fraile! —le grité, poniendo mi montura al galope—. ¡Antes los tendréis del pequeño Telmo que de Alonso!

Todos cuantos me seguían, cogidos por sorpresa, fustigaron a sus caballos para darme alcance.

Entre el río y la cueva del tesoro, sobre aquella extraña piedra que había brotado del suelo, yacía, tumbado en una muy incómoda postura, el último de los cinco hermanos Curvo, Arias, desnudo de cuerpo salvo por un paño de algodón blanco que le honestaba sus partes. Como la piedra no era muy grande, su cabeza y sus brazos, atados por las muñecas, colgaban por uno de los extremos, entretanto sus piernas, atadas por los tobillos, colgaban por el otro. Sólo su pecho, ligeramente inclinado hacia la cabeza, y su voluminoso vientre se apoyaban en el viejo altar mexica. Un trozo de seda de la elegante camisa que había vestido hasta hacía poco servía ahora para amordazarle y ahogar sus gritos.

Alrededor del altar, sólo nos hallábamos los pocos que quedábamos de aquella grande familia que un día fuimos —es decir, el señor Juan, Juanillo, Rodrigo y yo—, así como mi señor esposo, que deseaba acompañarme, el Nacom Nachancán y el maltrecho loco Lope, caído como un fardo en el suelo fingiendo hallarse desmayado aunque bien despierto y atento a todo cuanto acontecía. Fray Alfonso con Carlos, Lázaro y Telmo había partido aquella tarde hacia México-Tenochtitlán y, el resto, incluido Francisco, asaba un venado para la cena en el patio de armas del palacio.

Habíamos bajado luces suficientes como para alejar las tinieblas de aquel oscuro lugar aunque la cueva, como era tan honda, tornaba a sumirse en la penumbra a unas pocas varas por detrás de nosotros, que mirábamos hacia el río.

Ninguno hablábamos. El Nacom se me allegó portando en las manos, sobre un paño blanco, uno de aquellos hermosos y bien afilados cuchillos de pedernal que guardaba como un tesoro. Éste era de hoja más ancha que aquel tan fino que él había empleado para agujerear los miembros viriles de los nobles sevillanos. Cuando lo tomé y lo empuñé para conocer su peso y su firmeza, como hija de espadero no pude por menos que admirarme de la perfección con que lo había ejecutado su artesano.

—Guiadme, Nacom —dije, volviéndome hacia Arias Curvo, que no cesaba de revolverse inútilmente sobre la piedra.

—No tembléis, doña Catalina —me advirtió con afecto.

Y decía verdad pues mi mano, la misma mano firme y sólida que empuñaba una espada en la batalla, se estremecía ahora con violentos tiritones empuñando aquel cuchillo. La paré con la siniestra y cerré los ojos un momento para sosegarme.

Y, de súbito, ya no me hallaba en las tripas de una pirámide en tierras de la Nueva España sino en la imperial Sevilla, en un pequeño cuarto rentado de la Cárcel Real, contemplando una escena que volvía desde un lugar oscuro de mi memoria. Allí estaba Damiana, la buena y servicial Damiana, torturada y asesinada después por el loco Lope, dejando caer entre los labios grises de mi señor padre, don Esteban Nevares, un líquido amarillo con la ayuda de un cacillo. Damiana, la curandera más hábil de Tierra Firme, dijo «permitidle respirar» a un entristecido Martín, que no era otro que yo misma, y que, obediente, se levantó y se alejó del lecho del moribundo. Veo a mi padre debatirse con la muerte para despertar y oigo su voz llamándome: «¡Martín, Martín! ¿Dónde te has metido? Hay algo muy importante que debo pedirte antes de morir». A tal punto, los ojos ciegos de mi señor padre ya no miran sin ver hacia su hijo Martín sino hacia mí, hacia la valedera Catalina Solís que se halla en la pirámide *tlahuica*. «Quiero que tomes venganza —me dice—. Toma venganza por Mateo, por Jayuheibo, por Lucas, por Guacoa, por Negro Tomé, por el joven Nicolasito, por Antón, por Miguel, por Rosa Campuzano y el resto de las mancebas, por los vecinos asesinados de Santa Marta, por la casa, por la tienda, por los animales, por la *Chacona*, por madre y por mí. No permitas que ni uno solo de los hermanos Curvo siga hollando la tierra mientras tu padre y los demás nos pudrimos bajo ella.»

—¡Os lo juro, padre! —exclamé a voces abriendo los ojos y mirando la gruesa barriga peluda de Arias Curvo—. ¡Juro que tomaré venganza!

—¡Catalina! ¿Qué dices? —gritó Alonso, abrazándome—. ¡Para, para! ¡Si no te es dado ejecutarlo, déjalo!

—¡Martín, compadre! ¿Qué te pasa?

Aspiré el olor de la piel de mi amado esposo y, por encima de su hombro, sonreí al espantado Rodrigo. Ninguno de los dos conocía que yo acababa de estar, de nuevo y por un corto espacio, en la Cárcel Real de Sevilla el día en que murió mi señor padre. Sin soltar el cuchillo, abracé fuerte a Alonso y, al cabo, me solté con determinación. La idea de la muerte de Arias sobre un altar de sacrificios humanos se me vino al entendimiento la mañana que fondeamos junto a la isla Sacrificios y el señor Juan y yo descubrimos aquellos adoratorios con altares manchados de sangre. Al punto conocí que aquélla era, a no dudar, la muerte que el despreciable Arias merecía y la que el destino había escrito para él.

Caminé despaciosamente hacia el altar sin prestar atención a los ojos hinchados del Curvo que me miraban con horror. Era justo que sintiera ese horror, me dije.

Era justo que ese hideputa sintiera el mismo miedo, dolor y muerte que había causado a tantas gentes inocentes pues ni aun así pagaba su grandísimo adeudo. Mas ahora lo saldaría valederamente.

—Debéis dar la cuchillada con destreza entre las costillas, abajo y del lado izquierdo —me dijo el Nacom, señalándome el punto exacto—. Sajar un poco a un lado y a otro para dejar sitio a la mano.

Se hizo un hondo silencio. Sólo se oía el fragor del agua y el crepitar de las llamas de las antorchas.

Miré a Arias y le sonreí.

—Cuando maté a vuestra hermana Isabel —le dije muy tranquila—, el curare le impidió suplicar por su vida. El hideputa de vuestro hermano Diego, podrido de bubas de los pies a la cabeza, recibió una puñalada en el corazón entretanto lloraba pidiendo confesión. Vuestra hermana Juana murió a manos de este sobrino vuestro que ahora elige parecer desmayado antes que tratar de auxiliaros o confortaros. Fernando peleó bien con la espada y me desbarató el ojo que perdí y en el que ahora calzo uno de plata, mas le maté en la bodega de su palacete. Y, ahora, os toca a vos, bellaconazo. Presentad mis respetos a vuestros malditos hermanos cuando los veáis en el infierno y, cuando os reunáis con ellos, recordad juntos, si os atrevéis, el grande daño que hicisteis a gentes honestas sólo por acopiar riquezas, renombre y palacios.

Alcé el brazo y descargué el cuchillo de pedernal en el lugar exacto que me había marcado el Nacom. El gordo cuerpo de Arias corcoveó como el lomo de un caballo y la sangre empezó a manar a borbotones. Corté a un lado y a otro para abrir un ojal en la herida.

—Ahora, meted la mano por la brecha y tentad hacia arriba hasta que notéis el corazón.

Arias Curvo seguía vivo y se retorcía furioso, de cuenta que tardé un poco en advertir los encabritados latidos de aquella entraña que le daba la vida. Me hallaba tan horrorizada por lo que obraba como sorprendida por obrarlo. Matar a un enemigo no era algo que me causara desazón tras cuatro venganzas e incontables batallas, mas sostener su corazón entre los dedos, latiendo furiosamente, hizo que me flaquearan las piernas.

—¿Lo tenéis ya? —me preguntó el Nacom.

Asentí.

—Pues sujetadlo bien y tirad con todas vuestras fuerzas para arrancárselo de un golpe.

Temí no ser capaz, dudé otra vez... Y entonces me vino madre a la memoria, la valiente mujer que me había acogido en su casa cuando yo nada tenía y que había muerto por salvarme, recibiendo tormento entretanto suplicaba por mi vida. Y así, recordando lo mucho que la quise y lo mucho que ella me quiso a mí, cogí aquel maldito y negro corazón entre mis dedos, lo apreté y tiré de él como un tigre rabioso. Ya conocía que no iba ser fácil y que mis fuerzas no eran ni las de un hombre ni las de un Nacom acostumbrado a obrar aquella atrocidad, por eso, y por no tener ganas de estar mucho tiempo ejecutando el desagradable oficio, tiré de él como si las vidas de todos a los que quise y que los Curvo me quitaron dependieran de ello. Tiré con tanta furia, con tanta ira que las lianas que sujetaban el corazón se desgarraron y pude sacar la mano del cuerpo de Arias con el triste y sangrante despojo entre los dedos.

—Ya está, doña Catalina, se acabó —me consoló el Nacom—. Ha terminado.

No, no había terminado. Arias agonizaba, sí, mas aún seguía vivo. De cierto que iba a morir en pocos segundos, así que alargué mi mano hacia su rostro y le mostré su propio corazón latiendo todavía.

—¿Lo veis, Arias? —le pregunté—. ¡Pues ésta es la justicia de los Nevares!

Y con todas mis fuerzas, estirando mucho el brazo, lo lancé a las aguas del río, en las que se hundió y desapareció prestamente entretanto el cuerpo al que había pertenecido exhalaba el último suspiro. Arias Curvo había muerto.

Me allegué hasta el cauce del agua y, agachándome, principié a limpiarme con desesperación la sangre de las manos y del brazo. Los sollozos me sacudían el cuerpo sin que a mi voluntad le fuera dado evitarlo. Alonso me cogió con fuerza, me alzó y me estrechó contra su pecho, rodeándome con sus brazos como si quisiera defenderme del mundo entero. Lloré y lloré durante mucho rato y, cuando principié a calmarme, de algún modo me apercibí de que todos los demás se hallaban junto a nosotros.

—Has cumplido el juramento que le hiciste a tu señor padre —escuché decir a Rodrigo—. Eso te honra.

—No llores más, muchacho —murmuró, apenado, el señor Juan, poniéndome una mano en la espalda—. Lo has hecho bien. Ahora, mi compadre Esteban podrá descansar al fin en su tumba. Has actuado como el hijo que siempre quiso tener.

—Maestre —me dijo Juanillo—, estoy orgulloso de haberte asistido en esta venganza.

Me sequé la mejilla mojada por el llanto y descubrí, sorprendida, que, aunque había llorado, el ojo huero no me había dado pinchazos como en otras ocasiones. Quizá fuera por el ojo de plata. A lo que se veía, la plata tenía la propiedad de aliviar ese extraño dolor que hasta entonces había sentido. Separé el rostro del pecho de mi señor esposo y los miré a los cuatro. Todos me sonreían con afecto, hasta mi compadre Rodrigo, que abrió la boca para soltar alguna frase de las suyas aunque se contuvo.

—Aún nos queda ése —dije, señalando con la barbilla al aterrorizado Lope de Coa, que parecía de piedra mármol aunque se hallaba bien despierto—. Hacedme la merced, compadres, pues yo ya no puedo más, de atarlo al cuerpo de su tío.

—¿Cómo dices, muchacho? —se sorprendió el señor Juan.

—Que toméis el cuerpo muerto de Arias y, rostro con rostro, bien arrimados de los pies a la cabeza, los atéis juntos y, luego, tras vaciar alguna de esas cajas grandes que contienen oro y joyas, los metáis dentro y clavéis la tapa. Llevad la caja al fondo de la cueva y abandonadla allí.

El loco Lope rugió como un león y trató de ponerse en pie y de huir hacia el interior de la cueva mas Rodrigo le alcanzó al punto y le tiró al suelo y, entonces, el loco empezó a gritar desaforadamente hasta que mi señor esposo le amordazó con un pañuelo y le cerró la boca para siempre. Entre todos, apretaron el cadáver de Arias contra el cuerpo de Lope y, luego, los ligaron reciamente con cuerdas y los metieron en la caja, la clavaron y la llevaron al fondo de la cueva.

La noche del ataque a la Serrana, aquella maldita noche en que el loco robó a Alonso y a Rodrigo y conocí que había matado a madre y a Damiana, encerrada en el interior de la cuba bajo la mar juré que, si me era dado sobrevivir, Arias Curvo y Lope de Coa padecerían las más terribles muertes que el ingenio humano hubiera discurrido desde que el mundo era mundo.

El cadáver de Arias, con la humedad y el calor, se pudriría raudamente y su pudrición corrompería en vida a su sobrino.

Cerré los ojos con fuerza, alcé el rostro hacia arriba, hacia un cielo que no se veía, y, apretando los puños hasta clavarme las uñas, musité con voz muy baja:

—Se acabó, padre. Ya están todos muertos. Ya no huella la tierra ninguno de los malditos Curvo que acabaron con vuestra vida. He cumplido el juramento que os hice y espero que ahora tanto a vuestra merced como a madre y a los demás os sea dado descansar en paz. Perdonadme, pues, por enterrar aquí y ahora a vuestro hijo Martín Nevares. Aquí acaba él y acaba su venganza. Soy Catalina, padre, y, en adelante, sólo seré Catalina.

Del silencio brotó el vozarrón terrible de mi compadre Rodrigo, justo detrás de mí:

—¡Entierra a Martín Nevares si tal es tu deseo, cobarde! Mas tú eres, y siempre serás, Martín Ojo de Plata. ¡Te guste o no!

Y, luego, tras un bufido, añadió:

—¡No hay quien comprenda el confuso entendimiento de una dueña!


Fray Alfonso no retornó en tres días. Tampoco en cinco. Y cuando ya nos hallábamos todos sobre nuestras monturas, dispuestos a partir hacia México-Tenochtitlán, un impresionante destacamento de soldados cruzó el paso de las Tres Marías y se aposentó con gran aparato militar en la aldehuela de Huitzilac, cerrando al punto el Camino Real. Otros destacamentos obraron lo propio en el resto de los caminos que llegaban hasta Cuernavaca, de cuenta que el lugar quedó sitiado con nosotros dentro en menos de un paternóster.

Ya habíamos dado la voz de alarma y yo impartía órdenes para abandonar el palacio de Cortés y escapar de la traicionera emboscada por los profundos cauces de las barrancas, cuando mi joven cuñado Carlos, desde el otro lado de los puentes volados, a gritos nos saludó y nos aseguró que no se trataba de una celada sino que portaba un mensaje del virrey don Luis de Velasco el joven para mí y que los soldados sólo estaban allí para proteger el tesoro.

En menos de una mañana, los puentes fueron reconstruidos y Carlos Méndez cruzó a lomos de un hermoso caballo alazán muy revuelto y de buena carrera.

—¡Eh, noble señor don Carlos! —le chanceó su hermano entretanto le abrazaba—. ¿Y padre? ¿A qué se debe su ausencia? ¿Y Lázaro y Telmo? ¿Cómo es que vienes solo y en compañía de soldados?

—¡Basta, basta! —protestó el muchacho alegremente, liberándose de los brazos que lo apretaban—. Contigo no tengo nada que hablar. Traigo un mensaje del virrey de la Nueva España para doña Catalina Solís, mi señora cuñada.

Yo le sonreí y le revolví el rubio cabello, aunque para ello tuve que alzar la mano.

—A ver ese mensaje, señor caballero.

—No —se opuso—. Ya sé que debo entregároslo mas

llevo dos días comiendo bazofia de milicia y estoy más que harto de cazabe[37] y vino malo.

Un capitán que había cruzado los puentes tras mi joven cuñado carraspeó para hacer notar su presencia. Carlos Méndez se volvió hacia él y le miró con desgana. Luego, se giró de nuevo hacia mí.

—Mi señora doña Catalina, éste es el capitán Díaz del Castillo, al mando del ejército que protege Cuernavaca.

El capitán, un guapo criollo con bigote y perilla ataviado con armadura, hincó la rodilla en tierra frente a mí, tomó mi mano y se la allegó a los labios. A hurtadillas vi el respingo que dio mi señor esposo.

—Es un grande honor, mi señora —dijo el capitán, alzándose—, poder presentaros mis respetos. Lo que vuestra merced ha hecho por España y por el imperio es digno de admiración y siempre os será reconocido.

—¡Voto a tal! —soltó Rodrigo—. ¿Ahora, en lugar de querer prendernos, nos van a besar los pies?

El señor Juan le propinó un codazo que, aunque no produjo daños en el duro cuero de mi compadre, le avisó de la conveniencia de mantener la boca cerrada.

Al punto, sentí que mi camisa, mis calzones y el cinto con mis armas se transformaban en uno de aquellos hermosos ropajes que vestía en Sevilla y, si bien se dice que el hábito no hace al monje, por algún encantamiento me convertí en la exquisita y refinada viuda que fui allí y que recibía a sus invitados tumbada en el estrado de su palacio.

—Mi buen capitán —exclamé con una dulce sonrisa—, quédese vuestra merced a comer con nosotros pues, como ve, el mensajero del virrey impone condiciones.

37. Torta de harina de raíz de mandioca.

—Os lo agradezco, mi señora —rechazó pesaroso—, mas debo tornar con mis hombres y comer cazabe y beber vino malo.

Esto último lo dijo de buen humor, mirando con socarronería a Carlos Méndez, que ni se inmutó. El capitán realizó una elegante inclinación ante mí y montó de nuevo en su caballo, partiendo al punto. En cuanto hubo cruzado los dos puentes, mi cuñado lanzó un luengo suspiro de alivio.

—¡Por vida de...! —dejó escapar—. ¡Qué rancios y estirados son los soldados españoles! Llevo dos días de viaje y me han parecido dos meses.

Juanillo y Francisco se allegaron hasta él y le dieron abrazos y mojicones muy al estilo de los jóvenes compadres.

Cruzamos el portalón que daba acceso al patio de armas y, a no mucho tardar, alguien puso un venado a asar sobre la hoguera. Hacía ya cinco días que fray Alfonso había partido hacia México-Tenochtitlán y, una vez muertos los Curvo, no teníamos nada más que poner en ejecución que ir de caza, de pesca o de paseo, así que nos hallábamos bien provistos de bastimentos y, por más, conocíamos los recovecos de Cuernavaca y sus barrancas como las palmas de nuestras manos.

Los cinco hombres de la dotación de la *Gallarda* y los cuatro negros de Yanga se repartieron la tarea de tener a la mira a los soldados que cortaban los caminos. Mi habitual desconfianza me llevaba a tomar prevenciones, aunque mucho me temía que, en esta ocasión, la presencia de tanta milicia obedecía a la voluntad del virrey de tener el tesoro bajo custodia alejando de mí la tentación, si es que acaso yo la sentía, de apropiarme del botín. Fray Alfonso había sido muy claro al respecto cuando nos refirió en el manantial los deseos del virrey: «Lo que él, en verdad, quiere de vuestra merced es que, por más de haceros con el mapa, rescatéis el tesoro de Cortés para impedir la traición y lo depositéis no en vuestra bolsa, que sobre esto fue muy claro, sino en las arcas de la Corona de España. Vuestra merced entregará el tesoro a don Luis de Velasco el joven sin que falte una sola pieza».

Si yo tenía a gala ser desconfiada, el susodicho virrey, desoyendo la opinión de fray Alfonso sobre que yo era una dama de mucha dignidad, me ganaba de largo obrando como si el forajido Martín Ojo de Plata fuera a robarle su tesoro. Me determiné a ignorar tan grosera actitud pues, de haberme hallado en su lugar, hubiera actuado de igual forma.

Y, así, sentados a la redonda del venado que giraba en el espetón, nos hallábamos reunidos los que ahora formábamos la nueva pequeña familia: Rodrigo, el señor Juan, don Bernardo Ramírez, Carlos Méndez, Juanillo, Francisco, Cornelius Granmont, el Nacom Nachancán, su hijo Chahalté, Zihil, Alonso y yo.

—¿Me vas a decir ya dónde están padre y los pequeños o me harás esperar, en verdad, hasta después de la comida? —porfió mi señor esposo mirando derechamente a su hermano menor, que bebía un sorbo de vino de una copa.

—No, no te voy a hacer esperar —repuso Carlos, limpiándose los labios con el brazo—. Ni tampoco a vuestra merced, doña Catalina. Sólo sentía el apremio de quitarme de encima a esos malditos soldados y a ese pulido capitán Díaz del Castillo. ¡Qué gentes tan engreídas y disciplinadas!

—Éste no nació para los Tercios —se rió el señor Juan.

—Ni para los Tercios ni para la Iglesia —declaró Carlos con grande convencimiento entretanto se me allegaba y me hacía entrega de un pergamino lazado y lacrado—. Escrito de puño y letra por el mismísimo virrey de la Nueva España. Y eso que está tan ciego como don Bernardo y que, como él, se sujeta los anteojos con cordoncillos.

Rompí el lacre y leí en voz alta el contenido para que todos lo conociesen al mismo tiempo que yo. El virrey me daba las gracias por salvar a la Nueva España y al imperio y lo hacía con unas palabras y una letra tan florida que daba gusto leerlo. Me hacía saber que se hallaba a la espera de la inminente llegada, gracias a la premura de los avisos[38] de la Casa de Contratación, de los documentos que le había solicitado al rey Felipe el Tercero por los cuales quedaban derogadas tanto la real disposición contra don Martín Nevares y doña Catalina Solís por los asesinatos de don Fernando, doña Juana, don Diego y doña Isabel Curvo, como la real orden de apresamiento contra don Esteban Nevares, ya fallecido, y don Martín Nevares, su hijo, por crímenes de lesa majestad, a saber, contrabando y mercadeo de armas con el enemigo en

---

38.    Los avisos eran barcos pequeños y ligeros que llevaban el correo urgente. Podían llegar a hacer el viaje en sólo dos semanas. También anunciaban la llegada de las flotas y comunicaban entre sí a los barcos que las integraban. Los había de la Casa de Contratación de Sevilla y de los distintos Consulados de Mercaderes de España y América. Eran los únicos autorizados a navegar en solitario, sin formar parte de las flotas o las armadas.

tiempos de guerra. Asimismo, le había solicitado también al rey una instrucción para que le fueran restituidas a doña Catalina Solís todas sus propiedades, heredadas o adquiridas, tanto en España como en el Nuevo Mundo. Y, por último, y dado que las personas de don Martín Nevares y doña Catalina Solís no eran sino sólo una —la mentada doña Catalina Solís—, el virrey había requerido de Felipe el Tercero que le concediera a ésta el título de duquesa de Sanabria, pues tal era el nombre de su palacio en Sevilla. A los efectos de la Nueva España y por su autoridad virreinal, todo se hallaba ya en ejecución salvo el asunto del ducado, que sólo podía provenir del propio rey. Para finalizar, tornaba a agradecerme, en su nombre y en el de la Corona, el grande servicio prestado al imperio desbaratando la conjura que pretendía dividirlo.

En un segundo pliego, me explicaba que siendo asunto tan complicado para la Real Audiencia y la Real Hacienda organizar la recuperación del tesoro, se precisaban, a lo menos, dos semanas para disponer toda la intendencia, por lo que hasta el jueves que se contaban cuatro días del mes de diciembre o el viernes que se contaban cinco, no le sería posible llegar a Cuernavaca con los contadores, tesoreros, veedores y factores del Tribunal de Cuentas y con los escribanos, secretarios, fiscales y oficiales reales de la Audiencia, así como con el recuaje de mulas preciso para el traslado. Por eso, faltando aún, pues, quince días, se había determinado a realizar una visita de inspección que tenía pendiente por algunas ciudades al norte de México y ésa era la razón por la que fray Alfonso y sus dos hijos menores no regresaban todavía, pues el franciscano había mostrado mucho interés en acompañarle en su viaje. Arribarían todos juntos, como me había dicho, el jueves cuatro o el viernes cinco. Entretanto, el capitán Nuño Díaz del Castillo, al mando de las tropas que protegían el lugar, se hallaba totalmente a mi disposición para cualquier cosa que fuera menester.

Como despedida, el virrey tornaba de nuevo a darme las gracias por salvar al imperio y me anunciaba que cuanto decía su carta ya se estaba dando a conocer con bandos y pregones por toda la Nueva España (y, a no mucho tardar, por toda Sevilla y por toda España) para que los conspiradores conocieran que la conjura había sido descabezada y que todo había sido obra de Martín Ojo de Plata o, lo que era lo mismo, de doña Catalina Solís, quien, ejecutando una venganza contra la familia Curvo jurada a su señor padre en su lecho de muerte, topó fortuitamente con la conspiración y, poniendo su vida, su honor y su hacienda en entredicho y en grande peligro, y con la justicia y las autoridades en su contra, la desbarató ella sola por el bien de España, hallando también un inmenso tesoro que los Curvo y los López de Pinedo habían acopiado para comprar voluntades y ejércitos con vistas al alzamiento. Discretamente, don Luis de Velasco me participaba la inconveniencia de mezclar al grande conquistador de la Nueva España, don Hernán Cortés, y a su familia en el asunto de la conjura pues podía redundar en deservicio del reino. El virrey esperaba asimismo que todas las determinaciones adoptadas fueran suficientes para limpiar mi nombre por todo el imperio, sin menoscabo, por supuesto, de la celebración oficial que tendría lugar en el Real Palacio de México el día domingo que se contaban veinte y uno del mes de diciembre, cuatro antes de la Natividad, para hacerme entrega públicamente de los documentos reales de perdón y restitución que para esa fecha, de seguro, ya habrían arribado, así como para proceder a la concesión del título de duquesa de Sanabria.

—Lo que dice de los bandos y pregones es absolutamente cierto —afirmó Carlos Méndez—. No sólo lo he visto en México-Tenochtitlán sino también por todos los pueblos y ciudades por los que pasé con los soldados de camino hacia aquí.

Eran unas nuevas magníficas y, aunque hubiéramos debido estar dando saltos de alegría, bebiendo y bailando en torno a la hoguera, nadie se movió tras las palabras de mi joven cuñado. Quienes nada conocían miraban a diestra y siniestra con sonrisas extrañadas. Fue el señor Juan quien rompió el silencio:

—¿El día veinte y uno de diciembre? —preguntó, consternado.

—Eso dice la misiva —asentí con tristeza.

—¡Es el segundo aniversario de la muerte de tu señor padre! —clamó—. ¡No te es dado acudir a esa fiesta!

Juanillo, con un gesto de pesadumbre, se mostró conforme. Cumplido el juramento, no era correcto quebrantar el luto y mucho menos con una grande celebración.

—¡Déjese de majaderías, señor Juan! —soltó Rodrigo, golpeándose las rodillas con las manos como si, a tal punto, despertara de un sueño—. ¿Acaso no ve que es la manera que tiene el viejo maestre de darle a su hijo su bendición y beneplácito?

—¡Duquesa de Sanabria! —exclamó asombrado mi señor esposo—. ¿Y yo, entonces, qué seré? ¿Duque?

—¡Olvídalo, ambicioso esportillero del demonio! —siguió tronando el de Soria—. La duquesa será ella y tú sólo el consorte. Vuestros hijos, si los tenéis, heredarán el título, mas tú te quedarás de comparsa y de adorno para toda tu vida.

—¡Mira que eres bruto e ignorante, Rodrigo! —le atajé—. El consorte de una duquesa es duque por matrimonio. Hazte a la idea, por el bien de la cordura de todos, de que Alonso va a ser duque de Sanabria.

—¡Antes me rebano la lengua que llamar duque a éste! —profirió con desprecio.

—Pues sigue llamándome tonto, esportillero, truhán, comparsa, adorno o lo que te plazca —le dijo, riendo, mi señor esposo—, mas a Catalina tendrás que tratarla de duquesa, tanto si quieres como si no.

—¡También me rebano antes la lengua! —rugió mi compadre.

# CAPÍTULO V

—

La soleada y luminosa mañana del veinte y uno de diciembre del año de mil y seiscientos y ocho, crucé a caballo una ancha y luenga calzada sobre la laguna de Texcoco y fui recibida en la opulentísima México-Tenochtitlán por un nutrido grupo de damas de las más nobles e ilustres familias de la ciudad que acudieron en sus palafrenes y sillones de plata ataviadas con muy ricas sayas y aderezadas con admirables joyas. Era un acogimiento extraño puesto que debían haber sido los miembros de la Real Audiencia los que me recibieran bajo un hermoso y elaborado arco triunfal, mas yo supliqué que todo aconteciera de manera más sencilla y sin grandes boatos. Y aquellas prestigiosas y alborotadas damas eran la respuesta. A no mucho tardar, perdí de vista a mi señor esposo y a mis compadres y, con la sola compañía de Zihil (a quien también perdí después), fui llevada por las inmensas calles de México —llenas de gentes que me vitoreaban, aplaudían y requebraban— hasta la casa de la familia Alvarado, donde fui bañada, perfumada y depilada por más de recibir imprescindibles arreglos en los cabellos y en las manos. Las doncellas de la familia me pintaron el rostro con solimán y colorete, me alcoholaron los ojos con antimonio y me vistieron, enjoyaron y cubrieron, por fin, con una muy grande capa bordada de oro cuya falda era portada por dos pajecillos que se sentaron en el pescante del coche cerrado en el que fui trasladada hasta el Real Palacio de México para acudir a la fiesta que se celebraba en mi honor.

Cuando salí del coche y alcé el rostro hacia el cielo, recordando con tristeza que era el aniversario de la muerte de mi señor padre, don Esteban Nevares, una multitud exaltada, la más grande que yo había visto reunida en todos los años de mi vida, compuesta por españoles, indios, mestizos, negros, mulatos, chinos y otros semejantes, principió a aclamarme y a aplaudir con fervor, como si yo fuera la reina de España o la salvadora del mundo. Aquella plaza Mayor de México, alumbrada con luminarias pues ya principiaba a oscurecer, era, a no dudar, la más extensa y grandiosa de cuantas hubiera en todo lo descubierto de la tierra, pues sus anchuras no podían ser concebidas por el entendimiento humano. Adornada por altos y soberbios edificios por todos los cuatro costados, resultaba de una belleza y majestad sin igual.

Frente a mí se hallaba la fachada del Real Palacio. Eran cerca de las seis horas de la tarde, según pude ver en el reloj que lo coronaba. Un cuerpo de guardia, formado por dos hileras de soldados con picas, despejaba el luengo camino desde el coche hasta la puerta central del palacio (pues tenía tres, rematadas con escudos), impidiendo que la ruidosa multitud me cortara el paso o se abalanzara sobre los miembros de la Real Audiencia, que, ahora sí, acompañados por la más preclara nobleza novohispana, los caballeros de hábito y lustre, Su Ilustrísima el arzobispo de México, el cabildo de la Iglesia Mayor, el Inquisidor General y sus ministros, el cabildo municipal, el alguacil mayor y muchos otros, me recibieron con la gravedad y compostura que correspondía a su dignidad. Con todo, vi en los ojos de aquellos varones que los trabajos obrados en casa de los Alvarado habían logrado su propósito y que el vestido blanco, ricamente aderezado con recamados y bordados de oro y perlas, me había mudado de nuevo en la exquisita y bella dama que había sido en Sevilla. Por más, en casa de los Alvarado, entre unos arreglos y otros, había sido instruida sobre el proceder correcto para un acontecimiento como el que iba a celebrarse esa noche. Sólo señalaré que había muchas más reglas y normas que en España pues, para empezar, debía comportarme con modestia, caminar despaciosamente, poner los ojos siempre en tierra con honestísima vergüenza, hablar poco y con blandura y no mostrarme alterada o turbada por razón alguna. Y eso sólo era el principio. Hasta el número de pasos que debía dar hacia uno o hacia otro estaban reglados. Me hallaba tan preocupada por recordar cuanto me habían dicho que me sentía el estómago sacado de sus quicios.

Al fin, tras reverencias, saludos y besamanos que se prolongaron por casi una hora, pude acceder al zaguán del Real Palacio, desde el cual fui conducida con la mayor de las cortesías hasta la galería de audiencias públicas, donde sobre una tarima cubierta de alfombras, bajo un baldaquín de brocado, se hallaba majestuosamente sentado sobre almohadones de terciopelo negro el virrey de la Nueva España, don Luis de Velasco el joven (que no sé a qué añadirle tal apelativo cuando el hombre tenía hasta setenta y cuatro años de edad, según él mismo me había confesado en Cuernavaca).

El virrey no me sonrió. Yo no lo esperaba. Por más, su mirada tras los anteojos era hosca y mostraba a las claras que se sentía valederamente furioso. Me allegué hasta él caminando muy despaciosamente sobre una estrecha alfombra que sólo yo pisaba.

La nobleza, que destacaba por sus vestidos con botones de oro y joyas de inestimable valor, así como las autoridades civiles, militares y religiosas que me habían recibido en la puerta, principiaban a llenar la galería, cuyos muros se hallaban cubiertos por ricas pinturas con las figuras del rey y de sus antepasados, tapices flamencos y hermosos guadamecíes. Incontables lacayos ataviados con jubones de tela de oro, fajas de raso morado, calzas acuchilladas y capas se apostaban por los rincones y vigilaban las puertas. Mármoles, tapicerías y molduras terminaban por convertir aquel lugar en un Salón del Trono como el que debía de existir en San Lorenzo del Escorial para los monarcas españoles.

Me allegué hacia el virrey haciendo las tres reverencias que me habían indicado y, como respuesta a ello, el virrey debía ponerse en pie y dar otros tantos pasos hacia mí aunque sin salirse de la tarima con baldaquín. Mas don Luis no se movió de su sitial y no dejó de mirarme torcidamente entretanto me allegaba. Un murmullo de sorpresa se escuchó en la galería. Lo que el virrey estaba obrando —o, por mejor decir, lo que no estaba obrando— era una afrenta muy grande y totalmente inesperada a mi persona en un día como aquél. Yo no sentía la menor inquietud pues todo acontecía conforme había esperado y no me fue dado ocultar una muy grande sonrisa de satisfacción por lo que iba a acontecer, una de esas sonrisas que expresamente prohibía el estricto ceremonial mexicano.

Don Luis de Velasco, finalmente, se incorporó. Era un anciano de buena estatura, enjuto y seco como los Curvo, de luenga barba blanca acabada en punta más abajo de la gorguera escarolada, de frente arrugada, nariz judaica y enormes orejas en torno a las cuales se anudaba los cordoncillos que le sujetaban los pesados anteojos. Vestía de negro de los pies a la cabeza aunque sobre el pecho del coleto llevaba bordada la roja cruz de la Orden de Santiago.

Haciendo un gesto elegante, me arrodillé en el canto de la tarima del virrey y, en voz alta, le pedí que me diera su mano para besársela. Don Luis no se movió de donde estaba. El murmullo en la galería creció como la espuma de la mar un día de tormenta. En lugar de eso, el virrey me dijo con recia voz:

—Doña Catalina, ocupad la silla rasa que han dispuesto para vuestra merced a mi diestra.

Obedecí. Subí a la tarima y, entretanto él tornaba a ocupar su cómodo trono con cojines de terciopelo, yo me componía el hermoso vestido blanco para sentarme cumplidamente en la dura sillita. Mi cabeza quedaba a la altura del pecho del virrey, que se inclinó hacia mí y me susurró venenosamente:

—¿Acaso me habéis robado, doña Catalina?

Volví el rostro hacia él y, mirándole de manera inapropiada, es decir, derechamente a los anteojos, le respondí con una grande sonrisa:

—Por supuesto, Excelencia.


Una semana después de que mi joven cuñado Carlos retornara de México-Tenochtitlán con las nuevas sobre el retraso de su padre, del virrey y de los oficiales reales que debían hacerse cargo del tesoro, Rodrigo entró de golpe en el aposento que ocupábamos Alonso y yo desde la primera noche, la hermosa cámara de doña Juana de Zúñiga.

—¡Arriba, tiernos amantes! —exclamó a voces, tirando sin contemplaciones de la fina sábana que nos cubría—. ¡Aflojad el dulce abrazo y salid del lecho como si os atacaran los piratas ingleses! ¡Hay algo que debéis ver!

Llevaba una antorcha en la mano y la sacudió sobre nosotros.

—¡Por vida de...! —exclamó mi señor esposo tratando en vano de echar mano a su espada.

—¡Maldito seas, Rodrigo! —le grité yo—. ¿Qué maneras son éstas? ¿No sabes llamar a la puerta?

—¿Para qué? —preguntó él, sentándose sobre el arcón—. ¿Para perderme el noble porte que ambos lucís en camisa?

—¿A qué este escándalo? —se enojó Alonso entretanto se subía los calzones—. ¿Qué acontece para que nos despiertes así a estas horas?

—Vestíos, mis señores duques, y acompañadme. Uno de los negros de Yanga ha descubierto algo que debéis ver.

—¿De quién se trata? —quise saber, componiéndome a toda prisa como si, en verdad, nos atacaran los piratas ingleses.

—Del mestizo viejo. Ese que corre como una liebre. Pedro.

—¡Ah, sí, Pedro! El de la nariz rota.

—El mismo. Pues, a lo que se ve, Pedro gusta de caminar a solas por el campo durante la noche. Dice que le ayuda a dormir. Yo tengo para mí que es de los que no duerme nunca por las cosas horribles que le han acontecido en su vida.

Alonso y yo ya estábamos vestidos y armados. Eché un poco de agua de la jarra en la palangana y me refresqué el rostro para terminar de despertarme.

—¿Qué horas son?

—Las tres de la madrugada —replicó Rodrigo sin alterarse.

—¡Las tres de la madrugada! —soltó mi señor esposo abriendo mucho los ojos—. De cierto que el tal Pedro no duerme jamás.

—No, ya te lo he dicho —porfió Rodrigo entretanto salíamos los tres del aposento al patio. Fuera refrescaba—. Lo que ha visto se halla a menos de un cuarto de legua. Después del hallazgo vino a contarlo y ya hace un rato que tornó a marchar hacia allí en compañía de los otros cimarrones y de los marineros de la *Gallarda*. Yo mismo los envié para que estuvieran a la mira.

—Pues ¿qué fue lo que vio? —pregunté, alarmada.

Rodrigo se caló el chambergo por el frío, colocó la antorcha en un hachero del vestíbulo y suspiró.

—Están robando el tesoro de la pirámide.

—¡Qué! —grité horrorizada—. ¡No es posible! Nadie ha podido entrar sin que nos diésemos cuenta.

—Martín, compadre, aún estás dormido. Te he dicho que el lugar se halla a poco menos de un cuarto de legua de aquí.

—¿Han hallado otra entrada? —inquirió Alonso cuando ya salíamos al oscuro patio de armas.

—O la han creado —murmuró mi compadre, encaminándose hacia el portalón del muro—. Debemos ir andando pues los caballos podrían alertar de nuestra presencia.

—Con esta oscuridad, tardaremos a lo menos media hora —estimó Alonso, mirando el negro cielo sin luna ni estrellas.

—Pues para luego es tarde. Vamos.

Salimos los tres del palacio y tomamos la recta senda que partía del portalón. Al arribar al final, en lugar de tomar a diestra o siniestra, proseguimos derechamente y nos metimos en el campo y, luego, en la espesura del bosque. Avanzábamos hacia el oeste, de eso me hallaba cierta por la orientación del palacio, aunque de nada más.

Al cabo, tras algo menos del tiempo previsto por mi señor esposo, arribamos a un claro iluminado por el resplandor que brotaba del fondo de una barranca y, de súbito, conocí dónde me hallaba y cuál era aquel lugar: el día que arribamos a Cuernavaca, por estar quebrados los puentes de nuestro camino, hubimos de ir hacia el norte para buscar otra entrada dando un grande rodeo de más de legua y media. De retorno hacia la aldea, dentro de una de las muchas barrancas que la atravesaban y que debíamos pasar por puentes y acueductos de los ingenios azucareros, advertimos con grande asombro una inmensa caída de agua de hasta veinte estados, con las paredes cubiertas de selva y con pájaros volando a la redonda en su interior. Era como un pozo asaz profundo y de bordes tan grandes como el Arenal de Sevilla, cuyo fondo quedaba tan lejos que amedrentaba asomarse.

—¡El salto de agua[39] que vimos al llegar! —exclamó

39. De hecho, se trata del llamado *salto de San Antón*, ubicado actualmente dentro de la ciudad de Cuernavaca. Tiene una altura de cuarenta metros (veinte estados).

Alonso, echándose de bruces a tierra como Rodrigo y como yo pues por el lado contrario de la barranca había grande movimiento de gentes, a veces andando despaciosamente bajo el peso de cajas y fardos y a veces marchando raudamente hacia el pozo en busca de más. En amplio número formaban hileras aguardando para entrar o salir, de tantos hombres como había. A lo que se veía con aquella luz, todos eran esclavos negros o *tamemes* indios, y estos últimos eran los que sobrellevaban en las espaldas las cajas más grandes y pesadas con la ayuda de la cuerda que apoyaban en sus frentes.

Arrastrándonos sobre el vientre como las culebras, nos fuimos allegando hasta el borde del enorme pozo por ver más de lo que allí acontecía. Cuando nos asomamos, quedamos maravillados: habían limpiado de selva una espiral que giraba a lo largo de la pared del pozo desde arriba hasta algún punto allá abajo y habían colocado en ella una sucesión de andamios y planchones de madera por los que circulaban las filas de hombres que subían con las cajas y fardos del tesoro o bajaban de vacío. Incontables hacheros y candiles de aceite habían sido clavados en las maderas de los andamios para iluminar el lugar. Si estaban bregando tan duramente a aquellas horas, significaba que trabajaban de noche y dormían de día para no ser descubiertos.

Del fondo de la barranca, el aire que subía hasta nosotros era valederamente frío y, aún así, permanecía impregnado de aromas de laurel y pimienta como el día que arribamos a la caída de agua por primera vez. Debía de haber laureles y pimenteros entre los árboles que crecían en las paredes del pozo.

Rodrigo, tumbado del costado de mi ojo huero, dio un súbito respingo.

—¡Voto a tal! —exclamó en susurros—. ¡Maldición, Guzmán, menudo susto me has dado!

Guzmán era uno de los hombres de la *Gallarda*, vecino de Santa Marta.

—Disculpadme, señor Rodrigo —murmuró el marinero—. Hemos advertido vuestra presencia cuando tratábamos de allegarnos hasta la parte de arriba de la barranca por ver si podíamos cruzarla.

—Para mí tengo que el puente más cercano se halla a unas quinientas varas hacia el norte —musitó mi señor esposo desde mi diestra. Los muchos paseos y caminatas de las últimas semanas habían servido para algo más que para ocupar ociosamente el tiempo.

—Pues vamos sin tardanza —dije yo—. Presto amanecerá y se esconderán para dormir.

Sigilosamente, los cimarrones, los marineros y nosotros tres tornamos a internarnos en el bosque y, avanzando junto al cauce, fuimos atravesando la espesura hasta que divisamos el puente que había mentado Alonso. Ahora el salto de agua nos quedaba lejos y podíamos movernos con mayor libertad mas no convenía que nos arriesgáramos por si los ladrones habían puesto guardas en las cuatro direcciones para prevenir un asalto. Salimos a descubierto encogidos como ranas y nos arrastramos hasta el puente, que cruzamos tratando de no hacer ningún ruido pues las maderas eran viejas y crujían. Cuando por fin nos hallamos al otro lado, corrimos a escondernos de nuevo en el bosque. Las nubes que aquella noche ocultaban la luna y las estrellas, por más de entorpecernos los pasos, también nos auxiliaban.

Tornamos a bajar hacia el salto de agua tomando todas las prevenciones posibles, y muy a la mira por si topábamos con guardas, mas lo que hallamos, cerca ya del lugar, fue una choza grande levantada con cajas del tesoro y techada con hojas de palma. Como las cajas habían sido dispuestas de cualquier manera, muy desatinadamente, por las rendijas y hendiduras se escapaba la luz y se escuchaban con claridad las voces de los que se hallaban dentro, que charlaban, bebían y reían con animación. Hasta el olor del tabaco que fumaban nos llegaba derechamente a la nariz.

Hice gestos a los hombres para que vigilaran el contorno y Alonso, Rodrigo y yo tornamos a echarnos de bruces al suelo y, serpenteando, cada uno se arrimó hasta una rendija para ver y escuchar lo que acontecía dentro.

—¿Han sacado ya todo cuanto ordené? —preguntó un viejo con aspecto de criado de casa principal. Aunque vestía ajadas ropas de viaje, se notaba que estaban hechas de buenas telas y muy bien elaboradas.

—Acabarán esta noche, señor Juan —respondió uno de los fumadores, sin quitarse la pipa de entre los labios—. Mañana desmontarán los andamios y el día después de mañana partiremos temprano con las mulas de regreso a casa.

—¡Qué ganas tengo de hallarme de nuevo en Tultitlán! —dijo suspirando uno que se hallaba recostado sobre unas cajas y que se cubría con una manta.

—Pues cuando regresemos, Miguel y tú tendréis que llevar a los esclavos y a los *tamemes* hasta Azcapotzalco, como ordenó don Luis —le soltó el tal señor Juan, que se sentaba en la única silla que había en la choza—. Después de un tiempo podrán tornar a sus casas mas ahora conviene que queden recogidos, no sea que se vayan de la lengua.

—Eso, como ya dije en Tultitlán —señaló con mucha calma el segundo fumador—, no es ningún problema. Todos son de los pueblos de la encomienda de su señoría. Por más, estamos obrándolo todo antes de la llegada de los tesoreros y los oficiales reales, que para eso los está retrasando don Luis. Nadie conocerá jamás que falta un quinto del tesoro y la palabra de un esclavo negro o de un indio tributario no vale nada frente a la palabra de un virrey.

Abrí de súbito los ojos de tal forma que casi se me salió el ojo de plata.

—Esa Catalina Solís que se viste en hábito de hombre es la que me preocupa —afirmó el que se cubría con la manta—. Ella sola ha matado a todos los hermanos de la poderosa familia Curvo y ha desbaratado la conspiración de los beneméritos. Yo no me inquietaría tanto por la lengua de los trabajadores como por esa mujer que se hace llamar Martín Ojo de Plata. Ella sí que es peligrosa y la tenemos durmiendo aquí al lado, en el palacio de don Hernán Cortés, a menos de un cuarto de legua. Lo mismo ahora nos tiene a la mira y nos está montando alguna celada.

Todos se echaron a reír muy de gana por la chanza.

—¡Ya basta, Simón! —le espetó el viejo Juan sin perder la compostura—. Procura que los negros y los indios acaben esta noche de sacar el quinto de su señoría. ¡Ve!

Simón se levantó del lecho de cajas, dejó caer la manta al suelo y, tras dar un trago de una jarra, salió por la abertura que servía de puerta.

—Vosotros dos —siguió diciendo el viejo criado señalando a los dos fumadores—. ¿Habéis dado de comer a las mulas?

—No —admitió uno de ellos—. Mas ahorita mismo vamos. Levanta, Lorente, que el recuaje estará nervioso y no conviene que hagan ruido.

—¡Nadie conoce que estamos aquí! —protestó el tal Lorente, golpeando la pipa contra una de sus botas para vaciarla de cenizas de tabaco—. Nadie nos vio llegar, nadie nos ha visto sacar los cajones y nadie nos verá marchar pues su señoría ya se ha encargado de dejar expedito el camino de Tlayacapan.

—¡Lorente! —le gritó el viejo Juan—. ¡Acude ahora mismo con Nicolás a dar de comer a las mulas! ¿Acaso te parece bien desatender a los animales? Mañana por la noche ambos os encargaréis de que las carguen entretanto se desmontan los andamios. No podemos perder tiempo.

—Mi señor Juan Villaseca —dijo Lorente levantándose muy dignamente de la caja en la que se sentaba—. Ya conozco que sois criado de su señoría desde hace muchos años y que le gobernáis la encomienda de Tultitlán cuando él reside en México o en el Perú, mas no voy a consentiros que me afrentéis pues yo, señor mío, conozco muy bien mi oficio. He sido arriero toda mi vida y mi padre también lo fue, de los mejores de Segovia.

—Pues ve a dar de comer a tus mulas y cuida mucho de ellas pues tienen un luengo y difícil camino hasta Azcapotzalco.

—¿También las va a encerrar allí su señoría como a los negros y a los indios? —se mofó Nicolás saliendo por la puerta tras el ofendido Lorente.

—A ellas no —repuso el viejo criado—, mas sí a las cajas y fardos que acarrearán hasta allí.

El viejo Juan se había quedado solo en la choza de cajas, o eso nos pareció, aunque, de súbito, dirigió la mirada hacia un rincón oculto a nuestra vista y su rostro se suavizó.

—Miguel —dijo—. Levántate. Ya está amaneciendo.

La voz de un muchacho adormilado replicó:

—Ya voy, padre.

¡Estaba amaneciendo! Me separé a toda prisa de la rendija por la que había estado mirando y toqué las espaldas de Alonso y Rodrigo para que se volvieran y me vieran indicarles por señas que debíamos marcharnos de allí como ánima que lleva el diablo. Aunque nublado, era cierto que el cielo principiaba a clarear y aún debíamos cruzar el puente.

—No te inquietes —me dijo mi señor esposo cuando nos hallábamos a suficiente distancia de la choza como para no ser oídos—. Ellos son quienes tienen que ocultarse. Nosotros podemos caminar tan lejos como queramos y cruzar por donde más nos convenga sin tener que escondernos. Forma parte de nuestra vida aquí dar luengas caminatas por los contornos del pueblo.

—El esportillero tiene razón —admitió Rodrigo—. Podemos seguir por el bosque hacia el norte hasta alcanzar un lugar en el que estemos seguros. No hay de qué preocuparse.

Me volví hacia él, sublevada y con un dedo acusador le apunté al centro del pecho.

—¿Quieres que también te arranque el corazón, necio? —le largué con el genio vivo—. ¡El virrey está robando un quinto del tesoro o, por mejor decir, un millón de ducados! ¿Conoces que un millón de ducados son trescientos y setenta y cinco millones de maravedíes, ignorante? Y, por más, lo ha organizado todo para que nadie le descubra nunca. Cuando lleguen los escribanos, contadores, fiscales y veedores y principien a tomar registros de lo que se va sacando de la cueva, no sospecharán que falta un quinto y que ese quinto lo ha robado el propio virrey de la Nueva España.

Alonso parecía sumamente inquieto.

—¿Y para qué quiere un hombre acaudalado y poderoso como el virrey acopiar más riquezas de las que ya tiene?

Yo me reí.

—Eso mismo le pregunté yo a don Bernardo en Veracruz no hace mucho tiempo y me respondió que, aunque las mujeres, por nuestra débil naturaleza, nos contentamos con poco, los hombres, en cambio, ambicionáis insaciablemente más y más riquezas y más y más poder.

—¡Eh, detente ahí! —protestó mi señor esposo al tiempo que Rodrigo, con el mismo tono ofendido, decía algo semejante—. Yo no ambiciono insaciablemente riquezas y poder.

—¡El que no los ambiciona soy yo —le atajó Rodrigo, muy solemnemente—, señor duque dueño de una fortuna en plata!

—¡Tú también posees una fortuna en plata! —replicó Alonso, cayendo en el juego de mi compadre.

—¡Sí, mas no soy duque!

—¡Ni yo!

—¡Lo serás presto!

—¡Lo será Catalina! ¡Yo, sólo por matrimonio!

—¡Basta! —exclamé, separándolos con ambas manos—. A ver qué día principiáis a comportaros con algo de juicio. Parece mentira que padecierais juntos los tormentos del loco Lope.

—Dices verdad —concedió mi señor esposo sosegándose; mas Rodrigo sonreía con grande satisfacción—. ¿Y qué deseas obrar respecto al robo del virrey?

Aunque las oscuras nubes ocultaban el sol, su luz se iba robusteciendo por momentos. Debíamos regresar presto al palacio y hablar con los demás.

—Pues se lo vamos a quitar, naturalmente —afirmé principiando a caminar entre el boscaje—. No podemos consentir que se quede con lo que no es suyo.

—¿Y te lo quedarás también como el tesoro del cañón pirata de tu isla o el de la plata ilegítima de los Curvo? —quiso saber Rodrigo, quien se hallaba cierto de que los tesoros me buscaban y me acababan encontrando.

—¿Quedármelo? —me sorprendí—. No. Ni quiero ni deseo más de lo que tengo, que ya es mucho, mas me resisto a permitir que se lo quede ese virrey ladrón que gobierna la Nueva España. A un hombre como él, del que se conoce en todo el virreinato que golpeaba y amenazaba de muerte a su esposa y a su suegra viuda para apropiarse de sus fortunas y herencias, no le es dado apropiarse de ese millón de ducados que ni le pertenece ni le corresponde. Ya me dijo el conde de La Oda el día que el Nacom le agujereó el miembro viril —Alonso y Rodrigo torcieron el gesto y también lo hicieron los hombres que nos acompañaban— que Arias Curvo tenía planeado matar al virrey pues don Luis era un enemigo peligroso por no tener otros defectos que la avaricia y el ansia de acopiar caudales.

Golpeé furiosa unas ramas que me obstaculizaban el paso.

—No, ese virrey avaro y maltratador de mujeres no se va a quedar con el millón de ducados. No lo permitiré. Si la justicia del rey es mala y no castiga cuando debe, la justicia de los Nevares es buena y escarmienta a quien lo merece.

—¿Pues no dijiste en la pirámide que ese día enterrabas a Martín Nevares para siempre? —se sorprendió Rodrigo.

—¡Cierto! —admití, apurando el paso—. Mas, después de tantos años, y aunque en adelante sólo sea Catalina, me siento tan Nevares como siempre y los Nevares no consentimos las injusticias sin castigarlas apropiadamente.

—¡Por mis barbas! —soltó Rodrigo cortando el ramaje con su espada—. Ya estamos en danza otra vez. Este baile no acabará nunca.

Mi señor esposo rió.

—¡Si cuando yo digo que me desposé con una dueña única y extraordinaria!

—Tú, a lo menos, yogas con ella —bufó Rodrigo—. A los demás sólo nos es dado seguirla de una punta a otra del imperio obrando las cosas más extrañas que se puedan concebir.


—¿Acaso me habéis robado, doña Catalina? —me preguntó rencorosamente el virrey, inclinándose hacia mí desde su alto sitial.

—Por supuesto, Excelencia —le respondí con una brillante sonrisa capaz de iluminar por sí sola aquella galería de audiencias.

—¿Y qué os hace suponer que voy a entregaros el perdón real en lugar de mandaros prender y encarcelar? —silabeó.

—No he cometido ninguna falta, Excelencia —razoné—. Todo el tesoro fue recuperado de la pirámide *tlahuica.* Así lo afirman la Real Audiencia y el Tribunal de Cuentas y así se le ha comunicado al rey. Cuatro millones de ducados exactamente, y Vuestra Excelencia se hallaba a mi lado entretanto sacaban las cajas y los fardos con el oro, la plata y las piedras preciosas.

—Os apropiasteis de la quinta parte que me correspondía —susurró, furioso.

—¿A Su Excelencia le correspondía un quinto? —repliqué arreglándome distraídamente las sayas del vestido—. ¡Qué grande infortunio, pues, perder un millón de ducados! Mas tengo para mí que ni os correspondía ni os pertenecía ni poseíais derecho alguno sobre esos caudales.

—¿Os parece derecho suficiente haber servido treinta y siete años a la Corona y haber de suplicar, como he suplicado, a Felipe el Tercero que nos conceda mercedes a mis pobres hijos y a mí por las estrecheces en las que nos hallamos?

Aquel virrey o tenía privado el juicio o era un avaro miserable y embustero.

—¿Pues qué ha sido de la hermosa y rica encomienda de Tultitlán? —le pregunté inocentemente—. He oído que os procura unas elevadas rentas anuales. También he oído que os apropiasteis de la fortuna y las tierras de vuestra señora esposa, doña María de Ircío, entre ellas de la muy próspera encomienda de Tepeaca, que también os procura considerables rentas. Y que la hermana del virrey de Mendoza, doña María de Mendoza, pasó de ser una dama acaudaladísima a vivir en la miseria después de convertirse en vuestra suegra —torné a sonreírle blandamente y suspiré—. Sí que pasáis por grandes estrecheces, sí. A la vista está —ironicé—. Y, si por más de esto, Excelencia, os hacéis pasar por pobre, mendi-

344

gáis dineros al rey y consideráis que los años de servicio a la Corona son razón suficiente para robar furtivamente un millón de ducados, es que sois un bellaco.

El pálido rostro del virrey enrojeció y se contrajo con un gesto de ira.

—Excelencia, por la dignidad que os corresponde, no deberíais mostraros tan alterado. Recordad a estas gentes que se hallan en derredor nuestro y que nos miran extrañadas. Nos ven hablar sin conocer lo que decimos y sólo nuestros rostros les indican lo que acontece.

—Por vuestro bien, señora —murmuró don Luis de Velasco, al tiempo que sonreía mentidamente mirando hacia la galería—, abandonad la Nueva España y no retornéis nunca. A lo menos, entretanto yo sea virrey, pues no sois bienvenida. Vuestra nao os aguarda en Veracruz. He dispuesto todo lo necesario para que podáis zarpar cuanto antes. Retornad a Tierra Firme, o a Sevilla, o id más lejos, a las Filipinas, y no regreséis jamás a la Nueva España.

—¡Y eso que, en Cuernavaca, entretanto se rescataba el tesoro, no os cansabais de agradecerme una y otra vez que hubiera salvado al imperio y acabado con la conjura!

—¡Levantaos, doña Catalina! —voceó al punto, poniéndose en pie y silenciando los persistentes murmullos de los circunstantes.

Me recogí las faldas y, muy finamente, me levanté de la sillita. Don Luis hizo un gesto a un lacayo y éste abrió de par en par las dos hojas de una de las grandes y hermosas puertas de la sala, dejando paso a un distinguido grupo de gentilhombres que avanzaron hacia la tarima. El primero de ellos, el presidente de la Real Audiencia al que tenía visto de Cuernavaca, portaba un cojín de terciopelo morado sobre el que descansaban varios rollos atados con hermosos lazos rojos.

El presidente de la Real Audiencia y los oficiales que le seguían hicieron las tres reverencias de rigor en tanto se allegaban y, cuando por fin alcanzaron la tarima, los primeros de ellos se arrodillaron en el canto, como había hecho yo, ofreciendo el cojín al virrey. Los demás se hincaron de hinojos detrás, sobre la alfombra que marcaba el camino.

Don Luis dio dos pasos y tomó el primero de los rollos. Rompió el lacre, deshizo el lazo y lo extendió con una reverencia, como si en vez de un papel fuera el mismo rey al que tuviera delante.

—Su Majestad Felipe el Tercero, a quien Dios Nuestro Señor proteja muchos años —proclamó con voz grave y alta, para que le oyeran todos los presentes—, deroga desde el día de hoy, veinte y uno de diciembre de mil y seiscientos y ocho, la disposición real contra doña Catalina Solís por las muertes de los cinco hermanos de la indigna y desacreditada familia Curvo, y determina que los bienes y caudales de la dicha familia pasen a ser de la propiedad de doña Catalina Solís.

En la silenciosa galería se oyó un mugido como de toro y conocí al punto que Rodrigo y los demás se hallaban cerca. Debían de ir tan bien vestidos y aderezados que no los había distinguido de entre los demás.

—Deroga también Su Majestad —siguió declarando el virrey con la misma voz potente— la orden de apresamiento por contrabando y mercadeo de armas dictada contra el mercader de trato ya fallecido don Esteban Nevares, devolviéndole la limpieza y virtud de su nombre así como todas sus propiedades, las cuales, por haber muerto, pasan a su hijo prohijado, don Martín Nevares, que no es otro que doña Catalina Solís. Su Majestad adopta la misma disposición respecto a don Martín Nevares, quedando derogada la dicha orden de apresamiento contra él.

A continuación, el virrey alargó el brazo y me hizo entrega del documento y, sin cambiar de posición ni de lugar, tomó el siguiente rollo del cojín que continuaba presentándole el arrodillado presidente de la Real Audiencia y tornó a romper el lacre, a descomponer el lazo y a extender el rollo con una solemne reverencia.

—Su Majestad Felipe el Tercero, a quien Dios Nuestro Señor proteja muchos años —proclamó de nuevo—, restituye a doña Catalina Solís desde el día de hoy, veinte y uno de diciembre de mil y seiscientos y ocho, todas sus propiedades sean de la calidad que sean en cualquier lugar del imperio, tanto si obran en poder de la Corona, como de las Reales Haciendas o de personas. De esta forma, Su Majestad desea agradecer a doña Catalina el quebranto de la conjura que contra España y Su Real Persona habían emprendido las indignas y desacreditadas familias López de Pinedo y Curvo, otorgando también a doña Catalina Solís las propiedades, caudales y negocios de la familia López de Pinedo.

Tornó a escucharse el mugido de toro de Rodrigo, que por fortuna alguien cortó en seco, y deseé que hubiera sido con un buen golpe. Todas las cabezas de los presentes en la galería giraron de nuevo hacia el virrey y hacia mí.

—También desea agradecer Su Majestad a doña Catalina Solís el rescate y entrega a la Real Hacienda del tesoro acopiado por las indignas y desacreditadas familias López de Pinedo y Curvo, que asciende a la cantidad de cuatro millones de ducados, con el que pretendían sufragar la conjura contra el Reino de España y Su Real Persona. Desea Su Majestad que se le guarde a doña Catalina Solís el reconocimiento debido en todo el territorio del imperio y que sea agasajada y festejada por todas las personas de bien de cualquier ciudad o villa por las que pasare o a las que fuere.

Miré al virrey y le sonreí dulcemente entretanto me entregaba el segundo rollo como si tirara una piedra a un perro rabioso. Por mucho que le disgustara, se iba a tener que acostumbrar a mi presencia pues ahora poseía casas y negocios en la Nueva España. Y no sólo se iba a tener que acostumbrar sino que, por más, debería festejar mi llegada y agasajarme cada vez que visitara la ciudad. No tomé a reír a carcajadas doblándome por los ijares porque hubiera sido inadecuado mas lo hubiera hecho con mucho gusto.

Cuando el virrey tomó del cojín el tercer y último rollo, los miembros de la Real Audiencia se incorporaron al fin y advertí gestos de dolor en los rostros. Si yo todavía sentía el afilado canto de la tarima en mis rodillas, aquellos pobres hombres, algunos de avanzada edad, debían sentir que habían perdido las piernas.

El furioso virrey extendió el documento, ejecutó la reverencia y, sin mirarme, principió a leer:

—Yo, el Rey, Felipe el Tercero de España y todos sus territorios por la Gracia de Dios Nuestro Señor, declaro que concedo a doña Catalina Solís el título de duquesa de Sanabria, título del que podrá usar y gozar con todos los honores, gracias, franquicias, libertades, preeminencias y otras cosas que por la razón de ser duquesa debe disfrutar. Este título conlleva mayorazgo y será hereditario en las personas de sus descendientes o herederos que, si sirven a la Corona de la manera en que lo ha hecho doña Catalina, alcanzarán presto la Grandeza de España. Firmado y rubricado por mí, *Philippus Tertius Yspaniarum et Indiarum Rex.* Otorgado en Madrid, a los días que se cuentan veinte y ocho de noviembre de mil y seiscientos y ocho.

A tal punto, las campanas de todas las iglesias de la gran ciudad de México-Tenochtitlán comenzaron a redoblar y desde la plaza Mayor llegó el entusiasmado griterío de las gentes que aclamaban mi nombre y aplaudían con grande alegría y alborozo. También en la galería de audiencias se produjo una leve agitación de regocijo cabalmente templada por la serenidad que exigía la etiqueta. Aunque, claro, la etiqueta no se había hecho para un tal Rodrigo de Soria.

—¡Bravo, viva! —gritaba aplaudiendo como un loco—. ¡Ya eres duquesa, compadre!


La recua de sesenta mulas alazanas avanzaba despaciosamente por el camino de Tlayacapan levantando a su paso una grande polvareda. Los esclavos negros y los indios tributarios caminaban detrás, comiéndose el polvo, entretanto que los arrieros, haciendo uso de sus látigos, ejercían de atajadores, conduciendo a los animales y cuidando de que no se separaran. El viejo Juan Villaseca con su hijo y los demás cabalgaban a la cabeza, guiando a la recua.

El crepúsculo se cernía raudamente sobre los viajeros y presto tendrían que detenerse y aposentarse pues, por más de no poder viajar de noche con el ganado, se hallaban demasiado molidos y extenuados para apurar hasta el último rayo de luz. En cuanto cenaran y se durmieran, nosotros principiaríamos nuestro propósito.

Serían las siete horas cuando arribaron al recodo en el que se hallaba el pastizal. Como había sospechado, Juan Villaseca dio allí la orden a los arrieros para que detuvieran el recuaje y para que lo cercaran con cuerdas, de cuenta que, tras descargarlo, pudieran dejarlo pacer con tranquilidad. A las nueve los ladrones ya dormían profundamente a la redonda de las hogueras. Cuatro esclavos negros con arcabuces vigilaban a las mulas. Las cajas del tesoro habían sido apiladas en el centro del cercado para que los animales y los guardas les sirvieran de defensa.

—¿Vamos ya? —me preguntó mi señor esposo.

—No, aún no —repuse—. A no mucho tardar, también los centinelas se dormirán.

La noche del domingo que se contaban treinta días del mes de noviembre, los esclavos negros y los indios tributarios de don Luis de Velasco desmantelaron los andamios del pozo y principiaron a cargar las mulas con las cajas y los bultos. Cuando amaneció el día lunes y se fueron a dormir, apenas quedaban rastros de la grande muchedumbre que había estado viviendo y trabajando allí. Ejecutaron una admirable labor de limpieza. Sólo descansaron unas dos horas pues, a las diez de la mañana, la recua de mulas y los hombres ya habían tomado el camino de Tlayacapan con dirección a la encomienda de Tultitlán, al norte de México. A no dudar, me había dicho yo el día anterior, mirando el mapa que habían dibujado Carlos, Francisco y Juanillo del primer tranco del camino, se aposentarían en el recodo del pastizal y, de seguro, pondrían guardas a las mulas por la noche, mas como debían mudar el sueño por haber estado durmiendo de día y como apenas habían reposado, los dichos guardas no aguantarían despiertos mucho rato.

Y, como me había barruntado, se durmieron en menos de dos credos.

—¿Vamos o no? —inquirió el impaciente Rodrigo.

—Vamos —dije.

Los habíamos seguido de cerca durante todo el día manteniéndonos ocultos entre el boscaje y, al contrario que ellos, nosotros nos hallábamos lozanos y descansados. No habíamos dispuesto de mucho tiempo para prepararlo todo mas lo habíamos logrado con éxito.

Sigilosamente, rodeamos la cerca de cuerdas hasta su parte más oscura y alejada y la cruzamos por debajo, pasando casi a ras del suelo. La habían colocado a una altura de vara y media para que las mulas no se pudieran escapar aunque, con lo muy cansadas que estaban por el grande peso que habían cargado todo el día, las pobres no hubieran podido saltar la cerca ni aunque la hubieran colocado a un palmo.

Algunos animales se hallaban tumbados, bien para dormitar o reposar un rato como hacen las caballerías, o bien por rascarse y quitarse las pulgas frotándose contra el suelo. Otros dormían de pie, inmóviles, o pacían sosegadamente, entretanto las que ejercían de vigilantes de la manada se nos allegaron para olisquearnos y comprobar nuestras intenciones. Ése era el momento crucial, pues si las vigilantes nos percibían como una amenaza, comenzarían a rebuznar para alertar a las demás. Nos dejamos oler sin movernos y, por más, les dimos azúcar para ganárnoslas. Y lo logramos. De a poco, todas las exhaustas mulas se saciaron del azúcar que les dábamos y se alejaron para seguir paciendo, rascándose o durmiendo sin emitir ni un sonido. Los guardas negros permanecían profundamente dormidos y alguno de ellos incluso roncaba. El viento de la fortuna tornaba a soplarnos de popa.

Hice entonces señas con las manos para repartir a las cuadrillas por los lados del apilamiento de cajas. Portábamos hachas, picos, palas y los afilados cuchillos de pedernal del Nacom Nachancán pues, entretanto Carlos, Juanillo y Francisco habían partido a caballo el día anterior para reconocer perfectamente las primeras cuatro leguas del camino de Tlayacapan y para comprobar que valederamente se hallaba expedito como había asegurado Lorente, el arriero, Alonso y yo fuimos por las desperdigadas casas de Cuernavaca ofreciendo buenos dineros por todas las herramientas afiladas que nos quisieran vender ya que, según dijimos, precisábamos abrir el pozo del patio interior del palacio para abastecernos de agua. Compramos doce picos, quince palas y cinco hachas que fueron cuidadosamente afiladas por el Nacom y sus hijos.

En mi cuadrilla estaban Alonso y Francisco. Me determiné por abrir con el pico la primera de las cajas. Francisco dispuso una manta en el suelo y entre los tres la vaciamos en un santiamén colocando su contenido sobre la manta. Alonso, con la pala, rellenó la caja de tierra y, luego, tornamos a clavarla con suaves envites y mucho tiento para no hacer ruido. Como los clavos entraban en los mismos agujeros de los que tan cuidadosamente habían salido, no resultó difícil. Ejecutamos lo mismo con la siguiente caja y, luego, con otra más y, al acabar, Francisco hizo un hato con las puntas de la manta y se la llevó a rastras fuera del cercado, hasta el apartado lugar del bosque donde se hallaban ocultos nuestros caballos.

De igual modo iban obrando las otras cuadrillas. Algunas llevaban sacos en lugar de mantas, pues el día anterior había puesto a los marineros de la *Gallarda* y a don Bernardo y al señor Juan a vaciar todos los que hubiera en la cueva de la pirámide. Para el oficio que debíamos ejecutar precisábamos de todos nuestros hombres, incluso de los más viejos. Ninguno se iba a librar de doblar el espinazo y esforzarse como un *tameme*. Si luego les dolían los huesos, que descansaran cuando todo acabase.

Aunque trabajábamos raudamente, debíamos descargar cien y veinte cajas, dos por cada una de las sesenta mulas de la recua, y, luego, tornarlas a rellenar con tierra y piedras para igualar en lo posible el peso. Era mi deseo que no se descubriera el engaño hasta que hubieran arribado a Tultitlán o a Azcapotzalco pues, de ese modo, el virrey se hallaría cierto de estar en posesión del quinto hasta el último momento, hasta que le arribaran las malas noticias desde su encomienda al cabo de unos quince o veinte días, pues iba a presentarse en Cuernavaca a finales de esa misma semana con fray Alfonso y un buen puñado de oficiales reales de la más alta dignidad y no tenía yo en voluntad que las cosas se torcieran antes de tiempo pues había mucho en juego. Incluso un título de duquesa.

Trabajamos toda la noche sin descanso, desclavando, vaciando, rellenando, tornando a clavar y arrastrando los sacos y mantas hasta el bosque. A las dos de la madrugada, ya no podía con mi ánima. Ni yo ni ninguno. A las tres, cuando faltaba poco para que los ladrones principiaran a despertarse, la cuadrilla de Pedro el mestizo clavó la última caja y, tras disponerlas entre todos tal como las habíamos hallado, salimos del cercado. Del pastizal quedaba bien poco por la mucha tierra que habíamos removido y utilizado. Mas también eso lo había previsto.

—Chahalté —le dije al hijo del Nacom—. Los coyotes.

Chahalté había salido de caza el día anterior y había capturado un par de coyotes en las estribaciones de la sierra al norte de Cuernavaca. Los coyotes, para decir verdad, no iban a atacar a las mulas por no ser una de sus presas habituales ni una de sus comidas predilectas, aunque soltándolos entre ellas, las pobres se asustarían tanto y armarían tal escándalo y algarabía, corriendo desconcertadamente de un lado a otro del cercado, que los ladrones achacarían los estragos del pastizal a la locura de la recua. Por más, sería un bonito despertar para aquellos canallas y, así, se pondrían en marcha antes de lo previsto, dejándonos descansar pues bien nos lo habíamos ganado.

Los rebuznos desquiciados de las mulas, los gritos y maldiciones de los arrieros y los disparos de arcabuz contra los pobres coyotes me arrullaron como una canción de cuna entretanto me dormía entre los brazos de Alonso, apoyados los dos contra los duros fardos y hatos que, al despertar, tendríamos que llevar de vuelta a Cuernavaca. El burlador había sido burlado.


¿Qué demonios se me daba a mí de títulos, honores, palacios, negocios, reyes, virreyes y sandeces semejantes? Nada de eso me interesaba, para decir verdad. La vida era lo único importante. Vivirla y disfrutarla con aquellos a quienes amas y, por eso, cuando, allegándonos a Veracruz por el Camino Real, torné a ver la mar después de tanto tiempo, cuando torné a pisar la cubierta de mi

*Gallarda,* y cuando vi la felicidad en los rostros de Alonso, Rodrigo, el señor Juan, Juanillo y Francisco, conocí que aquélla era mi vida y que ellos eran mi familia. Todo lo demás, sólo zarandajas y desperdicios.

Reunida de nuevo la dotación, los hombres se afanaban por las bodegas, las jarcias y los mástiles componiendo la nao para levar anclas y hacernos a la mar con rumbo hacia Santa Marta, nuestro hogar. Las obras de reconstrucción de la casa de mis padres, de la mancebía y de la tienda pública debían hallarse bastante adelantadas y era buen momento para regresar a Tierra Firme y establecerse allí. En verdad, yo nunca quise otra cosa. Claro que, de no haber acontecido todo del modo en que lo había hecho, no habría encontrado a Alonso y no me habría desposado nunca con él, ni habría conocido tampoco a Clara Peralta en Sevilla, ni al Nacom Nachancán en el Yucatán, ni a don Bernardo en Veracruz, ni a tantos otros. Bien estaba, pues, lo que bien acababa. Era el momento de hacer borrón y cuenta nueva. De tornar a principiar.

—Un maravedí si te vienes conmigo —dijo mi señor esposo, abrazándome por detrás.

—¡Sí que pagas poco por un servicio tan bueno! —me reí.

—¡Eh, duquesa, te requieren en el puerto! —gritó mi compadre Rodrigo saltando del planchón a la cubierta como si fuera un mozuelo. Desque habíamos regresado a la nao, estaba henchido de vigor y alegría.

—¿Quién?

—Tú ya sabes quién —repuso juntando los pulgares y los índices de las manos y colocándoselos alrededor de los ojos a modo de lentes para indicar que era don Bernardo quien me requería. En verdad era yo quien le ha-

355

bía pedido que acudiera a la *Gallarda* por hablar con él y por ver si conseguía que pisara la cubierta antes de que zarpáramos. Deseaba que conociera nuestro hogar.

—¡Maldito y terco erudito del demonio! —exclamé—. ¿Sigue sin querer subir a bordo?

—Dice que le dan ansias y bascas.

—¡Si estamos fondeados en el puerto!

—¡A mí no me lo digas! —resopló Rodrigo desapareciendo por la escotilla de babor.

—¿Deseas que te acompañe? —me preguntó Alonso tomándome por la cintura.

—No, ya voy yo. Lo que le tengo que decir prefiero decírselo privadamente.

—Pues, ya que no has querido mi maravedí, comprobaré los bastimentos.

Le di un beso rápido en el carrillo y me encaminé hacia el planchón.

—Luego te lo pediré —le dije riendo.

Bajé a tierra a grandes zancadas saludando con la mano a don Bernardo, que me aguardaba en el muelle.

—Señora duquesa... —me saludó a su vez haciendo una reverencia.

—¡Y dale! ¿Cuántas veces más le habré de solicitar que deje de llamarme así? Hágame vuestra merced la gracia de tornar a llamarme por mi nombre.

—No me pidáis imposibles, mi señora. Sois lo que sois. Y sois la duquesa de Sanabria.

Le miré con resignación.

—Paseemos, don Bernardo. Debemos hablar —dije encaminándome hacia la plaza en la que se hallaba su casa. Hacía una hermosa mañana de enero, soleada y cálida, con una buena brisa y un cielo azul brillante y despejado. Todas las gentes con las que nos cruzábamos me saludaban al pasar. Todos me conocían y conocían el dichoso asunto de la conjura, de cuenta que no podía ir por las calles sin hallarme bajo la atenta mirada de marineros, vecinos, esclavos o mercaderes.

—He adoptado la determinación de entregaros el quinto del tesoro que le robamos al virrey —le solté de súbito, deseando ver el gesto de sorpresa de su rostro.

Don Bernardo se detuvo en mitad de la calle y las cejas le sobresalieron mucho por encima de los anteojos.

—¿Qué acabáis de decir, mi señora? —balbuceó.

—Que os entrego el millón de ducados que escondimos en Cuernavaca.

Boqueó como un pez fuera del agua mas no le salió ninguna palabra, sólo ruidos extraños y sin sentido. Se llevó la mano al corazón como si le doliera y se inclinó hacia el suelo. Me dio un susto de muerte. A lo peor había sido un poco brusca.

—¿Queréis un poco de agua, don Bernardo? —le pregunté, allegándome hasta él con inquietud.

—¡A casa! —susurró—. ¡Llevadme a casa!

Un negrito de hasta seis o siete años pasaba a tal punto junto a nosotros arrastrando una esportilla vacía.

—¡Muchacho! —le llamé—. ¡Te doy un ochavo[40] si acudes a la nao *Gallarda* en busca de un cirujano llamado Cornelius y le dices que vaya a la casa de don Bernardo!

El negrito me miró derechamente y sonrió abriendo mucho la boca. Le faltaban algunos dientes y otros le estaban saliendo.

—¡Sois la duquesa Martín Ojo de Plata!

40.    Moneda de cobre cuyo valor era de dos maravedíes.

¡Por vida de...!

—Sí, esa misma —le dije lanzándole el ochavo por el aire. El niño lo atrapó de buena gana—. ¡Corre!

—No preciso de los servicios de Cornelius —masculló don Bernardo, irguiendo el cuerpo y adoptando ese porte de grande dignidad que le hacía parecer un emperador mexica—. Ha sido por la impresión. Me hallo perfectamente.

—¿Estáis cierto, don Bernardo? —inquirí tomándole por el brazo y llevándole hacia el portal de su casa.

—Estoy cierto, mi señora. Es que no comprendo... ¿A qué, mi señora duquesa, me entregáis el quinto?

—Llamadme doña Catalina, os lo suplico.

—Ya os he avisado de que no debéis demandarme imposibles.

Suspiré con resignación. A veces deseaba tornar a ser sólo Martín. Era un nombre corto y fácil y me resultaba tan familiar que me emocionaba sólo con recordarlo y lo recordaba cada vez que alguien me llamaba duquesa (como había tomado por costumbre el majadero de Rodrigo), señora duquesa, mi señora duquesa, mi señora o la duquesa Martín Ojo de Plata, como acababa de hacer el niño.

—Entremos, don Bernardo —le dije llamando a la puerta de su casa para que Asunción nos abriera—. Dentro os daré las oportunas razones de mi determinación.

Asunción abrió y, al vernos a ambos, sonrió con grande felicidad.

—¡Mi señora duquesa! —exclamó franqueando por completo la puerta—. ¡Qué grande honor!

—La señora duquesa y yo debemos hablar privadamente, Asunción —le dijo don Bernardo cediéndome el paso.

—Iré a comprar carne y huevos —asintió ella tomando su mantilla y echándosela por los hombros—. Volveré para hacer la comida.

—Compra también vino, que no queda —le pidió el *nahuatlato* adentrándose en aquel salón abarrotado de libros y de cirios y vacío de muebles que tan bien recordaba yo de mi primera visita toda pringada con aquel ungüento rojo de los mayas. La luz de aquella hermosa mañana de enero se colaba con pujanza por el amplio ventanal.

Don Bernardo me ofreció una silla y él ocupó otra en el lado opuesto de la mesa, aunque antes sacó unos vasos de la cocina y vació en ellos, a partes iguales, los restos de una botella de vino.

—Bien, mi señora, ya estamos aquí. Dadme vuestras razones para entregarme el quinto.

Tomé aire despaciosamente, miré el cielo por la ventana y principié:

—La primera de ellas, don Bernardo, es que ese quinto pertenece a vuestra merced más que a nadie. Era del tesoro de vuestros antepasados Axayácatl y Moctezuma, los emperadores mexicas.

—Ya os dije que tengo cientos de familiares cercanos y lejanos con más derechos legítimos que yo por descender de los dichos emperadores por líneas masculinas y no, como es mi caso, por linaje de mujeres.

—Ésa es la segunda razón —le atajé—, pues yo, una mujer, doña Catalina Solís, os entrego la parte de vuestra herencia que os corresponde y si no es de vuestro agrado, os fastidiáis, pues no deseo discutir más sobre este asunto. Me produce una grande alegría que tengáis que aceptar de mí lo que legítimamente os pertenece.

—Ya os he dicho que tengo cientos de familiares con más derechos legítimos —porfió el muy terco.

—Y yo os doy, pues, la tercera razón: ninguno de esos tan cacareados familiares participó y ayudó tanto en la recuperación del tesoro como vuestra merced. No recuerdo que hubiera ninguno frente al retablo de la capilla del palacio de Cortés, ni frente al muro de cera de la pirámide o junto a los caños de agua que había que sellar para descubrir la cueva del tesoro. Tampoco recuerdo a ningún familiar vuestro abriendo cajas, vaciándolas y cargando sacos aquella noche en el camino de Tlayacapan ni ocultándolos después.

Don Bernardo, por fin, no pudo objetar nada.

—Aunque sí tenéis un familiar al que considero que deberíais si no entregar una parte, a lo menos hacerle un buen regalo.

—¿Quién? —preguntó, sorprendido.

—Vuestra madre, doña Bernardina Moctezuma, la anciana que vive en la ciudad de México y a la que acudisteis a visitar repetidamente durante nuestra estancia allí.

El *nahuatlato* sonrió.

—Sí, merece alguna de esas hermosas figuras de oro como la del *ocelotl* que me regalasteis.

—Buscad la más hermosa y entregádsela —asentí.

—Mas tanta riqueza no dejará de llamar la atención, señora duquesa —por desgracia, había hallado otra razón para objetar—. ¿Cómo podría justificar yo, un pobre *nahuatlato*, tal cantidad de caudales y, por más, vender piezas del tesoro sin que se acabe enterando el virrey?

—¡Vivís en Veracruz, don Bernardo! —le reproché—. Vendédselas a los viajeros, marineros y soldados que parten rumbo a España con las flotas. Allí alcanzarán unos grandes precios y aquí podríais obtener muy buenos tratos.

Tornó a callar por no disponer de ninguna pega que

oponer al excelente consejo, aunque aún le quedaba una objeción que me vi venir derechamente.

—¿Y cómo pretendéis que saque el quinto de donde lo dejamos y que lo traiga hasta aquí? Ya soy viejo para ir haciendo viajes a Cuernavaca.

Entretanto los ladrones seguían su camino hacia la encomienda del virrey en Tultitlán, seguros de estar llevándose el tesoro en las cajas de las mulas, nosotros colgamos los sacos y los hatos de nuestros caballos y regresamos al palacio de Cortés. Tuvimos que hacer varios viajes pues nuestras monturas no eran ni mucho menos animales de carga y ni podían soportar tanto peso ni alcanzaban tampoco el número de la recua de mulas. Cuando por fin el quinto completo estuvo de regreso en el palacio, nos preguntamos cuál sería el mejor lugar para ocultarlo de la vista de los contadores, tesoreros, escribanos y factores del Tribunal de Cuentas y de la Real Audiencia que, en dos o tres días a lo sumo, llegarían a Cuernavaca en compañía del virrey y de fray Alfonso y los pequeños Lázaro y Telmo.

Durante la discusión, algo oculto en mi memoria pugnó por salir del olvido... Me esforcé por recordar entretanto los demás hablaban y me vino al entendimiento aquella exquisita figurilla de oro del *ocelotl* de ojos amarillos que le había regalado a don Bernardo la noche que descubrimos el tesoro. ¡Allí, allí donde hallé la figura había sentido una corriente de aire fresco! La entrada a la cueva de la pirámide desde el salto de agua —que, de seguro, los ladrones habían sellado a conciencia antes de irse— debía de hallarse en el lugar donde los menudos ojos amarillos centellearon con la luz de mi antorcha y llamaron mi atención.

Descubrimos el pasadizo exactamente en aquel lugar. Conociendo dónde buscar no resultó difícil hallar tierra removida detrás de unos fardos que habían dispuesto como salvaguarda. Con las palas retiramos la tierra y hallamos un viejo túnel escarbado probablemente antes de la llegada de los españoles y que los ladrones habían reforzado con puntales, vigas y travesaños para que no se les viniera encima. Lo recorrimos hasta el final y, aunque no nos determinamos a derribar la pared que lo clausuraba por el otro lado, conocimos por el sonido del agua que nos hallábamos justo detrás de la caída. Era el lugar perfecto para ocultar el quinto pues tenía un largo de casi un cuarto de legua, el ancho de tres personas puestas en regla y la altura de alguien tan alto como Juanillo, que rozaba el techo con el cabello. El quinto cabía allí cabalmente y sólo se requería tornar a cerrar la entrada de la cueva del tesoro disimulando la tierra removida mejor que los ladrones. Con eso, ningún contador o tesorero se apercibiría de nada. Y no lo hicieron.

—¿No tenéis ninguna solución que ofrecerme? —se envalentonó—. Os aseguro que soy demasiado mayor para viajar tanto a Cuernavaca y para andar abriendo y cerrando aquel dichoso pasadizo.

—¿Que no tengo una solución que ofreceros? —repliqué con orgullo—. Gaspar Yanga, don Bernardo. El rey Yanga es la solución. Ya visteis con cuánta amabilidad nos trató y como nos dejó a cuatro de sus mejores cimarrones para acompañarnos hasta el palacio de Cortés. Id a San Lorenzo de los Negros en compañía de Asunción, que disfrutará de tornar a ver al joven Antón, y llegad a un acuerdo con el rey Yanga y con su hijo, el joven Gaspar. San Lorenzo de los Negros no os queda tan lejos y, por más, los cimarrones harán muy raudamente el camino hasta Cuernavaca tantas veces como se lo solicitéis. Siempre y cuando, naturalmente, paguéis bien por sus servicios.

Don Bernardo, abrumado, bebió de un trago el vino que quedaba en su vaso y me miró derechamente.

—Como no cesa de repetir el señor duque —murmuró afectuosamente—, sois una dueña única y extraordinaria, mi señora duquesa.

—El señor duque tiene una boca muy grande —afirmé—, y, para decir verdad, me ama mucho. Como yo a él.

Eché la silla hacia atrás y me puse en pie.

—Zarpamos mañana al amanecer —añadí por último—. ¿Os halláis cierto de no cenar con nosotros esta noche en la nao? Quién sabe cuándo tornaremos a vernos, don Bernardo.

También él se puso en pie y me acompañó hasta la puerta.

—Mucho me gustaría, mi señora duquesa, mas me pongo muy enfermo si subo a una nao. Me entran ansias y bascas de inmediato.

—Considerad, don Bernardo, que la nao está fondeada junto al muelle, que no hay oleaje y que no se mueve en absoluto.

Unos golpes sonaron en la puerta.

—No hace falta que se mueva —dijo abriendo—. Sólo con figurarme que subo a bordo, ya me encuentro mal.

Cornelius Granmont, con su barba llena de lazos, nos miró a ambos con preocupación.

—¿Qué acontece, doña Catalina? Me han pedido que viniera pues don Bernardo se había puesto enfermo.

—Me alarmé sin necesidad, cirujano —le dije a Cornelius saliendo a la calle y colocándome a su lado—. Don

Bernardo se halla perfectamente y debemos despedirnos de él.

El *nahuatlato* me hizo una elegante reverencia y me tendió su mano, solicitando la mía para acercársela cortésmente a los labios.

—Enviad nuevas alguna vez a través de los cimarrones —pidió con tristeza—. Siempre estaré esperando el regreso de Martín Ojo de Plata.

—De Catalina, hacedme la merced —supliqué por última vez.

—¡Lo que sea! —repuso don Bernardo imitando la voz y las maneras de Rodrigo.

Tomamos a reír muy de gana y, así, riendo, Cornelius y yo enfilamos hacia el puerto. Cornelius me había solicitado acompañarnos hasta Santa Marta y establecerse allí, y, extrañamente, lo mismo me habían pedido el Nacom y sus hijos.

—Deseamos seguir a vuestro servicio, doña Catalina, si os parece bien.

—¿Y no os complacería más que os dejáramos en el Yucatán, en algún punto donde pudierais estableceros con vuestros hijos y comenzar de nuevo? Yo os quedaría muy agradecida si aceptarais cincuenta mil maravedíes de plata en reconocimiento por lo mucho que nos habéis ayudado.

—No —me respondió el Nacom con una sonrisa—. Un maya no cambia su fidelidad por plata, mi señora, y mis hijos y yo os debemos la vida, de cuenta que deseamos serviros allá donde vayáis sin otra paga que la de aprovecharos en lo que preciséis.

Fray Alfonso, en cambio, se había determinado a establecerse en Cartagena de Indias, por haber allí buenos conventos de franciscanos y buenos colegios en los que

Carlos, Lázaro y Telmo podrían estudiar y aprender un oficio. Ahora era un fraile bastante rico y acomodado aunque, como pertenecía a una orden que hacía virtud de la pobreza, tenía pensado dejarles los caudales a sus hijos y él seguir ganándose la vida confesando por las casas, como hacía en Sevilla. El señor Juan le ofreció que se fueran los cuatro a vivir con él pues de súbito descubrió que se iba a sentir muy solo cuando se separara de nosotros. Fray Alfonso aceptó y todos, incluso mi señor esposo y yo, quedamos muy satisfechos del acuerdo.

Así que, aquella noche, durante la cena en el comedor del maestre, y aun conociendo que nos quedaba una luenga derrota hasta Tierra Firme, cada uno declaró su alegría por la buena resolución de todos los acontecimientos y tanto corrió el vino que a más de uno le dio por llorar de emoción pensando en el día en que tuviéramos que separarnos. Por fortuna, a la mañana siguiente, los implicados no recordaban ninguna de las tonterías que habían dicho, aunque yo guardaba muchas de las de Rodrigo para utilizarlas a mi conveniencia cuando menos se lo esperara, sobre todo si terminaba matrimoniando con Melchora de los Reyes, la viuda de Rio de la Hacha.

Zarpamos de Veracruz promediando el mes de enero de mil y seiscientos y nueve y, tras hacer aguada en varios puntos y fondear en Cartagena para dejar a fray Alfonso, al señor Juan y a los tres hermanos de Alonso, arribamos a Santa Marta, el jueves que se contaban diez y nueve días del mes de febrero.

Las nuevas de lo acontecido en la Nueva España se habían extendido como la pólvora por Tierra Firme y cuando la *Gallarda* viró en torno a la pequeña isla del Morro y nos adentramos en la bahía de la Caldera recogiendo velas y orzando para poner la proa al viento, nos sorprendió la muchedumbre que nos aguardaba en el muelle. En esta ocasión no me pregunté sorprendida cómo era posible que conocieran nuestra llegada pues, tras lo visto en la Nueva España, al punto adiviné que mi hermano Sando era el responsable de aquello y, por más, advertí que él mismo y muchos de sus cimarrones se hallaban entre el gentío, aguardándonos. Mi corazón se encogió cuando vislumbré en el agua los tizones de la quilla y las cuadernas quemadas de la *Chacona*, la nao de mi señor padre en la que aprendí a marear y principié mi vida como Martín.

—¿Estás feliz de retornar a casa? —me preguntó mi señor esposo pasándome un brazo por la cintura y atrayéndome hacia él.

Me giré y le miré.

—Estoy feliz de retornar a casa contigo —le dije.

—¿Y te sentirás tranquila viviendo en la casa de madre y de tu señor padre?

—Aquella casa la quemaron —repuse mirando hacia el pueblo—. La casa que vamos a habitar juntos es nueva, aunque se halle en el mismo lugar y sea igual que la otra. Y sí, me sentiré tranquila. Muy tranquila. Deseo pasar un largo tiempo aquí y, luego, ya veremos si visitamos a Clara Peralta en Sevilla y a don Bernardo en Veracruz.

—¡Eh, duquesa! —me llamó Rodrigo—. ¿Se te olvida que eres el maestre de esta nao? ¡Queremos atracar y bajar a tierra!

Alonso y yo tomamos a reír.

—Debo cumplir con mis obligaciones —le dije a mi señor esposo, separándome de él.

—Pues ve, Martín Ojo de Plata.

## DRAMATIS PERSONAE

—

**Alonso Méndez.** Cargador en el puerto de Sevilla. Joven *buscavidas*, apuesto y decidido, que acaba convertido en criado y hombre de confianza de Catalina Solís / Martín Nevares. *Alonsillo*, como le llama su señora, estará siempre dispuesto a cumplir con los encargos de ésta.

**Catalina Solís / Martín Nevares.** Nacida en Toledo. Hija huérfana y legítima de Pedro Solís y Jerónima Pascual, casada por poderes con Domingo Rodríguez, desconocido para ella, hijo de un comerciante en la isla caribeña de Margarita. Catalina tiene dieciséis años cuando sale de Toledo con destino a las colonias de Tierra Firme, en el Nuevo Mundo. Mujer fuerte, curiosa y decidida, «dueña de todo su vigor y señora de su cordura», al decir de la protagonista.

Acostumbrada a vivir prácticamente aislada, sin saber leer ni escribir, dedicada a las tareas de la casa, tiene que vencer sus miedos para sobrevivir tras un asalto pirata en el mar Caribe. Por distintas razones se ve obligada a adoptar la apariencia y la identidad de un hombre, Martín Nevares. Esta doble identidad dará lugar a una nueva, la de Martín Ojo de Plata, en la que se funden la astucia de Catalina y la resolución de Martín.

**Clara Peralta.** Antigua prostituta, compañera de María Chacón en el Compás, prostíbulo sevillano de referencia en la época, y ahora mantenida del marqués de Piedramedina, lo que le facilita cierta posición social.

**Cornelius Granmont.** Médico de origen francés (según él afirma) que salió de su país huyendo de la justicia y acabó ejerciendo su oficio para los piratas de la isla de Jamaica. Allí lo contrató el señor Juan para incorporarlo a la tripulación de la *Gallarda*, donde ejercía de cirujano, y posteriormente Martín lo conservó.

Hombre de edad, de trato sencillo y humilde, que llamaba la atención por su barba larga hasta la cintura y recogida con lazos.

**Damiana Angola.** Curandera, esclava negra liberada que trabaja como criada a las órdenes de Catalina Solís / Martín Nevares.

**Don Bernardo Ramírez de Mazapil.** Príncipe azteca, descendiente de Moctezuma. Sabio y hombre de bien. Gran conocedor del náhuatl, ya que fue traductor de esa lengua y de español en la Real Audiencia de México.

**Don Luis de Velasco (1534-1617).** Virrey de la Nueva España, apodado *el joven* pese a tener 74 años, era el representante del rey Felipe III en aquellas tierras.

**Esteban Nevares.** Mestizo de padre español y madre india, es el maestre de la *Chacona*. Hidalgo sabio y casi anciano, de buena cuna y buena educación, adopta a Martín Nevares / Catalina Solís como hijo. Mercader de trato al menudeo por todo el Caribe que vive en la villa de Santa Marta. Esteban Nevares es, en la sociedad caribeña de entonces, un comerciante acomodado, tolerante, comprensivo, honesto y valiente que ha de luchar contra la corrupción de la metrópoli que llega hasta las Indias.

**Familia Curvo.** Bien posicionada socialmente gracias a una trama de matrimonios de conveniencia urdida por el mayor de los hermanos, Fernando, y a sus negocios, no siempre limpios, de comercio con la Nueva España. La familia Curvo, ambiciosa e hipócrita, representa la adaptación formal a una religiosidad que caracteriza el estatus de las clases superiores. Pero si se desvela su verdadero origen echarían a perder sus planes para alcanzar el poder, ya que la Iglesia, a través de la Inquisición, vigila la pureza de sangre.

    **Arias Curvo.** Prototipo de hombre de la clase dominante en el Nuevo Mundo. Corrupto y manipulador. Arias es el comerciante más poderoso y rico de Cartagena, y apoderado de la casa de comercio de su hermano Fernando. Está casado con Marcela López de Pinedo, hija de una acaudalada familia de comerciantes de la Nueva España, que aportó una gran dote al matrimonio.

    **Diego Curvo.** El pequeño de los Curvo. Conde por matrimonio y piadoso por obligación familiar, es asiduo a las prostitutas de baja condición y maltratador. Casado con Josefa Riaza, mujer joven e inmadura de origen noble.

    **Fernando Curvo.** Casado con Belisa de Cabra, hija del banquero Baltasar de Cabra, comprador de oro y plata. Es el mayor de los cinco hermanos Curvo. Vive en Sevilla y está al frente de la Casa de Comercio que los hermanos Curvo tienen en la ciudad. Fernando está inscrito en la matrícula de cargadores a Indias y envía mercancías a su hermano en navíos propios que viajan con las flotas anuales.

**Isabel Curvo.** Mujer de gran fervor religioso, egoísta, casada con Jerónimo de Moncada, juez oficial y contador mayor de la Casa de Contratación de Sevilla.

**Juana Curvo.** Casada con Luján de Coa, prior del Consulado de Mercaderes de Sevilla, con amplios poderes sobre el comercio con las Indias. Mujer astuta y libidinosa.

**Lope de Coa.** Hijo de Juana Curvo y Luján de Coa, el *loco Lope*. Hombre joven y fuerte, de profundas convicciones religiosas, siempre ha querido ingresar en la orden de los dominicos (integrantes mayoritarios y dirigentes de la Inquisición). Personaje violento, siempre dispuesto a ejecutar los actos más crueles por mantener la dignidad de la familia.

**Francisco.** Cimarrón de buen porte, hijo de una esclava negra ultrajada por su amo, Arias Curvo. Por tanto, Francisco es hijo de Arias y también fue su esclavo, su mozo de cámara, gracias a lo cual consiguió ser un hombre bien educado, con los mismos modales que un caballero distinguido. Tras vivir un tiempo en el palenque, pasa a formar parte de la *familia* de Martín/Catalina, ocupándose sobre todo de atender a ésta.

**Fray Alfonso Méndez.** Padre de cuatro hijos, Alonso, Carlos, Lázaro y Telmo. Fraile que goza del espíritu picaresco y religioso por igual. Vive fuera del monasterio y mantiene a sus hijos de lo que saca ejerciendo su oficio entre la alta sociedad sevillana, lo que le abre las puertas de las mejores casas, sus luces y sus sombras.

**Juan de Cuba.** Mercader de trato al menudeo por el Caribe que reside en la ciudad de Cartagena. Hombre de edad, compadre y hermano de Esteban Nevares, que acaba convirtiéndose en el protector de Martín Nevares y en administrador de sus bienes mientras él está fuera del Nuevo Mundo.

**Luis Bazán de Veitia, marqués de Piedramedina.** Valedor de Martín Nevares en Sevilla, uno de los nobles de más abolengo de España y amante de Clara Peralta.

**María Chacón.** Compañera de Esteban Nevares y madre adoptiva de Catalina Solís / Martín Nevares. Fue prostituta en Sevilla antes de llegar al Nuevo Mundo. Ahora es propietaria de una mancebía en Santa Marta. Mujer discreta, observadora e inteligente.

**Melchor de Osuna.** Comerciante y hombre de negocios en Cartagena de dudosa reputación. Primo de los hermanos Curvo, a quien tienen apadrinado para que aprenda el negocio.

**Nacom Nachancán.** Indígena maya procedente del Yucatán. Hombre de avanzada edad y jefe de su poblado que, tras huir y encontrarse en dificultades, es rescatado por Martín Ojo de Plata.
Hombre honesto y leal, virtudes que ha transmitido a su hijo Chahalté y a su hija Zihil.

**Rodrigo de Soria.** Marinero de la *Chacona,* aficionado al juego de naipes e inseparable de Martín Nevares, con el que se trata de hermano.

# CRONOLOGÍA 1598-1612

—

Las aventuras de Catalina Solís / Martín Nevares transcurren en paralelo al reinado de Felipe III. Una época de extraña placidez bélica, la «Paz Hispánica», sólo alterada por las diferencias con los territorios flamencos y por el estallido, en 1620, de la guerra de los Treinta Años, el conflicto del que nacería una nueva Europa surgida de las cenizas del Imperio hispánico y sometida a la hegemonía de Francia. Por entonces, las confrontaciones se habían desviado hacia tierras de ultramar y la rivalidad anglo-española se dirimía en las cálidas aguas del Caribe, cuando bucaneros y corsarios intentaban por todos los medios interceptar los ricos cargamentos de oro y plata destinados a las arcas imperiales.

Pese a que la capitalidad del Imperio la ostentaron sucesivamente Valladolid y Madrid, Sevilla conoció en el siglo XVII uno de sus momentos de máximo esplendor convertida en un emporio cosmopolita, espejo de una Europa en transición y del descubrimiento de las posibilidades comerciales que ofrecía un mundo que arrinconaba antiguos límites geográficos y se aprestaba a abrirse a nuevos horizontes.

El período 1598-1612 fue, pues, una época singular en la que España y el mundo tomaron impulso para abrirse a nuevas formas de pensamiento e innovadores modos de vida. También, al esplendor sin igual del que sería llamado con justicia el Siglo de Oro de las artes y las letras españolas. Una España de transición, contradictoria y compleja, que vio nacer el *Quijote*, pero que habitaban pícaros y Sancho Panza. Conviene, por tanto, repasar, aunque sea brevemente, aquellos acontecimientos que enmarcaron las aventuras de Martín Ojo de Plata. Seguro que, con ello, se le comprenderá mejor.

| Año | ESPAÑA | | | EUROPA | | |
|---|---|---|---|---|---|---|
| | Política | Ciencia, cultura y religión | Economía y sociedad | Política | Ciencia, cultura y religión | Economía y sociedad |
| 1598 | Boda del entonces príncipe de Asturias, Felipe, con la archiduquesa Margarita de Austria. Muerte de Felipe II y subida al trono de Felipe III. | Nace Francisco de Zurbarán. Lope de Vega: *La Arcadia.* | | Francia: promulgación del Edicto de Nantes, que autoriza la libertad de culto a los hugonotes. Boris Fiódorovich Godunov se proclama zar de Rusia. | Nace Lorenzo Bernini. | |
| 1599 | El duque de Lerma inicia su andadura como favorito de Felipe III. | Mateo Alemán: *Guzmán de Alfarache.* Nace Diego Rodríguez de Silva y Velázquez. | | Nace Oliver Cromwell. | Nace Francesco Borromini. | |
| 1600 | Derrota de los Tercios Españoles en la batalla de Nieuwpoort. | El Greco pinta *La expulsión de los mercaderes del templo.* Nace Pedro Calderón de la Barca. | La población española alcanza los siete millones de habitantes. | | Giordano Bruno es quemado por hereje. Caravaggio pinta *La conversión de san Pablo.* Invención del telescopio en Holanda. | Fundación de la Compañía Británica de las Indias Orientales en Londres. |

| | | | | | | |
|---|---|---|---|---|---|---|
| 1601 | | Nace Baltasar Gracián. | Felipe III establece en Valladolid la capital de España, condición que ostentará hasta 1606. | | Primera representación de *Hamlet*. Muere el astrónomo Tycho Brahe. | |
| 1602 | | | | | | Fundación de la Compañía Neerlandesa de las Indias Orientales en Ámsterdam. |
| 1603 | El general Ambrosio Spínola toma el mando de los Tercios durante el sitio de Ostende. | | | Muere Isabel I de Inglaterra. Escocia e Inglaterra se unen bajo la Corona de Jacobo Estuardo. | | |
| 1604 | Paz de Londres entre España e Inglaterra. | Francisco de Quevedo: *Historia de la vida del Buscón llamado Don Pablos.* | | Carlos IX se proclama rey de Suecia. | Galileo Galilei descubre la Ley del movimiento uniformemente acelerado. | |
| 1605 | Nace el futuro Felipe IV. | Miguel de Cervantes publica la primera parte de *El ingenioso hidalgo don Quijote de la Mancha.* | | «Conspiración de la pólvora» en Inglaterra contra Jacobo Estuardo. | León XI sube al solio pontificio. Pocos días después, tras su inesperada muerte, le sucede Pablo V. | |

| Año | | | | | | |
|---|---|---|---|---|---|---|
| 1606 | | | La corte vuelve a instalarse en Madrid. | | Nace Rembrandt. Ben Jonson estrena *Volpone*. Nace Pierre Corneille. | Epidemia de peste en Londres. |
| 1607 | Batalla de Gibraltar: derrota de la flota española por parte de la Armada de las Provincias Unidas. | | | Insurrección de los nobles polacos contra Segismundo III Vasa. | Claudio Monteverdi estrena la ópera *La fábula de Orfeo*. | |
| 1608 | | Inicia sus actividades la Universidad de Oviedo. | | Nace John Milton. | | Disolución de la Dieta de Ratisbona. |
| 1609 | Tregua de los Doce Años con los Países Bajos. | | Expulsión de los moriscos. | Formación de la Liga Católica bajo la dirección de Maximiliano de Baviera. | Johannes Kepler: *Astronomía nova*. | |
| 1610 | Conquista de Larache. | | | Muere asesinado Enrique IV de Francia. Le sucede Luis XIII bajo la regencia de su madre, María de Médicis. | | Se introduce el té en Europa. |

| | | | | |
|---|---|---|---|---|
| 1611 | Muere Margarita de Austria, reina consorte. | Muere el compositor Tomás Luis de Victoria. | Colonización inglesa del Ulster.<br><br>Guerra de Kalmar entre Dinamarca y Suecia.<br><br>Gustavo Adolfo II es proclamado rey de Suecia. | Johannes Kepler: *Dioptrice*. |
| 1612 | | Luis de Góngora: *Soledades* y *Fábula de Polifemo y Galatea*. | | |

| Año | AMÉRICA | | | ASIA / ÁFRICA | | |
|---|---|---|---|---|---|---|
| | Política | Ciencia, cultura y religión | Economía y sociedad | Política | Ciencia, cultura y religión | Economía y sociedad |
| 1598 | Ocupación española de Nuevo México bajo la dirección de Juan de Oñate. | Hernando de Alvarado: *Crónica mexicana.* | | Ispahán es proclamada la nueva capital persa. | | Llegan a Persia los hermanos Sherley, que contribuirán a impulsar las reformas de Abbas I. |
| 1599 | Sublevación de los indios de Nueva Galicia. | | En Perú explota el volcán Huaynaputina, que provoca una lluvia ácida de graves repercusiones en todo el mundo. Huracán en las costas de México: doscientos muertos. | Japón: inicio del período Tokugawa (que finalizará en 1888). Los holandeses hunden el galeón español *San Diego* en la costa de Filipinas. | | El inglés William Adams se instala en Japón como consejero de los shogun. |
| 1600 | | | | | | |
| 1601 | | | | Los ingleses se establecen en Java. Los holandeses fundan Ciudad del Cabo. | | |
| 1602 | Fundación de Salamanca (Guanajuato) en México. Fundación de Nacimiento en Chile. | Samuel de Champlain viaja por primera vez a las costas de Canadá. | | Muerte de Idris III, rey de Kanem. | | |

| | | | |
|---|---|---|---|
| 1603 | Gaspar de Zúñiga y Acevedo reemplaza a Luis de Velasco como virrey del Perú. El francés De Mont funda Port Royal (Jamaica). | | Los holandeses arrebatan Amboine a los portugueses. |
| 1604 | La expedición de Pedro Fernández de Quirós parte hacia las Nuevas Hébridas. | El inca Garcilaso de la Vega escribe *La Florida del Inca*. | |
| | | Establecimiento de los tribunales de cuentas en México, Lima y Bogotá. | Muere Akbar, emperador mogol de la India. Le sucede su hijo Jahangir. |
| | | Juan de Oñate alcanza la orilla del río Colorado. | |
| 1605 | | Primera exposición de Artes e Industrias en Santiago de Chile, donde estaban representadas la alfarería, la curtiduría y la torcedura de cáñamo. | El jesuita Roberto de Nobili llega a la India. |
| 1606 | Fundación de Jamestown (Virginia), la primera colonia inglesa en América del Norte. | | |

| Año | | | | | |
|---|---|---|---|---|---|
| 1607 | Samuel de Champlain funda Quebec.<br>La Corona castellana concede a la Compañía de Jesús el control de las misiones fronterizas a Paraguay; antecedente de las «reducciones». | | | | Los moriscos expulsados de la Península se instalan en el norte de África. |
| 1608 | Creación de la audiencia de Santiago de Chile.<br>Fundación de San Ignacio Guazú en Paraguay. | | Levantamiento de los esclavos en Veracruz. | | |
| 1609 | Los iroqueses se levantan contra los franceses en el cabo Matanzas.<br>Levantamiento maya contra los españoles en Yucatán. | Henry Hudson desembarca en la bahía que lleva su nombre después de explorar Groenlandia. | | | |
| 1610 | | | | | |
| 1611 | Los holandeses fundan Nueva Ámsterdam, la actual Nueva York. | | Se inicia el cultivo de tabaco en Virginia. | Persecución de misioneros católicos en Japón. | |
| 1612 | Los holandeses se establecen en la Guyana. | | | | |